Ella Blix

Wild

Sie hören dich denken

Die Arbeit der Autorinnen am vorliegenden Buch wurde vom Deutschen Literaturfonds e. V. gefördert.

Hinter dem Pseudonym Ella Blix verbirgt sich das Autorinnenduo Antje Wagner und Tania Witte.
Antje Wagner hat sich mit ihren mehrfach ausgezeichneten Jugendbüchern bereits einen Namen gemacht und steht vor allem für außergewöhnliche Mysteryromane. 2012 wurde sie von der Frankfurter Allgemeine Sonntagszeitung in den Kanon der 20 besten deutschsprachigen Autoren unter 40 Jahre aufgenommen.
Tania Witte ist Autorin, Journalistin und Spoken-Word-Performerin. Neben diversen internationalen Stipendien erhielt sie 2016 den Felix-Rexhausen-Sonderpreis für ihre journalistische Arbeit und 2017 den Martha-Saalfeld-Förderpreis für Literatur sowie 2019 den Mannheimer Feuergriffel.
Ella Blix ist die Essenz dieser beiden Autorinnen: Realismus trifft auf Mystik, authentische Charaktere auf Spannung und Sprachspiel auf Humor.
Mehr über Ella Blix unter *www.ellablix.com*

Weitere Bücher von Ella Blix bei Arena:
Der Schein

Weitere Bücher von Tania Witte bei Arena:
Die Stille zwischen den Sekunden

Ella Blix

WILD

Sie hören dich denken

Roman

Arena

www.blauer-engel.de/uz195
· ressourcenschonend und umweltfreundlich hergestellt
· emissionsarm gedruckt
· überwiegend aus Altpapier
MI6
Dieses Druckprodukt ist mit dem Blauen Engel ausgezeichnet

FSC
www.fsc.org
MIX
Papier aus verantwortungsvollen Quellen
FSC® C110508

1. Auflage 2020

Rottendorfer Straße 16, 97074 Würzburg

Umschlaggestaltung: Alexander Kopainski unter Verwendung von Bildmaterial von © shutterstock
Gesamtherstellung: Westermann Druck Zwickau GmbH
Printed in Germany
ISBN 978-3-401-60510-4

Besuche den Arena Verlag im Netz:
www.arena-verlag.de

1. KAPITEL

Das Camp

Noomi

Sie musste fünfmal zuschlagen, bevor das Glas splitterte. Bei Beyoncé hatte das viel einfacher ausgesehen, aber Beyoncé zertrümmerte im Video ja auch eine Autoscheibe und nicht das Hochsicherheitsglas eines Nobeljuweliers.

Sie schloss die Hände fester um den Griff ihres Baseballschlägers, holte tief Luft und schlug erneut zu.

Wieder.

Wieder.

Wieder.

Nach weiteren drei Schlägen hatte sich die glänzende Scheibe in ein undurchsichtiges Netz aus Splittern verwandelt, das auf magische Weise noch immer zusammenhielt.

»Hey, was soll das?«, rief ein Mann von der anderen Straßenseite und seine Stimme überschlug sich vor Aufregung. »Was machst du da?«

Wonach sieht's denn aus?, dachte sie grimmig.

Als sie sich umdrehte, sah sie, wie der Mann sein Handy hervorzog. Sie lächelte ihn an. Er behielt sie fest im Blick, während er tippte.

Ihr Lächeln wurde breiter, dann wandte sie ihm wieder den Rücken zu und rammte den Baseballschläger noch einmal mit aller Kraft gegen die Scheibe, diesmal mit der Spitze zuerst. Das Glassplitternetz wölbte sich leicht nach innen.

Endlich schrillte der Alarm los.

Auch nach der Festnahme funktionierte ihr perfekt durchgeplantes Drehbuch einwandfrei. Sie war fünfzehn, hatte keine Vorstrafen, zeigte Einsicht und Reue, das war das Wichtigste. Doppelplus, dass sie keinen Widerstand geleistet hatte, als die Polizei kam. Der Anwalt betitelte es als Ausrutscher, als einen Moment, in dem sie die Kontrolle verloren habe. Kurzschlussreaktion, wegen des psychischen Stresses des vergangenen Jahres. Die Richterin glaubte dem Anwalt, der wiederum Noomi geglaubt hatte, und ging auf den Vorschlag ein, den sie selbst ihm eingeredet hatte. Für den Schaden musste sie aufkommen, aber das Verfahren wurde eingestellt. Und: Sie schickten sie in das Camp *Feel Nature.* Damit war sie ihrem Ziel endlich einen Schritt näher gekommen.

Ryan

Die Bäume atmeten.

Das war das Erste, was er wahrnahm, als er die Wagentür zögerlich öffnete und von seinem Sitz nach draußen glitt.

Herr Karl und Frau Plessner vom Jugendamt, die die ganze Autofahrt über ununterbrochen miteinander, aber nie mit ihm geredet hatten, waren bereits ausgestiegen. Auf dem einzigen weiteren Auto, das hier geparkt hatte, einem hellgrünen Transporter, leuchtete ein dunkelgrüner Schriftzug: *Feel Nature.* Links von *Feel* und rechts von *Nature* prangte je eine kleine Tanne. Der perfekte Platz für einen Sonntagsausflug.

Er hielt die Autotür umklammert und blieb so dicht am Wagen stehen, dass er durch die geöffnete Tür die Kühle der Klimaanlage spürte. Er sah seinen beiden Betreuern nach, die – noch immer ohne ihn zu beachten – über den winzigen Sandplatz zu einem Gewirr aus Büschen und Farnen strebten. Die Farne waren riesig. Der größte überragte sogar Herrn Karl, und der war sicher eins achtzig.

Scheinbar unbeeindruckt davon, ließen sie den Blick über das Gelände schweifen, in alle Richtungen, auch in den Wald.

Was suchten sie? War das der »Treffpunkt«, von dem sie im Auto gesprochen hatten? Und wenn ja, wo war dann dieser Jorek von *Feel Nature,* mit dem sie verabredet waren?

Seine Finger spannten sich fester um die Autotür. Er lehnte den Hinterkopf an das Autodach, reckte das Gesicht in die heiße Spätjunisonne, schloss die Augen. Griff nach dem Medaillon um seinen Hals, hielt es fest, versuchte, an nichts zu denken. Doch die Stimme seiner Klassenlehrerin drängte sich in seinen Kopf.

Warum sagst du nicht die Wahrheit? Wir wissen doch beide, dass du etwas verschweigst. Diese schreckliche Sache mit dem Jugendclub … Das sieht dir gar nicht ähnlich. Du warst doch nie … gewalttätig.

Sie hatte mehr zu sich selbst als zu ihm gesprochen, wie Erwachsene eben waren. *Ihm* gegenüber waren.

Ryan! Sprich mit mir. Es ist noch nicht zu spät. Du bist erst vierzehn.

Sekundenkurz hatte er sich vorgestellt, ihr alles zu erzählen, aber sie lag einfach falsch: Es *war* zu spät. Und zwar nicht erst seit der Sache mit dem Jugendclub. Schon viel, viel länger.

Wenn du mit mir redest, können wir das bestimmt noch geradebiegen. Dann musst du vielleicht gar nicht in dieses Camp.

Aber ich will dahin.

Er hatte es nicht laut ausgesprochen, doch es war die Wahrheit. Er wollte in das Camp. Ein Arbeitscamp für kriminelle Jugendliche, mitten in der waldreichen Felslandschaft des Elbsandsteingebirges. Er wollte diese sechs Wochen zwischen Tälern und Schluchten, egal, wie viel er dort schuften musste. Ganz einfach, weil er nicht mehr in seine Schule zurückkonnte, wo alle ihn für asozial hielten, monströs und stinkend.

Im Camp würde er jemand anders sein können als zu Hause – weg von allem: von den Mitschülern, seiner Mutter und der Wohnung, die eine Gruft geworden war. Weg auch von den Erinnerungen, die dort in jeder Ecke lauerten.

Mit aller Macht verbannte er die Stimme der Lehrerin aus seinem Kopf, öffnete die Augen und bemerkte in der Ferne die Sandsteinplatten, Tafelberge, die alles überragten. Selbst von Weitem wirkten sie rau und unzugänglich und strahlten doch eine unerschütterliche Ruhe aus. Versprachen Sicherheit. Das war genau, was er jetzt brauchte.

Erneut konzentrierte er sich auf das Medaillon in seiner Hand, bis da nichts mehr war als die Sonne auf seiner Haut. Das Rauschen in den Baumkronen. Das Hämmern eines Spechts. Und irgendwo in der Ferne das Summen der Straße, von der sie gekommen waren.

Er ließ das Medaillon los.

Herr Karl und Frau Plessner standen noch immer neben dem Riesenfarn und schienen zu beratschlagen, was zu tun war. Warum starrten sie so konzentriert in den Wald? Erwarteten sie, dass dieser Jorek aus dem Gebüsch brechen würde wie ein Tier?

Ryan löste sich von dem Auto, drückte die Tür vorsichtig zu und nahm zwischen den Stämmen am Waldrand eine Bewegung wahr. Etwas ... Rotes. Ein Eichhörnchen! Es schaute sich um, maß den Platz mit flinkem Blick, dann huschte es darüber hinweg, geradewegs auf die Eiche an der gegenüberliegenden Seite zu. Hinter ihm staubte der Sand hoch.

Wie schnell es war, wie leicht es wirkte! Beinahe schwerelos schien es über den Boden zu sausen, erklomm den Eichenstamm, als bräuchte es dafür nur Geisteskraft und keine Krallen und Muskeln. Jetzt verharrte es. Er konnte nicht viele Bäume unterscheiden: Eichen, Kastanien und Birken, das bekam er hin, darüber hinaus wurde es schwierig. Aber er hatte es gemocht, wenn seine Eltern mit Brianna und ihm in die S-Bahn gestiegen und ins Umland gefahren waren. Damals, als alles noch gut gewesen, als ihre Welt noch nicht zusammengestürzt war. Sie waren auf laubbedeckten Pfaden durch den Grunewald gelaufen und seine Mutter hatte ihm etwas über die Pflanzen ringsum erzählt. Ihre Augen hatten geleuchtet, wenn sie ihm die Blattformen erklärt hatte, die Strukturen der Rinden und warum Moos immer an der Nordseite der Stämme wuchs. Sie hatte die Natur geliebt. Er wünschte, er hätte ihr besser zugehört, solange sie noch gesprochen hatte.

Behutsam tastete er nach dem Handy in seiner Hosentasche, doch gerade als er es hervorzog, dröhnte ein Motor heran. Das Eichhörnchen schien ihn ebenfalls zu hören, das Köpfchen zuckte herum, dann machte es einen Satz und verschwand in der Krone.

Ein SUV rollte auf den Parkplatz, Kienäpfel knackten unter seinen Reifen, als er auf der anderen Seite des *Feel-Nature*-Transporters zum Stehen kam.

Die vorderen Wagentüren öffneten sich und ein Mann und eine Frau stiegen aus. Sie schauten sich um, sahen ihn an, dann glitten ihre Blicke an ihm ab, als wäre er unsichtbar, und wanderten zu Herrn Karl und Frau Plessner. Die wandten sich erwartungsvoll dem Auto zu. Einen Augenblick lang geschah nichts, dann wurde die hintere Tür aufgedrückt.

Ein Mädchen, etwas älter als er selbst, sprang heraus. Sie trug ein umgedrehtes Basecap und dazu ein senfgelbes T-Shirt, auf dem rote Buchstaben verkündeten: *Cereal Killer – Vegan & happy.* Quer über dem Schriftzug verlief der Gurt einer zimtbraunen Bauchtasche, die sie so umgehängt hatte, dass sie unter ihrem Arm hing. Instinktiv duckte er sich – ein Reflex, der ihn selbst überraschte.

Aus der Deckung heraus beobachtete er, wie sie die Kofferraumklappe öffnete und mit finsterem Gesicht ein Gepäckstück nach dem anderen herauszerrte. Der Mann schaute ihr ein wenig hilflos dabei zu, die Frau hingegen steuerte geradewegs seine Betreuer an.

»Guten Tag«, rief sie mit piepsiger Stimme, als sie den halben Weg zurückgelegt hatte. »Sie sind bestimmt von *Feel Nature*? Wir bringen Olympe.«

Er glaubte, sich verhört zu haben. Olympe? Was war denn das für ein Name?

Unter dem Basecap lugten ein paar kurze kupferfarbene Haarsträhnen hervor. Selbst ihre offenkundig schlechte Laune konnte nicht verbergen, dass sie Lachgrübchen hatte. Wieso musste die wohl ins Camp? Kriminell wirkte sie nicht gerade.

Auf ihrer Stupsnase saß eine große, runde, goldgerahmte Brille und sie trug an jedem Finger einen Ring. Nicht nur unten, wo Ringe hingehörten, sondern auch oberhalb des ersten Knöchels. Wenn sie sich bewegte – und sie bewegte sich viel –, glitzerte sie.

»Nein, wir sind nicht von *Feel Nature.* Wir sind vom Jugendamt«, antwortete Frau Plessner. »Wir warten auch noch.«

Als wäre das ein Stichwort gewesen, tauchte zwischen den Bäumen ein weiteres Mädchen auf. Tarnfarbene Shorts und ein tarnfarbenes T-Shirt. Sie winkte Herrn Karl zu.

Ryan tauchte zurück hinter das Auto. Wer war das jetzt schon wieder? Seine Erleichterung darüber, hier im Camp sein zu dürfen, verflog, als ihm dämmerte, vor wie vielen fremden Leuten er sich würde behaupten müssen. All die Fragen, die Blicke. Das Abgecheckt- und Eingeordnetwerden. Trotz der Hitze wurde ihm kalt. Vielleicht würde er total versagen.

Nein, das hier ist deine Chance, ermahnte er sich. Die Chance, die er an seiner Schule nicht mehr hatte. Da sahen alle in ihm den stinkenden Spinner. Sobald er den Klassenraum betrat, rümpften sie die Nase und rissen demonstrativ die Fenster auf.

Er war aus der Schublade nicht mehr herausgekommen, egal, was er versucht hatte.

Das hier war der Ausweg. Ein Neubeginn. Keiner kannte ihn. Sie wussten nichts. Er würde endlich er selbst sein können.

Unruhig blickte er sich um. Wo blieb dieser Jorek?

Wenn der sie vergessen hätte, müsste er wieder zurück. Zurück in die Schule, in die Schublade. Und zurück nach Hause, zu seiner Mutter, in die düstere Wohnung, deren Schatten nach allem schnappten, was noch am Leben war …

»Ryan, kommst du?«, rief da Frau Plessner.

Er straffte sich, trat hinter dem Auto hervor und ging auf die kleine Gruppe zu.

»Hey, guten Tag. Ich leite das Camp.« Das tarnfarbene Mädchen streckte ihm die Hand entgegen. Das ist gar kein Mädchen, stellte er verblüfft fest, sondern eine erwachsene Frau. »Ich bin Sophia Jorek.«

Camp-Leitung: S. Jorek hatte im Schreiben des Jugendamts gestanden. S wie Simon, Sükan, Sebastian. Ein Mann, natürlich (S wie Superman), mit der Figur eines Schrankes (S wie Schrank), schließlich musste er ein Camp voller Krimineller leiten.

Aber S wie Sophia?

Er fühlte sich … betrogen. Schnell, um sich seine Überraschung nicht anmerken zu lassen, schüttelte er ihre Hand.

»Ryan, nehme ich an?« Immer noch stumm nickte er. Sie wandte sich an das *Cereal-Killer*-Mädchen. »Und du bist also Olympe?«

»Ja, hi«, antwortete diese Olympe. Und dann sprudelte sie los: »Ganz schön heiß. Puh. Und wir hätten's fast nicht pünktlich geschafft, weil's da diesen Megastau auf der A13 kurz vor Dresden gab. Aber dann ging's glücklicherweise doch noch weiter. Zumindest bis …«

»Jetzt bist du ja da.« Sophia Jorek drehte dem Wasserfall rigoros den Hahn zu.

Je länger Ryan die Campleiterin beobachtete, desto mehr wunderte er sich, wie er sie für ein *Mädchen* hatte halten können. Sie wirkte nur von Weitem jung; von Nahem erkannte er, dass sie im Alter seiner Mutter sein musste. Oder doch nicht? Gerade warf sie einen zufriedenen Blick auf seinen Rucksack und schaute dann – missbilligend – auf Olympes Gepäckberg. Schließlich seufzte sie, wühlte eine große Plane aus ihrem Rucksack und breitete sie auf dem Boden aus.

»Okay, Taschencheck. Auch die Hosentaschen bitte.«

Mit hochgezogenen Augenbrauen musterte sie seine sieben Duschgels, die Rosenlotion und die Deos, sagte aber nichts. Dafür kassierte sie sein Handy ein. Er hatte keine Kraft, sie dafür zu hassen. Im Gegensatz zu Olympe, die beinah durchdrehte, als sie ihr Arsenal an elektronischen Geräten abgeben musste. Hatte sie in den Infopapieren nicht gelesen, dass Geräte aller Art im Camp verboten waren? Und dass sie nur eine Tasche und ein Handgepäckstück mitnehmen durften?

Statt Olympes Schimpfen zu lauschen, die das wenige, was sie mitnehmen durfte, in eine einzige Tasche umpackte und einen hippen Rucksack mit Büchern vollstopfte, legte er den Kopf in den Nacken. Er verlor sich im Kachelblau des Himmels, über das harte weiße Wolken hinwegzogen, und blendete alles andere aus.

Olympe

Nicht aufregen, beschwor sie sich, durchatmen. Du hast schon ganz andere Sachen geschafft! Aber ganz ehrlich: Die Campleiterin hatte sie doch nicht mehr alle!

Es war halb drei, unter ihr glühte der Sandplatz, über ihr der Himmel. In den Bäumen ringsum schien eine komplette Vogelarmee zu hausen; ihre Schreie zerstachen die Luft.

Nach der Klimaanlage im Auto war die Luft draußen fast unerträglich. Über vier Stunden hatten sie von Berlin bis hierher gebraucht. Sie waren zu den Reggae-Rhythmen aus den Boxen gefahren, die Stefan auf dem Lenkrad mitklopfte – offenbar hatte er eine Olympe-Aufheiterungs-Playlist zusammengestellt. Nach einer gefühlten Ewigkeit hatte Marie sie auf ein Schild am

Straßenrand hingewiesen: *Sächsische Schweiz – Willkommen im Land der Zauberfelsen.*

Ab da war die Straße schmaler geworden, hatte sich zwischen Felsen hindurchgewunden, rechts und links Bäume aller Sorten und Größen. Die Spitzen der zerklüfteten Berge, die zwischen den Baumkronen aufragten, imponierten ihr. Diese Felsen wirkten wie riesige Urtiere, die, vor Jahrtausenden versteinert, jetzt ihrem Blick trotzten – Ehrfurcht gebietend und stumm.

Doch bevor sie sich intensiver auf das Gefühl einlassen konnte, das die geriffelten Sandsteinkolosse in ihr auslösten, hatte Marie sich zu ihr umgedreht: »Wenn irgendwas ist, ruf uns einfach an, ja?« Zwei Reggae-Titel später: »Deine Allergietabletten sind in dem roten Koffer, vergiss nicht, ein paar in deine Bauchtasche zu stecken, du solltest sie immer bei dir haben.« Zwei weitere Songs später: »Dass sie dich *deshalb* so behandeln ... Als hättest du jemanden umgebracht! Also, ganz ehrlich ... das ist doch total übertrieben, oder, Stefan?«

Ihr Onkel trommelte und murmelte Zustimmung.

Die Situation machte ihrer Tante so sehr zu schaffen, dass Olympe sich zum wiederholten Mal dafür verfluchte, ihre große Klappe nicht gehalten zu haben. Denn hätte sie das getan, müsste sie jetzt nicht hier sein! In diesem zugewucherten Nirgendwo.

»Mach dir keine Sorgen«, sagte sie sanft zu Marie. »Es sind nur sechs Wochen. Ich ... ich krieg das schon hin.«

Der Rest der Fahrt war ruhig verlaufen. *No Women, No Cry* aus den Boxen, dann *Silly Games.* Darüber Maries Stimme, die sie mit Wikipedia-Infos zu ihrem Gefängnis abzulenken versucht hatte. Als hätte sie nicht selbst schon hundertmal gegoogelt und sich Fotos angeschaut. Know your enemy.

Die Sächsische Schweiz lag südöstlich von Dresden – gigantische 60.913,3 Hektar Wald, umgerechnet etwa 85.000 Fußballfelder und damit noch immer jenseits ihrer Vorstellungskraft. Groß eben. Sehr groß. Voller uralter Festungen, die aus Gestein herauswuchsen, und gespickt mit bizarren Felsformationen, die Winterberg oder Lilienstein hießen. Das besondere Klima ließ angeblich Pflanzen wachsen, die man sonst nur im Hochgebirge fand, und es gab Wanderwege mit wenig vertrauenerweckenden Namen wie *Höllenschlund* und *Wolfsschlucht*. In der Wolfsschlucht spielte sogar eine berühmte Opernszene, stand bei Wiki. Die Oper hieß *Der Freischütz*. Olympe hatte keinen Schimmer von Opern, aber beeindruckend war das alles trotzdem.

Jetzt stand sie mittendrin, in diesem mysteriösen Land, das eher nach Märchen klang. Mit fremden Leuten, bei mindestens dreißig Grad, in einer unendlichen Waldwüste. Es roch nach Staub und Tannen und sie sah fassungslos dabei zu, wie die Campleiterin Marie und Stefan ihr gesamtes elektronisches Survivalset in die Hand drückte.

Bis eben hatte sie die Geräteregel im Infobrief so wenig ernst genommen wie einen drohend erhobenen Zeigefinger, aber Sophia Joreks schroffer Tonfall machte unmissverständlich klar, wie naiv das gewesen war.

»Nicht mal das Handy?«, japste Marie. »Wie soll sie uns dann …?«

Sie sprang ihrer Tante bei: »*Gar* keine Geräte? Das ist doch vorsint…«

»Gar keine.« Sophia Jorek war offensichtlich eine Frau der klaren Worte. »Keine Ablenkung. Das Motto der nächsten Wochen lautet: Arbeit, Betreuung, Natur.«

Willkommen im Land der Zauberfelsen, dachte Olympe und war, was so gut wie nie vorkam, sprachlos. So sprachlos, dass sie sich nicht mehr anders zu helfen wusste, als die Betreuerin anzustrahlen.

Das war ihr persönlicher Trick 17: Wenn du jemanden finster anschaust, schaut der genauso finster zurück. Automatisch. Das liegt an den Spiegelneuronen, hatte ihr Marie erklärt und Marie klang zwar piepsig, aber sie wusste viel, vor allem über Menschen, weil sie nämlich Therapeutin war. Spiegelneuronen sorgten dafür, dass man das, was man am Gegenüber sah, unbewusst imitierte. Was bedeutete: Wenn du jemanden angrinst, kann der gar nicht anders, als zurückzugrinsen. Und sofort hebt sich die Stimmung. Auf beiden Seiten.

Ein Zaubertrick. Normalerweise.

Sophia Jorek grinste nicht. Sie warf einen Blick auf Olympes Bücherrucksack und sagte: »Du weißt schon, dass du das alles durch den Wald tragen musst?«

Ihr Tausend-Volt-Strahlen bröckelte. Verunsichert suchte sie Maries Blick. Das konnte doch nicht wahr sein! Besaß diese Frau keine Spiegelneuronen?

»Dein Kollege kommt sogar mit einem Gepäckstück aus!«

Kollege? Sie sah auf den Jungen, der neben ihr stand und nach oben in den Himmel starrte, als wäre er nicht ganz dicht. Wie hieß der noch mal? Ryan? Was für ein bekloppter Name.

Sie überlegte gerade, ob sie auf eins der Bücher verzichten könnte, als ein weiterer Wagen auf den Parkplatz fuhr. Frau Jorek sah auf die Uhr. »Das wird Noomi Goldstein sein. Es wird Zeit! Um vier sollten wir im Camp sein. Wir kommen zu spät.«

Überrascht linste Olympe auf ihr eigenes Handgelenk. Die

Uhr! Sophia Jorek hatte tatsächlich die Smartwatch übersehen. Galt die nicht als *Gerät?* Unauffällig öffnete sie das Armband, tat, als müsste sie sich die Schuhe zuschnüren und stopfte die Uhr in ihre linke Socke. Wenigstens etwas, dachte sie.

Flix

Der Geruch ging gar nicht. Kaum dass er die Tür geöffnet hatte, hielt er die Luft an. Erst nach einer Weile atmete er vorsichtig wieder ein. Obwohl die Hütten erst im letzten Sommer renoviert worden waren, roch es nach jahrzehntelang ungelüftetem Keller, nach ganz hinten im Kühlschrank vergessenem Joghurt und feuchter Traurigkeit. Es roch nach organisierten Jugendfreizeiten und Heimweh. Diese Hütte hatte eindeutig zu viel erlebt und zu wenig davon verarbeitet.

Es kostete ihn Überwindung, einzutreten und die Tür loszulassen, die sich sofort knarrend hinter ihm schloss. Er ließ den Rucksack fallen und verschränkte die Finger ineinander, drehte die Handflächen nach vorne und drückte, bis es knackte.

Draußen auf der Lichtung brannte die Sonne und alles badete im Licht. Hier drinnen war es dunkel. Reflexartig tastete er nach dem Lichtschalter, und als er keinen fand, fiel es ihm wieder ein: *In den Schlafhütten gibt es keinen Strom.* Das hatte im Infobrief gestanden.

Nur durch das Fenster gleich neben der Tür drang etwas Licht nach drinnen – und durch ein weiteres helles Viereck gegenüber der Tür. Ein weiteres *winziges* helles Viereck. Mit wenigen Schritten durchmaß er den Raum und riss das Fenster auf, das eine uneingeschränkte Aussicht auf … den Wald bot. Kurz sah er hinaus, dann lehnte er sich enttäuscht an die Wand neben dem Fenster. Was hatte er erwartet? Seeblick?

Als seine Augen sich an das Dämmerlicht gewöhnt hatten, inspizierte er den Rest des Raumes. Direkt neben ihm gab es eine weitere, kleinere Tür, die höchstwahrscheinlich zum Klo führte. Er wollte sie noch nicht öffnen, noch nicht herausfinden, was genau das Wort *Komposttoilette,* das Frau Jorek stolz und gleich mehrfach benutzt hatte, eigentlich bedeutete. Es klang nach einem riesigen Misthaufen.

Okay, weiter.

Drei Betten. Schön verteilt an drei Wänden. Über jedem hing ein Regal, am Fußende stand eine Art Hocker Schrägstrich Nachttisch Schrägstrich Keine-Ahnung-Was.

Es dauerte einen Moment, ehe er begriff, dass die Zimmerwand, an der er gerade lehnte, eine exakte Kopie derer war, auf die er schaute. Ein Bausatz, dachte er hämisch. Hausbau für Anfänger. Anfangswand: Tür links, Fenster rechts, zwei Seitenwände, Endwand: Tür links, Fenster rechts. Dach drauf. Klokabuff außen dran. Fertig.

»Richte dich schon mal ein«, hatte Frau Jorek gesagt, nachdem sie ihn nach einer ewigen Wanderung hier abgestellt hatte. »Ich muss die anderen holen.«

Die anderen. Die musste sie wahrscheinlich nicht am Bahnhof einsammeln, die wurden bestimmt von ihren Eltern gebracht. Als Flix seinen Vater gefragt hatte, ob er ihn fahren würde, hatte der die Zeitung gesenkt und gelacht. »Als ob ich dafür Zeit hätte!« Und, während er die papierne Buchstabenmauer wieder zwischen ihnen errichtete: »Du hast dir das eingebrockt, mein Sohn, jetzt sieh zu, wie du dich da wieder rauslavierst.«

Sein Vater benutzte dauernd solche Worte. Evaluieren, präferieren, rauslavieren. Hauptsache, es klang wichtig.

Richte dich schon mal ein.

Als könnte man sich in diesem Klonding *einrichten.*

Er sah erneut aus dem Fenster. Bäume, Bäume, Bäume, so weit das Auge reichte, und hier drinnen – offenbar damit man keine Sekunde lang vergaß, wo man war – bestand auch alles aus Baum. Die Betten: aus Baum. Der Tisch: aus Baum. Die komischen Stühle, die eher Stämme mit Lehne waren und so wuchtig aussahen, dass sie sich garantiert keinen Millimeter verschieben ließen: Baum. Und nicht zu vergessen: die Baukastenwände. Er legte den Kopf schief. Wie viele Bäume ergaben eine Wand, wenn man sie übereinanderstapelte und an den Ecken miteinander verzahnte?

Sechs Wochen. Hier!

Allein der Name des Camps: *Feel Nature.* Pseudo-Wellness-Psycho-Mist!

Er sog die warme Waldluft ein, die durch das Fenster neben ihm hereinströmte. Ja gut, das roch nicht schlecht, nach Gras und so, trotzdem hätte er viel dafür gegeben, jetzt Smog zu riechen. In Berlin zu sein, an seinem eigenen Fenster zu stehen, das acht Meter höher lag als dieses hier, unter sich die pulsierende Leipziger Straße, das Rauschen der Autos, das Kreischen der Alarme. Stattdessen das hier.

Feel Nature.

Natur brauchte er nicht, sie machte seinen Kopf zu voll – all das Grün und Braun und die Vögel hinderten ihn am Denken. Und *fühlen* wollte er sie erst recht nicht. Vor allem nicht in Form von muffigen Holzhütten und schon gar nicht in Form von Insekten.

Er hasste Insekten. Spinnen besonders, auch die durchsichtigen mit den killerlangen Beinen, wie die, die über dem Bett neben der Eingangstür lauerte.

Dieses Bett wäre seine erste Wahl gewesen, es stand in perfekter Position, um schnell abhauen zu können. Wer wusste schon, mit was für Schlägertypen sie ihn hier einquartierten. Aber gut. Eher würde er sich den Weg notfalls freiprügeln, als unter einer Spinne schlafen. Er entschied sich für das Bett an der rechten Wand, dessen Kopfende gleich unter dem zweiten Fenster lag.

Mit dem Fuß kickte er seine Sporttasche mit allem, was die Inspektion durch Frau Jorek überstanden hatte, in Richtung Bett, lief hinterher und ließ sich auf die Matratze fallen. Die war überraschend bequem und schien, immerhin, neu zu sein. Na, nicht ganz neu. Aber da er erst in der zweiten Gruppe war, die dieses bescheuerte Resozialisierungsprojekt aufgedrückt bekommen hatte, war die Chance groß, dass die Matratze noch nicht durchsuppt war von Schweiß und Gestank und anderen Dingen, über die er nicht näher nachdenken wollte.

Er stopfte sich das noch unbezogene Kissen unter den Kopf und betrachtete das Regalbrett direkt über sich (auch aus Baum, klar, ein grobes Brett im Grunde nur, man sah die Astlöcher). Vermutlich sollte das Teil als Schrankersatz dienen, denn Schränke gab es nicht. Immer schön transparent bleiben und bloß keine Privatsphäre aufkommen lassen.

Er zog die beiden Zettel, die Frau Jorek ihm in die Hand gedrückt hatte, hervor, und faltete den ersten auf.

Willkommen bei Feel Nature!
Auch wenn du nicht freiwillig hier bist – wir freuen uns auf die Zeit mit dir.

Heute, am Tag eins deines Aufenthalts, gehen wir es langsam an:
Komm an, richte dich ein und lern die anderen Teilnehmerinnen und Teilnehmer kennen.
Um 16:30 Uhr gibt es eine Kennenlernrunde vorm Haupthaus, um 18 Uhr essen wir zu Abend.
Bis nachher!
Sophia Jorek, Gunnar Wildner und Lara Uhlich

Sophia Jorek hatte er sofort erkannt, als sie ihn am Bahnhof abgeholt hatte. Er hatte ihr Bild schon auf der Website des Camps gesehen. *Pädagogische Leitung* stand darunter. Allerdings wirkte sie jünger als auf dem Foto. Sie hatte, was er schön fand, weit auseinanderstehende Augen. Wie Juliane.

Er dachte an Julianes Gesicht, ihre Haare, daran, wie sie sich bewegte, und sofort stürmte Sehnsucht seinen Körper, jede einzelne Zelle. Er dachte an ihren Blick, als er ihr beichtete, was er getan hatte. Er schmerzte ihn immer noch, dieser Blick. Er war so ein Idiot gewesen. Und jetzt saß er hier, in der Pampa, ohne Kontakt zu ihr. Er hasste sich.

Flix ließ das Blatt sinken und suchte die Decke nach weiteren Spinnen ab, bis er wieder normal atmete. Gunnar Wildner – von dem hatte er auch ein Bild gesehen. Der war nicht nur Sozialarbeiter, sondern auch Zimmermann und betreute den »handwerklichen Teil« des Projekts. Er war ungefähr so alt wie sein Vater. Allerdings sah er im Gegensatz zu seinem Vater freundlich aus, mit vielen Falten und einem Lächeln, das echt wirkte. An eine Lara Uhlich konnte er sich nicht erinnern.

Dafür an die vielen Fotos auf der »Historie«-Seite des Camps. Von früher, als es noch nicht diesen albernen Namen trug, sondern schlicht *FDGB-Heim Sächsische Schweiz* geheißen hatte. Sie stammten aus einer Zeit, lange bevor Flix geboren war, und endeten kurz nach der Wende, als das Heim dichtgemacht hatte.

Es gab sicher zwanzig Schwarz-Weiß-Fotos von Bäumen und schroffen Felsen und auch von Bäumen, die aus diesen Felsen herauswuchsen. Genauso wie von Familien mit Kindern, die durch den Wald marschierten, Stockbrote über einem Lagerfeuer verkohlen ließen und in extrem uncoolen Badehosen von einem Steg in eine Art Waldsee sprangen.

An dem Gewässer waren sie auf dem Weg hierher vorbeigekommen. Allerdings hatte es weniger verlockend ausgesehen als auf den Fotos, kein Badesee, eher eine Art Sumpfloch. Auf dem schlammbraunen Wasser hatte Laub geschwommen und es hatte bestialisch gestunken. Er hatte sein Shirt über die Nase gezogen, ohne Erfolg. Führte da ein Abflussrohr rein? Von dem kleinen Steg waren nur noch die Pfosten übrig. Frau Jorek musste seinen Ekel bemerkt haben, denn sie hatte gelächelt und gesagt: »Ich schwimm fast jeden Tag drin.« Mit Mühe hatte er sich ein Würgen verkniffen. »Ist ein Quelltümpel, daher auch der Geruch. Mineralien. Sehr gesund. Ist herrlich, wart mal ab!«

Na danke.

In der Fotostrecke »Wiederaufbau« gab es Bilder von ihr, wie sie mit Anzugträgern sprach, Papiere unterzeichnete und schließlich, sichtlich stolz und mit einer Schaufel in der Hand, vor dem Schild *Feel Nature* posierte.

Sie schien also von Anfang an dabei gewesen zu sein, als das Land Sachsen vor zwei Jahren begonnen hatte, die Anlage zu restaurieren. Dann, im letzten Sommer, hatten die ersten »jugendlichen Straftäter« das Camp bezogen. Von denen gab es keine Fotos, Datenschutz, vermutete er, aber wie sich der Ort positiv veränderte, als sie hier zu schuften begonnen hatten, fiel ihm sofort auf. Die mussten extrem rangeklotzt haben in den paar Strafwochen.

Er mochte vielleicht nicht besonders geschickt darin sein, sich von *falschen Freunden* fernzuhalten, aber zwischen den Zeilen lesen konnte er perfekt. Außerdem gaben sich die Betreiber nicht viel Mühe, ihre Intention (noch so ein Vater-Wort) zu verbergen: Als er auf der Website den Menüpunkt *Ziel des Camps* angeklickt hatte, war ihm schnell klar geworden, dass das ganze Gerede von »Resozialisierung« oder »Stärkung der sozialen Fähigkeiten« und von dem »Ort für Rückbesinnung und gruppendynamische Projektarbeit« nur eine Ausrede war. Was sie hier brauchten, waren billige Arbeitskräfte.

Resozialisierung. Das Wort hatte die Richterin auch benutzt, mehrfach sogar, als sie ihm seine Strafe – den Platz im Camp – präsentiert hatte wie einen Hummer auf dem Silbertablett. Resozialisierung klang, als wäre er vollkommen asozial, aber es bestünde noch ein Hauch Hoffnung. Flix kannte nur einen in seiner Familie, der asozial war. Nur einen.

Und was die Arbeitsstunden anging – verschleierte Sklavenarbeit war das! Man hatte dem Camp kurzerhand einen esoterischen englischen Namen gegeben und die Jugendlichen durften, statt im Strafvollzug zu sitzen, Blockhütten renovieren. Alles am Arsch der Welt, gleich an der Grenze zu Tschechien, wo es nichts gab als Bäume, Felsen und Gestrüpp.

Dabei war er, wenn er seinem Vater glaubte, mit einer erstaunlich milden Strafe davongekommen. An dessen Einfluss hatte es nicht gelegen, der hatte sich geweigert, seine Kontakte für ihn spielen zu lassen. Warum er als Berliner Jugendlicher also ausgerechnet hier im sächsischen Wald gelandet war statt in Haft, war ihm ein Rätsel.

»Wahrscheinlich ein Sozialexperiment«, hatte sein Vater gemutmaßt. »Sie stecken Delinquenten aus verschiedenen Stadtteilen und Milieus zusammen und schauen, was passiert. Gratuliere, mein Sohn.« In seiner Stimme nichts als Verachtung. Flix schauderte bei der Erinnerung daran.

Auf dem Fensterbrett landete eine Amsel. Sie starrte zu ihm hinein, und als er sich bewegte, zischte sie davon.

Berlin war knapp dreihundert Kilometer entfernt, aber gefühlsmäßig hätte *Feel Nature* auch auf einem anderen Kontinent liegen können. Weiter weg konnte man sich von der Großstadt nicht fühlen.

»Muss ja«, hatte Diana, seine Stiefmutter, gesagt, »damit sie euch aus euren Strukturen lösen.«

Seine äußere Struktur, das waren die Jungs in der Schule, seine innere war Juliane.

Er hatte Diana von ihr erzählt, niemandem sonst. Am Anfang hatte er sie verachtet, dann bemitleidet. Erst nach seiner »Dummheit« (wie sein Vater es nannte), als er Hausarrest bekam und Diana zu seiner Überwachung abkommandiert wurde, begann er, sie zu mögen. Sie brachte ihn jeden Tag zur Schule und holte ihn wieder ab – nicht ohne sich tausendfach dafür zu entschuldigen. Was hätte sie sonst tun sollen? Seinem Vater, ihrem Mann, nicht zu gehorchen, war keine Option. Sie waren gefangen, beide, wenn auch auf verschiedene Arten.

Eines Tages, als er besonders aufgewühlt aus der Schule kam, hatte er sich ihr anvertraut. Und sie schien es zu genießen, mit ihm gemeinsam ein Geheimnis vor seinem Vater zu haben: Juliane.

X

Endlich!

Ich habe so lange warten müssen, so lange!

Aber als sie aus dem Wald auf die Lichtung treten, weiß ich, dass sich das Warten gelohnt hat.

2. KAPITEL

In den Wäldern

Ryan

Eine halbe Stunde waren sie schon unterwegs. Er kam mit seinem Rucksack gut voran – im Gegensatz zu den beiden Mädchen. Es war ihm ein Rätsel, nach welchen Gesichtspunkten die ihre Sachen gepackt hatten. In seinem Rucksack steckte quasi alles, was vorzeigbar war. Auf den Rest, den er zu Hause zurückgelassen hatte, konnte er gut verzichten. Er rupfte im Vorbeigehen ein Blatt ab, zerrieb es zwischen den Fingern und roch – wildes, frisches Grün.

Obwohl im Infobrief gestanden hatte, dass sie durch den Wald zum Camp *laufen* würden, hatte diese Olympe sich die riesigste ihrer Taschen ausgesucht. Das Teil war natürlich so schwer, dass sie es dauernd schimpfend von einer in die andere Hand wechselte. Das andere Mädchen – Noomi – wirkte entspannter, obwohl sie ihren Koffer ebenfalls tragen musste, denn zwischen all den Wurzeln und Tannenzapfen nützten die Rollen natürlich nichts. Sie summte die ganze Zeit vor sich hin, was ihm gefiel. Das Summen schien seine Schritte leichter zu machen, mehr Energie in seine Muskeln zu leiten; einen Moment lang fühlte er sich fast frei.

Dann, plötzlich, erstarrte Olympe vor ihm. Sie ließ die Tasche fallen und kreischte, beides gleichzeitig, und war mit einem

Sprung zwischen den Bäumen verschwunden. Nur ihr Arm blieb sichtbar, der ausgestreckte Zeigefinger auf den Weg gerichtet.

»Bitte sagt, dass das nicht wahr ist«, rief sie aus der Deckung heraus. »Sagt, dass ich halluziniere. Solche Viecher gibt's in fernen exotischen Ländern, aber doch nicht … hier!«

Auch Frau Jorek und Noomi waren stehen geblieben und folgten Olympes Finger mit den Blicken.

»Na, ihr habt vielleicht Glück!« Frau Jorek klang begeistert.

Endlich entdeckte auch er den Grund für die Aufregung: einen hellgrau-dunkel gemusterten halben Meter Schlange, der sich langsam über den Weg ins Gebüsch wand.

»Eine Kreuzotter«, erklärte Frau Jorek. »Sehr scheu. Man begegnet ihnen viel seltener als Ringelnattern. Nattern werdet ihr hier jedenfalls öfter sehen. Die liegen oft im Gras und sonnen sich.«

»Sie sonnen sich?«, echote Olympes Stimme aus dem Gebüsch. »Nicht Ihr verdammter Ernst!«

»Wow, voll wild hier.« Noomi hatte aufgehört zu summen.

Frau Jorek sagte: »Gewöhnt euch dran. Die Wildnis ist Teil des Projekts.« Sie drehte sich um und stapfte weiter. »Los jetzt. Ein Viertelstündchen noch.«

»Giftschlangen!«, knurrte Olympe, als sie sich aus dem Schutz der Bäume herauswagte. »Großartig.« Dann hievte sie die Tasche wieder hoch und folgte Noomi.

Er bog die Zweige des Gebüschs auseinander, unter dem die Schlange verschwunden war, aber sie war weg. Schade. Er ruckelte seinen Rucksack zurecht, sog den warmen Waldgeruch ein und schloss zu den anderen auf.

Nach einer Ewigkeit lichteten sich die Bäume, die Büsche

rechts und links des Weges wichen zurück und endlich traten sie auf eine Lichtung.

Sonne. Eine Wiese, mindestens hundert Meter Weite.

»Da sind wir.« Frau Jorek drehte sich zu ihnen um. »Willkommen bei *Feel Nature!*«

Sie breitete die Arme aus und auf ihrem Gesicht lag ein Strahlen. Kurz nur, ganz kurz, dann erinnerte sie sich offensichtlich an ihre Aufpasserrolle. »Das ist für die nächsten sechs Wochen euer Zuhause.«

Zuhause, dachte er. Nun ja.

Olympe

Ungläubig blieb sie stehen und ließ ihre tonnenschwere Tasche auf den Boden plumpsen. »Das ist ein Scherz, oder?«

Noomi hörte endlich auf zu summen, drehte sich zu ihr um und fragte grinsend: »Haste die Website nicht gecheckt?«

Noomi schien das witzig zu finden, aber Olympe hatte sie längst durchschaut. Leute, die permanent gute Laune verbreiteten, hatten etwas zu verbergen, irgendeine finstere Seite.

»Klar hab ich die gecheckt«, erwiderte sie spitz. »Aber du musst ja wohl zugeben, dass da alles schicker ausgesehen hat, moderner, nicht so …«, sie stockte kurz, »… abgeranzt.« Olympe hasste Photoshop fast genauso wie unechte Menschen. Unecht wie Noomi mit ihrem aufgesetzten Summen und Dauergrinsen. Dann lieber eine gepflegte schlechte Laune, wie Frau Jorek sie zeigte, fand sie. Da wusste man wenigstens, woran man war.

Noomi ließ sich nicht verunsichern. »Wenn du mich fragst …«

Sie ließ den Blick demonstrativ schweifen. »... ist das der ideale Drehplatz für den zweiten Teil von *Cabin in the Woods.*«

Noomi kannte *Cabin in the Woods*? Interessant. Wer Horrorfilme liebte und Humor hatte, konnte nicht komplett bescheuert sein. Olympe knetete ihre schmerzenden Hände und nahm das andere Mädchen näher in Augenschein.

Eine Riesenwolke dunkler Locken reichte Noomi bis zur Taille. Sie mussten beide ungefähr gleichaltrig sein, aber die andere war einen guten Kopf kleiner und etwas runder. Niemals hätte sie Noomi zur Fraktion Horrorfilm gepackt, sie wirkte eher wie ... Liebesfilm. Oder Musical. Nein – eine Mischung aus beidem. Bollywood. Ja, das war's: Bollywood. Das ganze Gesinge und Gegrinse.

Als ob Noomi ihre Analyse beenden wollte, begegnete sie ihrem Blick. Fassungslos starrte Olympe zurück. Noomi hatte die krassesten Augen, die sie je gesehen hatte. Orangefarben. Ein *extremes* Orange. Das mussten Kontaktlinsen sein!

Also doch: unecht durch und durch. Ihre innere Abwehr verfestigte sich wieder. Wortlos wandte sie sich ab und dem Anblick des architektonischen Grauens zu.

Fünf Holzhäuschen in unterschiedlichen Graden der Verwahrlosung und ein kleiner Betonquader gruppierten sich im Halbkreis um ein massives, eingeschossiges Steingebäude von unfassbarer Hässlichkeit.

Es war extrem schmal, schien aber seinen Mangel an Breite durch Länge wettmachen zu wollen. Es lag auf der Wiese wie eine riesige, eckige ... Kreuzotter. Selbst die Farbe stimmte: Grau und schmutzfleckig, als schämte es sich so für seine Abscheulichkeit, dass es versuchte, sich zu tarnen. Es war das mit Abstand abstoßendste Bauwerk, das sie je gesehen hatte.

Dagegen waren die Holzhäuschen zumindest aus ästhetischen Gesichtspunkten erträglich – wenn man davon absah, dass zwei der fünf wirkten, als hätte der Zahn der Zeit nicht nur an ihnen genagt, sondern sie halb aufgefressen. Zwischen den Holzbohlen wucherte Grünzeug, das sich in allen Vegetationsstadien befand: Blüten, Blätter, Früchte. Sogar die Dächer waren voller Gestrüpp! An den Treppen, die zu den kleinen, überdachten Veranden führten, fehlten bei den beiden Ruinenhütten die Stufen. Durch die Tür- und Fensterlöcher konnte man geradewegs ins Innere der Hütten sehen und durch ein Fensterloch an der Rückwand wieder hinaus in den Wald. In den Ruinen selbst drückten sich blühende Disteln durch den kaputten Boden.

Sechs Wochen? Hier? Ohne jegliche technische Ausrüstung, die ihr digitales Ich ausmachte?

Sie ließ den Blick weiterwandern, über die drei anderen Hütten, die intakt schienen, zu dem Betonquader, der den Gebäudehalbkreis auf der linken Seite abschloss und wie die kleine Schwester des Kreuzottern-Hauses wirkte.

Mit etwas Mühe konnte man sich diesen Babyquader sogar schönreden – und sei es nur wegen des liebevoll handgemalten Schildes mit der gigantischen Schnörkelaufschrift *Werkstatt*, das über der Tür hing und so etwas wie Menschlichkeit ausstrahlte. Das Problem lag in der Mitte: die *Cabin in the Woods*.

»Unser Haupthaus.« Frau Jorek wies mit dem Kinn darauf.

»Ein Atombunker?«, entfuhr es ihr.

Noomi machte ein komisches Geräusch, halb Lachen, halb Husten. Ryan tat nichts. Überhaupt war der ganz schön still. Trotzdem schaute Frau Jorek sie alle drei strafend an, aber im Ernst: Das Teil sah wirklich aus wie ein Bunker. Fettmaurig, düster und geduckt, strahlte es so viel Lebensfreude aus wie ein Gullyloch.

»Ich hoffe, die haben den Architekten auch hier eingebuchtet. Das da ist jedenfalls eine Straftat«, höhnte sie.

Noomi sah aus, als würde sie gleich losprusten, und Ryan, der unsichtbare Dritte in ihrem Bunde der Kriminellen, drängte sich an einen Baumstamm und schwieg weiterhin.

»Das Haupthaus ist tatsächlich ein Prunkstück der DDR-Architektur«, erwiderte Frau Jorek kalt. Olympe hoffte, dass sie es ironisch meinte. »Es ist ein ehemaliges FDGB-Ferienheim.« Bevor sie nachfragen konnte, wofür die Abkürzung FDGB stand, ging der Vortrag schon weiter. »Dadrin sind der Gruppenraum mit Küche, mein Büro, mein Zimmer, die Waschräume und unser Lebensmittellager. Überhaupt ist das unser Aufenthaltsbereich, wenn die Witterung mal nicht mitspielt.«

»Gemütlich.« Sie konnte sich den Kommentar nicht verkneifen.

»Ihr seid nicht hier, um Urlaub zu machen«, gab Frau Jorek zurück.

»Und wo wohnen wir?«, fragte Noomi.

Wenn die nicht bald aufhörte zu lächeln, würde sie einen Anfall bekommen.

»Ihr beide teilt euch Hütte 5.« Frau Jorek deutete auf das Holzhäuschen ganz rechts. »Und du …« Sie nickte Ryan zu, »wohnst gemeinsam mit dem vierten Teilnehmer in Hütte 4.«

Teilnehmer? War das ihr offizieller Name hier? Nicht »jugendliche Straftäter« oder »Kriminelle«, sondern *Teilnehmer*?

»Die Schlafhütten haben alles, was man braucht.« Frau Jorek sprach, als würde sie ihnen eine Luxussuite anbieten. »Sogar eine eigene Komposttoilette.«

Sogar!

»Duschen sind im Haupthaus und warmes Wasser gibt's

auch.« Sie wies auf das Dach des Kreuzottern-Gebäudes. »Die Solarzellen versorgen das Haupthaus nämlich mit Strom.«

»Nur das Haupthaus?« Olympe schwante Fürchterliches. »Und unsere Hütten? Gibt's da etwa kei…«

»Für die haben wir einen Generator«, erklärte Frau Jorek. »Aber wir schalten ihn nur einmal täglich kurz an, vor der Bettruhe. Im Sommer ist es ja lange hell. – Durchgängig Strom gibt es also nur im Haupthaus.«

Sie wollte sich wegbeamen. Zu einem Ort mit entschieden weniger Bäumen. Nach Hause. Zu Marie und Stefan und ihren Cousins Ole und Fabi. Zu ihren Computern. Zu Strom, der vierundzwanzig Stunden täglich verfügbar war, einer richtigen Toilette und ihrem Zimmer, das sie sich nicht mit einer *Teilnehmerin* teilen musste.

Mitten in ihren Wunschtraum kreischte Noomi neben ihr auf, ihre Hände und Haare flogen, und etwas Dunkles zog lautlos in die Höhe. Olympe zuckte instinktiv zurück.

»Was …«, stieß sie erschrocken hervor, »… war das denn?«

»Es hat mich angefallen!« Noomi wischte sich hektisch den Kopf. Endlich, freute sich Olympe und wusste, dass sie gemein war, endlich mal keine Spur von Grinsen auf dem Gesicht.

Frau Jorek schien ungerührt. »Wahrscheinlich eine verpeilte Hufeisennase.«

Hufeisen-was?

»Eine Fledermausart«, erläuterte Frau Jorek. »Kleine Hufeisennase, genau genommen. Gunnar kann euch dazu mehr erzählen.«

Gunnar?

»Der wohnt übrigens dort, zusammen mit Lara …« Sie wies auf Hütte 1, gleich neben der Baby-Kreuzotter-Werkstatt. »Die zwei lernt ihr nachher kennen. Die Fledermäuse sind jedenfalls harmlos, aber sehr unbeholfen, wenn man sie weckt. Wir haben viele davon, sie fliegen abends durchs Camp. Neben Hufeisennasen gibt's hier noch Abendsegler und Große Mausohren. Sie schlafen in den Felshöhlen einen halben Kilometer von hier. Seid vorsichtig, wenn ihr welche in der Dämmerung seht, auf keinen Fall danach schlagen oder sie jagen – sie stehen auf der Liste der gefährdeten Arten und müssen geschützt werden.«

Noomis Gesichtsausdruck machte mehr als deutlich, dass sie selbst sich für schützenswerter hielt als verpennte Fledermäuse mit komischen Namen.

»Ist ja nichts passiert«, schloss Frau Jorek streng. »Und wie ich vorhin schon sagte: Gewöhnt euch dran. Die Wildnis gehört dazu.« Dann, in sanfterem Ton: »Alles klar?«

Nein. So was von nein.

»Und jetzt ab mit euch in eure Hütte. Auspacken! – Ryan?«

Ryan? Stimmt, der war ja auch noch da.

»Komm. Ich stell dir deinen Mitbewohner vor.« Ryan, noch immer schweigend, schlappte hinter Frau Jorek her zu Hütte 4.

Komischer Typ, befand sie. Zu still. Stille Wasser waren nach ihrer Erfahrung beinahe genauso verdächtig wie unechte Menschen mit Dauergrinsen. Aber was wunderte sie sich überhaupt? Das hier war ein Strafcamp! Es war abzusehen gewesen, dass sie nicht auf Gandhi und Mutter Teresa treffen würde, oder? Die beiden hatten *natürlich* was auf dem Kerbholz!

Sie holte tief Luft, wuchtete ihre Hundert-Kilo-Tasche hoch und steuerte die zugewiesene Hütte an.

Die Hütte, zu der Frau Jorek ihn lotste, glänzte in der Nachmittagssonne. Sie nahm die zwei Stufen zur Tür, kreuzte mit einem Schritt die schmale Veranda und riss die Hüttentür auf, ohne anzuklopfen. Drinnen herrschte Dunkelheit.

Sie schob ihn über die Schwelle. »Flix, hier kommt dein Mitbewohner! Denkt an die Kennenlernrunde!« Dann war sie weg.

Es gelang ihm, die Tür mit dem Fuß abzufangen, ehe sie hinter ihm ins Schloss fiel. Seine Augen versuchten, sich den Lichtverhältnissen anzupassen, und nach einer Weile konnte er ein Bett ausmachen, das an der rechten Zimmerwand stand, und darauf eine Gestalt, die sich langsam aufrichtete.

»Willkommen im Hilton.« Der Typ breitete die Arme mit einer Geste aus, als wollte er ihm die Hütte schenken. »Ich bin Flix. Hab mich mal 'n Moment hingehauen.«

»Versteh ich«, flüsterte er. »Ich bin Ryan.«

»Hi, Ryan.«

»Hi … Flix.«

Sein Blick huschte durchs Zimmer, zum Fenster, zu Flix. Langsam gewöhnten sich seine Augen an das Dämmerige und sein Mitbewohner nahm Konturen an. Und was für welche!

Flix sah aus wie ein Schauspieler aus einer Werbung für Duschbäder. Gebräunt, sehnig und mit erstaunlich weißen Zähnen. So einer, der auf einem Felsvorsprung steht und sich dann kopfüber in die Tiefe stürzt. Der beim Auftauchen lacht und sich die nassen Haare aus den wasserfarbenen Augen schüttelt. Die Tropfen fliegen in Zeitlupe an der Kamera vorbei. Dann wird der Name des Duschgels eingeblendet, aber den kann sich keiner merken, weil alle nur an den schönen Jungen denken.

So einer war Flix.

»Sag mal, wie alt bist du, Bro?«, unterbrach der Duschgeljunge seine Gedanken. »Also – nimm's nicht persönlich, du siehst aus wie elf oder so. Die können doch keine Kinder hier reinstecken!«

»Vierzehn.« Er schob sich an Flix vorbei zu dem Bett, das direkt unter dem Fenster stand. Gegen Typen wie Flix war er machtlos.

Noomi

»Jetzt also noch mal offiziell«, begann Sophia Jorek ihre Einführungsrede. »Willkommen bei *Feel Nature.* Und gleich vorweg: Ihr habt verdammtes Glück, dass sie euch hierhergeschickt haben. Glaubt mir, viele jugendliche Straftäter in eurer Situation würden was drum geben, bei unserem Projekt mitzumachen.«

Ja, dachte sie. Ja! Ich hab's geschafft. Dank ihres Anwalts, der die Jugendrichterin davon überzeugt hatte, sie an diesem ungewöhnlichen Projekt teilnehmen zu lassen. Nachdem Noomi *ihn* überzeugt hatte, ganz unauffällig natürlich. Die Richterin hatte eingewilligt, weil sie Ersttäterin sei, weil sie eine gute Prognose habe und wegen des Vorfalls, der hinter ihr läge. Wenn die wüsste, dass ausgerechnet der *Vorfall* der Grund für ihre Straftat gewesen war. Und jetzt war sie tatsächlich hier. Endlich! Unter freiem Himmel, zwischen aufgeschreckten Fledermäusen, auf Baumstümpfen, im Kreis mit anderen, und auf nichts davon kam es an. *Worauf* es ankam, war, ihren Plan umzusetzen.

Erst mal durchatmen, beschwor sie sich. Mitmachen. Ins Gefüge einschmiegen. Alles andere würde sich finden. Lächeln. Unauffällig, unauffällig!

Insgesamt waren sie sieben, sie saßen um eine Feuerstelle. Direkt neben ihr Ryan, dann Frau Jorek und ein weiterer Junge, den sie noch nicht gesehen hatte und der für ihren Geschmack zu gut aussah. Außerdem Olympe, mit der sie nicht wirklich warm wurde. Alles an ihrer Mitbewohnerin kam Noomi widersprüchlich vor: Ihre ohrläppchenkurzen Haare wirkten wie selbst abgesäbelt und schrien überdeutlich heraus, dass ihr die Meinung anderer scheißegal war. Andererseits trug sie eine sauteure Hipsterbrille und hatte mehr Ringe an den Fingern, als in der Auslage des Juwelierladens gelegen hatten, dessen Scheibe sie eingeschlagen hatte. Sie wirkte gleichzeitig geerdet und abgehoben, arrogant und freundlich. Noomi konnte sich keinen Reim auf sie machen.

Neben Frau Jorek hockte ein Mann auf dem Stumpf, dessen gesamtes Gesicht aus Lachfalten zu bestehen schien. Eine wilde lichtbraune Mähne. Und als Letztes lümmelte ein Mädchen in ihrem Kreis, das wie eine Klischee-Schwedin aussah: so blondes Haar, dass es fast weiß schien. Außerdem wirkte sie, als würde sie jedes Wochenende hier im Elbsandsteingebirge verbringen – an einer Steilwand hängend. Braun gebrannt, drahtig, stark. Die hatte vor nichts Angst, da war sie sich sicher. Was sie wohl angestellt hatte?

Noomi, konzentrier dich, schalt sie sich. Hör zu. Oder tu zumindest so.

»… habt eure Sachen schon ausgepackt und die Papiere gelesen, die ich euch gegeben habe …«

Die Rede spülte um sie herum, ihre Gedanken schweiften zurück zum Auspackmoment, dann zu dem, als die dauerplappernde Olympe auf dem Klo verschwunden und sie selbst aus der Hütte gehuscht war. Da hatte sie den ersten Fehler in ihrem ansonsten perfekten Plan gemacht. Sie hatte nämlich ausgerechnet eine Stelle zwischen den Baumstümpfen gewählt, auf denen sie gerade saßen, um ein Loch zu graben und ihren wichtigsten Besitz darin zu versenken.

Argwöhnisch beobachtete sie Frau Joreks Füße, die diese Stelle berührten. *Fast* berührten.

»… werden ab zehn Uhr die Hütten nicht mehr verlassen. Wenn doch, gibt es Strafpunkte. Fünf Strafpunkte bedeuten, dass ihr aus der Maßnahme fliegt. Die Mahlzeiten bereitet ihr abwechselnd in Zweierteams vor. Es geht, wie bei allem hier, um Teamarbeit. Diese Gruppe …« Ihre ausgreifende Geste beschrieb einen Kreis um sämtliche Baumstumpfsitzer. »… wird die nächsten Wochen miteinander verbringen. Wir arbeiten zusammen, kochen und putzen zusammen und treffen uns jeden Tag um halb fünf zu einer Dialogrunde, bei gutem Wetter hier, bei schlechtem drinnen.« Sie deutete mit dem linken Daumen über ihre Schulter zur *Cabin in the Woods.*

Immerhin duschen und aufs Klo gehen dürfen wir offenbar alleine, dachte Noomi und starrte weiter auf Frau Joreks Füße.

»Was die Duschen angeht …« Konnte die Gedanken lesen? »Die Waschräume im Haupthaus sind nach Jungs und Mädchen getrennt. Haltet euch dran. Ja, was noch? Abends um halb neun schalten wir den Generator an, dann habt ihr in den Hütten Licht zum Lesen, Briefeschreiben und so. Um zehn geht das Licht aus und es herrscht Bettruhe. Alles klar so weit?«

Keiner von ihnen reagierte.

»Okay.« Die Sozialarbeiterin klatschte in die Hände und der allzu attraktive Junge zuckte zusammen, als wäre er mit den Gedanken ganz weit weg gewesen. Selbst mit aufgeschrecktem

Blick sah er noch aus, als würden sich Joop, Adidas und Gucci bekriegen, damit er für sie modeln würde.

»Kurze Vorstellungsrunde«, befahl Frau Jorek und wies auf sich. »Mich kennt ihr schon, ich bin Sophia Jorek und ich leite das Camp. Ihr könnt mich Jorek nennen.«

»Nicht *Frau* Jorek?«, erkundigte sich Ryan leise. Er war eindeutig der Jüngste von ihnen und Noomi fiel auf, dass sie seine Stimme zum ersten Mal bewusst hörte.

Die Campleiterin schüttelte den Kopf. »Einfach Jorek.«

Olympe kicherte. »Sophia?«, schlug sie vor.

Jorek zog eine Braue hoch. Das reichte, um Olympe verstummen zu lassen.

»Ich bin für alles Pädagogische hier zuständig, leite die Gruppensitzungen und trage die Verantwortung für euch und das Gelingen des Projekts. Wenn ihr Fragen habt oder es irgendwelche Probleme gibt, wendet euch bitte an mich oder an meinen Kollegen …« Sie nickte zu dem Faltenmann. »… Gunnar Wildner.«

»Zu mir könnt ihr Gunnar sagen«, übernahm der Mann. »Ihr seid alle hier, um aus einem belastenden Umfeld rauszukommen. Wir helfen euch, gemeinsam stärker zu werden, den Blick zu ändern und das, was ihr getan habt, reflektieren zu lernen.«

Noomi beäugte die anderen kritisch: Was bitte schön war ein *belastendes Umfeld?*

Als hätte er ihren Gedanken gehört, fuhr Gunnar fort: »Manchen tut ihre Familie nicht gut oder die Schule …« Lag sein Blick absichtlich länger auf Ryan oder bildete sie sich das ein? Ryan schien es auch aufzufallen, er duckte sich unter den Worten weg. Gunnar sprach unbeirrt weiter: »… manche verlieren sich in Computerwelten …« Olympe? Ehe sie eine Reaktion ausmachen konnte, glitt Gunnars Aufmerksamkeit schon weiter zu dem schönen Jungen. »Und manche bewegen sich in schlechter Gesellschaft.« Der Junge wurde eine Nuance blasser.

Gunnar mochte väterlich rüberkommen, aber was er gerade abzog, war gemein. Er sagte zwar »manche, manche, manche«, aber er meinte »du, du, du«. Und gleich war sie selbst dran.

»Andere wiederum …« Jetzt lag sein Blick auf ihr und wie jeder, der zum ersten Mal ihre Augen sah, zuckte auch er kurz zurück. »Andere …« Er verhaspelte sich, fing sich wieder. »… hatten wohl einen Kurzschluss.«

Einen Kurzschluss? Fast wäre sie wütend geworden, stattdessen lächelte sie, wie immer, und atmete erst aus, als er weitersprach.

»Aber warum ihr hier seid, ist für mich zweitrangig. Bei mir zählt, was ihr tut, nicht, was ihr getan habt.« Er lachte bassig und ein bisschen zu laut. »Ich bin für alles zuständig, was mit der Projektarbeit verbunden ist. Mit mir werdet ihr die zwei letzten Blockhäuser wieder herrichten.« Er deutete auf die zwei Ruinen, in denen die Natur es sich gemütlich gemacht hatte. »In sechs Wochen, wenn ihr als gestärkte Menschen das Camp verlasst, sollen die so aussehen, wie die, in denen ihr jetzt wohnt.«

Haha. Gunnar schien ein ausgemachter Optimist zu sein. Hatte er sich ihre Gruppe mal angeschaut? Ein Schönling, ein Schweiger, ein wandelnder Schmuckladen und … na ja, sie selbst.

»Ich weiß! Sieht nach viel Arbeit aus, ist es auch, aber die Gruppe vom letzten Sommer hat sogar drei Hütten restauriert. Und das, obwohl die Umstände viel weniger komfortabel waren als heute.«

Komfortabel? Kompostklos, kein Strom und Gruppenduschen. Nicht dass es eine Rolle spielen würde. Anders als die anderen musste sie nicht *stärker werden* oder ihren *Blick ändern.* Ihr Blick war bereits klar.

»Letztes Jahr hat die Gruppe im Haupthaus schlafen müssen.« Er lächelte und alle Falten in seinem Gesicht lächelten mit. »Geschafft haben sie es trotzdem. Es ist machbar und wir werden dabei Spaß haben, versprochen. Außerdem habt ihr einen Joker! Lara hilft nämlich mit. Und Lara ist eine Maschine.«

»Vati!« Das schwedenblonde Klettermädchen verdrehte die Augen.

Vati? Sie war keine von ihnen?

»Voll der Familienbetrieb!«, frotzelte der Modeljunge.

»Leider nicht«, antwortete Gunnar. »Lara weigert sich hartnäckig, in meine Fußstapfen zu treten und Zimmerin zu werden. Stattdessen studiert sie Medi...«

Noomi bemerkte aus dem Augenwinkel eine hüpfende Bewegung links von Ryans Fuß und dann ging alles ganz schnell.

»Hal-lo?« Joreks Stimme, Joreks scharfer Blick. Beides auf sie, Noomi, gerichtet.

»Alter, von dir können wir noch was lernen!« Der schöne Junge lachte trocken. »Zeigst du mir später den Trick?«

»Mir auch!«, bat Olympe. »Solche Reaktionen hätte ich auch gern – das wär Hammer fürs Gamen. Du warst so schnell, ich hab nicht mal mitgekriegt, wie du aufgesprungen bist. Aber was genau ...« Olympe deutete auf ihre Hand.

Sie beäugte ebenfalls ihre rechte Hand. Die schwebte in der Luft und hielt etwas Zappelndes. Es war kalt und ... es lebte.

O nein. Es war schon wieder passiert!

Verstört ließ sie los. Der kleine Frosch plumpste auf den Boden und sprang um sein Leben, fort von ihr. Sie sah ihm nach, ähnlich irritiert wie die anderen.

Schließlich begann Lara zu klatschen. »Gute Showeinlage. Können wir jetzt bitte zurück zum Thema kommen? – Ich war gerade dabei, mich vorzustellen.«

»Sorry«, nuschelte sie. »Ich … ähm …«

Während sie sich unauffällig die Hand an den Shorts abwischte und die anderen ihre Aufmerksamkeit wieder Lara zuwandten, spürte Noomi noch lange Joreks Blick auf sich brennen. Sie musste wirklich besser aufpassen.

»Was mein Vater sagen wollte«, ergriff Lara wichtigtuerisch das Wort, »ist, dass ich quasi in seinem Zimmereibetrieb aufgewachsen bin, aber mich für ein Medizinstudium entschieden hab.« Ihr weißblondes Haar glänzte, als wäre es aus Licht. »Und weil ihr wieder nur vier seid wie im letzten Jahr, hat er mich überredet, die letzten zwei Semesterwochen zu schwänzen und noch mal mitzumachen. Mit mir geht's schneller und besser, ganz einfach, weil ich weiß, wie's läuft, und ihr nicht.« Wenn das ein Witz sein sollte, misslang er gründlich. Aber immerhin lenkte Lara mit ihrer Angeberei von dem Zwischenfall mit dem Frosch ab. »Ohne mich kommt ihr jedenfalls auf keinen grünen Zweig. Ich bin euer Ass im Ärmel.«

Falls sie versuchte, Jorek den Rang für das unsympathischste Teammitglied abzulaufen, war sie mit dieser Selbstbeweihräucherung auf dem besten Weg. Nur weil ihr Vater sie für den Nabel der Welt hielt, hatte Lara sich offenbar eingeredet, dass sie der Nabel der Welt *war.* Sie thronte auf ihrem Baumstumpf und verschränkte die braun gebrannten Arme vor der Brust, so fest, dass sich ihre Bi-, Tri- und sonstige Zepse deutlich abzeichneten.

»Was meine Tochter euch auf ihre bescheidene Art zu sagen versucht, ist: Sie ist meine rechte Hand und ihr alle werdet meine linke sein.«

Wie konnte ein Mann mit derart positiver Ausstrahlung eine so unangenehme Tochter haben? Wobei – umgekehrt kam es auch oft genug vor.

»Das war's erst mal von uns beiden.«

Jorek, die endlich den scharfen Blick von ihr genommen hatte, wies auf den Modeljungen. »Erzähl mal ein bisschen was zu dir und warum du hier bist.«

Alle Aufmerksamkeit flog zu dem Jungen.

Gute Frage, dachte sie, was macht jemand wie du hier? Hast du Heidi Klum gestalkt? Oder sie dich?

»Ich … ähm … ich bin Flix.« Er machte eine angedeutete Verbeugung in die Runde.

»Nicht dein Ernst!«, rutschte es ihr heraus. »Ist das dein richtiger Name?

»Ähm … fast. Eigentlich heiß ich Felix, aber so nennt mich keiner. Ich mag das auch nicht. Wegen … ähm …«

»… dem Hasen.« Olympe lachte.

Der Junge sah Olympe an und Olympe ihn. Einen Moment lang schien es, als würden Sonnenpunkte auf den Boden rieseln. Schließlich zwinkerte er. »Ja, der Scheißhase … Jedenfalls … ich komm aus Berlin. Aus Mitte. Und ich bin siebzehn. Hier bin ich, weil ich …« Er löste den Blick von Olympe und hypnotisierte stattdessen den Wald hinter ihr. »Na ja … ich bin ein bisschen zu schnell gefahren.«

Zu schnell gefahren? Dafür landete man nicht in einer Maßnahme wie dieser. Es musste eine Metapher sein, eine Art Geheimcode … Für Drogen vielleicht? In der Art: Ich hab Speed genommen – ich bin zu schnell gefahren?

»So kann man's natürlich auch nennen«, kommentierte Jorek trocken. »Aber für den Moment lass ich es gelten.«

Sie ließ ihm das durchgehen? Das konnte sie doch nicht machen! Das Ziel dieser Vorstellungsrunde war ja wohl, dass sie wussten, mit wem sie es hier sechs Wochen lang zu tun hatten. Sie selbst musste jedenfalls wissen, ob sich hinter dem männlichen Jungmodel ein Junkie verbarg. Das war wichtig. *Alles* war wichtig! Jedes Detail. Ihre Mission beruhte darauf, dass sie exakte Informationen sammelte.

Aber ehe sie nachhaken konnte, wies Jorek bereits auf Olympe. »Jetzt du.«

Olympe, das hatte sie schon festgestellt, war ein Wasserhahn. Wenn man die aufdrehte, flossen Worte. Und richtig, es ging schon los.

»Hallihallo, ich bin Olympe.« Sie winkte! Mit beiden Händen! Ihre zahllosen Ringe funkelten im Sonnenlicht. »Ich komm auch aus Berlin.« Sie nickte dem Schönling Flix zu. »Aber aus Spandau. Ich bin fünfzehn und bin hier, weil ich … Also ehrlich, ich find's ein *bisschen* übertrieben. Ich meine – ich wollte nur wissen, ob es geht. Und es ging. Yeah. Aber dann? Drama! Himmel, das ist doch nicht meine Schuld, dass die sich nicht ordentlich absichern! Wenn man die Tür auflässt, muss man sich doch nicht wundern, dass jemand reinkommt, oder? Aber nee – plötzlich sind alle *übelst* ausgeflippt.«

Nicht genug, dass Olympe viel und schnell redete, sie hatte auch noch die Angewohnheit, bestimmte Worte zu betonen und dabei vollkommen unpassende Gänsefüßchen in die Luft zu zeichnen. Die war völlig überdreht! Wie sollte sie es sechs Wochen mit der aushalten? In einer engen Hütte?

»Dabei hab ich denen *geholfen*«, sprudelte der Wasserhahn weiter. »Die sollten dankbar sein, dass ich sie auf diese Lücke aufmerksam gemacht hab! Ehrlich, eigentlich müssten sie mir ein *Denkmal* bauen.«

Wovon sprach die? Von den funkelnden Gänsefüßchen in der Luft war sie ganz wirr im Kopf. Wie konnte man so viel reden und gleichzeitig nichts preisgeben?

»Aber stattdessen? Katastrophenstimmung. Befragungen. Sogar *Headhunting.«* Gänsefüßchen. »Und trotzdem, na ja …« Olympe zuckte mit den Schultern.

Konnte bitte mal jemand den Wasserhahn abdrehen? Sie warf Jorek einen flehenden Blick zu, aber die Campleiterin hatte ihre gesamte Aufmerksamkeit auf Olympe gerichtet. Die holte Luft und ein neuer Wortschwall schwappte aus ihr heraus.

Noomi gab auf. Sie flüchtete vor dem Geplapper, zog sich in ihr Inneres zurück. Dahin, wo es still war. Dachte an das schwarze Loch in ihrem Leben.

»Wo bist du gewesen, Noomi?«, hatten sie gefragt. Immer wieder. Die Polizei, ihre Eltern, ihre Lehrer. »Sag uns endlich, wo!«

Sie hatte keine Antwort gehabt.

Fast einen Tag und eine Nacht war sie verschwunden gewesen – letztes Jahr, während eines Ausflugs im Ferienlager, einfach weg. Alles, woran sie sich erinnerte, war der Ort, an dem sie wieder zu sich gekommen war. Aber an den wollte sie jetzt nicht denken.

»Wo?«

Wenn sie versuchte, sich zu erinnern, war ihr, als ginge sie einen Pfad entlang und stürzte übergangslos in eine Fallgrube. Nur manchmal, in Träumen, wehten Erinnerungsfetzen von ganz unten nach ganz oben.

Als erster Fetzen kam immer der Geruch nach Blut.

Jedes Mal versuchte sie, ihn zu ignorieren und sich stattdessen auf die Bilder zu konzentrieren, die danach auftauchten, Bilder, die sie nicht verstand: Nebelnester in einem Tal, Fledermäuse, die durchs Dunkel huschten. Bizarre Schatten von Felsen im Mondlicht, knorrige Äste. Das Fauchen einer Wildkatze. Sie schmeckte Chili auf der Zunge, Chili im Rachenraum, und sie hörte einen lang gezogenen Schrei, der hoch und seltsam klang, nicht menschlich. Sie verstand das alles nicht.

»Wo?«

Am nächsten Tag war sie gefunden worden. Ihr Kopf hatte so gedröhnt, dass sie dachte, sie müsste sterben. Ihre Augen – sie hatte sie kaum öffnen, kaum etwas sehen können, so sehr hatte das Licht hineingestochen. Ihr Mund – wie Staub. Und Blut an ihren Händen. Das viele Blut.

Sie hatten die falsche Frage gestellt.

Die Frage war nicht, wo sie gewesen, sondern wie sie dorthin gekommen war. Wer ihr das angetan hatte. Und wie.

Die Frage war: Was. War. Passiert?

»Also eben in der Hütte konnte sie noch sprechen!« Olympes Stimme drang an ihr Ohr.

Sie schrak auf, blinzelte und stellte fest, dass alle sie anstarrten. Schon wieder. »Ah, sorry. … Was?« Sie hatte sich unauffällig in die Gruppe einschmiegen wollen, und das war alles andere als unauffällig.

»Ich hab gefragt, ob du stumm bist«, erklärte Flix freundlich. »Und warum du so krasse Kontaktlinsen trägst.«

»Und ich hatte dich gebeten, dich mal vorzustellen«, fügte Jorek hinzu. Wieder dieser Blick, zudringlich wie ein Bohrer. Jorek war misstrauisch. Genau wie die Polizei damals, ihre Mitschüler … ihre Eltern …

»Ja klar«, stotterte sie. Sei normal. Sei entspannt. Sei wie die anderen. »Ich heiße Noomi. Ich komme auch aus Berlin. Aus Marzahn. Ich bin fünfzehn, genau wie Olympe …« Sie nickte dem Wasserhahn zu. »Und das sind keine Kontaktlinsen«, wandte sie sich an Flix. Dann fügte sie mit Blick auf Jorek, Ryan, Gunnar und Lara hinzu: »Ich … ich bin hier, weil sie mich erwischt haben, als ich das Schaufenster von einem Juwelier eingeschlagen hab. Mit einem Baseballschläger.«

»Wie bitte?«, japste Olympe.

»Alter!« War das Anerkennung in Flix' Stimme?

Ryan sagte nichts, aber er schaute sie an, als hätte sie den Schläger noch in der Hand.

In dem Moment fiel ihr auf, dass keiner der anderen wirklich erzählt hatte, was er getan hatte. Aus Flix' und Olympes Drumherumgerede war sie jedenfalls nicht schlau geworden. Und Ryan? Der hatte nur »Ich bin Ryan, komm aus Berlin-Pankow und bin vierzehn Jahre alt« geflüstert und dabei auf den Boden gesehen. Das war's. Jorek schien mit zweierlei Maß zu messen. Kein schneidender Blick wie bei ihr, keine Nachfragen. Warum hatte sie Ryan so schnell vom Haken gelassen? Sie nahm sich vor, auch das herauszufinden. Später.

»Tja, so sieht's aus.« Betont freundlich lächelte sie in die Runde. »Ich bin also wegen versuchten Raubs hier.«

»Alter«, wiederholte Flix.

»Gut, dass sie unsere Portemonnaies auch gleich einkassiert haben, was?« Egal, wie viel Mühe Olympe sich gab, sie zu provozieren, sie würde keinen Stress riskieren.

»Raub, echt jetzt?« Noch mal Flix. Der Typ mochte schön sein, besonders schnell war er nicht.

Ryans Blick ließ von ihr ab und suchte wieder den Boden.

Erstaunlich, dachte sie, wie leicht es ist, so etwas auszusprechen: Baseballschläger. Juwelier. Versuchter Raub.

So leicht.

Es war immer leichter, Dinge zu sagen, die nicht wahr waren. Oder nur zur Hälfte. Sie hatte den Laden nämlich nicht ausrauben wollen. Aber sie hatte verurteilt werden wollen. Zu Arbeitsstunden in diesem Resozialisierungscamp. Und jetzt war sie hier, bei *Feel Nature*, und sie würde nicht lockerlassen, bevor sie nicht alle Antworten hatte.

Sofort nach der »Willkommensrunde« sprang sie auf und rannte in den Waschraum. Warf die Klamotten auf einen Plastikstapelstuhl, der dort einsam herumstand, und stellte sich unter die Dusche.

Sie musste allein sein, über die Bilder nachdenken, die sie schon so lang verfolgten und eben wieder eingeholt hatten.

Das Wasser lief prasselnd über ihren Kopf, wusch diese dumme Sitzung ab, ihr aufgesetztes Lächeln, die Gesichter der anderen, alles, bis sie klar denken konnte.

Die Bilder blieben.

Die Erinnerungsfetzen, die immer wieder unerwartet auftauchten. Seit dem Tag, der ein tiefes Loch in ihr Hirn gestanzt hatte, in das ihre Erinnerung hineingefallen war.

Ihr Verschwinden aus dem Ferienlager. Ihr Erwachen. Die endlosen Fragen der Polizei. Ihre Antworten. Die Fakten. Nichts hatte zusammengepasst, nichts! Die Leere in ihrem Kopf …

Seither träumte sie. Nachtträume. Tagträume. Und alle begannen mit dem Geruch von Blut.

Sonderbarerweise machten ihr die Träume keine Angst. Auch der Geruch ekelte sie nicht. Im Gegenteil: Er ließ ihr das Wasser im Mund zusammenlaufen; es war der köstliche Geruch eines fein geäderten roten Flusses, der dicht unter der Haut entlanglief. Pochte. Warme Kurven nahm. Sie träumte diesen Geruch. Sprühnebelfein, ihre Poren schluckten ihn; er war spürbar wie Nieselregen, der die Augen benetzte.

Nach dem Geruch träumte sie die wilde Schönheit von Felsen, raste von großer Höhe in ein dunstverhangenes Tal hinab und der Sturz, der Sturz war schwindelerregend und so brachial, dass sie einen langen Schrei ausstieß.

Angst hatte sie nicht. Aber sie fühlte sich seltsam beschmutzt von diesen Bildern, die irgendwie lustvoll waren. Wie oft schon hatte sie unter der Dusche gestanden, weil sie diese Lust abwaschen wollte?

Das Blut, noch spürbar auf ihrer Zunge, nicht widerlich, sondern süß wie Zuckerwatte, die sich langsam im Mund auflöste. Sie war von sich selbst entsetzt. Und wie jedes Mal stellte sie den Strahl schärfer ein, das Wasser kälter – obwohl da auf ihrer Haut natürlich nichts war, es war etwas *in* ihr, in ihrem Innern. Sie schluckte den Geschmack weg. Fühlte sich verloren. Hilflos.

Immer dieser Traum. Als versuche ihr Unterbewusstsein, ihr irgendetwas mitzuteilen.

Nur was?

Klappernd trat sie aus der Dusche, rubbelte sich ab, schlang sich ein Handtuch um den Kopf und eins um den Körper, atmete durch und öffnete die Waschraumtür, um sich der Realität zu stellen.

Flix

Punkt zehn Uhr verstummte das Knattern des Generators und die grelle Deckenleuchte ging flackernd aus. Die Hütte versank im Dämmerlicht. Die Grillen vorm Fenster schienen wie auf Kommando lauter zu zirpen. Er blickte von seinem Buch auf, zu Ryan.

Ryan hatte das Bett neben der Tür gewählt (das unter der Spinne) und Flix sah durch dessen Fenster hinaus zur Lichtung, über den Baumstumpfkreis, zur Feuerstelle. Das Abendlicht kroch über alles hinweg, färbte die Luft rot, färbte auch Ryans Fenstersims und begann, sich langsam zurückzuziehen. Hinter seinem eigenen Fenster lauerte nur der Wald: Dunkelheit und Tiere. Zwei Gründe, es zuzulassen.

»Nacht«, wisperte er, aber von Ryan kam keine Reaktion.

Er schlug sein Buch zu und schob es unters Kopfkissen. Juliane hatte es ihm empfohlen, es sei eine Geschichte für Menschen, die nicht gern lesen, hatte sie gesagt. Und die auf Autos standen, so wie er.

Joyride Ost.

Es war das erste Buch, das er nicht für die Schule las. Mit siebzehn. Juliane hatte sich schlappgelacht. Sie selbst hätte in seinem Alter bereits eine halbe Bibliothek durchgehabt, hatte sie ihn aufgezogen.

Das Buch gefiel ihm. Er mochte den Gedanken, mit jemandem in einem geklauten Wagen zu sitzen und einfach loszufahren. Nein, nicht mit jemandem … mit ihr. Mit Juliane würde er – wie Tarik und Jana in *Joyride Ost* – immer weiterfahren. Scheiß auf ihre Bedenken, auf die anderen, die Schule, auf seine Eltern. Scheiß auf alles! Wenn sie einsteigen würde, würde er Gas geben. So einfach war das.

Er drehte sich auf den Rücken, starrte die Holzbalkendecke an. Um zehn Uhr im Bett … Was für ein Hohn. Wenn er sie wenigstens anrufen könnte. Er flüsterte ihren Namen, tonlos: *Juliane.* Und fühlte sich sofort besser. Auch wenn es in den letzten Wochen schwieriger geworden war zwischen ihnen, war sie ihm nah, wenn er ihren Namen nicht nur dachte, sondern aussprach. Als würde er sie für den Augenblick, in dem die drei Silben auf seiner Zunge lagen, besitzen.

Flix, du weißt, wie gefährlich ist, was wir hier tun, oder? Was passiert, wenn es jemand rauskriegt? Versprich mir, dass du es niemandem erzählst!

Er hatte das Gefühl, zu wenig Luft zu bekommen, trat die Decke auf den Boden und setzte sich auf. Lehnte sich an die Wand, die Bohlen drückten im Rücken. Die Luft war schwer und heiß hier drin, und je schneller er atmete, desto weniger Sauerstoff erreichte seinen Körper. Es drängte ihn nach draußen, raus aus dieser Scheißhütte. Wenn er schon nicht zu Juliane konnte, dann wenigstens auf die Lichtung. Er wollte den Himmel sehen. Im Gras liegen, die Sterne betrachten, bis er ruhiger geworden und die innere Hitze los war.

»Sperren Sie uns nachts eigentlich ein?«, hatte er beim Abendessen gefragt.

»Natürlich nicht!«, hatte Jorek erwidert. »Das hier ist eine Maßnahme, die vor allem auf Vertrauen beruht. Wir gehen davon aus, dass keiner von euch Strafpunkte riskieren, aus der Maßnahme fliegen und stattdessen im Vollzug landen will. Insofern ist euer gesunder Menschenverstand gefragt.«

Klang plausibel.

»Hm, okay. Aber im Ernst: Bettruhe um zehn?«

Jorek hatte humorlos aufgelacht. »Kinder, ihr seid so knapp ums Gefängnis drum rum gekommen. So knapp …« Sie deutete zwischen Daumen und Zeigefinger einen Raum an, in dem selbst eine Nadel Platzangst bekommen hätte. »Wir haben nicht viele Regeln hier, aber die paar, die es gibt, nehmen wir sehr genau. Also haltet euch besser dran, wenn ihr nicht im Knast enden wollt.«

Wollte er nicht. Und dass mit der Campleiterin nicht zu spaßen war, hatte er auch längst begriffen. Strafpunkt war Strafpunkt und fünf waren nicht viel.

Also kein nächtlicher Sternenhimmel. Er lauschte hinüber zu Ryan. Totenstille.

»Hey, Bro«, versuchte er es noch einmal, etwas lauter diesmal. »Schläfst du?«

Nichts.

»Ryan?«

Das Schweigen, das antwortete, war dicht und sonderbar. Seufzend rutschte er zurück auf die Matratze, angelte nach der Decke und zog sie hoch. Er schloss die Augen und versuchte, gleichmäßig zu atmen. Warum musste er ausgerechnet jetzt so dringend pinkeln? Auf keinen Fall würde er sich im Dunkeln quer durch den Raum zu der niedrigen Holztür tasten, die in das Klokabuff führte.

Nicht wegen des Klos; das war zu seiner Überraschung ganz okay. Er hatte ein stinkendes Plumpsklo erwartet, aber das Teil war bloß ein bisschen klobiger als eine normale Toilette. Nein, es war der Weg dorthin …

Mit der Dämmerung kamen die Insekten. Aus den Ritzen im Boden, den Löchern in den Bohlen. Er versuchte, nicht an die Spinne über Ryans Bett zu denken, die sich vielleicht gerade in dieser Sekunde auf eine nächtliche Wanderung begab. Er hörte seinen eigenen Atemzügen zu, dann dem Rauschen der Baumkronen, dem Knispeln und Knacken im Wald.

Etwas raschelte draußen vor seinem Fenster. Waren das Schritte? Er fragte sich, ob Wildschweine bis an die Hütten herankämen. Wildschweine, hatte er mal gehört, waren gefährlicher als Bären und Wölfe zusammen. Angeblich kamen die überall rein, wenn die wollten. Er drehte sich mit dem Rücken zur Wand und betrachtete den fast dunklen Raum. Als er es endlich wagte, die Augen zu schließen, durchschnitt der unheimliche Ruf einer Eule die Luft.

Vielleicht war es auch eine Taube.

Oder ein Wolf.

X

Geduld.
Bei der Jagd ist Warten alles.
Die Nacht ist mein Freund.
Nachts schlage ich zu.
Geduld.

3. KAPITEL

Erste Verluste

Ryan

Er schreckte hoch.

Was?! Was war das?

Mit einer Hand rieb er sich über die Wange, die andere war um den Stoff seines Pyjamaoberteils geschlossen, eine ganze Faust voller Stoff, darunter sein Herz, es schlug, schnell, zu schnell. Mit weit aufgerissenen Augen starrte Ryan in die Dunkelheit.

Von Flix' Bett drangen regelmäßige Atemzüge zu ihm herüber und er lauschte ihnen, bis er sich beruhigt hatte und die Faust löste. Vorsichtig tastete er auf dem Boden nach dem kleinen Funkwecker, hob ihn vor die Augen.

Zwei Uhr.

Was zum Teufel hatte ihn geweckt? Warum raste sein Herz so? Warum zuckte seine Hand schon wieder zur Wange, rieb? Eine Mücke summte an seinem Ohr. War es das? War er davon aufgewacht?

Nein.

Er hatte geträumt. Von schwankenden Riesenfarnen und Giftschlangen, gut, das war logisch. Da … war ein Geräusch gewesen, jetzt erinnerte er sich wieder! Das war es, was ihn geweckt hatte. Es war ein … Fispeln gewesen, ein Streichen und Atmen.

Ein Trippeln und Knarzen und ein leiser, kehliger Laut. Und dann … war etwas über sein Gesicht gehuscht. Ganz leicht, ganz schnell, wie etwas … etwas Lebendiges.

Neben seinem Ohr, nein, über dem Augenlid, nein, ums Kinn herum sirrte die Mücke. Sein Angstschweiß lockte sie offensichtlich an. Das Sirren machte ihn wahnsinnig. Als er den Stich auf dem Arm spürte, schlug er zu und endlich war Ruhe.

Gerade als er sich zurücklegen wollte, hörte er das Kratzen.

Das Kratzen war gleich neben ihm. Über ihm. Es kam vom Fenster. Nein, von dahinter. Von draußen.

Schritt für Schritt präzisierte seine Wahrnehmung den Herkunftsort des Geräuschs. Er setzte sich auf, schob sich langsam auf die Knie und streckte den Kopf aus dem Fenster.

Das Kratzen stoppte.

Er sah zum anderen Ende der Hüttenreihe, wo neben den beiden Ruinen Gunnar und Lara wohnten, und dann in die andere Richtung, zur Nachbarhütte von Olympe und Noomi.

Alles dunkel. Alles still. Nur die Grillen machten ihre Zirpgeräusche und er hörte Frösche. Nicht weit von hier musste also ein Teich sein. Ein paar flackernde Punkte schwebten in der Luft, winzig, wie fliegende Glut. Glühwürmchen. Was war das für ein Kratzen gewesen?

Er spähte zum Haupthaus hinüber, das die beiden Mädchen *Cabin in the Woods* nannten. Irgendwo dadrinnen schlief Jorek. Dunkelheit lag drückend über der Lichtung, doch trotzdem sah er Umrisse. Die Baumkronen zeichneten sich hinter dem Haupthaus wie schwarze Schablonen gegen den Nachthimmel ab.

Das erste Mal in seinem Leben bemerkte er, dass Finsternis in verschiedenen Schattierungen auftreten konnte. Das Dunkel des Himmels war heller als die tiefe Schwärze des Waldes, vielleicht wegen der leuchtenden Sternenbänder? Er hatte noch nie so viele Sterne gesehen, als wäre Berlin sternenärmer.

Die Luft war lau, die Erde gab die Hitze des Tages ab und es roch schwer und irgendwie sumpfig, dabei hatte es gar nicht geregnet.

Wieso war das Kratzen verstummt?

Er beobachtete das taumelnde Tanzen der Glühwürmchen, spürte die finsteren Umrisse der Landschaft ringsum, lauschte in die Dunkelheit, lauschte dem Wald beim Atmen. Gerade als er sich wieder hinlegen wollte, setzte das Geräusch erneut ein. Es war kein Kratzen. Sondern ein … Knarren. Und es kam von weiter weg, direkt von der Mädchenhütte.

Ryan streckte den Kopf wieder aus dem Fenster, vorsichtiger als eben, damit das, was das seltsame Geräusch verursachte, nicht floh. Er starrte zur Hütte hinüber, so konzentriert, dass er nicht einmal blinzelte. Das Knarren verstummte, dann ging ein kleines Licht an. Es raschelte, Zweige knackten. Das Licht schwankte. Es bewegte sich! Weg von der Hütte und hin zum … Haupthaus.

Das musste Olympe sein. Oder … Noomi?

Er rief sich Noomi vor Augen. Was wusste er von ihr? Sie lächelte zu viel, kam jedem von ihnen einen Schritt zu nah und legte einem beim Sprechen manchmal die Hand auf den Arm. Posen, das kannte er von sich selbst, verbargen Unsicherheit. Was wusste er noch? Sie war bei einem Juwelier eingebrochen und die Sache mit dem Frosch war … merkwürdig gewesen. Noomi war schwer zu lesen – sie hatte, da war er sich sicher, ein Geheimnis. Trotzdem glaubte er nicht, dass sie da draußen rumschlich. Es passte nicht zu ihr.

Es musste Olympe sein. Die war – anders als Noomi – selbstbewusst. Bei ihr gab's weder Posen, noch spürte er Unsicherheit. Olympe war es garantiert egal, dass sie die Hütten nachts nicht verlassen durften.

Das Licht war beim Haupthaus angekommen, der kleine Spot beleuchtete die Außentür. Eine Hand griff nach der Türklinke und drückte sie hinab. Die Tür war verschlossen, natürlich.

Eine Weile geschah nichts, dann rutschte das Licht an den Rändern der Außentür entlang, als würde es etwas suchen. War es doch Noomi? Einbrechen war schließlich ihre Spezialität …

Das Licht drehte ab, erneutes Rascheln und Knacken von Zweigen unter Füßen.

Reflexartig wollte er seinen Kopf zurückziehen, damit er nicht aus Versehen in den Lichtpegel geriet und beim Spionieren erwischt wurde, als ein Zischen die Luft durchschnitt.

Zzzzzzzzrrrrr.

Er erstarrte mitten in der Bewegung. Auch Olympe (oder Noomi) erstarrte. Der Lichtstrahl zuckte suchend durch die Luft, offenbar versuchte sie, die Ursache des Geräuschs auszumachen.

Zzzzzzzzrrrrr.

Da! Etwas Dunkles durchschnitt den Lichtkegel, war kurz nicht mehr zu sehen, kreuzte ihn wieder und verschwand.

Olympe (oder Noomi) hielt die Lampe jetzt direkt in den sternbestreuten Himmel hoch und da passierte etwas Sonderbares: Das *Zzzzzzzzrrrrr* erklang erneut und ein großer brauner Vogel stürzte sich direkt in den Lichtstrahl, flog in ihm entlang, als wäre er eine Flugschneise, landete dann auf dem Haupthaus und stolzierte auf der Regenrinne hin und her. Das Licht folgte ihm. Die Krallen des Vogels klackerten auf dem Metall – hin und her, hin und her. Er bewegte sich dabei nie aus dem Lichtstrahl hinaus.

Olympe (oder Noomi) fand das wohl ebenso unheimlich wie er, denn der Lichtstrahl begann zu zittern, doch nach einer Weile setzte sie sich wieder in Bewegung und hielt den Strahl dabei weiter auf den Vogel gerichtet.

Der reglos ins Licht sah.

Dann, unvermittelt, stieß er sich vom Dach ab, flog, vom Lichtkegel verfolgt, eine enge Kurve nach unten und landete auf einem der Fensterbretter. Dort blieb er und rührte sich nicht von der Stelle, auch nicht, als Olympe (oder Noomi) nur noch eine Armlänge von ihm entfernt war.

Jetzt, vor der hellen Wand des Haupthauses und mitten im Lichtstrahl, konnte er ihn selbst aus der Entfernung genau sehen. Ein Raubvogel. Lichte Brust, dunkles Gefieder und, wenn er das richtig ausmachte, ein paar Flecken. Ein Falke! Genau so einer war auf dem *Heimische-Raubvögel*-Poster abgebildet gewesen, das früher in seinem Zimmer gehangen hatte. Aber warum flog er nicht weg? War er vielleicht verletzt? Suchte er Hilfe?

Tiere können Menschen um Hilfe bitten. Verwundete Vögel, Füchse mit gebrochenem Bein, sogar Delfine, die ihre Flossen in Netzen verheddert hatten. Seine Mutter hatte sich mit ihm, als er noch klein war, oft Tierdokumentationen angeschaut. Und genau wie bei ihren Grunewald-Spaziergängen hatte sie ihm viel dabei erklärt. Tiere, hatte sie immer gesagt, sind so viel mehr, als wir glauben. Sie sind uns ähnlich.

Eine große Sehnsucht nach früher überfiel ihn, als sie sich noch für ihn interessiert hatte. Es hatte sie gegeben, diese Zeit, als alles gut gewesen war. Als er selbst, Brianna und Dad sie zum Lachen bringen konnten. Eine Zeit, als sie noch keine achtzehn Stunden am Tag schlief.

Früher – das war lange her.

Er lehnte sich weiter hinaus und die Fensterbank drückte gegen seinen Bauch. Der Taschenlampenstrahl irrte über den Boden, als Olympe (Noomi?) behutsam die freie Hand nach dem Falken ausstreckte. Fast berührte sie sein Gefieder, da breitete der Vogel die Flügel aus. Es wirkte bedrohlich, aber er machte lediglich einen Satz und …

Zzzzzzzzrrrrr.

Ein paar Flügelschläge, ein lang gezogener Ruf.

Stille.

Olympe (oder Noomi) hob die Taschenlampe, doch der Strahl reichte nicht bis in die Baumkronen hinauf und senkte sich wieder. Er richtete sich auf das Fensterbrett, auf dem der Vogel eben noch gesessen hatte. Und jetzt bemerkte Ryan, was auch Olympe (oder Noomi) sehen musste: Das Fenster stand einen Spalt weit offen.

Was machte Olympe (oder Noomi) bloß dadrinnen? Hin und wieder blitzte der winzige Lichtschein hinter der Scheibe auf, weiter nichts.

Die Finsternis, die Mücken, die Grillen, die dunstige, schwere Nachtluft … Er fühlte, wie die Müdigkeit nach ihm tastete, wie seine Konzentration nachließ und Schläfrigkeit sich auf seine Lider legte.

Als sich am Haupthaus auch nach einer gefühlten Ewigkeit nichts mehr tat, gab er auf, wühlte sich in seine Decke, dachte nicht an die Mücken, die durchs offene Fenster in die Hütte hineinsurrten, und schlief ein.

Olympe

Vielleicht lag es daran, dass dieser Wald dunkler war als alle Berliner Nächte in ihrem Leben zusammen oder dass der übermäßige Sauerstoff wie eine Droge wirkte – jedenfalls schlief sie wie ein Stein. Sie war auf dem Rücken liegend eingeschlummert und wachte auf dem Rücken liegend auf, als läge nur eine Minute zwischen beiden Ereignissen.

Einen Moment lang hoffte sie, dass der Wecker einfach nur eine Fehlfunktion hatte, dann vibrierte es an ihrem Handgelenk. Sie seufzte und drückte das Vibrieren aus.

6:35 Uhr. Und das in den Ferien.

Sie konnte noch immer nicht fassen, dass Jorek die Smartwatch entgangen war. Und das Ladekabel, das sie zusammen mit dem Hochzeitsfoto ihrer Eltern und ihren Lieblingsringen in ihrem Geheimtresorbuch versteckt hatte, war auch nicht aufgeflogen.

Das Tresorbuch hatte sie aus Spaß gebastelt, ein Gag nur. Nie im Leben hätte sie damit gerechnet, dass jemand darauf reinfallen würde. Tja. Sie hatte die Uhr, sie hatte das Kabel – jetzt musste sie nur noch eine Steckdose finden. Das heißt ... nicht jetzt ... später ... nur noch ein paar Atemzüge liegen bleiben ... zehn Sekunden ... neun ... acht ... sieben ...

Ihr Wecker tutete erneut.

Sie fuhr hoch. War sie echt noch mal weggedämmert? Shit!

Mit einem Satz war sie aus dem Bett.

»Noomi – wach auf! Feldwebel Jorek killt uns, wenn wir am ersten Tag zu spät sind!«

Keine Reaktion.

Mit fliegenden Händen griff sie nach ihren Sachen – Haarwachs, Zahnbürste, Zahnpasta – und bemerkte, dass ihr Regalbrett zerkratzt war, als hätte jemand ein Messer daran geschärft. Da hatte wohl einer aus dem ersten Camp seine Aggressionen daran ausgelassen.

Ein Blick auf die Uhr – 6:50 Uhr! In zehn Minuten mussten sie zum Küchendienst antreten. Duschen fiel flach.

»Noomi! Verdammt noch mal!« Ungeduldig drehte sie sich zu ihrer Mitbewohnerin um.

Noomis Bett war leer.

Als sie außer Atem im Haupthaus ankam, hing ein Zettel außen an der Tür zum Gruppenraum, in dem auch die Küche war.

> Bin Milch holen vom Hofladen.
> Vergesst nicht, Obst für die Mittagspause vorzubereiten! Jorek

Hofladen?, dachte sie. Hier?

Und dann: Milch? Igitt.

Fleisch hatte sie noch nie gemocht und mit Milch hatte sie aufgehört, als sie in die Pubertät gekommen war. Wegen der Kälbchen. Ein Jahr später hatte sie sich entschieden, vegan zu leben. Und wenn sie etwas tat, dann tat sie es richtig, immer schon.

Marie sagte, dass sie zu Überreaktionen neigen würde, oder

Überkompensation, das sagte sie auch gern. Was genau sie Maries Ansicht nach überkompensierte, erklärte ihre Tante nicht, aber sie schien zu vermuten, dass es etwas mit ihren Eltern zu tun hatte. Beziehungsweise damit, dass sie keine mehr hatte. Was die abgedrehteste Erklärung für Veganismus war, die es gab. Natürlich lebte sie nicht vegan, weil sie Waise war, sondern ganz einfach, weil sie sich damit besser fühlte.

Sie drückte die Klinke hinunter, und als die Tür aufschwang, war sie, wie schon am Abend zuvor, einen Moment lang erschlagen von den Ausmaßen des Gruppenraums.

Er war so groß wie der Alexanderplatz. Nur die Weltzeituhr fehlte.

Durch eine gigantische Fensterfront, die zum Baumstumpffeuerplatz zeigte, strömte Morgensonne herein. Wahrscheinlich hatten hier früher die Feriengäste dieses Erholungsdings mit der komischen Abkürzung ihre Mahlzeiten bekommen. Der Küchenbereich mit riesigem Spülbecken, Metallschränken, einem monströsen Kühlschrank und einem Geschirrspüler zog sich an der linken Seite des Raumes entlang. Auf der rechten Seite lag der große Essbereich. An der Fensterfront gab es eine Art Terrassentür.

Trotzdem hatte der Raum etwa so viel Charme wie ein Tagebau.

Wie er wohl aussehen würde, wenn er mehr Liebe abbekommen hätte, wenn es blühende Pflanzen in Töpfen gäbe, kuschelige Sessel und Deckenlampen mit farbigen Schirmen? Sie schaute durch die Fensterfront hinaus auf den Platz mit den Stümpfen und imaginierte Lichterketten, Fackeln und Feuerschalen. Die Vorstellung war für einen Moment so real, dass sie den Feuergeruch zu schnuppern glaubte und das Rot-Grün-

Blau der Lampenschirme in ihrem Hirn aufleuchtete. Fast hätte sie sich mit der *Cabin in the Woods* ausgesöhnt, da fiel ihr Blick zurück in die Realität, in der sich zwei aneinandergestellte Tische mit sieben Stühlen drum herum in dem gigantischen Raum verloren.

Das Minisofa wirkte verhungert und irgendwie eingeschüchtert, dort an der Wand. Es sollte offensichtlich Gemütlichkeit ausstrahlen, war der Aufgabe aber eindeutig nicht gewachsen. Unterstützung bekam es auch nicht – keine Sessel, kein Bild an den altersgrauen Wänden, kein Tischchen, kein Teppich, kein Regal mit Büchern. Dieser Raum war ein Skelett, das eine große Leere umfasste. Das Herz – nämlich alles, was einen Raum erst lebendig machte – fehlte.

Eine große Kücheninsel mit Arbeitsplatte, Herd und Backofen trennte Ess- und Küchenbereich voneinander. Die Kücheninsel und die Geräte sahen neu aus, Schränke, Tische und Stühle nicht.

Auf der Arbeitsplatte stand ein Wäschekorb voller Brötchen. Daneben: ein Glas Senf, eine Plastikflasche Mayonnaise, ein Paket Hummus, Margarine und ein Karton Eier. Außerdem ein Kopfsalat, vier Gurken und drei Pakete Tomaten, von denen eins schon aufgerissen war. Eingeschweißter Käse, eingeschweißte Salami. Bananen.

Auf einem großen Schneidebrett lagen zwei Brötchenhälften. Keine Noomi weit und breit.

Sie ging näher und inspizierte Brett und Messer. Blut war nicht zu sehen, Noomi musste also okay sein. Logisch – das Messer stammte wahrscheinlich noch aus der Steinzeit. Grob wie ein Faustkeil und so stumpf, dass man genauso gut versuchen konnte, die Brötchen mit einem Löffel aufzuschneiden.

Offensichtlich war die Messerregel Joreks Ernst gewesen. Sie hatte sie ihnen gestern beim Essenmachen eingebläut: Scharfe Messer waren weggeschlossen und wurden nur auf Nachfrage freigegeben. Wäre es nicht so tragisch, hätte sie es fast witzig finden können.

Wo steckte Noomi? Und wieso hatte sie einfach ohne sie angefangen, statt sie zumindest aus Höflichkeit zu wecken? Sie würden immerhin sechs Wochen zusammen verbringen, da könnte man sich doch ein bisschen umeinander kümmern, zumindest in Olympes Welt. Diese Aktion war ein weiterer Beweis dafür, dass Noomis Freundlichkeit nur aufgesetzt war.

Immerhin war sie jetzt unbeobachtet. Rasch zog sie ihre Smartwatch aus der Bauchtasche und das Ladekabel aus den Gürtelschlaufen, in die sie es eingefädelt hatte. Stöpselte es neben Kaffeemaschine und Wasserkocher in die Mehrfachsteckdose, ließ die Tomaten aus ihrer schwarzen Plastikverpackung rollen und schob das Plastik über die Uhr. Die lud zwar schnell, aber falls Jorek plötzlich in der Tür stand … Sicher war sicher.

Sie schnitt beziehungsweise riss mit dem »Messer« weitere Brötchen auf und belegte sie mit allem, was nichts mit Tieren zu tun hatte. Mit Hummus und Salat. Mit Senf und mühsam zersäbelten Tomaten und Gurken. Wenn die anderen Salami wollten, konnten sie sich die selbst drauflegen, sie würde dieses Zeug nicht anfassen. Genauso wenig wie die Eier, den Käse, die Mayo, die sie allesamt unangetastet in den Kühlschrank bugsierte.

Warum war nichts Süßes da? Sie liebte Süßes! Es brauchte ja nicht gleich Mandelmus zu sein, aber warum nicht wenigstens Marmelade? Sie sah im Hängeschrank nach. Da standen Gewürze und Backzutaten. Öl, Essig, ein Fläschchen Zitronensaft. Moment …

Rasch schälte sie drei Bananen, schnippelte sie klein, warf sie in eine Schüssel, gab Zitronensaft darüber, fand Mandelsplitter bei dem Backzeug und schüttete sie dazu. Sie drückte alles mit einer Gabel klein, rührte es glatt und schmeckte mit einem Hauch Curry ab. Bananenmus – tadaaa!

Sie beschmierte einige Brötchenhälften damit, ordnete dann die süßen und herzhaften auf zwei Tellern an. Reichte das? Zwanzig Brötchenhälften lagen jetzt da. Sie waren sieben Leute. Besser, sie schmierte noch ein paar mehr. Sie zerriss gerade das elfte Brötchen mit diesem Witz von Messer, als ihre Gedanken wieder zu Noomi schweiften. Wo steckte die nur? Und wieso machte sie den ganzen Scheiß eigentlich alleine?

Sie ließ den Salat zurück auf den Tisch fallen und trat aus der Küche in den Gang. »Noomi?«

Das Innere des Haupthauses war genauso trostlos wie das Äußere. Vom Eingang führte links eine Tür zum riesigen Gruppenraum aka Küche aka Esszimmer. Rechts ging der Gang ab, schnurgerade, rattengraues Linoleum, schlammbraune Decke. Dadurch wirkte alles so niedrig, dass sie unwillkürlich den Kopf einzog. Die Wände hatten die übelkeitserregende Farbe von getrocknetem Mäusekot und das gleiche seltsame Fleckenmuster wie außen, das sie an eine Hautkrankheit erinnerte. In der Luft hing der muffige Geruch von Handtüchern, die in geschlossenen Räumen trockneten.

Der Gang verlief parallel zur Außenmauer, die Türen lagen alle links. Tür eins: ursprünglich die Vorratskammer, mittlerweile Joreks Zimmerchen. Immer abgesperrt und mit einem kreischenden PRIVAT-Schild dran. Tür zwei: Mädchenwaschraum.

Tür drei: Jungswaschraum. Beide nicht abschließbar. Man musste hier, das hatte sie schnell begriffen, darauf vertrauen, dass eine geschlossene Tür respektiert wurde.

Die Fenster im Gang lagen weit über Kopfhöhe, was tatsächlich ein Knastgefühl vermittelte und das klaustrophobische Gefühl verstärkte. Genervt öffnete sie eine Tür nach der anderen. In den Waschräumen ging sie sicherheitshalber sogar in die Knie und spähte unter den Türen der Klokabinen durch.

»Noomi?«

Keine Antwort. Keine Füße.

Am Ende des Gangs lag eine elefantenfarbene Tür mit der Aufschrift *Büro.*

»Noomi?«, rief sie erneut, lauter diesmal.

Und da hörte sie es.

Ein Schaben …

Aus dem Büro.

»Jorek?«

Ein leises Klacken, als wäre etwas zu Boden gefallen, ein unterdrückter Fluch. Sie riss die Tür auf.

Eine Art Vorzimmer. Mit letzter Kraft hielt sich eine uralte Tapete an den Wänden – geschmacklose, ballgroße Sonnenblumen, wie mit Farbbomben draufgeklatscht. Davor drei abgenutzte kleine Sessel, die ein schiefbeiniges Tischchen umzingelten.

Vor der Tür zu Joreks Büro stand Noomi und starrte sie mit schreckgeweiteten Augen an. Im Türschloss steckte eine verbogene Haarklammer, eine weitere hielt sie in der Hand.

»Sag mal, geht's noch?« Olympe war, was sie selten war: fassungslos.

Noomis Gesicht flackerte. »Ich hab …«, stotterte sie. »Ich wollte …«

Autoreifen knirschten ans Haus heran. Ein Auto? Hier? Es dauerte weitere zwei Sekunden, bevor sie begriff, was das bedeutete.

Sie ließ Noomi stehen und spurtete in die Küchenzeile im Gruppenraum, wühlte sich durch das Plastik, zog den Stecker heraus und stopfte Uhr und Kabel zurück in die Bauchtasche.

Ein Auto! Nicht zu fassen. Es gab also doch eine Zufahrt zu diesem ach so einsamen Camp. Aufgebracht klapperte sie mit Türen und Schubladen, fand eine Tupperdose mit Müsli im Schrank und knallte sie auf den Tresen, verteilte willkürlich Tassen und Teller auf den Tischen und wandte sich dann wieder den Brötchen zu.

Als Jorek die Küche betrat, hatte sie Brötchen Nummer zwölf in der Mache und grinste unschuldig. »Hallihallo! Gut geschlafen, Jorek?« Und dann, ohne eine Antwort abzuwarten: »Sagen Sie mal, wieso sind wir eigentlich gelaufen, wenn das Haus mit dem Auto erreichbar ist?« Sie wies mit dem Messer aus dem Fenster zu dem tarnfarbenen Transporter.

»Erziehungsmaßnahme«, konterte Jorek. »Wo ist Noomi?«

»War aufm Klo.« Noomi betrat in diesem Moment die Küche mit einem so fetten, starren Lächeln auf dem Gesicht, dass selbst der Grinsekater von *Alice im Wunderland* vor Neid erblasst wäre.

Du Schlange!, dachte sie.

Ryan

Als der Funkwecker piepte, glitt er aus dem Bett, griff gähnend seine Klamotten, tastete nach der Waschtasche auf dem Regalbrett, dem Handtuch und dem Medaillon.

Alles war da: Klamotten, Waschtasche, Handtuch.

Das Medaillon nicht.

Er ließ die Sachen aufs Bett fallen und tastete mit beiden Händen.

Nichts.

Er inspizierte die Ritze hinter der Matratze und den Boden um sich herum, bückte sich, lugte unter das Bett.

Wo war das Medaillon? Er hatte es gestern zusammen mit der Arbeitshose auf das Regalbrett gelegt. Es konnte nicht weg sein! Es sei denn …

Er brauchte nur eine Sekunde, dann zerrte er Flix die Bettdecke weg. Der fuhr hoch. »Was?«, rief er. »Was ist …?!« Er riss schützend die Hände vor die Brust, dann schien er ihn zu erkennen und ließ die Deckung sinken. »Alter, hast du mich erschreckt! Brennt die Hütte oder was?«

Oder was, dachte Ryan. Oder was!

Er boxte fest gegen Flix' Schulter. »Gib mir das Medaillon zurück!«

»Autsch, verdammt! Lass das. Warum brüllst du so?«

»Das – ist – nicht – witzig!« Er holte erneut aus, aber Flix war jetzt wach, fing seine Hand ab und stieß ihn zurück.

»Was soll die Scheiße? Was für 'n Medaillon?«

Er sprang wieder mit erhobenen Fäusten auf Flix zu. »Gib's her!«

Flix warf sich zur Seite, Ryan verlor das Gleichgewicht.

»Ich hab keine Ahnung, wovon du redest, Mann.« Die Stimme kam von hinten. Taumelnd drehte er sich um. Flix stand in Boxershorts und mit überkreuzten Armen da und sah plötzlich viel bedrohlicher aus als eben im Liegen. Sein Anfall von Mut verpuffte. Was hatte er denn erwartet? Er hatte noch nie einen Kampf gewonnen.

»Ich mein's ernst«, sagte er leise. »Ich brauch es.«

Flix schaute ihn an, dann streckte er ihm eine offene Hand entgegen.

»Ich hab keine Ahnung, wovon du redest, Kleiner, aber wenn es dir so wichtig ist, dieses …«

»Medaillon.« Seine Stimme war zu schmal.

»… Medaillon, dann sag mir, wie es aussieht, und wir suchen zusammen, okay? Ich beklau dich nicht, echt jetzt.«

Nachdem Flix Richtung Haupthaus verschwunden war, versuchte er, seine Gedanken zu sortieren. Sie hatten überall gesucht, auf den Regalbrettern, auch unter dem unbenutzten Bett, wo das Medaillon eigentlich gar nicht sein konnte. Flix hatte sogar die Taschen sämtlicher Hosen nach außen gestülpt, zum Beweis für seine Unschuld. Sein Medaillon *konnte* nicht fort sein. Nicht wenn Flix die Wahrheit sagte.

Bevor auch er die Hütte Richtung Frühstück verließ, sah er sich noch ein letztes Mal um. Sein Blick blieb am Fenster hängen.

Was zum …?

Mit drei Schritten war er da und strich über den hölzernen Sims, auf dem er gestern Nacht gelehnt und hinausgesehen hatte. Der Sims war aufgekratzt, als hätte jemand ein Messer daran gewetzt.

Flix

»Also, das Wichtigste: Wir bauen hier alles aus Naturmaterial.« Gunnar musste die Stimme erheben, um gegen das vielstimmige Vogelgezwitscher anzukommen.

Es war acht Uhr und sie standen mit Gunnar und Lara vor einer der Bruchbudenhütten. Alle in Shorts und T-Shirts, immerhin durften sie private Klamotten anziehen und mussten nicht in Einheitskleidung rumlaufen.

Es war megahell. Und megawarm. Der Sommer war in Topform.

Er gähnte. Es hatte ewig gedauert, bis er eingeschlafen war. Erst die Mücken, dann die juckenden Stiche. Wie Ryan hatte schlafen können, war ihm unerklärlich. Vielleicht hatte diese komische Rosenlotion, mit der er sich nach dem Duschen von oben bis unten eingerieben hatte, eine narkotisierende Wirkung.

Rosenlotion! Ohne Scheiß.

»Wenn wir mit der Sanierung fertig sind, ist das hier ein komplett ökologisches Camp«, fuhr Gunnar fort. »Mit den Komposttoiletten, den Aktivkohleduschen und Solarstrom. Wir werden die autarke Stromversorgung übrigens noch verbessern, nächstes Jahr wird die neue Gruppe eine Windmühle bauen, sodass wir irgendwann den Generator überhaupt nicht mehr brauchen.«

Er hörte nur mit halbem Ohr zu. Nach Ryans Aufstand heute Morgen waren sie zu spät zum Frühstück gekommen, was ihnen direkt einen Anschiss von Jorek eingebracht hatte. Sie hatte mit dem Zeigefingernagel hart auf den Zettel geklopft, der im Gruppenraum an die Wand gepinnt war. »Einmal lasse ich Unpünktlichkeit durchgehen, Jungs«, hatte sie gesagt. »Nächstes Mal gibt's den ersten Strafpunkt – ohne Pardon.«

Der Zettel. Ihre Arbeitscamp-Bibel.

— Ansprechpartner: Gunnar Wildner —

7:00	Küchendienst (mündliche Einteilung)
7:30	Frühstück
8:00	Arbeitstherapie (Arbeitskleidung!)
10:00	Kaffeepause (Snack wird morgens mit vorbereitet.)
10:15	Arbeitstherapie
12:30	Mittagspause (Essen wird morgens mit vorbereitet.)
13:00	Arbeitstherapie
16:00	Duschen, umziehen
16:30	Dialogrunde (bei gutem Wetter an der Feuerstelle, sonst im Gruppenraum)
17:30	Kochen, gemeinsam
18:30	Abendessen
19:00	Küchendienst
19:30	Gruppenaktivität
20:30	Freizeit
22:00	Bettruhe

Küchendienst war ganz sicher nicht sein Favorit, aber die Punkte *Dialogrunde* und *Gruppenaktivität* klangen nach purem Horror. Überhaupt hatte sich der Zettel wie eine Kombination aus Kindergarten und Arbeitslager gelesen.

»… müssen wir die Hütten vom Wildwuchs befreien, damit wir den Zustand des Bodens einschätzen können«, erläuterte Gunnar. Flix seufzte und gähnte. »Wenn wir da Bohlen austauschen müssen, schneiden wir sie aus Stämmen passend zu. Mit *wir* meine ich Lara und mich, die Kreissäge ist für euch tabu. Alle anderen Werkzeuge bekommt ihr bei uns, wir tragen das in eine Liste ein und kassieren die Sachen am Ende des Tages wieder ein.« Er klatschte in die Hände. »Und jetzt ab mit euch zur Werkstatt!« Womit wohl der komische kleine Betonquader gemeint war. »Lara gibt euch Handschuhe und Werkzeug und dann legen wir los.«

Okay, dachte Flix, heute reißen wir also einen halben Wald aus dem Hüttenboden. Klingt nach Spaß. Olympe, das Mädchen mit der großen Goldbrille und den kurzen kupferroten Haaren, schien seiner Meinung zu sein. Zumindest grunzte sie unwillig, als sie sich hinter ihm einreihte und zur Werkstatt trottete. Sie trug kein einziges Schmuckstück heute und er erwischte sich dabei, wie er dachte, dass ihre Hände nackt wirkten.

Die Juwelenräuberin mit der ungezähmten Lockenmähne war die Einzige, die wach schien. Ihre krassfarbenen Augen blitzten. Sie schien alles in sich aufzusaugen, was um sie herum vorging. Aber es wirkte komisch auf ihn, nicht ganz normal, sondern überdreht, als hätte sie drei Red Bull zum Frühstück getrunken statt des Salbeitees (der gruselig geschmeckt hatte, aber das nur nebenbei). Sie war … hm … schwer einzuschätzen. Nur eine Fassade.

Im Grunde konnte sich alles dahinter verbergen.

Wie lange stand er eigentlich schon hier, zerrte an Brombeeren, schnitt junge Baumtriebe ab und grub anschließend ihre Wurzeln aus? Und wann hatte er die Angst vor diesen signalroten Käfern mit den schwarzen Mustern verloren, die Gunnar Feuerwanzen nannte? Wann die, in ein Spinnennetz zu greifen? Oder lag es daran, dass er fette Handschuhe trug? Er fühlte sich geschützt. Wie ein anderer Mensch.

Dieser andere Flix genoss es, mit den Händen zu arbeiten. Müsste er es nicht hassen? Schließlich war das eine Strafe hier!

»Es ist wichtig, Respekt vor der Natur zu haben.« Gunnars Stimme begleitete ihre Arbeit. »Denkt daran, wenn ihr auf die Pflanzen losgeht, die gerade in den Hütten leben. Dieser Wald ist ihr Terrain, wir leihen es uns nur.«

Das klang ein bisschen bescheuert und spannend zugleich – vor allem aber klang es ganz anders als der Satz seines Vaters, der ihm seit gestern ungewollt durch den Kopf geisterte, bei jeder Brombeerranke, die er ausriss, bei jeder Wurzel, die er ausgrub, bei jedem Strauch, den er schnitt: *Die Natur ist da, um besiegt zu werden!*

Für seinen Vater war alles da, um besiegt zu werden – seine Gegner vor Gericht, die Mahlzeiten auf seinem Teller, sein Sohn. Und so sagte Flix im Kopf zu jeder ausgerissenen Pflanze: »Sorry.« Er hatte nämlich keine Lust, wie sein Vater zu denken. Gunnars Ansatz gefiel ihm besser.

Dass er trotz der Handschuhe Blasen an den Händen hatte, bemerkte er erst, als er eine Pause einlegte und nach der Trinkflasche griff. Er betastete sie vorsichtig und fühlte absurderweise etwas wie Stolz.

Sie stammten von den Zangen, mit denen sie die Sträucher abknipsten, von den dreizackigen Krallen, mit denen sie Wurzeln ausgruben, und von der Säge, mit der er, gemeinsam mit Noomi, einen Baum, den Gunnar schon vor ihrer Ankunft geschlagen hatte, von seinen Ästen befreit hatte. Und verrückt, wie viele Äste so ein Baum hatte!

Was Juliane wohl sagen würde, wenn sie seine malträtierten Finger sehen könnte? Gar nichts, träumte er vor sich hin. Sie würde einfach jeden einzeln küssen. Wobei … Vielleicht auch nicht …

Eine feine Angst zog an seinem Herz.

In den letzten Wochen hatte sie sich verändert und er hatte weggemusst, ehe er dahintergekommen war, was sie bedrückte. Was auch immer es war: Es fühlte sich an wie eine offene Tür, durch die Unsicherheit in ihn eindrang. Niemals könnte er dieses Gefühl sechs Wochen ertragen – er musste sie irgendwie erreichen.

»Kaffeepause!«, brüllte Jorek vom Haupthaus.

Jorek hatte ihm Pflaster gegeben, die jetzt unter den Handschuhen auf der Haut klebten und den Schmerz zumindest ein bisschen linderten.

Den Rest des Vormittags waren sie damit beschäftigt, die zweite Hütte vom Unkraut zu befreien. Es war tatsächlich eine befriedigende Arbeit, vor allem, als Noomi plötzlich zu singen begann.

Man konnte von Noomi denken, was man wollte – singen konnte sie! Sie hätte problemlos bei einer Talentshow mitmachen können. Sie sang so selbstverständlich wie Olympe redete und sie hatte dabei eine Stimme wie dunkles, geöltes Holz. Sogar Olympe hielt die Klappe und lauschte. Zumindest bis sie gemeinsam mit ihm einen Jungbaum auszureißen versuchte, der sich in der hinteren linken Ecke der Hütte ausgebreitet hatte – da flüsterte sie ihm zu: »Wenn Ryan jetzt auch noch loslegt, sind wir echt bei La-La-Land.«

Er lachte leise, kämpfte sich mit ihr an dem widerspenstigen Jungbaum ab, flüsterte »Sorry« im Kopf, als sie ihn endlich draußen hatten, und vergaß fast, dass sie nicht freiwillig hier waren.

Nach dem Mittagessen nahm Gunnar eine neue Einteilung vor. »Flix, du hilfst jetzt Lara bei Hütte 2.« Und dann zu Lara: »Ihr inspiziert den Boden und sucht Schwachstellen: verfaulte Bretter, geborstenes Holz, du weißt schon.«

Lara grinste ihren Vater an: »Klar, kenn mich doch aus«, dann wandte sie sich ihm zu, ihr Blick war abschätzig. Na toll, das war's also mit La-La-Land. Dafür Lara-Land, haha.

Er mochte Lara nicht. Vielleicht war es etwas in ihrer Stimme, vielleicht auch in ihrer Art, sich zu bewegen. Sie wirkte wie eine angespannte Bogensehne und war zugleich der Pfeil. Und wenn er in seinem Leben etwas gelernt hatte, dann dass es nichts Gefährlicheres gab als einen Menschen, der zugleich den Finger am Abzug hatte und die Waffe war.

Zu sehen, wie vertraut sie mit ihrem Vater umging, verstärkte sein Misstrauen. Lara war ein Gewirr aus Botschaften, die nicht zueinanderpassten und seine Alarmsysteme einschalteten.

Wehmütig sah er Ryan, Olympe und Noomi hinterher, die wieder mit Gunnar in Hütte 3 verschwanden. Er kannte sie kaum und trotzdem fühlte er sich ihnen bereits verbunden. Widerstrebend folgte er Lara.

Neben der Tür stellte er seine Wasserflasche ab.

»Oh«, meinte Lara. »Hat sie Halsweh?«

Genau das hatte er gemeint. Dieser Tonfall. Er sah sie ratlos an, bis sie auf das Bandana deutete, das er um den Flaschenhals gebunden hatte. Versuchte sie etwa, witzig zu sein?

»Nein.« In dem Tuch steckte der Glücksbringer von Juliane. Ein winziges Hufeisen aus Glas, das sie ein paar Wochen zuvor, bei einem heimlichen Ausflug auf dem Rummel, geschossen hatte. Sie hatte es ihm zugesteckt, als sie sich voneinander verabschiedet hatten. In der Schule, auf dem Gang zwischen dem Physikkabinett und dem Chemielabor, wo jeder sie sehen konnte.

Das ist so zerbrechlich wie unser Geheimnis. Pass gut drauf auf.

Er hatte sie nicht einmal umarmen können. Durfte es nicht. Er hatte das Hufeisen mit ins Camp genommen und wollte es bei sich haben, *sie* bei sich haben. Nur – das ging Lara nicht das Geringste an.

»Damit ich sie nicht verwechsle«, log er.

»Verstehe. Dein Name mit Edding war dir wohl zu banal, was?«

Er zuckte mit den Schultern und folgte ihr in die Hütte.

»Okay«, sagte sie, als sie drinnen standen. »Also, das hier läuft folgendermaßen: Ich überprüf die Bretter und Planken und markiere, wo was ausgetauscht werden muss. Hiermit.« Sie wedelte mit einem Stück Kreide vor seiner Nase herum. »Auf die Bohlen, die ausgesägt werden müssen, mach ich einen Strich. Und auf die, die komplett ausgewechselt werden müssen, kommt ein Kreuz. Die mit dem Kreuz kannst du dann hiermit aushebeln.« Sie deutete auf einen schweren Eisenstab, der am Rand gebogen war. »Das ist ein Kuhfuß«, erklärte sie. »Aber Leute wie du nennen es wahrscheinlich Brecheisen.«

Leute wie er?

»Was willst du damit …?«

Ihr weißblondes Haar wirkte plötzlich eisig, um ihre Mundwinkel zuckte Hohn.

»Ich geh davon aus, dass du weißt, wie man das benutzt.«

Bitte … was? Die Frau ging echt gar nicht.

»Hör mal«, sagte er, »bloß weil ich hier bin, heißt das noch lange nicht, dass ich ein Verbrecher bin, der mit Brechstangen oder Kuhfüßen auf Dinge losgeht!«

Sie trat einen Schritt näher und er konnte ihre Haut riechen. Sie roch erstaunlich gut – nach Sonnenmilch und ein bisschen zitronig. Aber der Geruch konnte die Härte ihrer Worte nicht abmildern.

»Ich weiß, was du bist und was nicht. Ich hab deine Akte gelesen, Felix Graupner.« Jetzt lächelte sie und kurz konnte er sich vorstellen, wie sie aussähe, wenn sie weich wäre.

Dann wandte sie sich abrupt ab und begann, den Holzboden abzuschreiten, hin und wieder stampfte sie auf, manchmal kniete sie sich hin und klopfte auf das Holz, zeichnete Kreuze und Striche, ohne ihn weiter zu beachten.

Sie hat meine Akte gelesen, wiederholte er stumm, in der einen Hand den Kuhfuß, die andere zur Faust geballt. Durfte sie das? Laras Schweigen und seine Wut verdickten die Luft im Raum. Nach zehn Minuten, in denen er seine Faust geöffnet und geschlossen hatte, geschlossen und geöffnet, drehte sich Lara wieder zu ihm um.

»So, das war's«, sagte sie. »Dann leg mal los. Ich bin pünktlich um halb vier zurück.«

»Wie, zurück? Wo gehst du denn hin?«

»Das, Schätzchen, geht dich nichts an. Sorg du lieber dafür, dass hier heut Abend alles schick ist.«

Schätzchen! Was erlaubte die sich eigentlich?

»Du kannst nicht einfach abhauen. Das ist viel zu schwer, das muss man zu zweit machen!«

»Ach was! Du bist doch ein großer, starker Junge.« Sie tätschelte gönnerhaft seinen Oberarm und drückte sich dann an ihm vorbei zur Tür. Prüfend sah sie nach rechts, links, rechts.

»Wenn du gehst, frag ich Gunnar, ob er mithilft«, sagte er zu ihrem Rücken.

Sie wandte sich langsam um. Trat einen Schritt in seine Richtung. Zu nah. Sonnencreme, Zitrone, gebräunte Haut.

»Ich sag dir mal was, Fe-lix.« Leise Stimme, kalt wie die Arktis. »Du wirst das hier *alleine* machen und du wirst keinem was davon erzählen, sonst plaudere ich dein kleines Geheimnis aus.«

»Mein kleines …?«

»Das mit J anfängt.«

Das Blut schoss ihm ins Gesicht und ein heißer, gefährlicher Druck baute sich hinter seinen Augenlidern auf.

»Was weißt du denn schon?«, presste er hervor.

»Mehr, als du denkst«, antwortete sie, hielt den Blick noch einen Moment, dann drehte sie sich um, schaute wieder rechts-links-rechts aus der Tür und verschwand im Wald.

Zweieinhalb Stunden sägte und hebelte er gegen seine Wut an. Er spürte, wie die Blasen an seinen Händen sich füllten und schließlich platzten, es tat weh, aber es war ihm egal. Woher wusste sie von Juliane? Und wie viel wusste sie?

Einmal schrie draußen ein Tier – es waren schrille, heisere Laute, die ihn an Diana erinnerten. Laute, die von Todesangst zeugten. Die Schreie zerrten an seinen Nerven, dann verebbten sie plötzlich. Wenn er nicht so wütend gewesen wäre, hätte er es unheimlich gefunden.

Gunnar streckte den Kopf durch die Tür: »Wo steckt Lara?«

Gute Frage. Im Wald. Aber was wollte sie da? Da draußen war nichts. Nur Bäume.

»Klo«, murmelte er, ohne aufzusehen.

»Mach mal 'ne Pause«, riet Gunnar. »Du siehst fertig aus. Und, Junge, kleiner Tipp von mir: Lass dich nicht unterbuttern, sie kann ganz schön Druck machen. Manchmal vergisst sie einfach, dass nicht jeder so schnell ist wie sie.« Er rollte ihm eine Flasche Wasser über den Boden zu. »Hier, trink einen Schluck!«

Er konnte sie gerade noch auffangen, bevor sie in das Loch kullerte, wo er eben eine Bohle ausgehebelt hatte.

Gunnar warf einen Blick auf den von Lücken durchsetzten Holzboden und schnalzte anerkennend mit der Zunge. »Sieht gut aus!« Dann war er wieder weg und Flix machte weiter, ohne noch einmal aufzusehen.

Erzähl niemandem von uns, Flix. Du musst mir versprechen …

Er hatte es niemandem erzählt. Niemandem.

Er hatte ihr zerbrechliches Geheimnis gehütet wie nichts sonst in seinem Leben. Woher also wusste Lara davon? Nichts davon stand in seiner Akte.

Als er die nächste Planke, die Lara markiert hatte, hochstemmte, fiel sein Blick auf die Sehnen an seinen Unterarmen, die sich anspannten, auf das Lederarmband, das sich ebenfalls spannte. Auf das »J«, das in das Leder gestanzt war.

Fast hätte er vor Erleichterung aufgelacht. Ein Bluff! Sie hatte das »J« gesehen und bluffte. Das war alles.

Dumm nur, dass er sich nicht sicher sein konnte.

Noomi

Verdammt, wo war es hin?

Gestern, nach dem Abendessen, als alle irgendwie beschäftigt waren, war sie aus dem Gruppenraum geschlichen, direkt zu Joreks Baumstumpf. Sie hatte getan, als müsste sie sich die Schuhe binden, und mit ihren unzerstörbaren Fingernägeln gegraben.

Es ging rasch; ihre Nägel waren so fest, dass sie mittlerweile einen extrastarken Nagelknipser brauchte, um sie zu schneiden – die perfekten Grabinstrumente. Sie hatte ihr Geheimnis aus dem Versteck im Boden gezogen und in die Hosentasche gestopft.

Dort war es geblieben, weil sie danach keine Sekunde mehr allein gewesen war, um ein besseres Versteck zu finden.

Bis es verschwunden war. Heute morgen.

Es gab nur einen Ort, an dem sie es verloren haben konnte. Und es würde katastrophale Folgen haben, wenn sie es nicht schnellstens zurückholte.

Leider war sie bei ihrem ersten Versuch von Olympe überrascht worden.

Sie war nervös, schon den ganzen Tag.

»Alles okay?«, hatte erst Jorek gefragt, dann, später, bei den Hütten, Gunnar. Sie hatte genickt und geackert, um die Unruhe abzubauen.

Gunnar hatte anerkennend gebrummt, als ihm auffiel, wie geschickt sie war. Das hatte sie ihrem Vater zu verdanken, der ihr einen Werkzeuggürtel geschenkt hatte, als andere Mädchen Puppen in die Hand gedrückt bekamen.

Mit neun hatte sie geholfen, den Keller auszubauen, mit elf an einem Baumhaus mitgehämmert, im Jahr darauf hatten sie gemeinsam eine Ecke ihres Zimmers in einen begehbaren Kleiderschrank umgewandelt. Kurz danach hatte ihr Vater seinen Job verloren und sie hatten das Häuschen am Stadtrand verkaufen müssen, waren weggezogen in die Hochhauswohnung, in der es zu wenig Zimmer gegeben hatte.

Der Werkzeuggürtel war beim Umzug verloren gegangen und sie hatte begonnen, sich mit anderen Sachen zu beschäftigen – mit sich, mit Jungs, mit dem Schulchor. Und damit endeten auch ihre Vater-Tochter-Erlebnisse.

Das Geschufte den ganzen Tag über mochte ihr Gunnars Achtung eingebracht haben – ihren Ärger auf sich selbst hatte es nicht eingedämmt. Beim Salatputzen fürs Abendessen war ihr immerhin eingefallen, dass sie es möglicherweise gar nicht *in*, sondern *vor* Joreks Büro verloren haben könnte. Was ihre Rettung wäre.

Seitdem war sie noch nervöser. Am liebsten hätte sie sich vor der *Gruppenaktivität* kurz weggestohlen, um nachzusehen, aber sie war keinen Moment unbeobachtet gewesen. Jetzt stand sie bei den Baumstümpfen und dachte da capo: »Ich muss es finden. Ich muss es …«, als Jorek ihr plötzlich die Hand auf die Schulter legte. Sie zuckte zusammen.

»Komm du doch heute als Erste in den Kreis.«

Nicken. Lächeln. Nicht auffallen.

Ihre Mundwinkel taten weh.

Der Kreis. Alles schien hier im Kreis zu passieren. In der nachmittäglichen *Dialogrunde s*aßen sie auf den Baumstümpfen und redeten über die Arbeit, den Tag und Probleme, in der *Gruppenaktivität* hingegen stand man im Kreis.

Gestern hatten sie sich während der *Gruppenaktivität* einen Ball zugeworfen, und wer ihn fing, hatte erzählen müssen, was die größte Enttäuschung gewesen war, die er je erlebt hatte, dann: was der größte Traum war. Und schließlich: was sie von dem Aufenthalt erwarteten. Sie hatten geworfen und gelogen, allesamt, im Kreis, reihum. Ob Jorek das nicht gemerkt hatte? Würden sie jeden Abend im Kreis lügen müssen?

Jorek klatschte in die Hände und scheuchte sie alle auf das freie Wiesenstück neben der Baumstumpfsitzgruppe.

Dann ging es los.

Noomi stand in der Mitte des Kreises und sollte sich rücklings und mit geschlossenen Augen in die Arme der anderen fallen lassen. Jorek murmelte: »Vertrauen, Loslassen, Vertrauen«, wie ein bescheuerter Meditationspodcast. Als hätte Noomi keine anderen Sorgen! Sie spielte mit, natürlich, und nach ihr waren die anderen dran, allerdings nur die vier *Teilnehmer.* Gunnar, Lara und Jorek fingen zwar mit auf, aber »vertrauen« und »loslassen« mussten sie offensichtlich nicht.

Sie konnte an nichts anderes denken als an das, was sie in oder vor Joreks Büro verloren hatte. Vor allem aber hätte sie sich ohrfeigen können, dass sie von Olympe erwischt worden war!

Immerhin hatte die beim Küchendienst entspannt reagiert – zumindest bis zur Kaffeepause … Da war sie kurz auf dem Klo in der Mädchenhütte gewesen, und als sie zurückkam, hatte sie Noomi angestarrt, als wollte sie die am liebsten ermorden. Seitdem sprach Olympe kein Wort mehr mit ihr. Irgendwas war passiert. Nur was?

Auf den Weg zu den Duschen, gleich nach Arbeitsschluss, hatte sie nach Olympes Arm gegriffen.

»Was ist mit dir?«, hatte sie geflüstert. »Ist es wegen … ähm … der Sache heut Morgen?«

»Fass mich nicht an!« Zischend war Olympe ihrer Hand ausgewichen. »Du weißt genau, wieso.«

Nein, wusste sie nicht.

Sie war so in Gedanken gefangen, dass sie fast verpennte, dass

Olympe auf sie zugekippt kam. Erst in letzter Sekunde ließ sie die Hände ganz nach unten sausen und fing sie auf. Gerade noch rechtzeitig – beinahe wär Olympe auf den Boden gedonnert.

»Hoho, du lässt es aber drauf ankommen«, basste Gunnar, aber Olympe drehte sich wütend aus ihrem Griff. Noomi riss sich zusammen, fing Ryan und Flix auf und behauptete in Joreks Wie-ging-es-euch-dabei-Runde, dass es eine spannende Erfahrung gewesen sei.

Aber schon beim nächsten Spiel, das Jorek *Kompetenzfangen* nannte, driftete sie erneut ab. Ich muss es wiederfinden, hämmerte es in ihrem Kopf, als sie Ryan dabei zusah, wie er ihre Zimmergenossin jagte. Die schrie: »Zuhören, ich kann voll gut zuhören!«, was sie kurz von ihrem Problem ablenkte. Zuhören? Das fand Olympe ihre stärkste Kompetenz? Interessant. Ryan jagte jetzt Flix nach, dem nichts einzufallen schien, was er konnte, und schlug ihn ab.

Flix schoss auf sie zu und sie zischte vor ihm davon. Was kannst du?, dachte sie, was kannst du? »Fangen!«, schrie sie, als Flix sie vor Hütte 3 in die Enge getrieben hatte. »Ich kann voll gut Sachen fangen!«

»Frösche vor allem, oder?«, stichelte Flix und machte eine Kehrtwende, um sich auf Ryan zu stürzen. Gunnar stand im Weg herum, ganz wilde Haare und Bart und glitzernde Augen, als wollte er unbedingt gefangen werden. Flix tat ihm den Gefallen, schonte Ryan und hechtete zu dem Betreuer. »Stricken«, rief Gunnar fröhlich, und statt sich zu wundern, dachte sie zum tausendsten Mal an den Ort, an dem sie das Teil verloren haben musste.

Am Ende der Stunde hatten sie herausgefunden, dass Gunnar neben »Stricken« auch noch »Pflanzen bestimmen« und

»Wandern« konnte. Flix fand, dass er »nett« und »schnell« war, und Olympe konnte auch noch »kickern« und »coden«, wobei Noomi keine Ahnung hatte, was »coden« bedeutete. Ryan reagierte so leise, dass sie ihn nur verstanden hatte, als sie ihn selbst gejagt hatte. »Kochen«, hatte er geflüstert und sie hatte ihm ein Lächeln geschenkt, ein echtes, und war zu Olympe geschossen. Von Lara wusste sie, dass sie immer, wenn man ihr nahe kam, »Wag es bloß nicht« zischte. Jorek machte nicht mit, sondern bloß Notizen.

Tolles Spiel.

Abschlussrunde, lauwarmes Gelaber, sie selbst mittendrin. Was für ein Zirkus.

Danach verlief sich die Runde, das Betreuerteam zog sich zurück, vermutlich in den Gruppenraum, und als alle mit sich selbst beschäftigt waren, hatte sie noch eine Stunde bis zur Bettruhe. Endlich!

Es war noch hell, doch die Sonne schaltete gemächlich vom grellen Tageslicht in einen weicheren Modus um, wurde honigfarben und schwer, Frühsommerabendlicht. Die Schatten ringsum wuchsen. Etwas duftete intensiv. Vielleicht das verwucherte, gelb blühende Klettergewächs an der Seitenwand des Haupthauses, das von Bienen durchsummt war.

Sie drehte eine Runde um das Haupthaus, eng an der Wand entlang, die Augen fest auf den Boden geheftet. Es raschelte hier und dort, aber das interessierte sie gerade nicht. Noch eine Runde, zwei Schritte weiter weg von der Wand.

»Suchst du was?«

Sie schaute ertappt auf. Ryan.

»Ich … ja. Ich vermisse so ein kleines Lederding, eine Art Beutel.«

Es auszusprechen, machte es real. Das Geheimnis blieb trotzdem geheim, okay, aber das Zittern in Noomis Bauch, das seit der leeren Hosentasche heute Morgen da war, verstärkte sich. Wenn sie das Beutelchen nicht hier draußen fand, blieb nur noch Joreks Büro. Das schlimmstmögliche Szenario. Dann musste sie es dort verloren haben, als sie nachts reingeklettert war.

Schlauerweise hatte sie auf die Innenseite des Beutels *Noomi Goldstein* geschrieben; sie wäre also sofort als Einbrecherin entlarvt, wenn Jorek ihn in ihrem Büro fand.

»Ich helfe dir.«

Oh? »Danke.«

Sie liefen noch ein weiteres Mal um die Hütte. Nichts.

Die Sonne ging von hellweichem Lindenblütenhoniglicht in dunkleres Akazienhoniglicht über.

Der Beutel durfte nicht weg sein. Es war ihr einziges Beweisstück für den ausgestanzten Tag, den die Leute um sie herum so schnell zu vergessen schienen, alle, auch ihre Eltern. Die waren sogar pikiert gewesen von ihren ständigen Nachfragen bei der Polizei. Da hatte sie das erste Mal gemerkt, dass sie nicht ernst nahmen, was ihr passiert war – dass der Tag für sie eine »Peinlichkeit« war, die sie ihnen zugemutet hatte.

Das Schrecklichste war allerdings der Moment gewesen, an dem sie realisierte, dass ihre Eltern glaubten, sie steckte selbst hinter allem. Sie sagten es nicht offen, nicht sofort.

Sie drehte sich zum Haupthaus um, starrte auf das Bürofenster, das jetzt geschlossen war. Jorek musste längst drin gewesen sein – womöglich hatte sie das Beutelchen schon in der Früh gefunden. Dann war es nur noch eine Frage der Zeit, wann sie die Bombe platzen ließ.

»Ich hab dich gestern Nacht gesehen.«

Was? Sie fuhr herum. Die Schuld stand ihr offenbar wie ein Feuermal im Gesicht, denn Ryan nickte mehrmals.

»Du warst es also wirklich. – Hast du schon wieder geklaut?«

Ihre Haut glühte.

»Nein … hab ich nicht!«, rief sie.

Flix und Olympe, die inzwischen, jeder mit einem Buch in der Hand, auf den Stufen zur Veranda der Jungshütte lungerten, starrten zu ihnen herüber. Flix trug eine abgeschnittene Jogginghose und passende Dreistreifen-Badelatschen, Olympe Flip-Flops und ein übergroßes senfgelbes T-Shirt auf dem *Go Wild* stand. In dem Abendlicht wirkten beide golden.

Als sie ein vorsichtiges Lächeln in Olympes Richtung versuchte, hob die demonstrativ ihr Buch vor die Nase.

Sie setzte erneut an, leiser diesmal. »Ich … ähm … es ist nicht so, wie du denkst!«

Verdammt – sie hörte sich an wie ein riesiges Klischee.

Sie trat einen vertraulichen Schritt auf Ryan zu, beugte sich zu ihm, bemerkte dabei, dass er nach Blumen roch, was sie kurz verwirrte, dann flüsterte sie: »Ich schwör dir: Das heute Nacht war eine rein private Angelegenheit.«

Jorek kam um die Ecke. Hatte sie das Beutelchen gefunden? Sah die sie anders an? Wütend? Enttäuscht? Jorek hob lediglich die Augenbrauen, als sie an ihnen vorbei Richtung Werkstatt stiefelte.

Das Zittern in ihrem Bauch ebbte ab. Das war's? Ließ Jorek sie einfach so davonkommen? Sie wandte sich wieder an Ryan, der in ungemütliches Schweigen versunken war. »Sag mal: Hast du 'ne Ahnung, warum Olympe sauer auf mich ist?«

In dem Moment flappte eine Fledermaus dicht über Ryans Kopf hinweg in Richtung Wald. Sie spürte, wie ihre Muskeln sich strafften, wie ihre Hand hochschnellen und das Tier fangen wollte. Mit Mühe unterdrückte sie den Impuls.

Ryan schien nichts bemerkt zu haben. »Ihre Ringe sind weg. Alle. Sie hat es Flix erzählt. Als sie in der Kaffeepause in der Hütte war, hat sie's gemerkt.«

Olympes Ringe waren weg? Aber was hatte das mit ihr …?

»Bei Flix ist auch was verschwunden«, fuhr Ryan fort. »Hab nicht richtig verstanden, was, aber er ist ziemlich wütend.«

Es dauerte einen Moment, bis sie begriff. »Glauben die etwa …«

Ryans Blick war leer, keine Anklage, keine Bitte. Erneut stieg ihr sein Duft in die Nase. Was für eine Blume war das? »Ich vermisse auch was. Mein Medaillon.«

»Aber ich …«

Mit zitternden Knien setzte sie sich wieder in Bewegung, langsam, um nicht zusammenzubrechen, Schritt für Schritt. Den Blick auf dem Boden. Das Licht hatte mittlerweile die Farbe von fließender Lava. »Ryan, verdammt, ich war das nicht! Ihr könnt doch nicht allen Ernstes denken, dass ich euch …« Sie schluckte.

»Die anderen haben keine Ahnung von gestern Nacht …«, flüsterte Ryan, »… aber ich hab dich gesehen. Du warst draußen – und du bist ins Haupthaus eingestiegen.«

»Aber … das ist doch etwas ganz anderes. Das … das hat doch nichts mit euch zu tun.«

Seine Stimme klang erstaunlich klar: »Ich frag mich nur – wenn du nicht geklaut hast, was hast du dann gemacht?«

X

Ihre Blicke werden unstet, sie machen sich Sorgen.

Sie wissen nicht, wie recht sie damit haben.

Ihre Wachsamkeit ist geschärft, aber sie sorgen sich an der falschen Stelle.

Ich muss den Anderen Bescheid geben.

Es ist bald so weit.

4. KAPITEL

Was ist Schuld?

Noomi

Der nächste Nachmittag, die nächste Dialogrunde nach einem weiteren Tag im Kampf gegen das in den Hütten wuchernde Grün. Sie saßen auf den Baumstümpfen im Kreis, und obwohl sie selbst vermutlich die Einzige hier ohne einen Funken krimineller Energie war, fühlte sie sich schuldig. Wenn alle Menschen denken, du bist eine Diebin, fühlst du dich am Ende auch wie eine, sinnierte sie.

Zwei Tage waren vergangen, seit Ryan ihr verraten hatte, was die anderen von ihr hielten. Zwei Tage, in denen sie Disteln und Brombeeren und Babybäume aus den Lücken in den Hüttenböden gerissen, verrottete Stellen ausgesägt und ganze Bohlen ausgewechselt, Efeu von den Hüttenwänden gezerrt und Moos aus den Fugen zwischen den Holzplanken gekratzt hatten.

Obwohl sie alles versucht hatte, Olympe und Flix zum Reden zu bringen, schnitten die beiden sie hartnäckig. Bloß Ryan sprach mit ihr. Hin und wieder.

Aus Frust hatte sie härter zugepackt, länger gearbeitet und verbissener weitergemacht. Trotz Muskelkater überall und Blasen an den Händen hatte sie gelächelt und gesungen und gute Laune ausgestrahlt, als wäre alles in Ordnung. Sie durfte sich nicht absondern, nicht auffallen – schon gar nicht jetzt, wenn die anderen sie ignorierten. Der Schein, sie musste den Schein wahren, sonst gefährdete sie ihren ganzen Plan.

Aber langsam reichte es ihr. Sie war zwar nicht hier, um Freunde zu finden, für sie ging es eben um etwas viel Größeres, doch auch sie hatte Grenzen.

Sie lugte unter den Wimpern hindurch unauffällig zu den anderen hin, zog die Beine in den Schneidersitz auf ihren Baumstumpf und zwirbelte eine Haarsträhne um den Finger, um ihre Unsicherheit zu überdecken. Flix, ihr gegenüber, fixierte sie auffällig und versuchte dabei offenbar, Grimmigkeit auszustrahlen, aber er war einfach nur hübsch. Olympe neben ihm ignorierte sie demonstrativ.

Noomi schloss die Augen, spürte die Landschaft um sich, die Bäume, die Felsen, die Wolkenberge, und alles überragte sie. Sie hörte den Wald rauschen. Und hatte das Gefühl, ihr Inneres rauschte zurück.

»Okay«, eröffnete Jorek die Runde. »Was ist los?«

Verdammt, meinte Jorek etwa …? Sie riss die Augen auf, ließ von ihrer Strähne ab und bemerkte, dass auch die drei anderen Jorek bemüht verständnislos anschauten. Jorek wartete eine Weile, dann wandte sie sich direkt an Olympe und Flix. »Warum schneidet ihr Noomi?«

Vor Schreck hielt Noomi die Luft an und krallte sich mit beiden Händen in den Baumstumpf. Spürte, wie ihre glasharten Nägel die Rinde durchdrangen. O nein!

»Also? Ich warte.« Jorek.

Was, wenn sie die Wahrheit sagen würden? Was, wenn …? Aber Olympe zuckte lediglich mit den Schultern und Flix stieß ein »Weiß gar nicht, was Sie meinen« hervor. So sauer sie war, in dem Moment hätte sie vor Dankbarkeit heulen können.

Unauffällig ruckelte sie mit den Fingern hin und her, um die Nägel aus dem Baumstumpf zu ziehen und sich aus der skurrilen Selbstfesselung zu befreien.

Jorek schnaubte verächtlich. »Klärt das, Leute! Wir verbringen den ganzen Sommer miteinander. Mit solchen Kämpfen macht ihr es euch nur schwerer.«

Endlich glitten die Nägel aus dem Holz. Sie atmete auf und schaute prüfend in die Runde. Hatte jemand was mitbekommen?

Offenbar nicht. Alle konzentrierten sich auf Jorek, die den kleinen lilafarbenen Ball aus Knautschmaterial aus ihrer Hosentasche zog, den sie täglich in der Dialogrunde rumreichten. Jeder musste ihn festhalten und sagen, welcher Moment des Tages der stressigste gewesen war, was sie *Regenguss* nannte, und welcher ein *Sonnenstrahl.* Dann stocherten Jorek und Gunnar ein bisschen in den Geständnissen herum. Anschließend wurde der Ball weitergegeben.

Sie hasste dieses Kindergartengetue, spielte aber brav mit. Unauffällig bleiben. Sie hätte wetten können, dass noch keiner von ihnen bei *Regenguss und Sonnenstrahl* die Wahrheit gesagt hatte. Ganz sicher nicht.

Am folgenden Tag, Donnerstag und Tag drei des Wir-schneiden-Noomi-Schweigens, regnete es.

Sie erwachte vom Geräusch der Tropfen auf dem Dach. In der Luft hing der Geruch nach Feuchtigkeit und Erde. Durchs Hüttenfenster drang fahles Licht; es begann gerade erst zu dämmern. Die Zeiger ihrer Armbanduhr standen auf fünf vor fünf.

Noomi lauschte dem Wispern des feinen Regens in den

Baumkronen, dem Gluckern der durchgerosteten Regenrinne am Haupthaus, den Stimmen der ersten Vögel in den Tiefen des Waldes, zerbrechlich wie Glas, und spürte eine tiefe Sehnsucht. Je länger sie lauschte, desto drängender wurde das Gefühl.

Sie stand auf und schlich barfuß zur Hüttentür.

Sehr leise, um Olympe nicht zu stören, schob sie die Tür auf und stellte sich auf die Veranda. Spürte die minzfrische Kühle. Schaute über den bläulichen Dämmer bis zum Ende der Lichtung, wo der Wald begann – ein dichter, dunkelblättriger Vorhang um das Camp. Tropfende Bäume, in der Ferne die Sandsteinköpfe der Felsen. Die Luft legte sich wie Nebel auf ihr Gesicht, wusch sie. Sie schloss die Augen, fühlte etwas Überwältigendes, das sie nicht benennen konnte, etwas, das sich ausbreitete in ihr und sich aufschwang, gleißend wie ein Schrei. Sie atmete. Atmete.

Als sie die Augen wieder öffnete, schien die Sonne und Olympe drängte sich wortlos an ihr vorbei. Schlappte in Sandalen durch die Pfützen zum Haupthaus. Auch die Tür der Jungshütte öffnete sich. Ryan und Flix traten gähnend heraus, Ryan reckte sich, dann schlurften sie ebenfalls Richtung Waschräume.

Verwirrt sah sie auf die Uhr.

Viertel vor sieben. Hatte sie allen Ernstes fast zwei Stunden lang im Stehen an der Hüttenwand gelehnt und … ja, was eigentlich: geschlafen?

Unvermittelt bemerkte sie die brachiale Schönheit ringsum. Die Sonne fiel in goldenen Streifen durch die Bäume auf die Lichtung. Es rauschte und knackte, flötete und zwitscherte. Millionen Regentropfen im Gras brachen sich im Licht und glitzerten wie winzige Scherben. Leichtigkeit durchströmte sie. *Klärt das,* riet ihr Joreks Stimme.

»Olympe?«, rief sie, erfüllt von Begeisterung. »Flix? Ryan!«

Sie drehten sich um. Alle drei. Gott sei Dank.

»Es reicht! Heute Abend um neun Uhr in der Mädchenhütte. Wir müssen uns unterhalten.«

»Das ist die Wahrheit!«

Selbst in ihren eigenen Ohren hörte sich der Satz mehr nach verzweifelter Rechtfertigung an als nach überzeugendem Plädoyer für ihre Unschuld. Als sie ausgeredet hatte, blieb sie mit hängenden Armen mitten im Raum stehen.

Olympe thronte ihr gegenüber auf dem Bett, den Blick fest auf sie gerichtet. Am Kopfende des Bettes saß Flix – im Schneidersitz. Ryan stand am Fenster.

Punkt halb neun abends war die Lampe mit einem Knacken angesprungen und surrte jetzt im Hintergrund ihr gleißendes Lied von Spannung. Die Luft in der Hütte war stickig.

Ihre euphorische Stimmung vom Morgen war längst verflogen. Sie spürte, wie ihr Gesicht vor Scham, sich verteidigen zu müssen, pochte. Es fühlte sich an, als ob sie vor Gericht stünde, mit dem Unterschied, dass das hier schlimmer war als die halbe Stunde vor der Jugendrichterin.

Sie hatte Ryan gebeten, Tür und Fenster im Blick zu behalten, damit Jorek, Lara und Gunnar nicht hereinplatzen würden. Was sie zu sagen hatte, war straftäterintern. Was für ein Wort, dachte sie. Aber fest stand: sie vier und niemand sonst. Kein anderer in diesem Camp sollte davon erfahren.

»Ganz ehrlich«, hatte sie begonnen. »Ich bin keine Diebin, aber ich kann es nicht beweisen. Wie denn auch? Wie soll ich etwas beweisen, was ich *nicht* getan hab?«

Als sie sich tagsüber das Gespräch zurechtgelegt hatte, waren die Gesichter der anderen offen gewesen. In der Realität waren sie undurchdringlich geblieben, glatt und kalt.

Das hatte sie aus dem Konzept gebracht, so sehr, dass sie zu stammeln begonnen hatte und nach dem Ausruf »Das ist die Wahrheit!« verstummt war.

Das Schweigen, das folgte, demütigte sie und war kaum auszuhalten.

Es war Olympe, die die Stille schließlich unterbrach: »Und warum knackst du die Bürotür, wenn du angeblich nichts klaust?«

Angeblich.

Selbst schuld, dachte sie. Das Misstrauen der anderen hatte sie selbst hervorgerufen. Durch ihre Ehrlichkeit am ersten Abend, als sie die Sache mit dem Juweliergeschäft erzählt hatte.

»Ich … hab was gesucht!«

Olympes linke Augenbraue zuckte nach oben und sie redete schnell weiter. »Einen Lederbeutel! So ein kleiner brauner, in dem ich … was Wichtiges aufbewahre.«

»Und wie soll der bitte in Joreks Büro gekommen sein?« Offensichtlich war Olympe die Hauptanklägerin.

»Ich …« Sie straffte sich, atmete durch. »In der ersten Nacht bin ich in Joreks Büro eingestiegen.«

»Was?!« Flix schaute sie fassungslos an.

Olympe zog scharf die Luft ein.

Noomi blickte zu Ryan, der noch immer neben dem Fenster lehnte, abwechselnd draußen die Lage checkte, dann zur Tür und schließlich wieder zu ihnen sah. Er lächelte sie vorsichtig an. Er hatte sie nicht verpfiffen.

»Ja, ich war in Joreks Büro.« Sie spürte, wie ihre Stimme fester wurde. Jetzt war es wenigstens raus. »Das Beutelchen … Ich hatte es in der Hosentasche, aber am nächsten Morgen war es weg. Ich hab Panik geschoben. Deshalb.« Sie schaute Olympe an, dann die Jungs. »Aber ich hab euch nicht beklaut, ehrlich nicht!«

Reichte das? Das reichte doch, oder?

Olympes Gesicht blieb verschlossen, Flix' ungläubig und Ryans Miene war unergründlich.

»Bei allem Respekt, Noomi«, ätzte Olympe schließlich. »Du bist hier, weil du ein Juweliergeschäft ausrauben wolltest. Du hast offensichtlich die Skills, nachts in Joreks Büro einzusteigen, und du hast die Skills, mit zwei Haarnadeln eine Tür aufzubrechen.«

»Das Fenster war offen, als ich durchgestiegen bin! Und die Tür hab ich ja nicht mal aufbekom…«

»Weil ich dich dabei gestört hab!«, unterbrach Olympe sie.

»Na ja, Noomi.« Flix Stimme klang zu ruhig. »Du musst zugeben, dass alles ein bisschen komisch rüberkommt. Uns dreien fehlt Schmuck: Ryan sein Medaillon, Olympe ihre Ringe, mir mein … ähm … Talisman.«

»Ich schwöre euch …« Sie spürte die Tränen im Hals. »Ich war's nicht! Mir … mir fehlt doch auch was. Der Beutel …«

»Das ist das, was du uns *erzählst*«, sagte Olympe und machte mit vier Fingern ihre Gänsefüßchen in der Luft.

»Viel wahrscheinlicher ist doch«, übernahm Flix, »dass du nichts Glitzerndem widerstehen kannst! Wie dieses Viech in *Phantastische Tierwesen*, dieser …«

»… Niffler«, ergänzte Olympe verächtlich.

Verzweiflung übermannte sie. Sie glaubten ihr nicht. »Ich bin kein Niffler, echt! Nie im Leben hätte ich den Juwelier ausgeraubt! Ich wollte doch bloß, dass es so aussieht!«

Kaum dass sie es ausgesprochen hatte, biss sie sich auf die Lippen. Aber der Satz war draußen. Scheiße.

Die anderen starrten sie an.

»Du wolltest bloß, dass es so *aussieht?*«, echote Flix schließlich. »Warum?«

Das Surren der Lampe und Motten, die dagegenflatterten, eine nach der anderen, immer wieder. Sie hörte Lara und Gunnar draußen am Feuerplatz lachen.

Was soll's, dachte sie erschöpft. Jetzt ist es sowieso egal. Und sie brauchte endlich Verbündete.

»Ich hab den Raub beim Juwelier gefakt, weil ich hierherwollte. In dieses verdammte Camp!«

»Du *wolltest* hierher?« Olympe nahm ihre Brille ab und wirkte wieder lebendig. Verwirrt rieb sie sich die Augen. »Wieso?«

Die anderen beobachteten sie, als wäre sie jemand, der – im Gegensatz zu ihnen selbst – tatsächlich hinter Gitter gehörte. Oder besser: hinter Sicherheitsglas. Geschlossene Psychiatrie. Flix kratzte sich am Kinn, Olympe setzte die Brille wieder auf. »Wieso?«, wiederholte sie.

Noomi schluckte. »Ist euch aufgefallen, dass man im Internet fast nichts über dieses Camp findet? Aber ich … ich brauche Informationen! Deshalb musste ich herkommen. Um mehr zu erfahren. Um rauszukriegen, ob …« Sie brach ab.

Flix drängte: »Ob was? Was musst du rausfinden?« Und dann: »Alter … spuck's endlich aus.«

»Die Wahrheit«, flüsterte sie.

»Noomi! – Echt jetzt. Klartext!«, donnerte Olympe, aber aus ihren Augen war die Härte verschwunden.

Da gab sie auf.

»Die Wahrheit über mein Verschwinden.«

»Dein Verschwinden?«

Überrascht schaute sie zu Ryan hinüber – sie hatte ihn komplett vergessen. Sie nickte. »Klingt schräg, ich weiß.«

»Allerdings«, bestätigte Olympe und ließ sie nicht aus den Augen. »Umso mehr, weil du nicht verschwunden bist. Du sitzt hier.«

»Stimmt. Es war ja auch letztes Jahr.« Sie sprach schnell, gedämpft. »Es ist hier passiert. Also nicht im Camp, aber ganz in der Nähe. Während eines Ausflugs vom Ferienlager …« Wie viel sollte sie erzählen? Wie viel musste sie? »Wir waren auf einer Wanderung bei den Schrammsteinen. Ich hatte ganz blöde Schuhe an, sie waren neu, und ich hab mir natürlich sofort eine Blase gelaufen. Es tat weh, und ich bin hinterhergehinkt. Das ist das Letzte, woran ich mich erinnere. Dann muss irgendwas passiert sein. Als die anderen zurück in der Herberge waren, hab ich jedenfalls gefehlt.«

»Hä?«, machte Flix. »Wie – gefehlt? Wo warst du?«

»Keine Ahnung.« Das ist ja das Problem, dachte sie. »Sie haben mich erst am nächsten Tag gefunden, auf einem winzigen Felsvorsprung, ganz oben auf dem Falkenstein. Das ist ein …« Sie machte eine Pause, atmete durch. »… ein Berg.«

Immerhin hatte sie jetzt die uneingeschränkte Aufmerksamkeit.

»Was?« Flix fuchtelte mit dem Finger zum Fenster hin. »Auf einem dieser Monsterfelsen hier?«

»Ja, gar nicht weit weg. Man kann ihn von der Lichtung aus sehen.«

»Aber … wie bist du dahin gekommen?«, bohrte Olympe nach.

Noomi hob die Schultern und ließ sie wieder fallen. »Ich hab keinen Schimmer.« Und genau das machte sie langsam fertig.

»Als ich aufgewacht bin, hab ich auf diesem winzigen Vorsprung gelegen. Auf dem Bauch. Unter mir Stein, neben mir eine Steilwand mit Moos dran, auf der anderen Seite war eine Handbreit Platz, dann kam der Abgrund.« Sie wusste nicht, wohin mit ihren Händen und hielt sie aneinander fest. »Ich hab gerade so auf den Fels gepasst. Eine falsche Bewegung und ich wär in die Tiefe gestürzt. Ich hatte solche Panik! Stundenlang hab ich in der prallen Sonne gelegen, ohne mich zu rühren. Und meine Finger … die waren … voller Blut.« Sie verstummte.

Immer noch surrte die Lampe, prallten die Motten dagegen, war die Luft erstickend im Raum, aber etwas Entscheidendes hatte sich verändert. Die drei starrten sie an, als sähen die sie zum ersten Mal.

»Blut …?« Ryan war näher gekommen.

Der Geruch, den er mitbrachte, holte sie zurück. Rose! Das war's! Er roch nach Rosen. Sein Blick wirkte ehrlich und sie wollte ihm gern vertrauen, aber damals bei der Polizei hatten sie auch am Anfang alle so angesehen. Und dann? Hatten die sie als Lügnerin hingestellt.

Sag nicht alles, ermahnte sie sich. Sonst erlebst du am Ende dasselbe.

Sie dachte an das Blut, das sie nicht nur an den Fingern gehabt hatte, sondern sogar im Haar und an den Füßen. Sie dachte auch an die seltsamen, runden Dinger, die vor ihr gelegen hatten … Zu viele Details! Zu viele *seltsame* Details. Sie würden ihre Glaubwürdigkeit aushöhlen, bis die anderen sie nicht mehr ernst nahmen. Aber eins musste sie ihnen noch erzählen. Ein einziges weiteres Detail.

»Besonders krass«, fuhr sie vorsichtig fort, »ist das mit meinen Augen. Die waren vorher braun, normal braun. Und jetzt …«

Sie sah jeden von ihnen an. Sie wusste, was für eine Wirkung ihre Augen hatten. Sie erschrak ja selbst manchmal noch, wenn sie in einen Spiegel sah.

Rasch senkte sie den Blick wieder.

Dass ihre Finger- und Fußnägel sich ebenfalls verändert hatten, verschwieg sie. Sie hatte genug preisgegeben. Ihre Nägel waren so hart und scharf geworden, dass sie sogar diesen Baumstumpf da draußen durchdrangen wie Butter.

»Jedenfalls war die Polizei überzeugt davon, dass jemand mich entführt und narkotisiert haben musste. Am Anfang zumindest. Später rückten sie davon wieder ab, denn die Ärzte konnten keine Drogen nachweisen und Spuren von Gewaltanwendung gab es auch nicht.«

»Aber das Blut?«

»War nicht von mir. Es war …« Sie zwang sich, den Satz abzubrechen. Zu viele Details! »Als sie rausgefunden haben, dass es gar nicht meins war, haben sie ihre Theorie angepasst. Sie haben behauptet, dass ich mich bloß aufspielen wollte, um Aufmerksamkeit zu kriegen, und dass ich da selbst hochgeklettert wär.«

Ohne ihr Zutun flog jäh ihre Hand in die Luft, schloss sich um etwas, und als sie realisierte, was es war, war es zu spät. Schon wieder! Sanft und mit schmerzendem Herzen legte sie die tote Motte auf den Boden.

»Alter …« Flix inspizierte die Motte, dann fragte er: »Wessen Blut?« Und: »Kannst du denn überhaupt klettern?«

Sie ließ sich auf den Boden sinken und beschloss, nur die zweite Frage zu beantworten. »Der Fels ist über hundert Meter hoch«, schnaubte sie. »Ich wohn in Berlin-Marzahn, ich bin noch nie weiter als auf den untersten Ast von einem Baum geklettert!«

Es war deutlich, wie die ungefilterte Wahrheit die Blicke veränderte, wie die Anklage langsam daraus wich.

»Aber das Blut!«, insistierte Ryan.

Sie zwang sich, ruhig zu atmen. »Tierblut.«

»Nee!« Flix' Stimmte überschlug sich. »Woher …?«

Sie zuckte mit den Achseln. »Von da an haben die mir gar nicht mehr zugehört. Teeniestreich. Verarsche. Haken dran, fertig.«

»Und deine Augen? – Wie haben sie sich das erklärt?« Wieder Ryan.

»Gar nicht. Egal, was ich gesagt hab, sie haben kein Wort mehr geglaubt.«

»Nicht dein Ernst? Das ist doch …« Olympe klang wie der Vesuv kurz vorm Ausbruch.

»Das haben sie natürlich *so* nicht gesagt. Sie haben schöne Begriffe benutzt: Traumafolgestörung, seelische Belastung, körperliche Ausnahmesituation, bla, bla, bla. Ich hab noch ein paar Mal Kontakt zur Polizei aufgenommen, wollte wissen, ob sie etwas herausgefunden haben. Aber die haben gar nicht richtig nachgeforscht, weil sie nicht mehr an ein Verbrechen geglaubt haben.«

Sie stockte, suchte ihre Stimme, die abgekippt war, fand sie wieder.

»Also hab ich selbst angefangen zu recherchieren. Ob es in der Gegend mal irgendwelche Verbrechen gegeben hat, eine Entführung, irgendwas Auffälliges, aber alles, was ich herausfinden konnte, war, dass es dieses Camp gibt. Und dass hier jugendliche Straftäter untergebracht waren. – *Straftäter.* Versteht ihr?«

»Willst du damit sagen, dass du glaubst …?« Flix brach erschüttert ab. Sie konnte es ihm nicht verdenken. »Aber … die waren doch in unserem Alter und garantiert auch eher harmlosere Fälle, so wie wir ... Und selbst wenn: Das hat die Polizei doch sicher geprüft.«

»Glaub nicht.« Zumindest hatte ihr niemand davon erzählt. Wenn sie die Sache nicht selbst in die Hand genommen hätte, hätte sie nicht mal gewusst, dass es dieses Camp überhaupt gab.

»Ich geb's ungern zu, aber ein bisschen versteh ich die Bullen.« Olympe klang nicht gehässig, sondern nachdenklich. »Das wirkt wirklich wie ein schlechtes Drehbuch.«

»Oder ein gutes«, konterte Flix.

Noomi schwieg. Sollten sie denken, was sie wollten – sie wusste, was sie wusste. Und was sie nicht wusste, musste sie endlich herausfinden.

»Deshalb also?«, fragte Ryan leise. »Deshalb wolltest du hierher? Um nachzuforschen, ob einer aus dem Camp im letzten Jahr dir das ...«

Sie nickte.

»Könnt ihr euch das vorstellen? Mein Hirn hat fast einen kompletten Tag ausgelöscht. An diesem Tag kann quasi *alles* mit mir passiert sein. Ich kann so nicht leben. Ich muss wissen, was geschehen ist, egal, wie schrecklich es ist.«

Das war's. Die Wahrheit. Pur – und fast vollständig. Mehr konnte sie ihnen nicht geben. Glaubten sie ihr jetzt, dass sie keine Diebin war? Dass es ihr um etwas ganz anderes ging als ein paar lächerliche Schmuckstücke? Es ging darum, die Lücke zu füllen. Ihre Lücke.

»Du hast in Joreks Büro nach Hinweisen gesucht«, kombinierte Flix.

Sie nickte erneut. »Die Akten der Gruppe vom letzten Jahr. Ich wollte wissen, ob einer wegen Entführung hier war.«

Und in diesem Moment fiel die Anspannung des letzten Jahres, die sie wie eine Lage dünnen Tons umhüllt und sie hart und unzugänglich gemacht hatte, von ihr ab und zersprang.

Sie konnte aufhören, die drei täuschen zu wollen. Endlich aufhören zu lächeln, wo es nichts zu lächeln gab. Sie sank in sich zusammen.

Ryan

Er hatte fast die ganze Zeit aus dem Fenster geschaut, während die faktenversessene Olympe und der dauercoole Flix Noomi zur Rede gestellt hatten. Als Noomi von dem Felsvorsprung erzählte, spürte er ihre Unsicherheit und ihren Schmerz körperlich. Was brachte ein Gehirn dazu, fast vierundzwanzig Stunden zu vergessen? Sie musste durch die Hölle gegangen sein.

So unfassbar ihre Geschichte auch klang, er glaubte ihr. Wobei: Eigentlich hatte er Noomi von Anfang an geglaubt. Warum er trotzdem kaum mit ihr gesprochen, warum er zugelassen hatte, dass Flix und Olympe sie schnitten – er wusste es nicht.

Oder vielleicht doch. Vielleicht doch … Aber es fiel ihm schwer, sich das einzugestehen: Sich rauszuhalten, war immer der einfachste Weg.

Glücklicherweise hatten sie ihn für das Verhör als »Wache« eingeteilt. Auf diese Weise musste er dem Ganzen nicht zusehen, sondern konnte Ausschau nach Jorek oder Lara oder Gunnar halten.

Die Hütte der Mädchen war eine Eins-zu-eins-Kopie ihrer eigenen. Auch sie hatte zwei Fenster: eins nach hinten, zum Wald raus, und eins nach vorne, zum Haupthaus und dem Baumstumpfkreis, den sie auch als Feuerplatz benutzten.

Da hockten Gunnar und Lara, Jorek schichtete Äste auf. Sie waren in ein Gespräch vertieft.

Erst als Noomi auf den Grund ihres Einbruchs zu sprechen kam, richtete er seine Aufmerksamkeit nach drinnen. Er hatte von Anfang eine Verbindung zu ihr gespürt. Vielleicht weil sie etwas erlebt hatte, was ihr Leben von einem Moment auf den anderen komplett verändert hatte? Genau wie er.

Nach der Sache mit Brianna war sein vergangenes Leben weggebröckelt, Stück für Stück. Der Abgrund hinter ihm kam unaufhaltsam näher. Er hatte versucht zu flüchten, doch was vor ihm lag, schien wie in zähflüssigen Kleister getaucht. Seine Beine steckten noch immer fest, alles war verlangsamt, jede Bewegung unendlich mühsam. Er flüchtete, aber es war ein Kampf in erstarrendem Leim.

Auch Noomi wirkte wie in Leim getaucht, erkannte er jetzt. Er fühlte sich ihr ähnlich, obwohl er misstrauisch sein müsste. Schließlich war sie wegen versuchten Raubs verurteilt – und sein Medaillon mit dem Foto von Brianna war verschwunden. Mit dem Einzigen, was der Zerstörungswut seiner Mutter entgangen war. Dem Einzigen, was es von Brianna überhaupt noch gab …

Mitten in dem Gedanken spürte er den Blick.

Er war präzise auf seinen Nacken gerichtet und kam vom hinteren Fenster, dem zum Wald! Ryan riss den Kopf hoch, lief zum Fenster und starrte hinaus.

Ein kleines Stück Wiese, dann das Unterholz. Dahinter die Bäume.

Da war niemand.

Dennoch spürte er den Blick. Er brannte am selben Fleck, aber weil er sich umgedreht hatte, nun vorne, auf seinem Hals. Er berührte die Stelle und sein Atem beschleunigte sich.

Blicke waren für ihn wie Berührungen. Nicht erst, seit seine Mitschüler begonnen hatten, ihm aufzulauern und ihn mit Dreck und Ekelzeug zu bewerfen – aus Ladeneingängen, von hinter der Bushaltestelle oder aus dem Geräteraum der Schule heraus. Als diese Art von Jagd auf ihn anfing, hatte sich die Fähigkeit verstärkt, aber besessen hatte er sie schon immer.

Der Blick, den er jetzt auf sich fühlte, kam von weit her. Ryan starrte auf das Dickicht. Der Wiesenstreifen hinter der Hütte war von Abendsonne beschienen, eine weiche, glühende Farbe, als hätte man Mandarinen ausgepresst, aber wo das Dickicht begann, wurde es dunkler – knorriges Gestrüpp ging in verwachsenes Unterholz über und dann in übermannshohe Büsche. Von dort kam der Blick nicht. Er kam von *dahinter.*

Nur – dahinter war niemand!

Außer ... dem Wald.

Düstere Stämme reckten sich nach oben, von dichten Baumkronen überdacht, das Licht schaffte es nicht bis nach unten, der Waldboden lag im Schatten. Er kniff die Augen zusammen.

»Da draußen ist jemand«, flüsterte er.

Die anderen hörten ihn nicht.

Olympe

»Du musst echt verzweifelt sein, wenn du dich freiwillig in dieses Camp sperren lässt«, sagte sie mehr zu sich selbst als zu Noomi.

Noomis Schluchzen war Antwort genug.

Sie saß jetzt ebenfalls auf dem Boden vor Noomis Bett, Noomi direkt gegenüber. Nasse orangefarbene Augen. Es war das Weinen gewesen, das sie davon überzeugt hatte, dass Noomi die Wahrheit erzählte. Es war diese aufbrechende, bodenlose Traurigkeit, die sie selbst so gut kannte, weil sie die schon ein Leben lang mit sich herumtrug.

Neben Noomi hockte Flix, den Arm um ihre Schultern gelegt. Zu ihrer Überraschung war er es gewesen, der aufgestanden war, den Abstand zwischen ihnen und Noomi überwunden und sie in den Arm genommen hatte. Flix! Nicht Ryan und erst recht nicht sie selber.

»Tut mir leid, was dir passiert ist«, murmelte er.

Es waren nur Worte, aber die Wirkung war beeindruckend: Noomi, die sich gerade beruhigt hatte, fing wieder an zu weinen.

Olympe wand sich innerlich. Sie war gut in allem Möglichen, im Schnelldenken, in Zahlen und, das hatte sie bis vorvorgestern nicht gewusst, im Bäumeausreißen. Gefühle allerdings überforderten sie, immer schon … oder zumindest, seit ihre Eltern … ihre Eltern … Sie blieb kurz in dem Gedanken stecken, wischte sich übers Gesicht.

Die Psychologin im Kindergarten hatte damals gesagt, sie dürfe Gefühle nicht wegsperren, und deshalb *redete* sie Gefühle weg. Reden half. Fast immer.

»Sag mal«, setzte sie deshalb an und schob einfach eine Frage in Noomis Weinen hinein. »Hast du denn irgendwas in Joreks Büro gefunden?«

Noomi strich sich die Haare aus den geröteten Augen und lächelte. Es wirkte ganz anders als die verkrampfte Grimasse, mit der sie ihre offensichtlich auswendig gelernte Rede gehalten hatte. Anders auch als all das künstliche Gegrinse, das auf ihrem Gesicht festgetackert gewesen war, seit sie hier angekommen waren. Dieses Lächeln hier war wie junge Haut, die über einer Wunde gewachsen ist: zart und sehr verletzlich.

»Ich zeig's euch.«

»Was?« Flix schnappte nach Luft. »Du hast was gefunden? Und es mitgenommen? Du hast es hier?«

Ryan

Er wandte seine Aufmerksamkeit weg vom Fenster und Noomi zu, die etwas aus ihrer Reisetasche hervorkramte.

»Was ist das?« Flix klang enttäuscht.

»Die Namensliste der letzten Gruppe.« Sie faltete das Blatt auseinander.

»Das ist alles? Keine Akten?«, fragte Olympe.

»Nein, keine Akten. Zumindest keine vom letzten Jahr.« Sie zuckte mit den Achseln. »Nur *unsere* Akten lagen da wild verstreut rum.« Flix' und Olympes Gesichter verhärteten sich augenblicklich und auch er selbst spürte, wie etwas in ihm fest und kantig wurde, als er sich vorstellte, dass Noomi seine Akte kannte. Er wollte nicht, dass sein vergangenes Ich durch ihre Gedanken geisterte, wenn sie mit ihm redete. Er wollte neu sein. Der Ryan, der er hier war.

»Ich hab sie nicht gelesen, entspannt euch«, versicherte Noomi. »Denkt ihr echt, ich schmökere gemütlich mit der Taschenlampe in euren Akten, während Jorek jeden Moment in der Tür stehen und mich auf frischer Tat ertappen könnte?« Die Gesichter wurden wieder weicher. Auch er atmete auf.

»Warum hast du die Namensliste mitgenommen?«, wollte Flix wissen.

»Weil sie das Einzige war, was ich über das letzte Jahr finden konnte. Jetzt kenne ich zumindest die Namen. Kann versuchen rauszufinden, was das für Leute waren. Ob einer von ihnen …« Sie brach ab und biss auf ihre Unterlippe.

»… ins Profil passt?«, beendete Ryan vorsichtig.

Er stand immer noch am Fenster zum Wald. Noomi nickte und er legte den Kopf schief und versuchte, das Gefühl zu greifen, das sich plötzlich in ihm ausbreitete. Es hatte mit ihrer Geschichte zu tun, etwas fehlte im Bild. Eine Frage, die er hätte stellen müssen, aber nicht gestellt hatte.

Er betrachtete Flix, der abwesend an einem Tuch herumzupfte, das er um sein Handgelenk gewickelt hatte, und Olympe lauschte, die versuchte, Theorien zu Noomis Verschwinden aufzustellen. Von Satanskult mit Tieropfern, dem die Teilnehmer im letzten Jahr angehört haben könnten, über spirituelle Erweckungsrituale bis zu einer Filmcrew, die sich mit K.-o.-Tropfen bewaffnet durch die Wälder schlug und Mädchen entführte, um eklige Videos mit Tierblut zu drehen, war alles dabei. Begriff sie nicht, was ihre schrecklichen Ideen bei Noomi auslösen könnten? Die Situation erinnerte ihn an die Zeit, als das mit Brianna passiert war.

Damals hatten die Leute auch ungehemmt auf ihn eingeplappert. Als hätten sie Angst zu schweigen, Angst, dass der Stille ein Monster entschlüpfen könnte, das sie alle am Ende verschlingen würde. Er hatte damals längst keine Angst mehr vor dem Schweigen gehabt. Er wusste, dass die Monster ganz woanders lebten.

Eine Bewegung im Augenwinkel riss ihn aus seinen Gedanken. Etwas witschte am Fenster vorbei. Schattenhaft, groß, breit. Zur gleichen Zeit bebte der Boden – ein unterschwelliges Beben, wie von schnellen, harten Schritten.

Als er herumfuhr, war die Stelle vorm Fenster leer.

Aber dahinten! Im Wald! Etwas Dunkles, Großes.

Er kniff die Augen zusammen und fokussierte die Stelle, doch was auch immer dort gewesen war, es war bereits verschwunden.

Instinktiv fuhr seine Hand an den Hals. Er spürte ihn wieder: den Blick zwischen den Bäumen hervor. Direkt auf seine Kehle gerichtet.

»Da draußen … ist was …«, murmelte er.

Unvermittelt brach der Blick ab, und als hätte jemand ihn losgelassen, schwankte er kurz. Er lief an den anderen vorbei zum anderen Fenster, spähte hinaus. Lara und Jorek saßen noch immer am Feuer, genau wie vorhin. Zwischen ihnen Gunnar, der mit einem Stock in der Glut wühlte.

»Was denn?« Diesmal hatte Flix ihn gehört.

Zurück zum hinteren Fenster. Er suchte das dunkelgrüne Dickicht ab, den Waldrand. Scannte den Wald. Hatte das Gefühl, der Wald schaute zurück.

Die Bäume bewegten sich sacht hin und her. Die Schatten, die sie in der tief stehenden Abendsonne warfen, auch. Der Waldrand war leer.

Alles wirkte friedlich und harmlos.

»Ich weiß nicht«, sagte er zögernd. »Vielleicht ein Tier.«

Aber der Blick, dieser Blick …

Jemand war bis zu ihnen herangeschlichen. An ihr Fenster. Dort hatte er gestanden, in seinem Nacken, gleich hinter dem Fensterbrett, die ganze Zeit, hatte belauscht, was sie besprochen hatten.

Er kauerte auf dem Boden zwischen Noomi und Olympe und wurde das Gefühl nicht los, Zuschauer in einem Film zu sein. Mittendrin. Er fühlte sich überflüssig, sie brauchten ihn gar nicht. Das war ein neues Gefühl und überraschenderweise kränkte es ihn nicht. Im Gegenteil, es tat gut, mal nicht der Anführer sein zu müssen.

Noomis Geschichte war eine Black Story. Ein unlösbares Rätsel. Und sie selbst war Teil des Rätsels.

Was wäre, überlegte er, wenn sie das alles bloß erfunden hätte? Nicht, um sich wichtig zu machen, sondern vielleicht, weil hinter ihrem Verschwinden etwas ganz anderes steckte. Etwas, von dem sie keinesfalls erzählen wollte.

Warum war sie tatsächlich hier?

»Ist bei euch zu Hause alles in Ordnung?«, platzte er heraus.

»Was?« Noomi entwand sich Olympes Theoriewust und sah ihn verwirrt an.

»Hast du Probleme daheim?«, fragte er langsam.

»Meinst du, wie meine Eltern auf die Geschichte reagiert haben?«

Nein, das meinte er nicht. Er meinte, dass eine Amnesie die unterschiedlichsten Gründe haben konnte. Dass ein Gehirn nur Dinge vergaß, die so schrecklich waren, dass es nicht aushalten könnte, sich daran zu erinnern. Dass die Gründe dafür meist im unmittelbaren Lebensumfeld lagen. Dass keiner das besser wusste als er selbst. Auch wenn er das niemals preisgeben würde.

Noomi hielt seinem Blick einen Moment stand, dann senkte sie die Lider und sprudelte los, und da wusste er, dass er richtiggelegen hatte: Bei Noomi zu Hause stimmte etwas nicht.

Warum er das wusste? Weil er ihr Verhalten kannte. Von sich selbst. Immer wenn sein Vater ihn mit einer vermeintlichen Schwäche konfrontierte (oft), ihn kritisierte (ständig) oder ihm irgendwas unterstellte (täglich), reagierte er nämlich auf die gleiche Weise wie Noomi gerade. Das war wie ein Automatismus: Er versuchte, sich zu rechtfertigen. Versuchte zu erklären, warum er war, wie er war, tat, was er tat, oder eben weshalb er (mal wieder) Scheiße gebaut hatte. Als könnte er sich damit reinwaschen. Irgendwann, und da war es immer zu spät, merkte er, dass er sich mit seiner Erklärungssucht nur noch mehr in alles reingeritten hatte. Noomi erklärte sich genauso.

»Ach, sie sind okay!«, sprudelte sie. »Also … Eltern halt. Meine Mutter arbeitet Tag und Nacht, seit mein Vater arbeitslos geworden ist. Wir haben wenig Geld, aber sie tun alles für mich. Bei uns war's entspannt, also … zumindest bis zu diesem Ferienlagerausflug.« Kurz zuckte ihr Blick hoch zu ihm.

Ich weiß genau, was du machst, dachte er.

Noomi fuhr fort: »Dann ist es scheiße geworden. Sie haben mir nämlich nicht geglaubt.« Ihre Stimme veränderte sich. Sie wurde langsamer, sie machte mehr Pausen. »Da war ihr Flüstern manchmal … die Gesten … und wie sie sich Blicke zugeworfen haben, wenn sie gedacht haben, dass ich es nicht bemerke. Sie haben der Polizei mehr geglaubt als mir, ihrer Tochter. Und ehrlich, das war das Schlimmste. Immer wenn ich über die Entführung reden wollte, haben sie mich abgebügelt. Einmal ist meine Mutter voll ausgerastet und hat mich angebrüllt, dass ich ja wohl selbst am besten wüsste, dass es keine Entführung gegeben hat. Da hab ich kapiert, dass sie mir nie geglaubt haben. Keine Sekunde. Also hab ich aufgehört, mit ihnen drüber zu reden.«

Oh, er hatte sich verschätzt. Es war nicht das Davor gewesen, was zwischen ihr und den Eltern schiefgelaufen war, es war das Danach.

»Und jetzt suchst du die Antworten selbst«, sagte er.

»Muss ich doch! Kein Mensch glaubt mir, verdammt! Aber irgendwas ist passiert, genau hier, in diesem Camp, im letzten Sommer, das spür ich. Und die Leute auf dieser Liste haben vielleicht damit zu tun!« Noomi faltete die Liste zusammen und dann wieder auseinander.

»Und um mehr über die rauszufinden, musst du ins Netz«, schlussfolgerte Olympe.

»Ja.« Noomi umklammerte den Zettel. »Bloß wie?«

Sie schaute zu ihm, dann zu Olympe und hob ratlos die Hände. »Jorek macht jetzt jede Nacht das Bürofenster zu. Ich komm nicht mehr rein.«

»Ernsthaft? *Das* war dein Plan? Du wolltest noch mal einsteigen?«, fragte Olympe entgeistert.

»Na ja ...« Auffalten, zufalten, auffalten. »Da steht der einzige Computer.«

»Wow«, sagte Olympe langsam. »Wenn du so weitermachst, landest du echt im Jugendknast.«

»Hast du eine bessere Idee?«

»Natürlich. Du musst nur *fragen*, Mensch.«

Fragen kostet nichts, dröhnte die Stimme seines Vaters in seinem Kopf. Aber die Antwort, die kann kosten.

Olympe stemmte sich hoch, stieg über ihn hinweg und griff zu dem Regalbrett hinauf, auf dem ihre Bücher standen. Sie hatte mehr davon in dieses Camp geschleppt, als er in seinem Leben freiwillig gelesen hatte. Zumindest bis er Juliane kennengelernt hatte.

Sein Blick glitt über die Titel.

Selbst mit Juliane würde er keins lesen, das *Null und Eins* hieß. Oder *Girls Who Code.* Und ganz sicher nicht *Hacker's Guide.* Die Reihe der Bücher, die neben all diesem Geek-Kram standen, kannte er immerhin … Vom Sehen. Alle Bände von *Harry Potter.* Alle!

Olympe schnappte zielstrebig Band vier und öffnete ihn. Wollte sie ihnen jetzt etwa vorlesen? Er wollte gerade einen Spruch machen, als er erkannte, dass …

… das Buch gar kein Buch war!

Nur der Rand der Seiten stand noch, aber der bedruckte Textteil war säuberlich herausgeschnitten. Ein Geheimfach. In *Der Feuerkelch!*

Sie griff so ungerührt in das Buch, als wäre es das Normalste der Welt, ein Geheimfachbuch in ein Strafcamp zu schmuggeln.

»Voilá!«

»Alter, was ist das?«, fragte er perplex.

»Wonach sieht's denn aus?«

»Eine Uhr?«

»Na, komm schon, Sherlock, das geht doch besser!« Und dann, zu Noomi gewandt: »Watson?«

»Eine Smartwatch!«, jubelte Noomi. »Du bist genial!«

Kann bitte jemand auf Pause drücken?, dachte er. Er musste dringend die ganzen Infos sortieren, die in seinem Kopf gegeneinanderprallten. Wie Billardkugeln in einem außer Kontrolle geratenen Spiel.

Ich hab euch nicht bestohlen!

Klack.

Ich wollte hierher!

Klack.

Die Wahrheit über mein Verschwinden.

Klack.

Die Namensliste der ersten Straftätergruppe.

Klack.

Und jetzt Olympe und ihre Smartwatch.

Das Ding sah aus wie eine altmodische Armbanduhr, rotbraunes Lederband, goldenes Gehäuse, es hatte nichts Hightechmäßiges an sich. Bis auf das schwarze, glänzende Zifferblatt. Kein Wunder, dass Jorek die durchgerutscht war. Eine Smartwatch, verdammt noch mal! Das hieß: Internet. Sie konnten jemanden erreichen, wenn sie wollten. Er wollte. Und wie er wollte.

Klack. Klack. Klack.

Juliane, Juliane, Juliane!

Er wollte ihr vom Camp erzählen. Diesem Ort ohne Postleitzahl. Von Lara ... Und wie sie ihn seit Tagen alleine schuften ließ, während sie wer weiß wohin in den Wald abhaute und erst kurz vor der Pause zurückkam, jedes Mal schlecht gelaunt. Wohin verschwand sie? Warum war sie so wütend, wenn sie zurückkam? Er fragte nicht. (Antworten konnten kosten.)

Er wollte Juliane davon erzählen, dass hier nur eineinhalb Stunden pro Tag Licht in den Hütten brannte und wie er in dieser Zeit immer die Scheißhütte ausfegte, unter allen Betten, jede Ecke, Boden, Wände, auch die Decke, damit sich bloß keine Spinnen ansiedelten. Von den Diebstählen, davon, wie langsam die Zeit verging. Fünf Tage erst – sie kamen ihm vor wie ein Leben. Wenn er sich vorstellte, dass noch siebenunddreißig Tage vor ihm lagen, wurde ihm schlecht. Juliane würde es lesen, sie würde leise lachen und ihm ein Foto von sich schicken und alles wäre nur noch halb so schlimm.

Juliane war ihm wichtig.

Das war so ein kleiner Satz, aber er hatte ihn noch nie bei jemandem gedacht. Noch nie gefühlt. Diese vier Worte dehnten sein Inneres, brachen ihn auf, umarmten seine Welt.

Er musste unbedingt herausfinden, ob es an ihrer Enttäuschung über seine Dummheit lag, dass sie in den letzten Wochen so bedrückt gewesen war, oder ob mehr dahintersteckte. Er musste mit ihr reden. Nur wie?

»Hat die eine SIM-Karte?« Er wies auf die Smartwatch.

»Natürlich!«, erwiderte Olympe. »Sie kann alles, was der Markt zu bieten hat.« Liebevoll klickte sie mit ihrem Zeigefingernagel auf das Gehäuse. »Jorek dachte, sie hätte mir alles weggenommen. Aber meine *Uhr zur Welt* hat sie mir gelassen.«

Sein Mund wurde trocken, so sehr wollte er diese Uhr haben.

Olympe stellte den *Feuerkelch* zurück ins Regal und ließ sich neben Noomi auf den Boden sinken. Sie drückte auf einen Knopf und erstickte mit der Handfläche das Piepen, mit dem die Uhr anging.

»Gib mal deine Liste.«

Noomi faltete das Papier auf und reichte es Olympe.

Er erhaschte einen Blick darauf. »Stutenfuß?« Er deutete auf einen Namen ziemlich weit unten. »So will man nicht heißen, oder?«

»Hm«, machte Olympe. »Sehr gut, ein ungewöhnlicher Name!«

Sie begann, die Tastatur auf dem Display mit den Daumen zu

bearbeiten, so versiert, als wäre sie nicht stecknadelkopfwinzig, sondern viel größer.

»Warum ist ein ungewöhnlicher Name gut?«

Er war dankbar, dass Noomi ihm mit der Frage zuvorgekommen war. Neben Olympe kam er sich ohnehin begriffsstutzig vor. Die sah keine Sekunde von dem Minibildschirm auf. »Weil man ihn fantastisch googeln kann.«

»Wenn Noomi die ganzen Sachen nicht geklaut hat, wer dann?«

Er schrak hoch. Wieso vergaß er Ryan dauernd? Lag das wirklich nur daran, dass der so wenig sprach? Er studierte Ryans Augen, die im Gegensatz zu seinem geistesabwesenden Rest immer alarmiert wirkten. Warum bist du hier, Bro?, fragte er ihn im Stillen. Was ist los mit dir? Dann sagte er langsam: »Vielleicht war es … Lara.«

»Lara? Wie kommst du denn auf die?« Noomi.

»Ich finde, sie ist ziemlich …« Wie konnte er etwas andeuten, ohne sich zu verraten?

Ehe er die Worte gefunden hatte, bügelte Noomi ihn ab. »Das glaub ich nicht!«

Dass gerade Noomi Lara verteidigte, irritierte ihn. Müsste sie nicht froh sein, dass er jemand anderen verdächtigte?

»Sie war da, als mein Talisman verschwunden ist«, erklärte er.

»Ja okay«, räumte Noomi ein. »Sie hätte damit theoretisch die Gelegenheit gehabt. Aber Olympes Ringe waren nach der Kaffeepause weg. Wie soll das gehen? Lara war die ganze Zeit bei dir. Sie schleicht ja nicht durch die Gegend und räumt unsere Hütten aus.«

Und ob die durch die Gegend schleicht!, wollte er rufen, hielt aber den Mund. Er dachte an Laras Tonfall, als sie »J« gesagt hatte und wie schmal ihre Augen dabei geworden waren.

»Warum stellst du dich auf ihre Seite?«, wagte er den Gegenangriff.

»Ihre Seite? Denkst du echt, es gibt hier zwei Seiten?« Noomi legte den Kopf schief und fügte nachdenklich hinzu: »Ich irgendwie nicht. Die machen ihren Job, aber das heißt doch nicht, dass sie deshalb unsere Feinde sind.«

Moment …

Konzentriert betrachtete er Noomis Mund. Etwas an dem, was sie gesagt hatte, machte ihn stutzig. Die Unterhaltung der anderen floss um ihn herum, während er Noomis Worten nachgrübelte.

»Mein Medaillon ist *nachts* verschwunden«, meldete sich Ryan. »Abends hatte ich es noch, morgens war es weg.«

»Ich kenne nur eine, die hier nachts die Gegend unsicher macht«, sagte Olympe trocken und tief über die Smartwatch gebeugt.

»Ja, aber ich war's halt nicht«, antwortete Noomi ungerührt. Sie schien zu neuen Kräften gefunden zu haben. Überhaupt gaben die beiden Mädchen auf einmal ein echt gutes Team ab. Aber er musste seinen Gedanken wiederfinden … Während er grübelte, murmelte er: »Wir sollten Jorek um Schlüssel für die Hütten bitten. Oder? Hier könnte nachts jeder in die Hütten rein.«

»Meinst du: Fremde?« Ryan klang alarmiert.

»Von unseren Betreuern kann es keiner gewesen sein«, sagte Noomi. »Das wär absurd! Die sind nicht gegen uns, die wollen uns helfen. Die beklauen uns nicht.«

Da, schon wieder. Irgendwas an ihren Worten …

Er hatte es gleich …

Und dann fielen die Billardkugeln in seinem Kopf nacheinander in ihre Löcher.

Klack. Klack. Klack.

»Nein, es wäre nicht absurd. Ich glaub, ich weiß, wer es war.«

»Wer?«, fragten Noomi und Olympe gleichzeitig.

»Jorek.«

»Wieso denn Jorek?« Ryan wirkte verwirrter als vorher, aber immerhin nahm er an ihrem Gespräch teil.

»Weil …« Mit jeder Billardkugel, die auf ihren Platz klackerte, wurde sein Bild klarer. Die letzte Kugel war die Stimme seines Vaters: *Wahrscheinlich ein Sozialexperiment.* Und plötzlich ergab alles einen Sinn. Sogar Laras bescheuertes Verhalten fügte sich nahtlos in seine Vermutung ein. »Weil sie uns verarschen! Die verarschen uns!«

Er sprang auf und begann, durch den Raum zu laufen, um seine Gedanken zu sortieren. »Es ist total logisch, passt auf: Wir alle müssen sechs Wochen schuften, um unsere Strafe abzuarbeiten. *Offiziell.* Aber was, wenn das nur die Version ist, die wir glauben sollen?«

»Vorhang auf für die neueste Verschwörungstheorie«, murmelte Olympe unbeeindruckt.

Er kniete sich vor sie und sah sie eindringlich an. »Nix Verschwörungstheorie. Überleg doch mal: Noomi hat recht. Man findet kaum etwas über *Feel Nature* im Internet, nur diese magere, statische Website. Und … na ja, ich weiß nicht, wie's bei dir und Ryan ist, aber *ich* bin mit einer ziemlich laschen Strafe davongekommen, gemessen an dem, was ich angestellt hab. Genau wie Noomi. – Wisst ihr, was ich glaube …?« Er stand wieder auf und machte eine Kunstpause. Es gelang. Olympe ließ die

Uhr sinken und selbst Ryan hörte auf, durch den Türspalt nach draußen zu spähen.

»Wir sind Teil eines Experiments!«

Etwas knarrte.

Auf dem Hüttendach.

Alle Blicke huschten nach oben. Sie hörten, wie Schrittchen über das Dach hetzten. Ein leiser, gejagter Trommelwirbel. Ein kleines Tier, ein Eichhörnchen oder Marder wahrscheinlich. Die Schritte hörten abrupt auf, das Tier musste gesprungen sein. Er stellte sich vor, wie es jetzt in den Wald flitzte.

Olympe senkte den Blick zuerst, wandte sich wieder der Uhr zu. »Das ist doch Bullshit, Flix!«

»Ein Experiment?«, fragte Noomi hellwach. »Was für eins?«

»Keine Ahnung, was Psychologisches. Sie testen uns! Mein Vater …« Er hörte selbst, wie seine Stimme sich schwarz färbte, als er *Vater* sagte, und räusperte sich. »… der hat behauptet: Sie holen sich Leute aus verschiedenen Stadtteilen – veranstalten wohl ein Sozialexperiment.«

Er imitierte den Tonfall seines Vaters offensichtlich perfekt, zumindest zuckten alle zusammen.

»Jedenfalls: Ich fand's am Anfang natürlich absurd, aber – hm. Eine Sache stimmt: die verschiedenen Stadtteile. Ich bin aus Mitte, Noomi, du bist aus Marzahn, Olympe – das war Spandau, richtig? Und du, Ryan?«

»Pankow«, flüsterte Ryan.

»Seht ihr?« Es war erschreckend, wie sich alles fügte. »Sie haben uns hier zusammengepackt, vier Menschen mit unterschiedlichem sozialem Hintergrund, und sie versuchen herauszufinden, wie … wie …«

»Spuck's aus.« Olympe.

»… wie wir uns in Isolation in Stresssituationen verhalten!« Das steckte dahinter. Genau das. »Wenn Dinge verschwinden, zum Beispiel, bei allen.«

»Das ist tatsächlich Stress«, bestätigte Olympe. »Psychostress. Aber du musst doch zugeben, dass …«

»Und sie beobachten uns dabei«, unterbrach er hastig. »Wie gehen wir mit dieser Art Druck um? Verdächtigen wir uns gegenseitig, springen wir uns an die Gurgel – oder lösen wir die Sache anders? Ich wette …« Er hatte sich in Rage geredet, seine Hände fegten durch die Luft. Noomi wollte etwas sagen, aber jetzt war er dran. »… ich wette, wir sind Laborratten für die! – Es gibt diesen Film, *Das Experiment,* kennt ihr den? Da haben sie Leute eingesperrt und getestet und am Ende haben sich alle gegenseitig umgebracht!« Er hatte aufgehört, im Kreis zu laufen wie ein Tier, stand still, die Hände geballt. Noomi starrte ihn an, die Augen geweitet, sie wirkte hoch konzentriert.

Olympe, die anfangs interessiert gewesen war, grunzte erneut »Bullshit« und tippte wieder auf dem Display herum.

Noomi stand vom Bett auf und kam auf ihn zu. »Falls das, was du sagst, stimmen sollte …« Die Sanftheit in ihrer Stimme erinnerte ihn an Juliane, was zur Folge hatte, dass er sich tatsächlich beruhigte, »… hätten wir ihnen jetzt etwas voraus. Wenn die Laborratten nämlich wissen, dass sie beobachtet werden …«

Sie machte eine Pause, um herauszufinden, ob er begriff.

»… haben sie nichts mehr in der Hand, um uns zu manipulieren«, beendete er ihren Satz.

»Genau. – Das Wichtigste ist, dass wir vier zusammenhalten.«

Er wollte etwas hinzufügen, da rief Olympe: »Leute – ich unterbreche euch ja ungern, aber ihr glaubt nicht, was ich gefunden habe!«

Sie kauerten sich um den winzigen Bildschirm und starrten auf das Foto eines Mädchens, vielleicht sechzehn. Schmales Gesicht, ungesund blass, schwarz gefärbtes Haar mit herausgewachsenem hellem Ansatz. Sie lachte, die Augen rot vom Kamerablitz.

»Darf ich vorstellen«, sagte Olympe, »Ronja Stutenfuß. Eine der vier auf deiner Liste, Noomi. Das hier wurde wie wild auf Insta geteilt.«

Ein kleines Bild, quadratisch. Olympe zoomte es größer.

!!! RONJA, WIR VERMISSEN DICH !!!
Bitte komm nach Hause. Was auch immer
passiert ist, wir kriegen es gemeinsam hin.
Du fehlst uns!
Papa und Mama und Birk

+++ *AUFRUF* +++

Wer hat Ronja Stutenfuß gesehen?
Sie wird seit dem 1. August vermisst.
Hinweise nimmt jede
Polizeidienststelle entgegen.

»Bitte was?« Noomi.

»Ronja ist verschwunden?« Ryan.

Die Gedanken in Flix' Kopf rasten, aber nicht einem Ziel zu, sondern wild durcheinander.

»Ein paar Tage nach mir«, stammelte Noomi. Sie griff sich ans Herz, dann an den Hals, als bekäme sie keine Luft mehr. Noomi machte oft Gesten, die er noch nie an Menschen gesehen hatte, fiel ihm verwirrt auf.

»Sieht so aus«, erwiderte Olympe und analysierte weiter. »Aber im Gegensatz zu dir ist sie offensichtlich nicht mehr aufgetaucht. Vielleicht liegt sie auch auf einem Felsen … total ausgedörrt … und niemand hat sie dort gesucht.«

Er stierte sie fassungslos an. Merkte sie nicht, wie schlecht es Noomi ging, wenn sie so was sagte? Unglaublich! Manchmal war sie so sehr im Kopf, dass er sich fragte, ob sie auch nur einen Hauch Empathie hatte. Was hatte sie so hart gemacht?

Er wollte ihre Worte entschärfen. »Olympe, du kannst doch nicht …«

Sie schien die Warnung nicht zu hören. »Echte Zufälle gibt es fast nie«, fuhr sie unbeirrt fort. »Es gibt vor allem Wahrscheinlichkeiten. Und dass an nahezu *demselben Ort* …« Sie malte eins ihrer sinnlosen Gänsefüßchen in die Luft. »… und nahezu *zur selben Zeit* …« Gänsefüßchen. »… zwei Mädchen *in einem ähnlichen Alter* …« Gänsefüßchen. »… verschwinden, von denen nur eins wieder auftaucht, wäre ein *sehr* großer Zufall. – Vielleicht war hier einer, der geübt hat? Mit Noomi, meine ich. Und danach hat er sich Ronja geschnappt.«

Ein Albtraum. Vielleicht hatte Olympe doch recht mit ihren wilden Mutmaßungen? Ein Straftäter, der Mädchen kidnappte. K.-o.-Tropfen, irgendwelche blutigen Experimente, danach wurde die Person auf einem Felsen abgelegt und … Scheiße! Das klang nach Horrorfilm. Er linste zu Noomi hinüber. Die kaute auf ihrer Unterlippe, dann schien sie eine Entscheidung zu treffen.

»Google mal einen der Jungennamen.«

Olympe scrollte, tippte, schaute auf die Liste, auf den Bildschirm, noch mal auf die Liste. Dann zog ein breites Grinsen über ihr Gesicht. »Das Internet vergisst nicht. Ronja erspart uns die Suche. Sie ist mit einem von denen auf Insta befreundet.«

Ihre Finger glitten über das Display. »Mahmut«, murmelte sie. »Mahmut Al … Na, das ist ja interessant.«

Was?, dachte er.

»Was?«, fragte Ryan an seiner Stelle.

»Der Typ ist der totale Insta-Poser. Der hat jeden Tag gepostet, mehrfach. Und dann eine Pause, da muss er im Camp gewesen sein. Keine Ahnung, wie er das hingekriegt hat, aber es gibt sogar drei Fotos aus der *Feel-Nature*-Zeit … Seitdem … nix mehr.«

Ratlos ließ Olympe die Uhr sinken und schaute in die Runde. »Was verdammt hat das zu bedeuten?«

»Vielleicht haben seine Eltern ihm die Zugänge gekappt«, riet er. »Als Strafe für irgendwas.«

Sein Vater tat das ständig bei ihm. Handy- und Internetentzug sei die ultimative Erziehungsmaßnahme des Jahrtausends, predigte der immer.

»Das glaubst du nicht wirklich, oder?«, zweifelte Noomi.

Nein, tat er nicht.

»Wartet«, sagte er. »Geh noch mal auf seinen letzten Beitrag! – Wieso hat der eigentlich so viele Kommentare?«

Olympe klickte, die anderen beugten sich abwechselnd über das kleine Display. Ein Selfie von Mahmut vor einer halb fertigen Hütte, die verdächtig nach der aussah, in der sie gerade saßen. Er hatte einen Pinsel in der Hand. Der Text dazu lautete:

Wir erfahren nur, wer wir sind, wenn wir herausfinden, wer wir nicht sind.

»Scheiße!«, entfuhr ihm.
»Was denn?«, fragte Noomi.
»Lest mal die Kommentare!«

Inschallah, Bruder! Find es raus und komm zurück.

Du fehlst, Mann!

Abhauen ist doch scheiße.

Allah vergibt dir, Mahmut. Vertrau in ihn.

Es gibt nichts, was sich nicht lösen lässt!

Gib ein Zeichen, Alter.

Es waren über hundert, alle im gleichen Tonfall.

»Zwei von vier aus der Gruppe vom letzten Jahr sind verschwunden«, durchbrach Olympe das betroffene Schweigen. »Das sind fünfzig Prozent. – Also eins kann ich mit Sicherheit sagen: Das hat mit normaler Wahrscheinlichkeit nichts mehr zu tun.« Sie sah vom Display auf. »Und das bedeutet: Es *kann* kein Zufall sein.«

X

Einer hat etwas bemerkt.
Aber er schweigt.

5. KAPITEL

Die Vögel drehen durch

Flix

Ihre Hand in seinem Nacken, so sanft, ihre Finger, die alle Nervenenden trafen, die dort zusammenliefen, Gänsehaut. Ihr Gesicht, das zu ihm aufsah, ihre Lippen, die Stimme. *Halt mich.* Das Gefühl, nein, das Wissen, dass er mit ihr das erste Mal überhaupt seine Hände spürte, wirklich spürte. Wenn er sie heranzog, zu sich, an sich, ganz nah. Wenn er sie festhielt. Juliane.

Er seufzte, fühlte die Matratze unter sich, hörte die Waldkäuze draußen in den Bäumen schreien, wusste genau, dass er nur träumte und … träumte weiter.

Wie sie vor der Klasse gestanden hatte, letzten September, Anfang des Schuljahrs, vor elf Monaten. Zu alt für eine Schülerin, zu jung für eine Lehrerin. In einem Kleid, das sie seitdem in all seinen Träumen trug: in der Farbe von Mango-Eis und eine Handbreit über dem Knie endend. Seit diesem Tag sehnte er sich nach Mango-Eis.

Er hatte sie angestarrt: das kastanienbraune kurze Haar, die weit auseinanderstehenden dunklen Augen, die klingelnden Ohrringe, und in jenem Moment hatte sie das Gesicht zu ihm gedreht (kling) und ihm ein Lächeln geschenkt, das nur für ihn gemacht schien. Er war verloren.

Ihre Stimme. Süß und dunkel, wie Apfelsirup.

»Ich bin Frau Will und mach bei euch mein Referendariat.« (Kling.)

Frau Will. Referendariat. Er hatte sich nicht gegen seine Gefühle wehren können.

Als der Schock abgeklungen war, begann er zu leiden. Vor allem unter dem Lächeln, das gar nicht ihm allein galt, weil sie es allen schenkte.

Er begann, sie zu provozieren, Sprüche zu machen, sie auf dem Flur anzusprechen, hemmungslos zu flirten. Mädchen standen auf ihn, schon immer. Frauen auch? Sie?

Etwas Kühles floss in ihr Lächeln, ihre Apfelsirupstimme distanzierte sich, ihr Blick übersprang seinen. Sie klingelte weiter, aber nicht für ihn.

Er begriff, dass sie keine hohlen Sprüche, sondern Inhalte mochte, und versuchte, sich für das zu interessieren, was sie unterrichtete. Las die Bücher, die sie mit ihnen durchnahm, statt nur die Verfilmungen anzusehen. Meldete sich, stellte Fragen, diskutierte. Hatte eine Meinung. Im Unterricht konnte sie ihn nicht ignorieren.

Mit jedem Tag tropfte Juliane Will tiefer in ihn hinein, ihre Schönheit, ihre Intelligenz, ihr Widerstand, sirupsüß und dunkel, und er spürte, dass sie ihn ebenfalls wahrnahm, er hatte ihre Blicke bemerkt, die seine Arme streiften, seine Brust. Wenn er nach der Schule am Ausgang auf sie wartete, lag in ihren Augen die Frage, die auch er sich stellte, dann flatterte ihr Blick fort und sie drängte sich an ihm vorbei.

Er litt.

Monate.

Und dann, unvermittelt, gab sie auf.

Der erste Kuss riss ihm den Boden unter den Füßen weg. Der zweite baute einen neuen.

Ihre Apfelsirupstimme an seinem Ohr. *Halt mich.* Und er hielt sie und flüsterte: *Hab keine Angst.*

Und Momente lang hatte er selbst keine mehr.

Sechs Jahre trennten sie, er war fast siebzehn, sie dreiundzwanzig. *Hab keine Angst.*

Aber die Angst war da, immer.

Das ist kein Spiel, Flix. Du bist mein Schüler! Ich mach mich strafbar.

Er packte sie um die Taille und trug sie durch die leere Schule zu den Räumen der Theater-AG, zu denen sie einen Schlüssel hatte. *Ich beschütze uns,* flüsterte er. *Es ist unser Geheimnis.* Sie zappelte in seinen Armen und klingelte und lachte leise Siruptropfen auf ihn und das Glück blähte sich in seinem Innern.

Er wollte sie gerade absetzen, damit sie aufschließen und ihn hineinziehen konnte, als grelles Licht durch seine Lider drang. Der Stadionscheinwerfer an der Zimmerdecke flammte auf. Reflexartig ließ er seinen Erinnerungstraum los und damit auch Juliane.

Wieso ging das Licht an? Es war mitten in der Nacht!

»Was soll die Scheiße, Ryan?«, schnauzte er.

Doch das Bett seines Mitbewohners war leer. Flix blinzelte gegen das Licht, dann machte er ihn *neben* dem Bett aus, den Rücken gegen die Wand gepresst, den Blick auf die Tür gerichtet, starr. Wie ein Tier im Scheinwerferlicht.

»Hey, was ist los? Bist du okay?«

Ryan reagierte nicht. Da hörte er die Schritte, schnell, hart und wütend. Er sprang auf und nahm die gleiche Haltung ein wie Ryan, allerdings nicht verschreckt, sondern kampfbereit.

Die Tür flog auf.

»Raus mit euch! Sofort!«

Jorek.

Reflexartig sah er auf seine Boxershorts. Er ließ die Fäuste sinken.

»Kommt schon!«, bellte Jorek. Das Gesicht voller Regeln, die Stimme voller Wut.

»Was soll das?« Wie gedämpft er klang. Wütende Menschen durfte man nicht reizen, diese Lektion hatte er schon vor Jahren gelernt. »Warum wecken Sie uns mitten in der Nacht?«

»Es ist halb sechs und nicht mitten in der Nacht!«

»Und warum brüllen Sie so? Ryan ist ...« Er warf einen Seitenblick zu seinem Zimmergenossen: Ryan zitterte.

Jorek schien endlich zu begreifen, was ihr Auftritt auslöste. Sie strich sich eine Haarsträhne hinters Ohr und atmete tief durch.

»Raus mit euch«, wiederholte sie. Ruhiger, aber die Wut war noch immer da. Er kannte diesen Moment, wenn die Beherrschung sich über die Wut legte, er kannte ihn zu gut, um länger zu zögern.

»Okay«, besänftigte er, als wäre Jorek ein gefährlicher Stier und er selbst das rote Tuch. Als wäre sie sein Vater. »Wir ziehen uns an und kommen, in Ordnung?«

Sie schüttelte den Kopf. »So wie ihr seid. Jetzt. Und nehmt eure Sachen mit.«

»Unsere Sachen?« Selbst Ryans Stimme zitterte.

Jorek nickte ungeduldig. »Alle.«

Flix sammelte sein Zeug vom Regal, bemerkte dabei, dass das Brett zerfurcht war. War das schon am Anfang so gewesen? Es wirkte frisch. Er hatte keine Zeit, es genauer zu untersuchen, sondern packte seine Tasche, viel hatte er ohnehin nicht dabei. Seit das Hufeisen fort war, besaß er nichts Versteckenswertes mehr. Aber das wusste Jorek natürlich nicht. Ihre Augen wanderten von ihm zu Ryan, zu ihm, zu Ryan.

Draußen, im ersten Morgenlicht, warteten Gunnar und Lara mit undurchdringlichen Gesichtern.

»Du kannst!« Jorek nickte Gunnar zu, der nickte zurück, schob Lara zu Ryan und ihm rüber und verschwand in der Jungshütte.

»Wie? Soll ich die beiden im Blick behalten?« Lara klang gehetzt, sie war gräulich blass und hatte einen Rucksack dabei. Wozu? Und warum trug sie ihn verkehrt herum? Er baumelte vor ihrem Bauch und schien leer. Trotzdem hielt sie ihn umklammert. Panisch irgendwie.

Sein Instinkt und seine Erfahrung sagten ihm, dass eine panische Lara gefährlicher war als die kontrollierte, manipulative Version, die er bisher kennengelernt hatte.

Jorek legte ihr kurz die Hand auf die Schulter und ermahnte sie mit einem Seitenblick auf ihn: »Lass sie nicht aus den Augen.«

Dann hastete sie zur Mädchenhütte.

»Können wir endlich erfahren, was los ist?«

Olympe hatte sich seinen Respekt schon lang gesichert. Allein wie sie dastand, den Kopf leicht in den Nacken gelegt, und es wagte, Jorek anzuranzen! Ihr riesiger currygelber Sweater, in dem sie offensichtlich geschlafen hatte, biss sich eindrucksvoll mit ihren verstrubbelten kupferroten Haaren, ihre Brille saß schief. Sie war nicht nur schlau, sondern auch auf eine nerdige Art hübsch, stellte er mal wieder fest. Er hätte gerne gewusst, wieso und wo sie ihre Gefühle versteckte.

»Schlafentzug ist illegal!«, zischte sie jetzt.

Sie standen in einem Halbkreis im Gruppenraum, ihre Koffer und Taschen neben sich. Er selbst ganz links, in Flip-Flops, den schwarzen Boxershorts und dem blauen T-Shirt, das *No means No, Bro* verkündete. Neben ihm Ryan im Pyjama (der Junge brauchte dringend Nachhilfe in Coolness; kein Mensch über elf und unter fünfzig trug Pyjamas!), dann Noomi, die ganz in ihr lockiges Haar gekleidet schien, was ihn kurz nervös machte. Als sie sich bewegte und der Haarvorhang sich öffnete, stellte er erleichtert fest, dass sie ein Top und Shorts trug. Die Letzte in der Runde war Olympe.

Der grimmig dreinschauende Gunnar und Lara, die noch immer ihren leeren Baumwollrucksack umklammert hielt, lehnten an einem der Tische und beobachteten Jorek, die vor ihrer Vierergruppe auf und ab tigerte. Die Wanduhr zeigte auf sechs, und hinter der großen Fensterfront boomte tatsächlich schon die Sonne. Der Himmel war blauer als eine Mülltüte.

»Was das hier soll, wollt ihr wissen?«, setzte Jorek an, offenbar mühsam beherrscht. »Es sind Sachen verschwunden!«

Ha!, gratulierte er sich innerlich. Ich hatte recht. Es ist tatsächlich ein Experiment. Sie testen uns.

Er verkniff sich einen Blick zu den anderen und hypnotisierte stattdessen den Boden. Einen Moment lang war es so still, dass die Vögel vor den Fenstern klangen, als hätte man sie an einen Verstärker angeschlossen. Dann räusperte sich Olympe.

»Verschwunden?«, fragte sie. »Was denn?«

»Mein ganzes Münzgeld zum Beispiel«, brummte Gunnar von

hinten. »Es lag auf meinem Nachttisch! Ehrlich, wegen der paar Euro, was soll das?«

»Lara vermisst ihre Holzkernuhr«, fuhr Jorek fort, »und ich … einen meiner Zinnbären.«

»Einen Ihrer … was?« Noomi klang so erstaunt, wie er sich fühlte.

»Einen Bären, aus Zinn. Den kleinsten. So groß.« Jorek deutete eine halbe Daumenlänge an, und als sie *den kleinsten* sagte, klang sie plötzlich verwundbar. Er staunte. Nicht nur darüber, dass Jorek offenbar Bären aus Zinn besaß, sondern weil der kleinste für sie eine emotionale Bedeutung hatte. Als hätte sie seinen Gedanken gehört, straffte sie sich und blaffte in gewohntem Gendarmentonfall: »Jedenfalls wird im Camp geklaut, das ist los.«

Olympe atmete hörbar aus. »Na toll«, zischte sie. »Und jetzt denken Sie, dass *wir* …«

»Natürlich«, erwiderte Jorek kalt. »Wer sonst?«

Er spürte Ryans Zittern neben sich und hoffte, dass sich alle an das hielten, was sie gestern abgesprochen hatten: mitspielen.

»Aber …«, sagte Noomi so eindringlich, dass er doch hochsah. »… bei uns vieren sind auch Sachen verschwunden!«

Jorek, die weiter hin und her gelaufen war, blieb unvermittelt stehen. »Wie bitte?«

Die Frau hatte einen Oscar verdient.

»Warum habt ihr uns das nicht gemeldet?«, fragte Gunnar aus dem Hintergrund. »Was fehlt denn?«

Flix kam nicht umhin zu bewundern, wie glaubhaft sie das inszenierten. Am Ende waren das gar keine Sozialarbeiter, sondern Schauspieler? Und die Leiter des Experiments beobachteten sie über … Kameras? Er hob automatisch den Kopf, scannte die Decke. Er konnte nichts Verdächtiges entdecken. Aber wenn man etwas nicht gleich sah, hieß das nicht, dass es nicht da war, sondern nur, dass es gut versteckt war. Seinem Vater sah auch niemand an, dass er …

Noomi unterbrach seinen Gedanken: »Ryan vermisst ein Medaillon, Flix seinen Glücksbringer, Olympe ihren Schmuck und ich … ein Lederbeutelchen.« Zum Satzende wurde ihre Stimme rau.

»Ein Lederbeutelchen«, wiederholte Jorek bissig, als wäre das absurder als ein Zinnbär.

»Hm, das ist seltsam.« Gunnar wirkte nachdenklich.

Flix löste den Blick von der Decke. »Und ob das seltsam ist! Aber vor allem beweist es ja wohl, dass wir es nicht waren. Wir beklauen uns doch nicht selbst!«

»Klingt logisch.« Auf Joreks Gesicht lag ein Lächeln, dünn wie ein Schnitt. »Und ist gleichzeitig schön praktisch, um sich aus der Affäre zu ziehen. Ist übrigens der älteste Trick der Welt, sich gegenseitig Alibis zu verschaffen.« Das Lächeln verflog.

Er stieß wütend Luft aus. Dieses Experiment war extrem perfide.

»Nun, wir werden sehen«, fuhr Jorek fort. »Gunnar hat eure Hütten schon durchsucht. Und weil er dort nichts gefunden hat, machen wir jetzt Taschenkontrolle!«

Noomi

Jorek fing bei Flix an. Hose für Hose inspizierte sie, Tasche für Tasche, jedes Sockenknäuel. Seinen Waschbeutel, sogar die Unterhosen. Was sollte man in Boxershorts bitte schön verstecken?

Und wo? Olympe und sie durften sich nicht vom Fleck rühren, als Gunnar zeitgleich Ryans Sachen durchsuchte.

Lara saß mit bleichem Gesicht auf dem Tisch, ihren Rucksack in den Händen. Ihr Verhalten stand in krassem Gegensatz zu dem anklagenden von Jorek und Gunnar.

Überhaupt … dieser Rucksack.

Sie starrte auf das dunkelblaue Baumwollteil und Lara, die es bemerkte, umkrallte den Rucksack noch fester. Jetzt wurde sie wirklich misstrauisch. Was war dadrin?

»Olympe, du bist dran!«, schnappte Jorek.

Olympe lächelte. Unschuld in Currygelb.

Noomi kaute auf der Lippe. Gestern Abend hatte es danach ausgesehen, als hätte sie eine reelle Chance, endlich herauszufinden, was mit ihr passiert war. Mithilfe der anderen, mit Olympes eingeschmuggelter Smartwatch. Jetzt schien ihr Glück schon wieder vorbei zu sein. Wie gut, dass sie gestern die Namensliste aus Sicherheitsgründen im Klo versenkt hatte, wo sie nun vor sich hin kompostierte. Die Namen hatte Olympe in der Uhr gespeichert. Was, wenn Jorek die Uhr fand? Hatte Olympe sie überhaupt wieder versteckt? Warum hatte sie ihr nicht geraten, sie in eine Tüte zu stecken und zu vergraben? Vergraben war tausendmal sicherer als ein Versteck im eigenen Zimmer.

Niemals konnte Gunnar das Geheimfachbuch übersehen haben. Gut, Olympe hatte eine halbe Bibliothek dabei, aber im Film nahmen sie bei einer Razzia jedes Buch einzeln aus dem Regal, fächerten es auf und ließen es dann auf den Boden fallen. Nervös lugte sie zu Olympe hinüber.

Die fing ihren Blick auf und lächelte beruhigend. Dann schob sie langsam und wie nebenbei den Ärmel ihres Sweaters hoch und kratzte sich an der Nase. Das rotbraune Lederarmband um ihr Handgelenk rutschte ein bisschen nach unten und das Schmuckelement in der Mitte fing Noomis Aufmerksamkeit. Ein Smiley, der die Zunge rausstreckte.

Moment … Das war kein Schmuck. Das war die Smartwatch! Olympe *trug* sie, aber sie hatte einen Smiley-Aufkleber auf das Display geklebt. Pah! Vergraben! Es gab nur einen Ort, an dem man die Uhr nie suchen würde, weil es ein viel zu auffälliges Versteck wäre: am Handgelenk!

Fast hätte sie vor Erleichterung gelacht, aber in diesem Augenblick sackte Ryan in sich zusammen.

Gunnar hechtete zeitgleich mit Jorek zu ihm. Er lag am Boden, weiß wie frisch gefallener Schnee. Gunnar tätschelte seine Wangen, dann drehte er sich zu seiner Tochter um. »Lara, hol die Notfalltropfen.«

Die schreckte hoch, ließ den Rucksack fallen und stob aus dem Raum.

Der Rucksack!

Er lag auf dem Boden.

Das war ihre Chance! Gunnar tätschelte noch immer Ryans Wange, Jorek stand daneben, Flix blickte an die Decke, als suchte er da irgendwas, und Olympe hatte ihre Tasche ausgekippt und schob Ryan gerade einen Stapel Klamotten unter den Kopf. Sie lief zur Küchenzeile, schnappte sich ein Handtuch, ließ Wasser darüber laufen. Auf dem Rückweg kickte sie Laras Rucksack in Flix' Richtung.

»Kssss«, zischte sie.

Er schrak auf und begriff sofort, ging in die Knie und tat, als würde er Ryans Schulter drücken, während er in Wirklichkeit den Reißverschluss aufzog und die Hand in den dunkelblauen

Canvas gleiten ließ. Sie tippte Gunnar auf die Schulter und hielt ihm das nasse Handtuch hin. »Hier, vielleicht hilft das.«

»Danke.« Ohne auf sie zu achten, drückte er Ryan das Handtuch auf die Stirn, es war filmreif. Trotzdem zweifelte sie keine Sekunde daran, dass Ryans Zusammenbruch echt war. Was ihn in Joreks und Gunnars zum Augen Hauptverdächtigen machen musste.

»Sollten wir nicht einen Arzt rufen?«, wollte Olympe wissen.

»Nicht nötig«, knurrte Jorek, die die Szene bis jetzt mit verschränkten Armen betrachtet hatte. »Er hat das öfter.«

Oh? Noomi schaute sorgenvoll auf den jüngsten und stillsten Campteilnehmer.

Jorek ging zu einem grauen Kasten an der Wand. »Und ich schwör euch«, knurrte sie, während sie ein Blutdruckmessgerät hervorkramte, »wenn das ein Ablenkungsmanöver ist, könnt ihr euch warm anziehen.«

»Is' klar«, konterte Olympe in gewohnter Schärfe. *»Im Zweifel für den Angeklagten,* schon mal gehört?«

Jetzt konnte sie sich das Grinsen nicht mehr verkneifen. Olympe, das wusste sie spätestens seit deren Schweigeattacke, wollte man nicht zur Feindin haben.

»Was 'n los?«, nuschelte Ryan in die Spannung hinein.

»Hallelujah«, sagte Jorek und es klang nicht zynisch, sondern ehrlich erleichtert. »Da biste wieder. Nicht bewegen.« Sie griff Ryans Arm und legte ihm das Blutdruckmessgerät an.

Endlich wagte sie, zu Flix hinüberzusehen. Der hielt etwas in der Hand, das nicht nach ihrem Lederbeutelchen aussah, nicht nach Olympes Schmuck, nicht nach einem Medaillon und auch nicht nach Geld oder einem Zinnbären. Es war etwas schmaler und dicker als eine Kreditkarte, aus Metall, silbern. Soweit sie erkennen konnte, war es halb so groß wie ihr Handy und sah aus wie der iPod, der bei ihnen zu Hause unbenutzt auf der Dockingstation vor sich hin vegetierte. Eine Schnur war drum herumgewickelt.

Ein Schatten huschte vorm Fenster vorbei. Lara! Flix hatte sie ebenfalls gesehen – er quetschte das Ding hektisch in die Ritze des Minisofas.

Sie atmete auf. Für einen Moment hatte sie tatsächlich gedacht, Flix würde es einfach unter sein T-Shirt schieben. Aber offenbar war auch ihm klar, dass Jorek nicht einmal vor Leibesvisitationen zurückschrecken würde. Jetzt noch weg mit dem Rucksack.

»Mensch, Ryan, was machst du denn für Sachen?«, fragte sie laut und alle beugten sich aufs Neue über das Sorgenkind. Flix begriff sofort. Ohne ihn wieder zu verschließen, stieß er Laras Rucksack zurück Richtung Tisch, auf dem sie gesessen hatte. Der Rucksack rutschte über den Boden und landete an seinem Bestimmungsort.

Ryan

»Du hast was?« Im ersten Moment glaubte er, sich verhört zu haben, weil Flix beim Rasieren den Mund in alle Richtungen verzog.

»Versteckt. Ich hab's gestern drüben im Gruppenraum versteckt.«

Ryan hatte nicht viele Erinnerungen an den Aufriss gestern Morgen. Nach der Taschenkontrolle und seiner Ohnmacht war der Tag vor sich hin gewabert, die Teamleiter waren allesamt unterkühlt gewesen und hatten sie keine Sekunde aus den Augen gelassen – bis zur Nachtruhe nicht. Flix hatte später in der Hütte mit ihm reden wollen, aber er war so müde gewesen, dass er gleich eingeschlafen war.

»Versteckt?«, wiederholte er.

Flix und er standen im Bad. Heute war Samstag. Endlich Wochenende. Sie hatten bis acht schlafen dürfen. Frisch geduscht und mit Rosenlotion in der Handfläche, beäugte er Flix durch den Spiegel hindurch. »Geklaut meinst du.«

»Quatsch … Es hätte ja auch rausgefallen sein können.«

»Aus einem verschlossenen Rucksack?«

»Komm schon, ich wollte es nicht klauen. Nur borgen. Noomi hat mir den Rucksack rübergekickt, nachdem du umgekippt bist und …«

Daran musste Flix ihn nicht erinnern. Er errötete. Rasch rieb er die Lotion auf Stirn, Wangen, Hals, Schultern, atmete den sich ausbreitenden Duft ein.

Das Umfallen begleitete ihn schon lange; niedriger Blutdruck, sagten sie. Er hatte Medikamente bekommen und eine Weile hatte es ausgesehen, als ob es helfen würde. »Es hat sich rausgewachsen«, hatte seine Mutter sich gefreut, damals als sie noch sprach. Aber dann war das mit Brianna passiert. Seither fiel er wieder um. Einfach so. Was ihn zum perfekten Opfer machte … Dass es ihn auch zum perfekten Ablenkungsmanöver machte, war allerdings neu.

»Ist dir nicht aufgefallen, wie nervös Lara war?« Flix wusch sich die Rasierschaumreste von den Wangen. »Es war doch naheliegend zu denken, dass das gestohlene Zeug in ihrem Rucksack ist, oder nicht?«

Wenn es eine Sicherheit gab in seiner Welt, dann diese: Jungs wie Flix gaben einen Scheiß darauf, was Jungs wie er, Ryan, dachten. Wieso hielt Flix sich nicht daran? Er verteilte noch mehr Lotion auf seinen Armen und der Brust, was Flix hibbelig zu machen schien. War ihm seine Meinung tatsächlich wichtig?

»Okay, zeig's mir halt.« Er schnipste den Verschluss des Fläschchens zu, und als wäre das Geräusch ein Startschuss gewesen, spurtete Flix schon aus dem Bad.

Als er ihn einholte, stand Flix schon vor dem Sofa im Gruppenraum, eine Hand in der Ritze zwischen den Kissen. Er zog ein flaches silbernes Kästchen hervor.

»Was soll das sein?«

Flix zuckte mit den Schultern. Beide betrachteten das Teil.

»Ein iPod in abgefahrenem Design?«, riet er schließlich.

»Nee … dafür ist es zu leicht, glaub ich …«, murmelte Flix. »Und es hat auch kein Display … Wobei, das Touchrad sieht schon danach aus … Aber, hm … keine Ahnung.«

»Warte, da klemmt noch was …« Ryan zog an einem silbrigen Stückchen Schnur, vorsichtig, denn das Ding wirkte so zart, als könnte es reißen.

Es war aus Metall und flexibler, als er erwartet hatte. Jetzt lag es in seinem Handteller – wie eine spindeldürre Schlange. Es hatte drei Enden: Eins war ein Stecker – noch kleiner als ein Lightning-Anschluss, aber eindeutig ein Stecker. Auf etwa drei viertel seiner Länge teilte sich die Schnur in zwei noch dünnere Stränge, die in einer kleinen Verdickung endeten – ebenfalls aus Metall.

»Das sind Kopfhörer!«, rief Flix. »Du hattest recht, es ist eine Art … Player. Aber dann muss doch irgendwo …« Er hob das Kästchen vors Gesicht und inspizierte es von allen Seiten. Endlich tippte er auf einen winzigen Schlitz: »Ha!«, rief er. »Hier! Das ist der Anschluss!«

Okay, dachte Ryan. Lara hat also ein elektrisches Gerät mit ins Camp gebracht. Offensichtlich galten für die Betreuer andere Regeln und offensichtlich konnte sie nicht ohne Musik … Na und?

»Mal sehen, was Lara hört.« Flix streckte die Hand aus und er reichte ihm die Schnur.

Als Flix die Kopfhörer mit dem Gerät verband, glänzte die Schnur auf und hatte plötzlich mehr von einer Silberkette als von einem Kabel. Flix schob sich die Stöpsel in die Ohren. Eine Weile starrte er mit leerem Blick vor sich hin, dann drückte er wie wild auf die zwei Knöpfe. Ryan tippte ihn an.

Flix zog die Ohrstöpsel heraus. »Keine Ahnung. Vielleicht braucht es Saft. Ich hör nichts, nur Rauschen.«

»Gib mal.«

Ryan wischte die Ohrstücke ab, steckte sie in die Ohren, hörte ebenfalls nichts, fuhr mit dem Finger an dem Touchrad herum. Wieder blitzte die Schnur auf, und dann …

… war ihm, als würde er schweben. War das der Vorbote einer erneuten Ohnmacht? Schnell schloss er die Augen, atmete tief durch, wie sie es ihm beigebracht hatten.

Es dauerte eine Weile, bis er es ebenfalls hörte.

Es rauschte …

Die Luft über dem Loch in der Erde rauschte.

Sie rauschte über dem Strauß schwarzer Schirme, die aufgefaltet über blassen Gesichtern schwebten.

Sie rauschte, weil es regnete.

Sie rauschte überall, vor allem aber in seinen Ohren. Sein Vater am Rednerpult. Sein großer, kräftiger Vater, der jetzt wirkte wie eine Marionette, der man die Fäden abgeschnitten hatte.

Ryan hörte nur den Anfang seiner Rede, dann verschluckte das Rauschen erst den amerikanischen Akzent, schließlich die ganze Stimme und dann hörte er gar nichts mehr außer dem Geräusch. Er sah, wie schwer das Sprechen seinem Vater fiel, wie oft er stockte und auf den nass geregneten Zettel in seiner Hand starrte. Er erkannte, dass dieser große Mann sich an dem kleinen Zettel festhielt, von dem er Worte ablas, die Brianna begleiten sollten.

Das Rauschen wurde stärker, als sie Brianna hinabließen, vier Männer. Er erinnerte sich, wie er sich gewundert hatte: so ein großes Loch für so ein kleines Mädchen. Und immer das Rauschen. Dieses Rauschen in seinem Kopf, dieses unglaubliche …

»Ryan? Ryan!«

Flix beugte sich über ihn und schüttelte ihn an den Oberarmen. »Verdammt, du warst schon wieder weg. Was ist das mit dir? Bist du krank?«

Er bog Flix' Finger von seinen Armen, streifte die Kopfhörer ab und richtete sich auf. Atmen, dachte er. Atmen. Dann zog er sich an Flix hoch, bis er wieder stand.

»Die anderen kommen gleich«, sagte er schließlich. »Wir müssen Frühstück machen!«

»Aber Bro, ehrlich, das ist nicht nor…«

Im selben Moment hämmerte jemand gegen die Fensterscheibe. Lara! Ihrem wutverzerrten Gesicht nach zu urteilen, hatte sie ihren Player in seinen Händen gesehen. Eine Millisekunde später stand sie neben ihnen und riss ihm das silberne Gerät aus den Händen.

»Ach, das gehört dir?« Flix stellte sich dumm. »Es hat hier gelegen, muss irgendwie in die Sofaritze …«

»Ihr miesen kleinen Diebe«, zischte sie.

Und obwohl sie vor Wut bebte, erkannte Ryan noch etwas anderes in ihrem Gesicht: Erleichterung. Riesige Erleichterung.

»Flix hat recht«, beteuerte er. »Es lag hier, wir hatten keine Ahnung, dass es dir …«

Da war sie schon wieder rausgestürmt.

Olympe

Das Erste, was sie wahrnahm, als sie langsam wach wurde, war der Geruch nach Sommer. Es roch nach Gras, einer beginnenden schweren Hitze und Blütenpollen.

Der Geruch versöhnte sie. Wochenende, Anfang Juli, und sie mussten endlich mal nicht arbeiten! Sie gähnte. Zum ersten Mal, seit sie hier war, fühlte sie sich halbwegs ausgeschlafen.

Noomi schien es ähnlich zu gehen; die Stimmung war fast heiter, als sie ihr Waschzeug zusammensammelten.

Mitten in die Idylle hinein erhob sich draußen ein lautes Kreischen. Sie rannten gleichzeitig zur Hüttentür, rissen sie auf – und erstarrten auf der Schwelle, als wären sie gegen eine unsichtbare Mauer gelaufen.

Lara kreiselte um die Feuerstelle herum. Mit erhobenen Armen drehte sie sich um sich selbst, schlug in die Luft über ihrem

Kopf, dann neben ihrem Körper, rechts, links, als wäre sie im Zentrum eines aggressiven Bienenschwarms gelandet. Nur dass keine Bienen zu sehen waren.

Das Schauspiel übte eine seltsame Faszination auf Olympe aus. War das ein Morgenritual, ein wilder Waldtanz zum Wachwerden? Eine Form von Natur-Yoga, von der sie noch nie gehört hatte? Und woher kam das heftige Kreischen? Vom Band? Sollte das ein Rhythmus sein, Musik?

»Was macht sie da?«, versuchte sie, den Lärm zu übertönen.

Noomi schien ähnlich verwirrt und fasziniert wie sie selbst. »Keine Ahnung.«

Das Kreischen verstummte und Lara erstarrte mitten in der Bewegung, die Hände gen Himmel gerichtet, dann zog sie den Kopf zwischen die Schultern, die Arme vors Gesicht und ließ sich in die Hocke sinken.

»Vielleicht eine abgewandelte Form vom Sonnengruß?«, mutmaßte Noomi.

»Hm …«

Lara kauerte jetzt still da. Ein kleiner Hügel Mensch, die Ellbogen gegen den Himmel gerichtet. Es wirkte, als versuchte sie, etwas abzuwehren, das von oben kam, einen Feind, den nur sie ausmachen konnte.

Olympe ertappte sich dabei, dass ihr Mund offen stand. Es gab mittlerweile nur noch wenig, was sie sprachlos machte. Bisher hatte sie Lara als pragmatisch erlebt. Aber das hier war pure Panik. Einen Moment später begriff sie, was diese Panik auslöste.

Ein brauner Vogel mit heller, getupfter Brust und einem gebogenen Schnabel schoss in irrwitzigem Tempo aus den Bäumen auf Lara herab, kreischte dabei ohrenbetäubend und hackte nach ihr. Lara sprang auf und lief, um sich schlagend, zu der Hütte, die sie mit Gunnar bewohnte.

Sie wusste, dass sie Lara helfen sollte, aber sie war wie gelähmt, bis Lara es schließlich zur Hütte geschafft hatte und die Tür hinter sich zuschlug. Die ganze Szene hatte nur ein paar Sekunden gedauert. Dann war es unnatürlich still.

»Was *war* das?« Sie folgte dem Vogel mit den Augen, der schlagartig verstummt war, einen großen Bogen flog und sich in die Krone einer riesigen Buche schwang. Er verschmolz mit den Blättern und zeigte keine Regung mehr.

Sie kannte sich mit Tieren nicht besonders aus, aber sie hatte noch nie Vögel gesehen, die einen Menschen attackiert hatten.

»Das Viech war voll aggro. Das hat Lara *angegriffen.* War doch so, oder?«

Noomi nickte und löste den Blick aus der Baumkrone. »Das Komische ist, ich hab den Vogel schon mal gesehen.«

»Wie – schon mal gesehen? Was meinst du damit? Wann?«

»Am ersten Tag, das heißt …« Noomis Blick huschte zum Haupthaus, dann senkte sie die Stimme. »… in der ersten Nacht. Als ich in Joreks Büro eingestiegen bin, da hockte genauso einer auf dem Dach. Der … der war irgendwie zahm und ist sogar aufs Fensterbrett geflogen. Er saß direkt vor mir, ich hätte ihn anfassen können.«

Sie driftete weg, in eine Erinnerung, die weiter zurücklag als der Einbruch und weiter als der Vogel, da war sich Olympe sicher.

»Noomi?«, fragte sie sanft.

Die wandte sich ab und ging zurück in die Hütte.

Interessant, dachte sie, Noomi macht das Gleiche wie ich, nur anders. Sie selbst *redete* und Noomi *schwieg* Gefühle weg.

Nachdenklich folgte sie ihr.

»Giftschlangen, stromlose Hütten, Razzien am frühen Morgen und jetzt auch noch Killervögel«, durchdrang sie Noomis Schweigen. »Das wird echt immer gemütlicher hier!« Sie wickelte ihr Handtuch wie einen Turban um den Kopf. »Schutzmaßnahme«, erklärte sie, als sie Noomis verwirrten Blick bemerkte. »Ich weiß ja nicht, wie es dir geht, aber ich hab keinen Bock auf Schnäbel im Kopf.«

Dann öffnete sie die Tür nach draußen. »Kommst du mit?«

Im Gruppenraum stand das Stimmungsbarometer noch immer auf zehn Grad minus.

Keine Spur von Lara. Es waren Gunnar und Jorek, die diese Eiseskälte verströmten. Und das, obwohl alle pünktlich waren, obwohl Wochenende war, obwohl sie sich trotz des Eklats gestern wie Mustersträflinge benommen und die Jungs ein wirklich schönes Frühstück zubereitet hatten.

Flix grinste ihr zu, machte eine unauffällige Kopfbewegung zu Jorek und verdrehte die Augen. Sie grinste zurück und fühlte sich gleich besser – den Spiegelneuronen sei Dank.

»Da seid ihr ja endlich. Setzt euch!« Joreks Ton hätte ohne Weiteres einen Hörsturz auslösen können.

Gehorsam setzten sie sich um den Tisch, auf dem Teller mit geschnittenem Obst standen, eine Platte mit Wurst, die die Jungs mit Radieschen, und eine mit Käse, die sie mit Trauben dekoriert hatten. Es gab Eierhälften mit Schnittlauch und natürlich ein paar von Olympes Aufstrichen. Das Müsli wartete in einer Glasschale statt in der üblichen Plastikdose und die Milch hatten sie in eine Kanne gegossen. Auch die Hafermilch. Auf den Tellern lagen rote Servietten. »Warum habt ihr keine Schwäne draus gefaltet?« Sie wies auf die Servietten.

Ryan kicherte. Flix schmatzte.

»Gibt's einen Preis fürs schönste Frühstück, von dem wir nichts wissen?«, rief Olympe in Richtung Jorek. »Eine Gratisstunde an Ihrem Computer zum Beispiel?«

Kein Lächeln von Jorek. Nichts. Eine Einkaufsliste strömte mehr Freundlichkeit aus. Und hatte mehr Spiegelneuronen. Und was bitte war mit Gunnar los, der mit ausdruckslosem Gesicht Kaffee und Tee verteilte?

Ryan schob ihr das Hummus zu, die Situation hätte richtig familiär sein können, wenn eben die Eiseskälte von Jorek und Gunnar nicht gewesen wäre.

»In Anbetracht der gerade herrschenden Umstände …«, begann Jorek.

Himmel!, dachte sie, was ist das denn für ein Satzanfang?

»… müssen Gunnar und ich Sanktionen ergreifen. Offenbar klaut jemand von euch, und obwohl ihr etwas wisst …« Jorek ließ den Blick von einem zum anderen schweifen. »… sehe ich keine Kooperation von eurer Seite.«

»Was heißt hier, *obwohl ihr etwas wisst?*« Sie verschluckte sich beinahe an ihrem Kichererbsenmus-Brötchen. »Was denn bitte?«

»Gunnar und ich haben uns gestern zusammengesetzt und beschlossen, euer freies Wochenende zu streichen«, fegte Jorek ihren Einwand weg. »Der neue Plan liegt auf der Kücheninsel. Ihr werdet arbeiten, und zwar heute *und* morgen.«

»Was?!«, brauste sie auf. »Wir sollen durcharbeiten? Wir sind doch keine Arbeitsmaschinen, wir brauchen Pausen, wir … wir haben Rechte!«

»Ähm … ist das überhaupt erlaubt?«, sprang ihr Flix bei.

Und Noomi, die angriffslustig die Haare aus dem Gesicht nach hinten warf: »Das dürfen Sie gar nicht!«

Ryan schwieg und streichelte den Tisch.

»Doch, doch«, erwiderte Gunnar ruhig. »Das dürfen wir. Wenn die Situation es erfordert, müssen wir sogar Sanktionen verhängen. Und die Diebstähle sind, das müsst ihr zugeben, eine heftige Sache.«

»Wir hatten eigentlich vor, mit euch morgen einen Ausflug zur Bastei zu machen«, übernahm Jorek. »Der ist gestrichen. Wir haben entschieden, dass ihr an diesem Wochenende und an jedem folgenden täglich vier Stunden arbeiten werdet, bis das geklärt ist.«

»*No way!*«, platzte sie heraus. »Die *kommenden* Wochenenden auch?«

»Vier Stunden?« Noomi und Ryan sprachen gleichzeitig.

»Allerdings könnt ihr die Stunden später ausgleichen«, fuhr Gunnar ungerührt fort. »Dafür, dass ihr dieses Wochenende also acht Stunden arbeitet, habt ihr später einen kompletten Wochentag frei. Welcher das allerdings ist und wann ihr den nehmen könnt, entscheiden wir. Und zwar abhängig davon ...«

»... wie ihr kooperiert!«, beendete Jorek seinen Satz.

Olympe explodierte. »Das ist doch Wahnsinn!«

Auch Flix schob seinen Stuhl nach hinten und sprang auf. »Sie haben doch eine Voll...«

»Setzen.« Gunnars Stimme. Leise. Tief. »Sofort.«

Marie hatte ihr mal erzählt, dass Autorität keine Lautstärke brauchte, und sie verstand zum ersten Mal, warum. Flix setzte sich tatsächlich wieder. Mit fest verschränkten Armen und zusammengepressten Lippen, aber er setzte sich.

Bei Noomi schien der Trick allerdings nicht zu funktionieren:

»Das ist nicht fair. Keiner von uns hat geklaut!« Dann, zeitverzögert und in einem ihrer überdramatischen Anfälle, ließ sie die Faust auf den Tisch knallen.

»Noomi, es reicht.« Wieder Gunnar. Leise.

Falls Flix recht hat und das hier tatsächlich ein Experiment ist, überlegte sie, dann erhöhen sie gerade massiv den Druck. Und wenn sie uns provozieren wollen, um Emotionen zu testen, haben sie eindeutig Erfolg. Alle vier waren sie wütend – jeder auf seine Weise. Sie suchte Flix' Blick, doch der kippelte auf dem Stuhl gefährlich weit nach hinten und fixierte die Wand gegenüber.

Jorek fuhr mit kühler Stimme fort: »Okay. Plan für heute: Feuerholz sammeln. Treffpunkt nach dem Frühstück in der Werkstatt, da kriegt ihr Kiepen. Und dass eins klar ist: Es wird nur loses Holz gesammelt, nichts abgerissen! Wenn die Kiepen voll sind, kommt ihr zurück, ladet das Holz ab und sammelt weiter. Vier Stunden!«

»Boah, Holz sammeln, echt jetzt?«, entfuhr es ihr. »Geht's noch stupider?«

»Lara ist für heute eure Ansprechpartnerin«, bügelte Gunnar sie ab und damit war die Diskussion beendet.

Jorek warf einen Blick auf die Wanduhr. »Gunnar und ich kümmern uns ausnahmsweise ums Abräumen. Morgen wird eine halbe Stunde früher aufgestanden. Esst auf, dann zieht euch um. In fünfzehn Minuten geht's los.«

Olympe lief schimpfend voraus zur Mädchenhütte. »Großartig, einfach großartig …«

Jetzt konnte sie ihre Freizeitsachen wieder aus- und die Arbeitsklamotten anziehen, die um einen mehrstündigen Waschgang flehten, und dann den halben Tag mit Holz- und anderem Gestrüppgesammel verbringen statt mit Sonnenbaden und Lesen. Genau so hatte sie sich das erste Wochenende hier vorgestellt, genau so!

Flix zupfte von hinten an ihrem T-Shirt, damit sie ein bisschen Tempo rausnahm. Sie kickte einen Tannenzapfen weg. »Glaubt ihr, die hätten wirklich einen Ausflug mit uns gemacht? Mann, scheiß auf diese Bastei, aber mal rauskommen hier ... Ich bin stinksauer!«

»Können wir gar nichts machen?« Ryan seufzte.

»Ich sag euch, das gehört alles dazu. Lasst euch nicht darauf ein«, flüsterte Flix und schaute sich nervös um. »Die beobachten uns bestimmt durch Kameras. Wie bei *Big Brother.*«

»Was? Denkst du wirklich?« Auch sie ließ den Blick schweifen, legte dann den Kopf in den Nacken und kniff die Augen zusammen, um besser zu sehen. Waren in den Bäumen Kameras installiert? Der Gedanke war abgedreht, aber auf eine seltsame Art logisch.

Noomi gab ein nachdenkliches Geräusch von sich und Ryan zupfte Flix am Ärmel. »Komm mal kurz mit zu der Mädchenhütte. Ich muss euch was zeigen. Es ist wichtig.«

Olympe beäugte das hintere Fenster ihrer Hütte, zu dem Ryan sie geführt hatte. Es war ... ein Fenster, weiter nichts. Unauffällig sah sie zu Flix und Noomi, aber die schienen genauso ratlos wie sie selbst.

»Was genau willst du uns zeigen?«, fragte Flix schließlich vorsichtig.

»Hier unten.« Ryan zeigte auf den Boden und ließ sich in die Hocke nieder.

Etwa einen Meter um das Holzhaus herum zog sich nackte Erde. Dahinter begann Gras, das nach wenigen Metern ins Unterholz des Waldes überging. Ihr Blick folgte Ryans. Und dann …

»Was zum Teufel ist das?«, flüsterte sie.

Flix ging neben Ryan in die Hocke, um besser zu sehen.

Auch Noomi beugte sich nach vorne und starrte auf den Halbkreis unter ihrem Fenster. Er trug ein Muster aus kleinen Formen – als hätte jemand die Erde gestempelt.

»Spuren«, erklärte Ryan. »Erkennt die jemand?«

»Aber das sind ja Hunderte …«, staunte sie. »Was zum …?«

X

Diese Gruppe ist schlau.
  Schlau ist gut.
  Die Jagd hat begonnen.

6. KAPITEL

Blut und Märchen

Ryan

Der Wald war alles andere als still. Er *lebte.*

Er stand vor einem umgefallenen Baum und lauschte dem Hämmern von Spechten. Aus einem Gebüsch kam ein leises Tschilpen. Überall knackte und knisterte es.

Lara hatte an der Werkstatt große Flechtkörbe mit Riemen an sie verteilt, die man wie einen Rucksack aufsetzen konnte.

»In die Kiepen kommt nur Totholz, nichts, was noch an lebenden Bäumen hängt!«, hatte sie wiederholt, was Jorek ihnen schon eingeimpft hatte. »Zapfen könnt ihr auch sammeln. Die brennen gut.« Danach war kein Wort mehr über ihre Lippen gekommen. Nicht nur Olympe, Noomi, Flix und er schienen also sauer über die Holzsammelgeschichte zu sein, sondern auch Lara.

Sie war vor ihnen hergestapft, als Einzige ohne Kiepe, ihre Schritte fest und lang, und sie folgten Lara und ließen zum ersten Mal seit einer Woche das Camp hinter sich. Lara drehte sich kein einziges Mal zu ihnen um.

Unabgesprochen hatten sie sich nach etwa fünf Minuten Fußmarsch im Wald getrennt und waren in unterschiedliche Richtungen davongegangen.

Er selbst war einem schmalen Tierpfad gefolgt, hatte behutsam Farne zur Seite geschoben und sich gebückt, um tief hängenden Ästen auszuweichen. Anfangs hatte er Olympe und Flix noch miteinander reden gehört, dann hatte der Wald die Stimmen mit seinen eigenen Geräuschen überdeckt: dem Rauschen und Wispern der Kronen, dem Knacken und Knistern im Unterholz …

Er war gelaufen, bis er diesen umgefallenen Baum erreicht hatte. Der lag da wie ein Urzeitwesen, schwarzgrau, und am Stamm war eine Stelle mit kleinen braungelben Pilzen bewachsen. Samtfußrüblinge. Das wusste er nicht von Gunnar, sondern von seiner Mutter. Man konnte sie essen – sie beide hatten oft Samtfußrüblinge mit nach Hause gebracht, wenn sie frühmorgens im Grunewald waren. Brianna war auf der Rückentrage mit dabei gewesen.

Ob er sie pflücken sollte? Fürs Abendbrot? Sie sahen zart aus, die Hütchen so fein, dass das Licht durchschien, die Stämmchen dünn wie Grashalme. Er schluckte gegen den Klumpen in seinem Hals an. Schluckte wieder. Und schließlich weinte er doch. Lautlos.

Bis zu diesem Moment hatte er nicht gewusst, dass er um sie trauerte. Ausgerechnet hier, in dem felsigen Wald, weiter weg, als er je von ihr gewesen war, beim Anblick der samtfüßigen Pilzchen, die im Licht schimmerten, begriff er etwas Wesentliches: Die entsetzlichste Trauer galt nicht den Toten. Sie galt den Menschen, die noch lebten und zugleich gestorben waren.

Seine Trauer galt nicht Brianna, sondern seiner Mutter.

Briannas Tod hatte das Leben, das er kannte, in Stücke gebrochen. Sein Vater hatte sie verlassen und seine Mutter war vor

Kummer verrückt geworden. Und er? Er war irgendwann verloren gegangen.

Sie hatte sich um nichts mehr gekümmert, nicht ums Essen, nicht um die Wohnung, nicht darum, ihn zu wecken, oder überhaupt: ihn zu bemerken. Stattdessen schlief sie, schlief tagelang, wochenlang, und er, Ryan, war es gewesen, der für sie sorgte, nicht andersrum.

Wenn er von der Schule nach Hause kam, in die stickige, nach Schweiß, Schlaf und schlechten Träumen riechende Wohnung, war *er* es gewesen, der *ihr* eine Pizza in den Ofen schob und eine Limo brachte, weil sie sonst den ganzen Tag über nichts gegessen und getrunken hätte. Er brachte sie dazu, wenigstens einmal in der Woche aufzustehen, zu duschen, sich etwas anzuziehen und sich draußen zu zeigen. »Die Nachbarn reden. Sie fragen nach dir. Geh wenigstens einkaufen«, bat er. »Oder gib mir Geld. Bitte, Ma, gib mir Geld.« Geld für Essen, Geld für die Klassenfahrt, für die Rechnungen, die sich zu stapeln begannen. Er hatte sie angefleht, geschüttelt und angeschrien.

Manchmal sah sie ihn mit leerem Blick an. Manchmal bat sie ihn, die Vorhänge zu schließen oder die Heizung aufzudrehen. Meist aber: die Tür zuzumachen.

Lass mich in Ruhe.

Er hatte erst sein Sparschwein geplündert, dann sein Konto. Hatte sie beide, so gut es ging, versorgt. Hatte angefangen zu verheimlichen, was bei ihnen zu Hause los war – vor den Nachbarn, den Lehrern, den Mitschülern.

Doch sie rochen, dass etwas nicht stimmte. Buchstäblich.

Die Wäsche, das Geschirr, das miefende Zimmer seiner Mutter, der Dreck überall, der Müll. Alles war so viel, so schwer. Und in diesem wachsenden Chaos hatte er manchmal einfach vergessen, die Waschmaschine anzuschalten, die Fenster zu öffnen oder sich selbst unter die Dusche zu stellen.

Als seine Mitschüler begannen, ihn *Stinktier* zu nennen, und seine Schultasche mit Insektenspray aussprühten, als sie eine Flasche Desinfektionsmittel in seinen Spind kippten und damit seine Bücher und Hefte ruinierten, als sie ihm hinterherriefen »Schlafen deine Eltern im Schweinestall?«, tat er das erste Mal etwas, auf das er stolz war: Er steckte den Jugendclub in Brand.

Er putzte sich die Nase, dann tippte er die Baumrinde neben der Pilzkolonie an. Sie fühlte sich weich an, schwammartig. Ein umgestürzter Baum war doch Totholz, oder? Er begann, Zweige und Äste abzubrechen. Löste Rinde vom Stamm. Gerade wollte er alles in die Kiepe schichten, da spürte er den Blick.

Er huschte über sein Rückgrat, flink wie ein kleines Tier mit Krallen, und Ryan fuhr herum. Es knackte und raschelte wie vorher auch, aber da war nichts. Bloß die Sonnenflecken auf dem Boden. Die Waldameisen. Und die Bäume um ihn herum. Hoch und schwankend.

Er stand reglos und spürte sein Herz. Erinnerte sich an das Gefühl in der Hütte von Olympe und Noomi, diese Gewissheit, beobachtet zu werden. An das große dunkle Etwas, das er im Augenwinkel noch hatte im Wald verschwinden sehen.

Mit zusammengekniffenen Augen versuchte er, durchs Unterholz zu spähen, aber die Büsche standen zu dicht. Die Farne zu hoch.

Wieder knackte es.

Er zuckte zusammen.

Beruhig dich!, ermahnte er sich. Im Wald ist immer irgendwas. Aber dieser Wald war nicht der Grunewald. Die Schatten huschten anders und die Büsche warfen ihm Blicke zu, Blicke, die er spürte.

Beim nächsten Knacken war er vorbereitet. Und als er das Atmen hörte, rannte er nicht weg, sondern begann zu schleichen, eins mit dem Wald zu werden.

Er schlich auf das Geräusch zu, bis er vor einem undurchdringlichen Feld riesenhafter Farne stand. Sie standen stocksteif.

Fünfundzwanzig Farnarten gäbe es in der Sächsischen Schweiz, hatte Gunnar ihnen an einem der Abende am Lagerfeuer erzählt und eine Mappe mit Fotos gezeigt. Das Feuer hatte die Luft rot gefärbt und Mückenschwärme vertrieben und Ryan hatte sich an seine Mutter erinnert, die ihm auch so vieles erklärt hatte, damals. Jetzt rief er sich zur Beruhigung Gunnars Stimme ins Gedächtnis, der alle Farne aufzählte. Rippenfarn, dachte er, als er behutsam die fiedrigen Zweige des ersten Büschels zur Seite bog. Waldfrauenfarn, als er das zweite Büschel zu Seite schob. Und das da ein Breitblättriger Dornfarn.

Knack!

Er fuhr herum.

Etwas schoss aus dem Gebüsch hinter ihm hervor, Äste brachen, flüchtende, trommelnde Schritte. Von etwas Großem. Er erkannte einen hellen Fleck auf einem dunklen Körper, dann war das Reh zwischen den Stämmen verschwunden.

Ein Reh … nur ein Reh!

In seinem Körper trommelten die Hufe des verschreckten Tieres weiter, schlugen gegen seinen Magen, das Herz, die Bauchdecke. Als das Trommeln schwächer wurde, konnte er sich wieder bewegen und ging langsam zu dem umgefallenen Stamm zurück.

Ein Reh.

Pass auf, dass du nicht paranoid wirst, ermahnte er sich.

Pa-ra-no-id, wiederholte er in seinem Kopf, als wäre es der Refrain eines Reimes. Er stapelte die Silben wie eine Mauer gegen seine Angst an, gegen die Blicke aus dem Dickicht, gegen das Knacken, das Zischeln, das Wispern und Flüstern dieses Waldes.

Pa-ra-no-id-pa-ra-no-id-pa-ra-no-id.

Er brach wieder Äste, Zweige und Rinde ab und schichtete sie in die Kiepe. Brach und schichtete und schichtete und brach.

Pa-ra-no-id-pa-ra-no-id-pa-ra-no-id.

Gerade als er einen meditativen Rhythmus gefunden hatte – greifen, brechen, schichten, greifen, brechen, schichten –, begannen die Schreie.

Die Äste fielen aus seinen Händen, er fuhr erneut herum. Er sah nichts, aber *hörte* die Schreie und rannte, ohne nachzudenken. Seine Ohren waren der Kompass, dem er folgte, hin zu der angsterfüllten Stimme. Er wusste, wem sie gehörte.

Noomi

Je tiefer sie in den Wald hineinlief, desto stiller wurde es. Als sie nur noch das Knacken der Zweige unter ihren Füßen hörte und hin und wieder einen Vogelruf, merkte sie, wie sehr sie das Alleinsein genoss. Endlich mal nicht optimistisch zu sein, nicht reden zu müssen.

Natürlich hatte es gutgetan, den anderen von ihrem Verschwinden zu erzählen. Erleichtert war sie trotzdem nicht. Denn obwohl sie viel preisgegeben hatte, hatte sie etwas Wesentliches über den Felsvorsprung verheimlicht.

Als sie das Wort dachte – Felsvorsprung –, hielt sie inne und versuchte, über die Baumspitzen hinwegzuschauen. Leider befand sie sich gerade in einer Senke, und selbst als sie sich auf die Zehenspitzen stellte, konnte sie nur den allerobersten Gipfel in der Ferne ausmachen. Den Falkenstein. Sein zergliedertes Felsrelief.

Seit dem schrecklichen Vorfall vor einem Jahr hatte sie sich diesen Fels unzählige Male auf Fotos angeschaut und war so oft mit Google Earth darüber hinweggeflogen, dass sie das Gefühl hatte, jede seiner Steinfalten, jede Erhebung und Basaltrunzel zu kennen. Und wie jedes Mal löste sein Anblick wieder *das Gefühl* in ihr aus.

Das Gefühl – eine Mischung verschiedener Emotionen: Panik, Angst, Wut, aber auch Sehnsucht, Erregung, Rausch. Die letzten Emotionen waren stärker, zogen heftiger an ihr, die ersten hatten sich nach und nach darübergelegt. Wie ein Schutz. Aber ein Schutz wovor?

Sie ließ sich wieder auf die Sohlen sinken, wandte sich ab, weg von *dem Gefühl.* Im Laufen bückte sie sich nach herabgefallenen Ästen, die sie in die Kiepe verfrachtete.

Nach und nach verdunkelte sich der Pfad. Sie blieb stehen. Über ihr spannte sich ein Nadelbaum auf. Er war so hoch, dass seine Äste erst zwei Meter über dem Boden begannen. Sie bildeten ein natürliches Dach und tauchten den Pfad in Schatten.

Der Boden fühlte sich weich und beinahe hohl unter ihren Sohlen an. Ihr war, als würde sie federn, obwohl sie still stand. Lag das an dem Moos, das überall wuchs, wo der Boden nicht von braunen Nadeln bedeckt war? Braunen Nadeln und – Zapfen! Überall. Es mussten Hunderte sein! Nichts taugte besser zum Feueranfachen, hatte Lara gesagt.

Sie stellte die Kiepe ab, ging in die Hocke und begann zu sammeln. Das Auflesen hatte etwas Beruhigendes und unwillkürlich begann sie, vor sich hin zu summen. Sie warf Zapfen für Zapfen in die Kiepe und atmete die Luft ein, die nach Sand und Tanne roch.

Und noch nach etwas anderem.

Sie hörte auf zu summen. Sog die Luft langsam durch die Nase ein.

Es roch nach … etwas … Bestimmtem. Scharf. Beißend.

Unvermittelt schaltete ihr Körper auf Alarm. Sie kannte diesen Geruch!

Beunruhigt richtete sie sich auf. Entdeckte den Ast wenige Meter neben sich.

Er war weiß gesprenkelt.

War das Farbe? Vorsichtig ging sie näher. Der Geruch wurde stärker. Sie erinnerte sich. Das konnte nicht sein. Sie riss die Hände vors Gesicht. Sie *erinnerte* sich!

Das Erwachen.

Ihr Erwachen.

Das Erste, was sie wahrnahm, war der Geruch. Getrocknetes Blut, verdorrtes Moos und dazu etwas Beißendes, Unangenehmes, etwas, was sie noch nie gerochen hatte.

Dann erst spürte sie die Härte des Felsens an ihren Hüftknochen. Sie öffnete die Augen und stöhnte vor Schmerz auf; das Licht stach wie mit Messern.

Der Schock, als sie begriff, wo sie sich befand. Dass sie nicht träumte. Dass das real war. Die entsetzliche Höhe und wie ihr schwindelte. Ihr Atem, der in schmerzhaften Stößen aus ihr herauskam.

Der Ekel, als sie keine Handbreit von ihrem Gesicht die Gebilde entdeckte, die diesen sonderbaren Geruch verströmten.

Die Erinnerung ebbte ab, der Geruch blieb. Ein Schritt, noch einer, sie umrundete den weißen Ast, dann glitt ihr Blick zum Waldboden. Auf die kleinen, ballartigen Gebilde, die vor dem Ast lagen.

Ihr Herz. Hart, kantig. Ihr Atem, stoßweise. Wie damals. Genau wie damals. Sie schmeckte etwas, was sie nicht zuordnen konnte, und schluckte.

Die runden Objekte glichen denen auf dem Felsvorsprung. Noomi rang mit sich, dann griff sie mit spitzen Fingern eines der Bällchen und wollte es gerade zur Nase heben, da gellte ein Schrei durch den Wald.

Olympe

Holz sammeln!

Hätte sie nicht so verdammt schlechte Laune gehabt, hätte sie ihre Strafe möglicherweise romantisch finden können.

Wenn sie nämlich den Kopf hob und eine Stelle erwischte, an der die Baumkronen den Blick freigaben, sah sie in der Ferne eine beeindruckende Felsformation aufragen wie aus einer romantischen Legende. Oder einem Märchen. *Schrammsteine* hatte Gunnar sie genannt.

Der wusste alles über die Gegend – nicht nur die Namen der Felsen ringsum, er kannte auch sämtliche Pflanzen, die hier wuchsen, und hatte ihnen von den Tieren berichtet: von Wölfen, Luchsen und scheuen Wildkatzen, die angeblich in den Mischwäldern lebten, von Rehen, Rothirschen, Wildschweinen und hunderttausend anderen großen und kleinen Viechern. Von den Vögeln. Zweihundertfünfzig Arten gab es in der Region. Sie folgte mit den Augen einer dieser Arten, vielleicht war es ein Bussard?, und landete wieder bei den Schrammsteinen. Ein Bergmassiv mit mehreren Kuppen, zugleich schroff und anziehend.

Und da war der Falkenstein, ein frei stehender Koloss aus Sandstein. Dort war Noomi gefunden worden. Sie stellte sich ihre ständig trällernde Zimmernachbarin vor, die irgendwo da oben aufwachte. Auf einem wahnsinnig schmalen Vorsprung. Allein. In der prallen Sonne, ohne Schutz und absturzgefährdet. Wie hatte sie das geschafft? Wie hatte sie Stunde um Stunde dort oben bis zur Rettung ausgehalten? Es schüttelte sie. Die ganze Geschichte passte zwar zu dem Märchengefühl, das dieser Ort hier auslöste – aber in einer Gruselvariante.

Als sie weiter durch den Wald stapfte, wanderten ihre Gedanken von Noomi zurück zu Flix, Lara, sich selbst und zu Ryan. Fünf von sieben Zwergen. Die restlichen zwei, die dieses spezielle Märchen vervollständigten – Gunnar und Jorek – warteten im Camp. Wer wohl Schneewittchen war? Trotz ihrer schlechten Laune musste sie grinsen. Bis ein Zweig sie festhielt. Am Shirt.

Ungelenk versuchte sie freizukommen. Jetzt stell dich nicht so an, dachte sie und riss an dem Zweig. Selbst Rotkäppchen hat es durch den Wald geschafft, und die war viel jünger! Doch der Baum, in dem sie festhing, hielt gegen, sie zog, schüttelte, kämpfte. Mit einem Zweig!

»Nur Totholz!« Joreks Stimme drang aus dem Grünbraun um sie herum. Auch das noch. Ehe sie die Campleiterin orten konnte, kam eine Hand aus dem Nichts hinter ihr und langte ebenfalls nach dem Angreifer.

»Ach scheiße, Jorek«, keuchte sie, als sie endlich frei war. »Das wär definitiv heute mein *Sonnenstrahl* gewesen: Die empowernde Erfahrung, sich aus einem Baum zu befreien!«

»Dafür kriegste die empowernde Erfahrung, wie viel einfacher es geht, wenn man Sachen zu zweit macht«, konterte Flix.

Überrascht fuhr sie herum. »Du?«

»Wer sonst?« Das war wieder Joreks Stimme. Gefolgt von Flix' Lachen. »Eines meiner wenigen Talente, sagt mein Vater. Leute imitieren.«

»Wow.« Sie betrachtete das fedrige Unkraut um sich herum und bemühte sich, ihre Fassung wiederzufinden. Wieder musste sie an Märchen denken: Unkraut wie Feenhaar.

»Und, Olympe?« Wieder Joreks Stimme. »Wie hat sich das angefühlt, Hilfe von Flix anzunehmen? Hat es dein Communitygefühl gestärkt?«

»Mein Communitygefühl?« Olympe lachte, obwohl Flix' Finger genau in der Wunde lag.

Sie bückte sich nach einem kleinen Ast, der direkt neben ihren Füßen lag. Wenn man erst einmal den Blick dafür hatte, entdeckte man überall welche. Sie sammelte und kämpfte gegen die Bitterkeit, die das Wort in ihr ausgelöst hatte.

Niemand aus der *Community* hatte ihr geholfen, sie hatte es allein geschafft. Allein und heimlich. Um dazuzugehören – als Mädchen zwischen lauter Jungs. Um zu beweisen, dass sie genauso gut war wie die anderen Cracks.

Als würde Flix spüren, dass sie noch einen Moment brauchte,

sprach er nicht. Er überließ sie ihren Gedanken und sammelte ebenfalls Holz.

Ja, sie hatte es tatsächlich geschafft! Und sie war besser gewesen als die Jungs. Aber weil ein Erfolg erst dann einer wird, wenn man Anerkennung dafür bekommt, hatte sie es gepostet, öffentlich im Forum. Es wurden Beweise gefordert, und die hatte sie auf den Tisch gelegt.

Und dann hatten sie ihre jüngste Heldin gefeiert!

Für kurze Zeit war sie glücklich gewesen. Weil sie dazugehört hatte, zur *Community.*

Das Glück war verpufft, als einer sie verpfiffen hatte. Innerhalb weniger Minuten waren alle abgetaucht und Olympes virtuelle Welt war zusammengebrochen. Chatverläufe waren verschwunden, ihr Zugang zum Forum wurde gesperrt. Keiner wollte mehr mit ihr in Verbindung gebracht werden. Kurz war sie eine Berühmtheit, sogar die Zeitungen hatten darüber berichtet, aber die *Community* hatte sie ausgestoßen. Seither war und blieb sie allein.

Vor der entgeisterten Marie und dem verständnislosen Stefan: allein.

Bei den Bullen: allein.

Vor der Richterin: allein.

Jetzt, in diesem Wald, an einem Ort, der so weit entfernt von ihrem Computer lag, wie sie es sich niemals hatte vorstellen können, kam ihre Wut wieder hoch. Von hinten, aus dem Nichts, so wie Flix' Arm eben. Wut darüber, dass sie so dumm gewesen war, mit ihrem Erfolg anzugeben. Darauf, dass nicht überall Gemeinschaftsgefühl drin war, wo Gemeinschaft draufstand. Auf den, der sie angezeigt hatte. Aber vor allem: Wut auf sich selbst.

Flix hatte seine Kiepe abgestellt, warf herumliegende Zweige hinein, schaute immer mal zu ihr hinüber, schwieg sie an. Ein freundliches Schweigen.

Sie schluckte, dann begann sie zu reden und hörte selbst, wie unecht ihre Stimme klang.

»Weißte, wenn ich ganz fantastisch auf etwas verzichten kann, ist das die … *Community.*« Sie spuckte das Wort aus. »Die ist es nämlich, die mich reingeritten hat – zumindest laut meiner Tante.«

»Hat sie denn recht?« Flix' Aufmerksamkeit schien völlig bei den Zweigen zu sein.

»Nee. Das hab ich ganz allein geschafft.«

Jetzt hielt er doch inne. »Sorry, aber … geht das vielleicht ein bisschen … konkreter?«

Sie nickte, war aber zu tief in ihre Gefühle verstrickt, um weiterzusprechen.

»Na, wenn's *dir* die Sprache verschlägt, muss es krass gewesen sein.« Er starrte sie erwartungsvoll an, und als nichts kam, schichtete er eine Handvoll Zweige in ihre Kiepe und suchte weiter.

Hatte er sie durchschaut? Konnte dieser Typ, der so aussah, als würde er in der Schulzeitung zum *Menschen, mit dem man auf einer einsamen Insel stranden möchte* gewählt werden, zwischen den Zeilen lesen?

»Alter, was würd ich für eine Fluppe geben!«, seufzte er in ihren Gedanken hinein.

»Kann ich nicht mit dienen. Aber …« Sie wühlte in der Bauchtasche, die sie wegen der Kiepe heute wirklich um die Hüfte trug. »Ich hab ein veganes Kaugummi, hilft das?«

»Veganes Kaugummi?«, echote Flix. »Ist Kaugummi nicht immer …?«

»Nope.«

Flix zuckte mit den Schultern und hielt die Hand auf, ohne eine blöde Bemerkung zu machen, wofür sie ihn noch ein bisschen lieber mochte. Dann kauten sie einträchtig, Brüderchen und Schwesterchen. Ein weiteres Märchen. Ziemlich viele spielten im Wald, fiel ihr auf.

»Warum bist du hier?«, fragte er unvermittelt. »In der Vorstellungsrunde hast du zwar viel erzählt, aber gesagt hast du irgendwie nichts …«

Sie dachte an die Leute im Forum, dachte an ihren Cousin Fabi und sein respektvolles Staunen, als er herausgefunden hatte, was sie getan hatte. Er war der Einzige in der Familie, der begriffen hatte, was ihr da gelungen war. Wie viele Nächte sie sich um die Ohren hatte schlagen müssen, wie viel Wissen aneignen, um die ganzen Sicherheitssysteme zu umgehen, und wie viele falsche Fährten sie schließlich gelegt hatte, um ihre Spuren zu verwischen. Niemand hätte sie je überführt, niemand! Wenn dieser neidische Idiot sie nicht …

»Olympe?« Sie schrak auf. Flix' Hand lag auf ihrem Unterarm, ganz unaufgeregt.

Okay, dachte sie. »Du mir, ich dir?«

»Du mir … was?«

Er mochte gut im Gefühle-Erspüren sein, seine Endgeschwindigkeit war allerdings ausbaufähig. »Ich erzähl es dir, wenn du mir erzählst, warum du selber hier bist.«

»Ach so!« Er lachte auf, zog die Hand zurück, schaute in den Wald, auf seine Schuhe, kaute energischer auf dem Kaugummi. Seine Kiefermuskeln spannten sich an und fast bereute sie ihren Vorschlag, als er aufblickte, direkt in ihre Augen. Sie hielt die Luft an.

Sie hatte seine Augen schon ein paar Mal gesehen, aber nie aus dieser Nähe. Sie waren genauso schön wie der ganze Typ, wasserblau, man konnte darin ertrinken. Olympe sah als Erste weg.

»Deal«, entschied er. »Du zuerst.«

»Ich …« Sag es, sag es, sag es! »… hab die Bundesbank gehackt.«

Die Stille war greifbar. Dann drangen die Waldgeräusche nach und nach wieder durch und sie spürte die blättergefilterte Sonne als Lichtpunkte auf ihrem Gesicht. Sie schob die Brille höher und wartete auf eine Reaktion.

»Nicht dein Ernst!«

»Is' aber so.«

»Du hast eine Bank ausgeraubt?«

»Nicht *eine* Bank. Die Bundesbank. Und: Quatsch! Ich hab sie gehackt! Das ist was ganz anderes.«

»Du hast sie *nicht* ausgeraubt?«

Ganz offensichtlich hatte sie Flix' Auffassungsgabe überschätzt.

»Sag ich doch.«

»Aber wozu hast du dann …?«

»Weil ich es konnte!«

»Weil du es …?«

Herrje.

»Mensch, Flix, ist doch klar, wozu: Um den anderen zu beweisen, dass ich es kann. Obwohl ich ein Mädchen bin. Die ach so hochgelobte *Community* …« Sie zeichnete Gänsefüßchen in die Luft, »… besteht fast nur aus Typen. Als Mädchen wirst du nicht ernst genommen. Schon gar nicht, wenn du erst fünfzehn bist. Also hab ich mir was ausgedacht. Hat mich Monate gekostet, aber ich hab's geschafft.«

Täuschte sie sich oder hatte sich Flix' Haltung verändert? Lag da Hochachtung drin? Oder … Zweifel? Wohl eher Zweifel. Wahrscheinlich glaubte er an das Prinzip Sicherheit und konnte mit dem Internet nicht mehr anfangen, als sich bei Insta einloggen, um im Stundentakt Fotos von sich zu posten.

Sie stand auf und klopfte sich den Dreck vom Hintern.

»Was soll's. Sie haben's mir nicht geglaubt, genauso wenig wie du. Also hab ich's bewiesen. Und willst du wissen, warum? Weil ich bescheuert bin, eitel und stolz und …« Sie brach ab und scharrte mit den Füßen im Waldboden herum. »Jedenfalls … Sobald sie es schwarz auf weiß hatten, hat mich einer von diesen Deppen verpetzt. Aus Neid. Der Klassiker.«

Flix pfiff. »Was für ein Loser.«

»Allerdings.« Es gelang ihr nicht, die Überraschung über sein Verständnis zu verbergen. Er grinste.

»Die Bundesbank hacken ist zwar idiotisch«, sagte er, »aber es zu tun und nichts zu klauen – das ist groß. Und damit anzugeben … Ja, ist blöd, aber ich kann dir garantieren, dass ich genauso blöd gewesen wär. Gewesen bin.«

»Echt? Du?«

»Vielleicht sogar noch blöder.« Er hievte seine Kiepe wieder auf den Rücken. »Komm, hier ist alles abgesammelt, wir müssen weiter. Ich erzähl's dir unterwegs.«

Sie ließ den Blick noch einmal über den Boden schweifen und stutzte. Stellte die Kiepe ab, ging in die Knie. Sie hob etwas auf und begann zu lachen.

»Das ist wohl der Lohn fürs Nixklauen«, prustete sie und

streckte Flix die Zwei-Euro-Münze entgegen. »Der Wald schenkt mir Kohle.«

Er betrachtete ungläubig das Geldstück, scannte den Boden und feixte: »Krass, da ist noch was.« Ein Schritt und er hob ebenfalls eine Münze auf. »Los, wir sollten uns mal intensiver umsehen, Olympe. Vielleicht liegt hier noch mehr. Womöglich ist das ein Geldbaum!«

»Wie bei Aschenputtel«, murmelte sie.

»Hä?«

»Bäumchen, rüttel dich und schüttel dich, wirf Gold und Silber über mich.« Wieso hatte sie es die ganze Zeit mit Märchen?

Flix hatte offensichtlich keine Märchen zum Einschlafen vorgelesen bekommen – er zog die Brauen hoch. Dann richtete er seine Aufmerksamkeit wieder auf den Boden. »Nee, das glaub ich jetzt nicht!«, rief er und deutete auf eine Stelle weiter vorn. Etwas glitzerte. Ein Schritt und er hob noch eine Münze auf. Musterte den Boden, griff wieder zu und drehte sich zu ihr um. Zwischen seinen Fingern funkelte eine vierte Münze. »Sieht aus, als hätte jemand eine Spur gelegt!«

Jetzt auch noch Hänsel und Gretel?, dachte sie, sah sich um und …

»Schau mal!«

Sie deutete auf ein Gebüsch. »Das sieht aus, als hätte jemand das absichtlich dahindrapiert. Was ist das?« Sie pflückte das Teil aus den Zweigen. Ein Lederband und ein Anhänger. Der Anhänger war eine Scheibe aus Silber oder nein, dachte sie, keine Scheibe, das war … Sie drückte auf einen winzigen silbernen Knopf an der Seite und die Scheibe sprang auf wie ein Büchlein. Im Inneren klebten zwei Fotos. Sie zeigten ein kleines Mädchen, höchstens fünf Jahre alt.

»Das ist ein Medaillon«, flüsterte sie.

»Moment.« Flix trat neben sie. »Hat Ryan nicht gesagt, dass …«

Da zerriss ein Schrei ihre Waldidylle.

Flix

Den Schreien nach, immer den Schreien nach. Sie klangen nach blankem Horror, klangen nach Diana, seiner Stiefmutter, nachts, aber sie waren, im Gegensatz zu ihren, nicht unterdrückt.

Er rannte durch herabhängendes Grün und im Zickzack um Bäume herum, die Kiepe hüpfte auf seinem Rücken, schlug gegen die Wirbelsäule, aber er spürte sie nicht, er knickte um, fing sich ab, rannte weiter, hörte Olympe hinter sich keuchen, sie jagten in Richtung der Schreie, die leiser wurden, je näher sie kamen, bis sie nur noch einem Wimmern folgten.

Und dann, endlich, waren sie da.

Er stoppte, ohne abzubremsen, Olympe raste fast in ihn hinein und er hielt sie fest, bevor sie fallen konnte. Beide starrten auf dieselbe Szene.

Zwischen drei großen Eichen lag Lara. Seitlich zusammengerollt. Ihr Kopf ruhte in Ryans Schoß und über ihrem Gesicht lag Ryans T-Shirt, der ihren Arm streichelte und auf sie einzuflüstern schien. Wie er da auf dem Waldboden saß, mit diesem schmalen, nackten Oberkörper, wirkte er seltsam erwachsen.

Das Bild strahlte nichts von der Panik aus, die in den Schreien gelegen hatte, doch Flix' Blick glitt über die Umgebung, über jeden Mooshügel, Strauch und abgebrochenen Stamm, und schließlich hob er den Kopf und suchte zwischen den Bäumen die Sandsteinnadeln und Felsriffe, die in der Ferne aufragten.

Vögel kreisten darum. Alles war friedlich. Ein Falter landete auf seinem Arm.

Einen Moment lang hörte er nichts außer Ryans Geflüster, es wirkte magisch, wie ein Ritual, eine Beschwörung. Dann stürzte, aus dem Nichts, Noomi auf die Lichtung.

Und Lara begann wieder zu kreischen.

Ryan brauchte eine Ewigkeit, um Lara erneut ruhigzuflüstern.

Während Noomi, Olympe und er selbst reglos abwarteten, stieß sein Körper einen so heftigen Mix an Botenstoffen aus, dass er schwankte. Es hatte eine Zeit gegeben, da hatte er dieses Gefühl des Überschwemmtwerdens gemocht, sogar gesucht, aber das schien in einem anderen Leben gewesen zu sein. Gerade fühlte sich nichts daran gut an. Unsicher ließ er sich neben Ryan und Lara auf den Boden sinken.

»Was ist passiert?« Olympe hatte sich auf ihre Kiepe gesetzt und an eine der drei Eichen gelehnt.

»Ein Schock, glaub ich.« Ryan klang beherrscht, als kauerte er nicht halb nackt mitten im Wald, den Kopf einer ihrer Betreuerinnen im Schoß. »Oder eine Panikattacke. Wer weiß das schon.«

Wer weiß das schon?

Die Billardkugeln in Flix' Hirn schossen in alle Richtungen. Seit wann redete Ryan wie ein buddhistischer Mönch, während er in Wahrheit ein spilleriger vierzehnjähriger Pyjamaträger war, der sich mit Rosenlotion einrieb, ständig schreckhaft zusammenzuckte und in den unpassendsten Momenten umfiel?

»Das mein ich nicht«, präzisierte Olympe. »Vorher natürlich! Also: Bevor sie durchgedreht ist. Was ist da passiert?«

Ihr analytischer Verstand war ihnen offensichtlich schon wieder einen Schritt voraus.

»Keine Ahnung«, antwortete Ryan. »Als ich kam …« Er sah sie nacheinander an und die ganze Zeit hörte er nicht auf, Laras Arm zu streicheln, wie eine Meditation. »Als ich kam, ist sie wie verrückt im Kreis gerannt. Und sie hat die ganze Zeit *Lass mich in Ruhe!* gebrüllt.«

»Lass mich in Ruhe? – War jemand bei ihr?«, erkundigte er sich beunruhigt.

»Gesehen hab ich niemanden. Nach dem Rennen und Schreien hat sie versucht, sich im Boden einzugraben, also eher unter den Brombeeren …« Ryan deutete auf einen Haufen Gestrüpp, ein paar Meter von dem Eichendreieck entfernt. »Ich musste sie da erst rausziehen.«

»Sie hat versucht, sich dort einzugraben?« Noomi betrachtete die Hecken.

»Sag ich doch.«

»Und du hast ihr dein T-Shirt über den Kopf gelegt?«

Ryan nickte.

»Warum?«, fragte Flix.

»Meistens funktioniert es.«

Meistens? Er beäugte seinen stillen Mitbewohner kritisch.

»Meistens?«, schaltete sich Olympe wieder ein. »Was soll das heißen, meistens? Kennst du Lara etwa schon länger? Hat sie das öfter?«

»Was? Ich … Nein!« Überrascht hörte Ryan auf, sie zu streicheln. »Nein, doch nicht bei Lara. Ich kenn das von …« Er unterbrach sich. »Also bei Vögeln macht man das und bei Katzen auch. Man nimmt ihnen die Sicht, dann beruhigen sie sich.«

Flix hörte die Fragezeichen, die durch die Luft sausten, weil alle wussten, dass das nicht war, was Ryan *eigentlich* hatte sagen wollen, aber ehe einer von ihnen nachhaken konnte, wiederholte Ryan den Satz, leiser jetzt. »Meistens funktioniert es.«

Es dauerte noch eine ganze Weile, bis Lara sich das T-Shirt vom Kopf zog. Lange Strähnen hatten sich aus ihrem Zopf gelöst, ihre Haare waren schweißnass und klebten ihr an der Stirn. Sie wirkte krank.

Als sie begriff, wer um sie herum versammelt war, sprang sie auf die Füße. Taumelte. Taumelte wie sein Vater, wenn er getrunken hatte, und suchte Halt an dem Erstbesten, was Sicherheit versprach: seiner Schulter. Instinktiv griff er, immer noch am Boden sitzend, nach ihrem Ellbogen, um sie abzustützen.

»Alles gut«, murmelte er. »Mach langsam.« Er stand auch auf, ohne sie loszulassen, was ein kleines Kunststück war, und als er ihr Zittern spürte, wusste er, wie sie sich fühlte. Er wusste es so gut, dass er ihr fast den Rücken gestreichelt hätte. Aber dann fiel ihm, gerade noch rechtzeitig, ihr großkotziges Getue wieder ein. Und ihre Drohung.

Juliane. Sie hatte seine Juliane bedroht!

Da ließ er Lara so abrupt los, dass sie das Gleichgewicht verlor. Sie fing sich ab und blieb einen Moment vornübergebeugt stehen, dann richtete sie sich auf, gefasster, löste das Gummi aus den wirren Haaren und band sie wieder zum Zopf.

»Danke«, sagte sie schließlich zu Ryan. »Wenn du nicht gekommen wärst, hätte der mich bestimmt …« Sie verstummte und schaute ängstlich in den Wald, dann zum Himmel.

»Der?«, hakte Olympe nach. »Wer *der*? Was ist passiert?«

»Sie hat –«, begann Ryan, doch Lara winkte wütend ab und Ryan verstummte.

»Jetzt sag schon!«, bohrte Olympe. »Wenn es hier irgendwelche Verrückten gibt, sollten wir das wissen, oder nicht?«

»Ein Vogel«, erklärte Ryan leise.

»Wie jetzt?« Flix war verwirrt. »Ein Vogel hat Lara angegriffen? Schon wieder?«

Lara räusperte sich und verschränkte die Arme vor der Brust. Er hätte fast gelacht, weil sie so krampfhaft versuchte, keine von ihnen zu sein, sondern eine Respektsperson. Zum ersten Mal ahnte er, dass ihre Arroganz ein Schutz sein könnte, dass ihr Gepose vielleicht nur dazu diente, den Abstand zu wahren, weil sie schließlich nicht rumkumpeln durfte. Er wollte etwas sagen, doch seine Augen juckten plötzlich, als hätte er Staub reinbekommen. Er blinzelte, dann rieb er, aber es wurde nicht besser.

»Lara, dein Arm blutet …« Noomis Stimme lenkte ihn von seinen Augen ab. Blut? Er trat einen Schritt auf Lara zu, aber die legte die Arme schützend an ihre Brust und presste die Lippen aufeinander.

»Na ja, sie ist in die stacheligen Brombeeren reingekrochen«, erwiderte Ryan, der jetzt, da Lara wieder auf ihren eigenen Füßen stand, seine Sicherheit verlor und sich in sein unsichtbares Selbst zurückzuziehen schien.

Lara zog mit einem zischenden Geräusch die Ärmel ihres hellblauen Shirts über die Ellenbogen nach unten. Flix kannte das Geräusch. Es bedeutete Schmerz. Auf ihrem Langarmshirt, dort, wo sie die Arme eben noch gegen ihren Oberkörper gepresst hatte, prangten Blutflecken.

Er vergaß das Brennen in seinen Augen und starrte erschrocken auf die Ärmel, auf denen sich langsam dunkle Spuren ausbreiteten, von den Handgelenken bis hoch zu den Armbeugen. Blutige Linien.

Lara marschierte voraus und zurück ins Camp. Ihr Schweigen: ein Stoppschild. Sie liefen ihr, ebenfalls schweigend, hinterher, stellten schließlich die Kiepen neben der Werkstatt ab.

Als Lara keine Anstalten machte, ihnen weitere Anweisungen zu geben, begannen sie von selbst, die Äste und Zweige unter dem Unterstand aufzuschichten.

Was, sinnierte er, wenn die Sache mit Lara eben nur eine Inszenierung gewesen war? Teil des großen Ganzen, des Experiments … Unauffällig checkte er, ob unter dem Dach der Werkstatt Kameras angebracht waren. Oder drüben, am Giebel des Haupthauses. Auf Gunnars und Laras Veranda, mit Blick auf Feuerstelle und Baumstumpfgruppe. Er konnte keine ausmachen, aber das sagte gar nichts. Die Dinger waren mittlerweile winzig, die könnten sie sogar in Astlöchern verstecken. Der Wald – eine einzige Big-Brother-Kulisse! Vielleicht konnte man sie orten … Wenn Olympe wirklich so ein Computercrack war (die Bundesbank – das musste man sich mal vorstellen!), dann müsste das für sie doch ein Kinderspiel sein.

Sie waren viel früher zurück als geplant. Es waren gerade mal zwei der angekündigten vier Stunden vergangen und von Gunnar und Jorek war nichts zu sehen. Der Haufen Brennholz wurde immer größer. Möglicherweise waren sie einkaufen. Oder, spann er weiter, sie denken sich gerade eine neue Challenge für ihr Experiment aus.

Level 1: Diebstähle, Beschuldigungen. Level 2: Eine Betreuerin, die vorgibt, im Wald von einem Tier überfallen worden zu sein. Lara hatte verdammt gut gespielt. Das Zittern, ihr Schwitzen, die Panik. Was würde Level 3 sein?

Und was war das Ziel? Wollten die sie mürbe machen und etwas über Urängste herausfinden? Ein Wald, eine Handvoll Menschen, Hütten, die immer offen waren, sie alle: ungeschützt, ausgeliefert, aggressive Tiere …

Er kniff die brennenden Augen zusammen. Verdammt, was war los mit denen? Sie fühlten sich trocken an, gereizt. Als er sie wieder öffnete, war seine Sicht verschleiert. Er blinzelte und hatte das irritierende Gefühl, Sand riebe über seine Augäpfel.

Wenn das mit Lara wirklich Teil des Experiments war, wenn sie ihnen alles vorgespielt hatte, um psychischen Druck auszuüben, warum dann ausgerechnet ein Vogel? Warum hatte sie nicht behauptet, dass es ein Wolf gewesen war? Der Wolf gehörte zu den Urängsten des Menschen, er war Teil von Bösenachtgeschichten, alle Kinder hatten Angst vorm Wolf – und Erwachsene auch. Ein Vogel hingegen war … harmlos.

Im Gegensatz dazu: die Wunden. Das Blut war echt gewesen … Irgendwie passte das alles nicht zusammen!

Was, wenn … Seine Gedanken gerieten ins Stocken, um dann die Richtung zu ändern. Was, wenn dieser Angriff kein Teil des Experiments war? Wenn Lara die Wahrheit gesagt hatte?

»Und jetzt?«

Es war Olympe, die seine Gedanken unterbrach und damit das lange Schweigen. Sie hatte Lara direkt angesprochen. Deren Blick flatterte, bis sie schließlich Worte fand. »Ihr habt frei, denk ich.«

Olympe und er tauschten einen Blick, der Richtung Mädchenhütte ging und *Smartwatch* bedeutete, und sein Herz übersprang einen Schlag, weil er an Juliane dachte, die er gleich, vielleicht, würde kontaktieren können. Dann schob sich das Bild von Diana, seiner Stiefmutter, in seinen Kopf, ihre unterdrückten Schreie, ihr Blut, das Toben seines Vaters, und er seufzte. Leider waren sie hier noch nicht fertig.

»Erst verarzten wir dich, Lara.« Er versuchte, die sanfte Bestimmtheit in seine Stimme zu legen, die zu Hause immer half.

»Ich hol das Verbandszeug!« Noomi verschwand Richtung Gunnars und Laras Hütte, an deren Außenwand der Kasten mit Erste-Hilfe-Kram angebracht war. Alles darin, außer einer Schere, das hatte er schon am ersten Tag gecheckt. Aber gut, wozu hatte er Zähne. Er nahm Lara sachte am Ellenbogen und führte sie zu den Baumstümpfen, wo sie sich willig auf einen setzte. Olympe und Ryan ließen sich auf zwei andere nieder. Sie warteten auf Noomi, die einen Haken zum Haupthaus schlug und dann zurückgespurtet kam, Verbandszeug und eine Flasche Wasser in den Händen. Sie drückte Lara die Flasche in die Hand. Die trank gierig, und als sie fertig war, befahl Flix: »Ärmel hoch.«

Lara zauderte, dann schob sie, erneut mit diesem Geräusch, mit dem sie Luft durch die Zähne einsog, die Ärmel nach oben.

Die Wunden, die an dem Baumwollstoff festgeklebt waren, rissen sofort wieder auf. Blut rann den Arm herunter und tropfte auf Laras Jeans. »Shit«, fluchte sie durch zusammengebissene Zähne.

Flix' Theorie vom Sozialexperiment wankte weiter. Ihm fiel nichts ein, das wichtig genug wäre, einem anderen Menschen zu Forschungszwecken solche Wunden zuzufügen. Sie waren doch keine Tiere, Herrgott!

»Willst du oder soll ich?« Noomi hatte auf dem Nebenbaumstumpf den Verbandskasten aufgeklappt und stand mit

Desinfektionszeug in der einen und einer Kompresse in der anderen Hand da.

»Ich mach das schon.« Er griff nach Laras Arm und ging neben ihr in die Hocke. »Kenne mich da aus.« Sogar mehr als mir lieb ist, fügte er im Stillen hinzu. Erneut begutachtete er Laras Wunden.

»Desinfektionsspray«, befahl er mit seiner besten J.-D.-Dorian-Stimme. Noomi kannte *Scrubs* offensichtlich nicht, aber – er checkte es mit einem kurzen Blick – Olympes Mundwinkel zuckten nach oben. Es gefiel ihm, sie zum Lachen zu bringen.

Er konzentrierte sich wieder auf Laras Arm. Sprühte das Desinfektionsmittel darauf, sie wimmerte leise, dann tupfte er vorsichtig mit einer Kompresse das angetrocknete Blut ab.

Noomi, die hinter ihm stand, schnappte nach Luft. Auch er starrte ungläubig auf Laras Arm. Die Ritzer waren so tief, dass das Blut die Wunden sofort wieder füllte.

Das hier konnte kein Experiment sein! Das war kein Kunstblut, keine oberflächliche Wunde, kein So-tun-als-ob. Das war echt.

Lara hatte nicht gelogen. Sie spielte das nicht, um ihnen Angst einzujagen, die auf Kameras aufgezeichnet werden konnte. Ihr Schmerz war echt, also war es auch ihre Panik gewesen.

Er untersuchte die tiefen Schnitte genauer. »Das sieht … merkwürdig aus. Kommt das wirklich von den Brombeerranken?«

Als Lara weder bejahte noch verneinte, sondern lediglich die Zähne in die Unterlippe grub, nahm er Noomi eine weitere Kompresse ab und drückte sie sanft auf die Wunden.

Lara zog scharf die Luft ein und schien eine Entscheidung zu treffen. Ohne sich zu bedanken, nahm sie ihm das Spray ab und Noomi die Bandage und schwankte zu ihrer Hütte.

X

Sie haben die Spur gefunden.
 Wie klug sind sie?
 Werden sie ihr folgen?

7. KAPITEL

Die Spur

Olympe

»Was war das denn bitte?«

Sie glotzten Lara hinterher, alle. Erst als die in ihrer Hütte verschwunden war und die Tür hinter sich zugezogen hatte, meinte Flix mit gesenkter Stimme: »Habt ihr das gesehen, verdammte Scheiße?«

»Die Kratzer?«, fragte sie.

»Kratzer? So kann man es auch nennen, klar.« Flix schnaubte. »Das waren keine Kratzer, das waren Schnitte.«

Schnitte? ... Ja doch! Etwas daran war tatsächlich sonderbar gewesen. So ... akkurat.

»Glaubt ihr, sie ritzt?«, fragte sie, einer plötzlichen Eingebung folgend.

Noomi schrak auf. »Ritzen? Lara?«

»Nie im Leben!« Um Flix herum breitete sich plötzlich eine Anspannung aus, deren Ursprung Olympe nicht einordnen konnte. Sie war so intensiv, dass sich die Luft zu verdichten schien. »Lara ritzt nicht.«

»Was macht dich so sicher?«, schnappte sie. »Dass sie immer so cool tut? Weil Leute, die ritzen, schwache, labile Personen sein müssen oder was? – So was sieht man einem Menschen doch nicht an.«

»Sie hatte keine alten Narben«, bügelte er ihren Ausbruch ab. »Ich hab's gesehen, als ich ihren Arm verbunden hab. Da waren nur die frischen Wunden.« Nach einer kurzen Pause fügte er hinzu: »Wenn das zu dem Experiment dazugehören würde, das wär doch … unmenschlich, findet ihr nicht? Ich kann mir nicht vorstellen, dass sie so weit gehen würden.« Er zögerte. Warum zögerte er? Und warum schien sein Gesicht unter der Sonnenbräune grau zu werden?

Sie spürte, dass da noch mehr war. Etwas, was er *nicht* sagte. »Außerdem«, fuhr er fort, »war Lara total verstört vorhin im Wald. Ihr habt es doch auch gemerkt: Sie hatte echt Angst.«

»Na ja, kein Wunder. Sie wurde von einem irren Vogel angegriffen.« Der Punkt ging an Ryan.

»Ich nehm ihr diese Vogelnummer nicht ab. Aber die Panik, die schon. So was kann man nicht spielen, oder?«

Ryan schüttelte den Kopf, genau wie Noomi. Sie selbst war sich allerdings nicht so sicher. Irgendwas an Laras Verhalten kam ihr falsch vor. Vielleicht ja *weil* sie spielte?

»Okay, wir sind uns also einig: Die Panik war echt«, fasste Flix zusammen. »Allerdings ging's dabei nicht um den Vogel, sondern um etwas, worüber sie nicht reden will.«

Ungeduldig schnippte sie mit den Fingern. »Komm zum Punkt, Flix! – Dass Lara was verschweigt, wissen wir. Nur was?«

Das Grau in Flix' Gesicht vertiefte sich. »Na ja – die Wunden an ihrem Arm waren präzise, sie waren tief und gerade. Und, noch ein Argument gegen deine Ritztheorie …« Flix blickte ihr ins Gesicht. »… sie waren auf ihrem rechten Arm. Lara ist aber Rechtshänderin. So präzise Linien könnte sie mit rechts nur in den linken Arm schneiden.« Das war allerdings ein gutes Argument, räumte sie im Stillen ein.

Flix ließ die Information einen Moment wirken, bevor er weitersprach: »Keine Selbstverletzung, keine Brombeeren. Versteht ihr?«

»Nein.« Noomi klang ratlos.

Olympe allerdings dämmerte etwas und unwillkürlich fröstelte sie. »Es war jemand anderes.«

Noomi zog die Schultern hoch. »O Scheiße, jetzt macht ihr mir echt Angst.«

Ryan murmelte, halb zu sich selbst, halb an Noomi gewandt: »Mir auch. Aber … Da könnte was dran sein.«

»Ja? Und? Was denn?«, pushte Olympe. »Spuck's aus, Ryan!«

Er hob die Hand und kratzte sich an der Wange. So langsam und selbstvergessen, dass sie ihn am liebsten geschüttelt hätte. »Da draußen …« Seine Stimme gewann an Festigkeit. »Da draußen ist jemand.« Er machte mit dem Kinn eine Bewegung Richtung Wald. »Jemand, der lauert.«

»Was?«, entfuhr es ihr. »Hast du irgendwas gesehen? Wieso sagst du das erst jetzt?« Als sie sein erschrockenes Gesicht bemerkte, zügelte sie ihren Ton. »Wie kommst du überhaupt darauf?

»Ich … ich hab so ein Gefühl …« Er kratzte wieder.

Ihre Aufmerksamkeit sackte in sich zusammen wie ein Soufflé, das zu früh aus dem Ofen gezogen wird. Na toll! Er hatte *so ein Gefühl.* Ein Gefühl nützte nichts! Was sie brauchten, waren Gewissheiten.

»Und wer soll das bitte sein? – Der Voldemort der Sächsischen Schweiz oder was? Sich von *Gefühlen* leiten zu lassen, ist … na ja … nicht gut. Es trübt den Blick.«

In diesem Moment zog ein Schatten über sie hinweg. Erschrocken fuhren sie zusammen, alle zugleich, als hätte die Anspannung sie miteinander verwoben. Der Raubvogel glitt über sie hinweg. Er schwang sich nicht in den Himmel empor, sondern flog zwischen den Bäumen hindurch und verschwand lautlos im dunkleren Teil des Waldes.

Als der Schreck nachließ, kam das Zittern.

Sie kannte das Zittern und wollte es nicht. Nicht hier, nicht jetzt!

Sie schloss die Augen und atmete ruhig und gleichmäßig, wie Marie es ihr gezeigt hatte, aber es war zu spät. Manchmal konnte sie es nicht verhindern. Dann trat der Tod mitten im Sonnenschein auf sie zu und klopfte mit den Fingernägeln an ihre Schläfe. *Tock, tock, tock. Olympe? Jemand zu Hause?*

Vor ihrem inneren Auge blühten die Schnitte auf Laras Armen auf, wurden tiefer, bis das Blut nicht nur aus ihnen tropfte, sondern sprudelte, überall Blut, Unmengen von Blut, ein Wasserfall aus Blut … das nicht Laras war, nicht Laras … sondern das ihrer Eltern … Sie war wieder sechs und alle außer ihr waren tot … *Tock, tock, tock …*

Das Zittern schien nicht mehr von innen herauszukommen, sondern von außen. Kein Zittern, ein Rütteln, ein Schütteln! Ein fester Griff um ihre Schulter. Sie stand. Warum stand sie? Jemand riss ihr etwas aus der Hand. Das Rütteln tat weh.

Eine Stimme. Flix.

»Ryan«, rief er. »Hey, verdammt, lass das!«

Das Rütteln intensivierte sich.

Dann Noomi, mehrmals hintereinander. »Hör auf mit dem Scheiß, es reicht! Es reicht!«

»Lasst mich! Sie hat es gestohlen!«

Ryans Gesicht, das sich vor den Blutwasserfall schob.

»Woher hast du das?«, formte sein Mund.

Was meinte er denn? Sie versuchte, sich ins Hier und Jetzt zurückzukämpfen.

Sein Gesicht blieb, wo es war, verdeckte den Blutwasserfall. Dabei schüttelte er sie so fest, dass sie hin und her schlackerte. Was für eine Kraft er hatte. Sie wehrte sich nicht. Die Erinnerung verebbte, der Blutwasserfall lichtete sich, das *Tock, tock, tock* verstummte. Der Tod zog seine Nägel zurück und verschmolz mit den Baumschatten.

»Ryan, verdammt!«, brüllte Flix.

Der Druck um ihre Schulter löste sich. Ryans Gesicht verschwand und sie kehrte zurück, sah, wie die Jungs miteinander rangen und wie Ryan, der schmächtige Ryan, schließlich Flix zur Seite stieß und sich erneut in ihr Blickfeld schob.

Dicht.

Sehr dicht.

»Woher. Hast. Du. Das?«

Er schwenkte etwas vor ihrem Gesicht hin und her. Das Medaillon. Sie hatte es in der Tasche gehabt, eben noch, als die Schnitte ... die blutigen Schnitte ...

Bevor sie wieder in dem Bild hängen bleiben konnte, packte Ryan sie erneut an der Schulter: »Das ist meins. Meins!«

Er atmete schwer, dann ließ er sie abrupt los. Hob die Hände zum Gesicht, begann zu kratzen, verzweifelt, wild, als wollte er sich die Haut abziehen. Olympe wich zurück, stolperte, doch Noomi war zur Stelle und fing sie auf, wie bei dem Vertrauensspiel, aber diesmal fing sie real, hielt sie real.

»Ryan«, summte Noomi mit einer Stimme, mit der man auch tollwütige Bären bändigen konnte. »Dreh nicht durch.«

Ryan ließ von seinem Gesicht ab, das jetzt rote Streifen hatte, streckte den beiden das Medaillon entgegen, flehend fast. Er hielt es umklammert wie etwas unglaublich Kostbares, das er mit seinem Leben verteidigen würde. Sie musste an die Fotos darin denken, an das Mädchen. Endlich schüttelte sie die letzten Reste der Erinnerung ab, die Blutströme.

»Ich hab's nicht gestohlen«, flüsterte sie. »Frag Flix. Wir haben es gefunden.«

Ryans Körper schien zu pulsieren, pure Energie.

»Sie hat recht, Ryan«, bestätigte Flix. »Es lag im Wald.«

Ryan streifte sich die Kette mit dem Medaillon über den Kopf und ließ sie unter sein T-Shirt gleiten.

»Es lag im Wald?«, wiederholte er. Seine Stimme klang voller jetzt, fester – und schien zugleich vor Nervosität zu flirren.

»Eigentlich hing es eher«, antwortete Flix. »Gelegen haben … andere Sachen.«

»Wie, es hing?« Noomi ließ sie unvermittelt los. »Wovon redest du? Warum erzählt ihr das erst jetzt? Das ist doch wichtig!«

»Wann hätten wir denn bitte …?«

Flix wurde von Ryan unterbrochen: »Wo?«

»Ein Stück von der Stelle entfernt, an der du Lara gefunden hast«, erwiderte Olympe leise. »Und da liegt noch mehr.«

Ryan stand auf. »Bringt mich hin.«

»Du willst noch mal dorthin?« Noomis Gesichtsfarbe verblich um ein paar Nuancen. »In den Wald? Obwohl da vielleicht ein Irrer …?«

»Ich will nicht«, berichtigte Ryan sie. »Ich muss.«

»Damit eins klar ist: Wir bleiben zusammen«, befahl Noomi ungewohnt scharf, als sie den Waldrand erreicht hatten. »Keiner geht einzeln irgendwohin!« Offensichtlich hatte sie aus dem Angstmodus in den Machermodus umgeschaltet. Einen *leicht* übertriebenen Machermodus. Sie hob einen dicken Ast auf und wog ihn in der Hand wie einen Knüppel.

»Yes, Mam«, murmelte Olympe.

»Was hat da noch gelegen, im Wald?«, fragte Ryan nach einer Weile. »Bei meinem Medaillon?«

Im Laufen wühlte sie in ihrer Bauchtasche, zog die Hand wieder hervor und streckte Ryan und Noomi die geöffnete Handfläche hin.

»Geld?« Noomi, die mit dem Knüppel in der Hand wie eine Märchenfigur wirkte, die sie gerade nicht zuordnen konnte, klang enttäuscht. »Echt jetzt?«

Ryan kratzte sich schweigend. Sollte sie ihm eine ihrer Allergietabletten anbieten? Vielleicht reagierte er auf irgendwelche Baumpollen.

»Ja Geld.« Sie warf die Münzen wieder in die Tasche und zog den Reißverschluss zu. Sie brauchte ihre Hände. Mit der rechten schlug sie eine Mücke von ihrem Oberarm, mit der linken kämpfte sie gegen ein Gestrüpp. »Aber als wir auch noch das Medaillon gefunden haben, waren Flix und ich uns sicher, dass das nicht *irgendwelche* Münzen sind.«

Noomi schaltete sofort. »Nicht dein Ernst! Ihr glaubt, es sind …«

»… Gunnars Münzen. Ja«, übernahm Flix.

»Und das ist, wie gesagt, nicht alles.« Sie pflückte sich ein paar Kletten vom Shirt. »Ihr müsst sehen, *wie* sie daliegen.«

Während er sich durch den Wald schlug, kam er sich wie der Alpha eines Survivalcamps vor, jemand, der den Gewalten der Natur ausgesetzt war und eine ganze Truppe anführte. Eine Truppe, die er beschützen musste vor einem Wahnsinnigen, der Lara aufgelauert hatte, hier draußen, in der Wild…

Olympe überholte ihn mitten in dem Gedanken und lief plötzlich als Erste.

Hey, Moment, war nicht er der Anführer?

Was soll's!, rief er sich zur Ordnung. Es gibt eben auch Alpha-Girls. Und überhaupt ein ganzes Alpha-bet. Und es gab Ryan, der ihn jetzt ebenfalls überholte und zu Olympe aufschloss. Er selbst ließ sich zurückfallen und lief neben Noomi her.

»Sag mal«, begann sie. »Du warst ganz schön cool – wegen Laras Verletzungen. Kommst du aus einer Arztfamilie?«

»Ich …? Nein!«

»Echt? Ich hätte drauf gewettet, weil, wie du Lara verarztet hast … das sah professionell aus. Als würdest du so was öfter machen.«

»Professio…?« Er spürte, wie er seine künstliche Stimme bekam, dann glitt das Schweigen um ihn herum, glänzend und undurchdringlich, seine Rüstung.

Noomi ließ die Stille zu und so liefen sie beide eine Weile hinter Olympe und Ryan. Gerade als er erzählen wollte, dass sein Vater Anwalt war, Rechtsanwalt, um genau zu sein, mit eigener Kanzlei, kam Noomi ihm zuvor: »Wahrscheinlich willst du selbst Arzt werden, nicht?«

»Arzt«, murmelte er. Sein Lächeln tat weh, so eisern war es. Wenn das sein Vater hören könnte. Sein fauler, enttäuschender

Sohn … Arzt. Dabei hatte er das, was er so routiniert beherrschte, ironischerweise ausgerechnet ihm zu verdanken. Verdanken in Anführungszeichen, höhnte er innerlich. Er rieb sich die Augen. Sie juckten wieder stärker. Er hatte das Gefühl, die Lider würden am Augapfel kleben. Als würde er von innen austrocknen. Was für ein bekloppter Gedanke.

Er blinzelte, bis seine Sicht wieder klar war. »Sorry, Noomi, aber du solltest auf keinen Fall über eine Karriere als Wahrsagerin nachdenken.«

Noomi erwiderte nichts, stattdessen schwang sie den Stock, mit dem sie schon die ganze Zeit rummachte, wie eine Keule über ihrem Kopf, ließ ihn dann wieder sinken und lächelte ihn an. Was war das denn bitte? Eine Antwort? Beinahe hätte er gelacht. Trotzdem schlug die sinnlose und komplett bescheuerte Geste ein Loch in seine Rüstung. Juliane beschwor ihn immer: »Du musst reden, Flix!« Weil das seinem Vater die Macht nehmen würde.

»In einem hast du recht. Es ist wegen meinem Vater«, platzte er heraus. »Aber anders, als du denkst.«

Außer Juliane hatte er es niemandem erzählt. Aus Angst, dass es eine Schicht von ihm abkratzen würde, wenn er sein Geheimnis preisgab und den Blick auf das Dahinter freigeben würde: seine Ohnmacht, seine Schwäche. Dass es ihn zum Opfer machen würde.

Das er war.

Ein Opfer.

Aber nur zu Hause.

Noomi hatte ihre komische Keule auf der rechten Schulter

abgelegt und lief, noch immer wortlos, neben ihm her. Alles an ihr strahlte Aufmerksamkeit aus.

»Mein Vater hat Gewaltausbrüche, regelmäßig, schon immer.« Er sprach in Richtung Waldboden. »Er explodiert einfach, aus dem Nichts. Danach ist es gut, wenn du dich mit Erster Hilfe auskennst, glaub mir.« Er lachte hart und prüfte Noomis Reaktion aus dem Augenwinkel. Die herunterblätternde Schicht schien ihr nicht aufzufallen. Sie schenkte ihm auch keinen Ach-du-Armer-Blick. Sie wechselte lediglich mit Schwung die Keule auf die andere Schulter –

Eine unverständliche Geste, die ihn sonderbarerweise tröstete.

Er fixierte wieder den Boden, die Tannennadeln, die Zapfen. Sprach jetzt langsamer, schaute in Abständen zu Noomi, die ihn nicht unterbrach, nur wenn er stockte, kurz ihre Keule schwang. Als wollte sie seinen Vater in die Flucht schlagen und den Weg frei machen für seine Geschichte.

Er sprach von der Flucht seiner Mutter, die ihn bei seinem Vater zurückgelassen hatte. Von den zerschmetterten Flaschen, den Fäusten (den Fäusten!), den Erniedrigungen hinter der Hochglanzfassade, den Schnitten, Prellungen, Brüchen und allem, was im Laufe der vielen Jahre unterhalb seines Pulloverausschnittes verborgen geblieben war. Von seiner Angst erzählte er nicht. Stattdessen von Diana, die irgendwann seinen Vater kennengelernt und langsam Flix' Rolle übernommen hatte. Und dass er dann an einem bestimmten Punkt alt genug gewesen war, um zurückzuschlagen.

»Oh.« Kein Keulenschwung, sondern ein Wort, das erste, seit er seine Beichte begonnen hatte. »Bist du deshalb hier? – Hast du ihn …«

»Nein, hab ich nicht«, antwortete er schnell.

Aber sein Vater war trotzdem die Ursache. Behauptete zumindest Juliane. Weil dessen Gewaltausbrüche ihn zu dem gemacht hätten, was er jetzt war. Ein Junge, ein junger Mann, der nichts so sehr fürchtete wie körperlichen Schmerz und gleichzeitig vor nichts weniger Angst hatte. Dessen Grenzen so oft eingerissen worden waren, dass er keine mehr kannte. Der nichts wollte als sich spüren, sich und das Leben. Der kein Opfer sein wollte.

Kein. Opfer. Sein.

»Warum dann?« Keule auf Schulter. Pause, Ruhe.

Er strich über das Bandana. Mit Juliane spürte er sich. Mit ihr war er stark. Mit den Jungs war er dumm.

»Ich bin hier wegen …« Drüber reden, drüber reden. »… illegaler Autorennen.«

»Was?« Sie blieb stehen, stützte die Keule auf dem Boden ab. »Wie alt bist du noch mal, Flix?«

»Siebzehn.«

»Wieso hast du ein Auto?«

»Hab keins.«

Ihr Blick blieb verständnislos. Und unausweichlich.

»Ich hab eins geknackt und bin mit den Jungs ein Rennen gefahren. Auf der Karl-Marx-Straße.«

»In Neukölln? Das ist mitten in der Stadt!«

Er nickte. Jetzt konnte sie nicht mehr tun, als wäre alles normal. Bestimmt hatte sie die Artikel gelesen, es waren ja genug gewesen, in jedem Boulevardblatt der Stadt und in den seriösen Zeitungen auch.

Sie fragte: »Ist jemandem was passiert?«

Außer ihm selbst, hinterher, nachdem die Tür hinter den Polizisten, die ihn nach Hause gebracht hatten, ins Schloss gefallen war? Die blauen Flecken waren auch nach Wochen nicht verblichen gewesen und seine Rippe tat selbst jetzt manchmal noch weh, wenn er sich nach vorne beugte. »Zum Glück nicht. Aber – na ja, das ist der Grund. Autodiebstahl, illegale Autorennen. Darum bin ich hier.«

Noomi schwieg, dann schwang sie ihre Keule zurück auf eine Schulter, was ihn augenblicklich beruhigte, und setzte sich wieder in Bewegung. »Klingt jetzt vielleicht blöd«, meinte sie, »aber: Ich freu mich, dass du hier bist.«

Noomi

»Was ist los?«, fragte Olympe, die plötzlich neben ihr lief.

Noomi wechselte ihren Verteidigungsstock in die andere Hand und schaute Flix hinterher, der drei Schritte schneller lief und zu Ryan aufschloss. Bereute er, dass er mit ihr geredet hatte?

»Noomi? – Was ist denn los?«

Am liebsten hätte sie Olympe erzählt, was sie gerade von Flix erfahren hatte. Aber er hatte sich ihr anvertraut und Vertrauen war ein Geschenk. Sie schleuderte den Stock, der ihr die ganze Zeit, als er von diesen furchtbaren Dingen gesprochen hatte, Sicherheit und etwas zu tun gegeben hatte, in den Wald.

»Ich … hm … ich hab beim Holzsammeln was gefunden. Bevor das mit Lara passiert ist.« Sie brach ab. »Vielleicht kannst du mir helfen rauszufinden, was es ist.«

»Oh?«

Das war keine Frage, das war ein »Rück schon raus«. Sie griff in die Hosentasche und zog das Bällchen heraus. »Das hier.«

Olympe schob ihre Brille zurecht, nahm ihr das Objekt mit spitzen Fingern ab und betrachtete es im Gehen. »Was zum Henker ist das? Sieht aus wie Scheiße, ist aber voll leicht … Ist das getrocknete Kotze? … Bah!« Sie verzog angewidert das Gesicht.

Stimmt, so sah es aus. Aber eben auch nicht.

»Es lag unter einem Baum …«, erklärte sie.

»Einem Baum?«

»Da lagen richtig viele. Bestimmt … hundert oder so.«

Olympe warf einen weiteren, prüfenden Blick auf das Teil und hielt es dann vorsichtig unter ihre Nase. »Riecht ein bisschen streng, findest du nicht? Säuerlich irgendwie … Vielleicht ist es eine Frucht?«

»Das war ein Nadelbaum«, erwiderte sie. »Die einzigen Früchte, die ein Nadelbaum hat, sind Zapfen, oder?« Sie nahm Olympe ihren Fund wieder ab und wog ihn in ihrer Handfläche.

»Ich hab so ein Ding schon mal gesehen«, begann sie vorsichtig. »Deshalb macht es mir … Angst.«

»Angst? Warum?«

Ihr Blick hielt sich an dem Bällchen fest.

»Mensch, lass dir nicht alles aus der Nase ziehen. Warum fürchtest du dich vor einem stinkenden Knubbel?«

Noomi schloss vorsichtig die Finger darum.

»Weil … auf dem Felsen, auf dem ich damals aufgewacht bin, lagen auch solche …« Sie stockte, strich mit dem Zeigefinger über das Bällchen. »… solche Teile. Mehrere, direkt vor meiner Nase.«

»Was?« Olympe klang verblüfft. »Bist du sicher?«

Und ob. Den Anblick würde sie nie vergessen. »Es gibt Momente«, gestand sie leise, »die klammern sich wie Kletten im Hirn fest.«

Olympe klang hohl, als sie antwortete: »Ich weiß.«

Sie nahm wahr, wie sich ein Film über Olympes Blick legte,

und wusste, dass sie nachfragen sollte, aber nein. Nicht jetzt. Schnell redete sie weiter, ehe Olympe wegdriften konnte. »Ich hab Stunden in der höllischen Sonne gelegen. Die hat mir buchstäblich die Haut vom Nacken gebrannt, von den Armen, vom Rücken. Ich hatte sogar auf der Kopfhaut Verbrennungen. – Um nicht durchzudrehen, hab ich die Dinger angestarrt ...«, gestand sie. »Sie lagen direkt vor mir, also hab ich mich darauf konzentriert, damit ich nicht an das Blut an meinen Fingern denken musste, das viele ... Blut. Die Bällchen sahen unschuldig aus und ich glaub, nur weil ich mich mit dem Blick an ihnen festgehalten hab, bin ich nicht abgestürzt. Oder ...« Sie machte eine Pause, holte Luft, sagte: »... oder hab mich nicht runterrollen lassen.« Sie hob den Kopf. »Es wär so einfach gewesen ...«

»Noomi ... o Gott ...« Olympe war wieder bei ihr.

»Weißt du«, fuhr sie schnell fort, »am Schluss, bevor sie mich in den Hubschrauber gezogen haben, hab ich eins geschnappt. Ich wollte ... Es hat ... es hat mir doch das Leben gerettet ... irgendwie. Aber ...« Sie schluckte. »Ich konnte es nicht festhalten ... Es ist runtergefallen.«

Sie spürte wieder, wie das Bällchen zwischen ihren Fingern wegrutschte, als die Retter nach ihr gegriffen hatten. Sah, wie es fiel, in die monströse Tiefe hinein, und eine Sekunde lang war sie sich sicher gewesen, sie müsse hinterherstürzen, die Arme weit ausgebreitet, und es retten. In dieser Sekunde hatte sie verstanden, wie Wahnsinn sich anfühlte.

Ihre zur Faust geballte Hand war fest verschlossen geblieben, auch als sie endlich in Sicherheit war. Als könnte sie dadurch rückgängig machen, dass sie es verloren hatte. Sie drängte die Tränen zurück, diese salzige Erinnerung.

Olympe sagte sanft: »Ach Scheiße.«

Noomi nickte, den Kopf leicht zur Seite geneigt. »Ich hab die ganze Zeit im Hubschrauber geweint. Sie haben es auf den Schock geschoben, und das stimmt ja auch. Irgendwie. Aber vor allem hab ich wegen dieses Dings geweint, das mich gerettet hat und das ich selbst nicht hab retten können. Erst als sie mir eine Aludecke umgelegt haben, konnte ich meine Faust öffnen und …«

Pause.

»Ja?«

»… es war ein Stück des Bällchens drin. Nicht viel, so groß wie mein Fingernagel vielleicht.« Sie hob den ausgestreckten kleinen Finger vor Olympes Gesicht, zur Veranschaulichung. »Ich war absurd glücklich, als hätte ich einen Teil von mir gerettet. Ich hab's festgehalten, bis ins Krankenhaus, und dann, als da plötzlich überall Polizei war, hab ich es versteckt, damit sie es mir nicht wegnehmen.« Sie verstummte.

»Das ist in dem Lederbeutel!«, kombinierte Olympe. Sie drückte im Laufen ihre Hand.

Dankbar drückte sie zurück. »Ja. Ich hatte es immer bei mir. Bis …«

Schluchzen. Weitergehen. Die Jungs vor ihnen drehten sich um, aber Olympe wedelte sie weg.

»Und das Ding …« Olympe zeigte auf Noomis andere Hand, die das Bällchen vorsichtig umklammert hielt. »… ist wie das auf dem Fels?«

»Ja«, flüsterte sie. »Vor allem stimmt der Geruch.«

Sie hob das Teil noch mal an die Nase. Schnüffelte. Und gänzlich unerwartet, wie ein heftiger Schlag vor die Brust, brach Entsetzen über sie herein.

Eine Erinnerung! Der Geruch des Bällchens hatte eine Tür aufgestoßen.

Sie wagte kaum zu atmen, als sie spürte, wie diese Erinnerung, die sie noch nicht kannte, langsam in ihr aufstieg, groß und finster wie ein Nachtfalter.

Da war ein Lichtschein, geisterblass, Mondsichellicht. Der Stamm eines Nadelbaums. Seine gefältelte Rinde. Ihr Blick glitt hinab zu seiner Wurzel und dort lagen sie: hunderte dieser Bällchen, auf dem Boden, zwischen Tannenadeln und Erde, ein riesiges, in gespenstisches Halblicht getauchtes Stillleben. Daneben, darüber, ein Schatten. Ihr … Schatten. Und sie hörte etwas … Seltsames. Sie sah nicht, was es war, aber sie wusste, dass sie selbst das Geräusch hervorrief … Ein Knacken, leise, zart. Aber etwas daran war alles andere als harmlos …

Ein Zittern durchlief ihren Körper.

»Noomi? Alles klar?«

Olympes Sorge löste die Erinnerung auf. Nur das Ding blieb. Das Ding in ihrer Hand.

Ein Bällchen wie damals, im selben Wald, ein paar Kilometer Luftlinie von dem Ort entfernt, an dem sie vor einem Jahr gefunden worden war. Das Geheimnis verbarg sich irgendwo hier und sie war nur einen Fingerschnips davon entfernt, es aufzulösen. Aber sie kam nicht drauf, sie kam einfach nicht drauf!

Abrupt blieb sie stehen und schnipste mit den Fingern in der Luft, bis Olympe ihre Hand festhielt. »Okay«, sagte sie, »das reicht.«

Verdutzt beobachtete Noomi, wie Olympe ihr kürbisgelbes Shirt über den Kopf zog, es auf dem Waldboden ausbreitete und es glatt strich wie eine Picknickdecke.

»Was … ähm …«, stotterte sie. »Was machst du denn da?«

»Dir helfen«, erwiderte Olympe, als wäre es das Normalste der Welt, im BH im Wald zu stehen. »Wir brauchen einen neutralen Untergrund. Leg's hier drauf.«

Sie legte das Bällchen auf das Shirt. Ohne eine weitere Erklärung schob sich Olympe die Uhr vom Arm und machte ein Bild davon. Man konnte mit einer Smartwatch fotografieren? Verglichen mit Olympe, fühlte sie sich wie ein Dinosaurier.

»Ein Foto? Warum?«

Olympe hob das Bällchen wieder auf und warf es ihr zu. Es war wirklich federleicht.

»Weil …« Olympe steckte die Arme in das Shirt und zog es sich über den Kopf. Es blieb an ihrer Brille hängen und sie zappelte sich in das Shirt hinein. Als ihr Kopf wieder zum Vorschein kam, waren ihre kupferfarbenen Haare noch zerzauster und das Gestell saß schief. »… weil«, setzte sie erneut an, »das Internet fast alles weiß.« Sie schob die Brille zurecht und begann, auf der Smartwatch herumzutippen.

Dinosaurier, dachte sie erneut. »Wie meinst du das?«

Olympe seufzte. »Noch nie was von Bildsuche gehört?«

Während Olympe suchte, lehnte Noomi sich im Schatten eines Ahorns an ein kleines Felsgestein. Es wuchs hüfthoch aus dem Boden, dunkelgrau und riffelig und von Flechten überzogen. Sie zupfte behutsam an dem Bällchen, während sie darauf wartete, dass Olympe wieder aus dem Netz auftauchte. Die Jungs waren längst außer Sichtweite.

»Mieser Empfang«, grummelte Olympe. »Wahrscheinlich die ganzen Bäume. Also: Die Suche läuft, aber … kann dauern.«

Während sie warteten, betastete Noomi die Struktur des Bällchens, es war weich und hart zugleich, sie pulte das fast flauschige Material auseinander, das sie – genau wie Olympe – zuerst für ein Pflanzenteil gehalten hatte. Eine mit Pelz bewachsene große Knospe. Weich und fellig und rund – ein überdimensioniertes Weidenkätzchen.

Ihre Finger pfriemelten weiter, sie konnte nicht anders.

»Olympe?« Ihre Stimme kippte. »Das hier … das ist seltsam, oder?«

Olympe schlang die Uhr wieder ums Handgelenk und trat neben sie. Schaute auf das Bällchen in ihrer Hand, auf das, was sie daraus hervorgezogen hatte.

Und plötzlich fühlte sich ihr Herz an, als hätte es scharfe Kanten. Jeder Schlag ein Schnitt. Etwas in ihr hatte von Anfang an gewusst, dass es keine Pflanze war.

»Nein!«

Sie schleuderte das Bällchen von sich und rieb die Finger immer und immer wieder an ihrer Hose ab.

»Nein, nein, nein!« Fassungslos wischte sie, immerzu. »O Gott!«, als könnte sie damit auch die Erinnerung an das Gefühl an ihren Fingern wegwischen, dieses widerwärtige Gefühl der streichholzdünnen Zweiglein zwischen ihren Fingerspitzen, die sie gerade aus dem Innern des Objekts gezupft hatte.

Diese Zweiglein, die keine waren.

»Verdammt, Noomi, hör auf, diese komischen Geräusche zu machen!«

»Was für Geräusche?« Wieso klang ihre Stimme so merkwürdig?

Olympes Brillengläser spiegelten. Ein halbrunder, schmaler Streifen Licht. Sichelförmig.

Wieder: eine Erinnerung.

Die Nacht, in der sie verschwunden war. Die aus ihrem Leben gestanzten Stunden, die sich nur in Träumen füllten. Mit rätselhaften, unverständlichen Fetzen.

Die Mondsichel. Der Nadelbaum. Die Bällchen.

Alles war wieder da. Sie war umgeben von dem Geruch, der wilden Dunkelheit und huschenden Fledermäusen.

Ihr Körper, vornübergebeugt.

Ihr Schatten. Schwarz … anders als sonst … kompakter …

Das Geräusch. Das schreckliche Geräusch, das sie machte. Dieses Knirschen und Knacken, so leise und fein, als würde sie Streichhölzer zerbrechen. Oder kleine Zweiglein. Aber es waren keine Streichhölzer, keine Zweiglein. Es waren …

»Knochen«, stellte Olympe sachlich fest. »Das sind Knochen, ganz dünne!« Sie hatte das Bällchen wieder aufgehoben.

Noomi nickte, sprechen konnte sie nicht. Olympe analysierte weiter.

»Und der Flausch … das ist keine Pflanze. Das ist Fell.«

Fell. Sie hatte es an ihren Händen gehabt, all die Härchen, die sie auseinandergezupft hatte. Knöchlein und Fell. Das Grauen bohrte sich wie ein Finger in ihr Gehirn, tiefer, tiefer …

Ihr Traum, die Mondsichel, ein Knacken, ein Krachen, der Geruch, süß und köstlich, das Zucken zarter Muskeln …

Bällchen vor ihr auf dem Felsplateau. Fell und Knochen.

»Aber … wovon?«, flüsterte sie.

»Irgendwas Kleines … Maulwürfe? Warte.« Olympe sah auf ihre Smartwatch. »Na endlich! Schau.« Sie trat noch ein bisschen dichter an Noomi heran. Sie versuchten, die Schrift auf dem kleinen Display zu entziffern.

»Gewölle«, las sie langsam und laut. Und dann, weiter:

Gewölle (auch: Speiballen) sind die vor allem von Eulen und Greifvögeln, aber auch von anderen Vogelarten ausgewürgten unverdaulichen Nahrungsreste. Je nach Vogelart sind im Gewölle Fischgräten, Skelettteile, Krebspanzer oder Chitinteile von Insekten enthalten. Bei Greifvögeln und Eulen sind diese meist in Haare (z. B. von Mäusen oder Hamstern) oder in Federn eingehüllt.

»Greifvögel?«

Sie sagten es gleichzeitig.

»Noomi! Olympe!« Flix' aufgeregte Stimme kam von weit weg. »Verdammt, wo bleibt ihr denn? Wir sind da!«

Seine Rufe erlösten sie aus ihrer Starre. Olympe stopfte den zerfledderten Gewöllerest in die Tasche und dann begannen sie zu rennen, beide.

Greifvögel, hämmerte es in ihr. Greifvögel.

War Lara nicht von einem Greifvogel angegriffen worden? Und sie selbst, hatte sie nicht gleich in der ersten Nacht, als sie in Joreks Büro eingebrochen war, diesen einen, merkwürdig zahmen auf der Regenrinne gesehen? Es war ihr wie ein gutes Omen vorgekommen.

Greifvögel. Gewölle. Die Mondsichel. Ihr eigener Schatten, vornübergebeugt. Verzweifelt versuchte sie, eine Verbindung zwischen den losen Fäden in ihrem Kopf herzustellen. Sie spürte, dass es diese Verbindung wirklich gab, sie lag direkt vor ihr, aber sie sah sie nicht, sie sah sie einfach nicht! Ihre Gedanken ratterten, während sie rannte und keuchte. Lara. Angriff. Büro. Vogel. Lara. Gewölle. Knochen. Fell. Traum.

Ryan

Es sieht aus wie eine Spur, fand er. Die Münzen lagen hingetupft auf dem Waldboden und glänzten, als wäre ein Maler mit einem von Metallfarbe tropfenden Pinsel den Pfad entlanggelaufen.

»Das sieht aus wie eine Spur.« Noomi sprach es laut aus.

Er schaute sie von der Seite an, dann wischte er sich über die Nase. Sie juckte. Hatte ihn vorhin ein Insekt gestochen?

Flix bog die Zweige eines Gebüschs zur Seite, bückte sich und las die Münzen auf, die wirklich dalagen, als hätte jemand sie absichtlich in regelmäßigem Abstand verstreut.

»Lass sie liegen, Flix.« Er ließ von seiner Nase ab. »Nicht aufheben.«

Flix ließ die Münze sofort wieder fallen. »Warum nicht?«

»Wir wissen nicht, wie weit sie führen«, erklärte er. »Aber …«

»… wir verlieren die Spur, wenn du sie aufsammelst«, beendete Noomi seinen Satz.

Man hätte ihr Lächeln in einer finsteren Nacht als Laterne benutzen können, hatte sein Vater mal über seine Mutter gesagt, als Ryan ihn gefragt hatte, warum er sich in sie verliebt hätte. Mit Briannas Tod war diese Laterne erloschen – genau wie die Liebe seines Vaters. Und doch: Dank Noomi verstand er, was sein Vater gemeint hatte.

Er begriff noch etwas anderes: Noomi, die Gesten liebte, die man auch aus der Ferne verstand, und er, der am liebsten mit dem Hintergrund verschmolz, waren sich ähnlich. Nicht auf den ersten Blick. Echte Ähnlichkeit, wurde ihm klar, beruht selten auf dem Äußeren.

Und dann stürzte sie vor ihm zu Boden.

»Mein Beutel«, stammelte sie. »Mein Beutel!«

Sie umklammerte einen kleinen Lederbeutel, der wirklich genauso aussah, wie sie ihn beschrieben hatte. Sie musste gezielt danach Ausschau gehalten haben – er selbst hätte ihn übersehen. Braunes Leder auf braunem Boden war eine schlechte Spur. Noomi riss den Beutel mit einer Leidenschaft ans Herz, die ein ganzes Theaterpublikum zum Weinen gebracht hätte. Es war zu viel, wie so oft bei ihr, die Geste zu groß für den kleinen Beutel … Aber wer sagte ihm, dass sein eigener Ausbruch wegen des Medaillons nicht genauso gewirkt hatte?

Noomi erhob sich und schob das Teil so behutsam in ihre Hosentasche, als wäre es ein gefaltetes Kunstwerk aus Pergamentpapier. Ehe er fragen konnte, was darin war, schoss Olympe an ihnen vorbei zu einem schimmernden Ding, das an dem Zweig wenige Meter vor ihnen hing.

»Mein Ring!«, juchzte sie. »Und hier – noch einer. Zwingt mich nicht, die hierzulassen.« Sie zog die Ringe von den Zweigen des Baums. »Das geht nicht. Die sind von meiner … meiner Mutter. Ich leg Münzen dafür hin.«

Er sah sich nach einem weiteren Hinweis um. Wie lange folgten sie dieser Spur jetzt schon? Zehn Minuten? Die Abstände zwischen den Münzen wurden größer, sodass es schwieriger war, ihnen zu folgen. Aber jedes Mal hatten sie eine neue gefunden, die sie weiterführte, und schließlich sogar Joreks Bären aus Zinn!

Seine Nase kribbelte stärker, er begann wieder zu kratzen. Der Juckreiz kam nicht von innerhalb der Nase, sondern von außen. Er betastete die Nasenflügel. Sie fühlten sich heiß an, geschwollen.

»Leute«, rief Olympe und drehte sich um. »Das glaubt ihr nicht.«

Er schaute auf, und was er erblickte, ließ ihn seine juckende Nase vergessen.

X

Alles läuft nach Plan.
Wenn sie nur etwas schneller wären!
Wissen sie, dass ihnen die Zeit davonläuft?

8. KAPITEL

Hexenwagen

Olympe

Nach ihrem erstaunten Ausruf blieben sie alle abrupt stehen. Harrten zwischen den Stämmen aus, bewegungslos. Vor ihnen öffnete sich der Wald zu einer weiten Lichtung und jeder schien die unsichtbare Grenze zu spüren, die sie von dem trennte, was auf der Lichtung stand.

»Wohnt da der Förster?«, durchbrach sie schließlich die Stille.

Ryan antwortete nicht, er kratzte sich. Sein Gesicht war mittlerweile knallrot und wirkte angeschwollen.

»Sieht wie ein Bauwagen aus«, murmelte Noomi. »Nur aus Holz.«

Und zeitgleich Flix: »Ein Tiny House.«

Beide hatten recht: Das Ding hatte einen Schornstein und Fenster wie eine Hütte, aber es stand auf Rädern wie ein Wagen. Sie musste absurderweise schon wieder an ein Märchen denken und raunte: »Hexenhaus 3.0, wie krass ist *das* denn bitte?«

Auf eine Ökoart wirkte es, was immer *das* auch war, hyperluxuriös. Im Grunde viel zu teuer für eine Waldlichtung – trotzdem hatte es den Anschein, als würde es hierhergehören. Es fügte sich ins Bild wie die Sonnentupfen zwischen den Ahornstämmen, wie die hellgrünen Farne und die Felsbuckel, die hier und da aus dem Boden brachen, wie die huschenden Schatten überall.

Das Teil schien schon länger dort zu stehen: Das Holz war angegraut, die Räder zugewuchert. Eine Eingangstür konnte sie nicht ausmachen, wahrscheinlich lag die auf der abgewandten Seite.

»Schick«, murmelte Flix. »Aber auch ganz schön seltsam, hier so.«

»Heftig! Mir ist, als würd' ich das Teil kennen!« Noomi griff sich ins Haar, hob es hoch, ließ es fallen. Ernsthaft? Olympe hatte noch nie einen Menschen gesehen, der sich in der Realität *verzweifelt das Haar raufte* – bis jetzt. Aber Noomi, das wusste sie mittlerweile, tat nicht nur so, die *war* so.

»Ein Déjà-vu?«, schlug sie vor.

»Ich … weiß nicht. Es kommt mir total vertraut vor.«

»Erkennt ihr, was dadrinnen ist?« Olympe kniff die Augen zusammen. »Krass, die Sonne spiegelt sich so in den Fenstern, wir müssen näher ran.« Sie trat aus dem Schutz der Bäume und wollte gerade losmarschieren, als eine Hand sie am Arm packte und zurückhielt.

»Bleib hier!«, wisperte Ryan. »Was, wenn dadrin …« Er brach ab, wischte sich wild über die Nase, dann übers ganze Gesicht, kratzte. Die Mückenstiche an ihrem Bein begannen schon vom Zusehen zu jucken. Solidarisch fing sie an, sich ebenfalls zu kratzen. Spiegelneuronen, flüsterte Marie in ihrem Kopf.

»Er hat recht.« Noomis Stimme klang flatterig. »Was, wenn dadrin der Irre wohnt?«

Ryan hörte auf, sich zu kratzen, und nickte, mehrmals und hektisch.

Entgeistert musterte sie die anderen. »Nicht euer Ernst! Ihr glaubt wirklich, dass dadrinnen ein Psychopath wohnt?«

Flix', Ryans und Noomis Mienen waren Antwort genug. Seufzend trat sie aus dem Sichtfeld des Wagenhauses in den Schatten des Waldes zurück, zu den anderen.

»Hört mal … Das ist Quatsch.« Es kostete Mühe, geduldig zu bleiben.

»Quatsch?« Noomi klatschte empört die Faust in eine Hand. »Wie kannst du das sagen, nach allem, was mit Lara passiert ist? Sie war verletzt!«

»Jemand hat ihr das angetan.« Flix.

»Jemand aus dem Wald.« Ryan.

»Ein Psycho.« Wieder Noomi. Klatsch. Die Faust. Empörung.

Olympe schaute noch einmal zum Wagenhaus hinüber. Es wirkte fehl am Platz, das stimmte, so beunruhigend fremd und schön wie ein Ufo im Maisfeld. Doch es ging keine Gefahr von ihm aus.

»Ja *jemand*«, räumte sie ein. »Aber kein Irrer.«

»Hallo?!« Kurz schoss Flix' Stimme in die Höhe. »Er hat ein Messer und verletzt Menschen damit! Wenn das nicht irre ist, was dann?«

»Genau!« Noomi. Klatsch.

»Außerdem wohnen die größten Psychos immer in den schicksten Häusern«, fuhr Flix fort. »Kannste in jedem *Tatort* sehen.«

»Aber nur, weil es im Drehbuch steht!« Sie mochte Flix, aber er dachte zu eindimensional. »Denkt doch mal logisch, Leute.«

Noomi schnaubte. »Logisch war in den letzten Tagen gar nichts.«

»Versetzt euch in Laras Lage«, insistierte sie. »Dann versteht ihr, warum ich mir so sicher bin.«

Warum vertrauten die meisten Menschen nur ihren Gefühlen? Viele Kurzschlussreaktionen ließen sich durch logisches Denken verhindern. Sie war schon so oft auf dieses Phänomen gestoßen, dass sie sich fragte, ob logisches Denken als verpönt galt. Sie schob ihre Brille am Mittelsteg nach oben und wechselte in eine von Maries Lieblingsstrategien: die Menschen dort abholen, wo sie stehen.

»Also«, sprach sie sanft in das dreifache Schweigen. »Versetzt euch in Lara: Ihr seid im Wald, allein. Da springt jemand aus dem Gebüsch …« Sie machte einen Satz auf Ryan zu, wollte ihn an den Schultern packen, Buh rufen, einzig um des Effekts willen. Doch Ryan sprang rasch im Zickzack und stand plötzlich hinter ihr! Es passierte so schnell, dass sie mit den Augen nicht hinterherkam.

Wow! Offensichtlich besaß das Nesthäkchen Fähigkeiten, die es bisher vor ihnen verborgen hatte. Sie betrachtete Ryan mit einer gewissen Hochachtung, ehe sie weitersprach. »Jemand springt also aus dem Gebüsch …« Erneut schnellte sie, unangekündigt und mit ausgestreckten Händen, diesmal auf Noomi zu.

Wie erwartet, gab Noomi einen Schrei von sich und riss dramatisch die Hände hoch, blieb aber stehen.

»Mit einem Messer!« Sie fuchtelte mit einem imaginären Messer vor Noomi herum, packte ihre Hand und tat, als würde sie ihr den Arm aufschlitzen. »Du brüllst natürlich los. Dann hörst du, dass Hilfe naht, wir nämlich, und der *Psycho* …« Sie ließ Noomis Hand los, zeichnete Gänsefüßchen in die Luft. »… haut ab. Okay? Und jetzt kommt der logische Teil: Was würdest du als Nächstes machen?«

»Die Polizei rufen«, schlug Ryan hinter ihr vor.

Sie drehte sich zu ihm, ignorierte seine rote Nase und stach mit dem Finger in die Luft. »Exakt! – Und warum?«

Kurze Pause, in der niemand etwas sagte.

»Weil alles andere schwachsinnig wär!«, löste sie auf. »Wenn man überfallen wird, erfindet man keine Ausrede und ganz sicher keine so bescheuerte, dass ein durchgeknallter Raubvogel einen angegriffen hätte. Stattdessen sorgt man dafür, dass der Irre geschnappt wird! – *Logisch!*« Wieder Gänsefüßchen. »Aber was macht Lara?«

Sie gab den anderen die Chance, sich zu erinnern – und Laras Reaktion von vorhin auf sich wirken zu lassen.

»Lara schweigt. Sie *schweigt.* Ergo?«

Es war erstaunlich. Die Nervosität in den Gesichtern schwand, Flix' zusammengepresste Lippen lockerten sich, Ryans Augen wurden weit. Sie konnte buchstäblich dabei zusehen, wie sich etwas im Denken der anderen veränderte, wie eine Erkenntnis sich formte.

»Sie kennt den Täter«, schlussfolgerte Flix schließlich. Er blickte sie nachdenklich an. »Und aus irgendeinem Grund schützt sie ihn.«

»Genau!« Sie schlug die Faust in die Handfläche, wahrscheinlich hatte Noomi sie angesteckt. Es fühlte sich cool an und sie mochte das Geräusch. »Es ist jemand, den Lara kennt. Sie deckt ihn! Aber einen Brutalo-Irren würde kein normaler Mensch decken. – Das heißt?«

Noomi legte den Kopf schief und rieb sich den Nasenrücken. »Es gibt keinen Psycho.«

»So sieht's aus.« Olympe trat auf die Lichtung und marschierte auf das Wagenhaus zu. Mit Genugtuung registrierte sie, dass die anderen ihr folgten.

Sowie sie aus dem Schutz der Bäume getreten waren, schlug die Sonne über ihnen zusammen. Sie lief schneller, ehe die Monsterstrahlung sie in Grillfleisch verwandeln würde, und dachte dabei an Noomi, die auf dem Felsvorsprung gelegen hatte, schutzlos, stundenlang. Dieser Sonne ausgeliefert. Unfassbar.

Als sie die Lichtung etwa zur Hälfte überquert hatten, hörte sie Flix hinter sich keuchen und fuhr herum.

»Ich … ich …« Er ruderte mit den Armen, als würde er jeden Moment das Gleichgewicht verlieren.

»Was hast du?«, fragte sie alarmiert.

Er war bleich. Nicht normal – nein, grau wie Zigarettenasche. Seine Augen quollen aus den Höhlen. »Was …«, stammelte er. »… was …«

»Was: was?«

Glücklicherweise schaltete Noomi schneller als sie. Sie machte einen Ausfallschritt auf Flix zu, gerade noch rechtzeitig, um ihn abzustützen, ehe er fallen konnte.

»Scheiße, was ist mit dir?«, rief sie. »Du siehst schrecklich aus.«

»Was …«, krächzte er erneut. Und dann, noch einmal, mit aller Kraft: »Was-ser!«

Wieder war es Noomi, die als Erste reagierte. Sie hielt ihm ihre Aluflasche hin. »Apfelsaft vom Frühstück.«

Flix riss sie ihr aus der Hand, schnippte den Verschluss auf und trank. Und trank. Und trank. Ohne abzusetzen oder Luft zu holen, trank er die komplette Flasche leer.

Sein Gesichtsgrau wurde zu Gesichtsblass. Das sah immer noch übel aus, aber nicht mehr so tot wie eben. Die Augen waren blutunterlaufen und sein Blick irrte von Noomi zu ihrem, dann griff er nach Ryans Flasche und goss sich den kompletten Inhalt über den Kopf. Sog dabei Luft ein, so tief, als hätte er vor zu tauchen. Seine Gesichtsfarbe war wieder normal, als er Ryan wortlos die leere Flasche zurückgab.

Der starrte ihn mit offenem Mund an und sie konnte es ihm nicht verdenken. Was auch immer das gewesen war, es war … schräg.

Logik, ermahnte sie sich, Logik.

»Vielleicht hast du einen Hitzschlag.« Noomi hielt ihm prüfend die Hand an die Stirn. »Deine Augen …«

»Hm, ja … die Sonne ist ganz schön krass«, bestätigte Olympe zögernd.

»Ich hab immer noch so 'n Durst!«, klagte Flix, ohne den Aussetzer zu thematisieren. »Hat jemand noch was zu trinken?«

Sie schüttelte den Kopf. »Vielleicht gibt's bei dem Hausdings eine Pumpe oder so was?«

Flix eilte los, Olympe ihm nach.

Sie kamen keine drei Schritte weit, da schrie Ryan hinter ihnen: »In Deckung!«

Flix ließ sich sofort fallen und auch sie selbst duckte sich. Aus dem Augenwinkel nahm sie eine Bewegung wahr: an der rechten Seitenwand des Wagenhauses. Dann war es weg. Flix richtete sich wieder auf.

»Was war das?«, fragte sie Ryan.

»Weiß nicht«, flüsterte der. »War zu schnell.«

Zu schnell?

»Hallo?«, rief sie in Richtung des Wagens. »Ist da wer?«

Keine Reaktion.

Sie schlugen einen Bogen, sodass sie nun frontal auf das Wagenhaus zuliefen. Von vorne sah es noch spektakulärer aus. Über die Vorderseite erstreckte sich eine Terrasse, edle Holzbohlen auf kurzen Stelzen. Selbst aus der Ferne erkannte sie, dass es kein grobes Holz war, wie sie es im Camp in den Hütten verbauten, sondern dunkle Planken mit einem stilvollen Grauschleier darüber. Über zwei Treppenstufen erklomm man von der Lichtung aus eine kleine Terrasse. Eine gläserne Flügeltür führte ins Innere. Vor der Glastür lag ein roter Fußabtreter.

Sie wendete den Blick zur Seitenwand des Wagens, aus der ein chromglänzendes Ofenrohr ragte. Dünne Efeuarme rankten sich daran empor.

Ihr Blick folgte dem Rohr bis zum Flachdach. Das war zweigeteilt. Auf einer Seite waren Solarzellen angebracht, auf der anderen wuchsen seltsame Pflanzen. Zwischen den riesigen, fleischigen Blättern ragte eine Antenne hervor, die WLAN versprach, und eine Welle des Glücks umspülte sie.

»Jetzt seht euch das an!« Ryan klang so ehrfürchtig, dass sie sich überrascht zu ihm umdrehte. Neben dem Wagenhaus, keine drei Meter von ihnen entfernt, äste ein Reh.

Bei Ryans Worten hob es den Kopf. War das schön!

Sie war einem Reh noch nie so nah gewesen, außer vielleicht im Tierpark. Es bewegte sich einige grazile Schritte über die Wiese auf die Terrasse zu und blieb dann, in greifbarer Nähe, stehen. Sie merkte, dass die anderen genauso fassungslos waren wie sie selbst. Die Ohren des Rehs spielten, es hatte wunderschöne schwarzbraune Augen, ein weicher Wimperkranz wölbte sich darüber.

Wahnsinn.

Dieser Blick – so direkt. So … interessiert an ihnen. Aber konnte das sein? Waren Tiere an Menschen *interessiert*? Sollte ein Reh nicht eher fortlaufen, wenn eine Horde Teenager in die Nähe kam? Vor allem nach dem Radau, den Flix' komischer Auftritt eben mit sich gebracht hatte?

Es war Noomi, die sich als Erste bewegte. Sie streckte sacht die

Hand aus. Das Reh beobachtete sie, senkte den Kopf und dann beschnupperte es die dargebotenen Finger.

»Alter«, flüsterte Flix. Und das brach den Moment.

Das Reh zuckte hoch, flüchtete aber nicht panisch, sondern bewegte sich langsam zurück in den Schatten des Hauses. Dort begann es wieder zu äsen.

»Was war das?«, stammelte Noomi und betrachtete ihre Hand. »Ist das normal?«

»Nee«, gab sie zurück. Normal war hier gar nichts.

Ratlos schaute sie zu den Jungs. Ryans Mund stand offen, er sah zu dem Reh hinüber. Flix machte eine Handbewegung, als würde er eine Flasche leeren, und nickte in Richtung des Wagenhauses. Er stieß Ryan an und vorsichtig bewegten sie sich auf die Tür zu.

Sie hatte die Treppenstufen fast erreicht, als etwas *wirklich* Sonderbares geschah.

Der Abtreter vor der Treppe bewegte sich.

Sie schnaufte laut.

Was sie für eine rostrote Fußmatte gehalten hatte, war ein Fuchs.

Der Fuchs erhob sich. Sein rotbraunes Fell leuchtete in der Sonne. Er streckte die Vorderbeine aus, reckte sich ausgiebig, und sie erkannte, dass er nicht nur am Unterkiefer und Hals, sondern auch am Bauch eine weiße Färbung besaß. Das dichte Fell, der buschige Schwanz – er hätte ohne Weiteres als Profilbild für den Eintrag »Fuchs« bei Wiki herhalten können. Sie realisierte, dass sie noch nie einen Fuchs in echt gesehen hatte. Er war kleiner, als sie erwartet hatte.

Der Fuchs ließ sich auf sein Hinterteil plumpsen und musterte sie. Seine Ohren bewegten sich leicht. Warum war er so zahm? Sollte er nicht weglaufen?

Als sie zu den erstarrten Jungs vortrat, erhob sich neben dem Fuchs noch etwas. Es schüttelte sich, nahm ihre Bewegung wahr, erstarrte. Dann drängte es sich an den Fuchs heran, neben dem es geschlafen haben musste, und glitt mit einer geschmeidigen Bewegung unter dessen Bauch.

Träumte sie? Ihre Welt aus Zahlen und Algorithmen, die sicher waren und beweisbar, bebte. Egal, wie wenig Ahnung sie von Natur hatte – dieses Tier dort hatte sie schon hundertmal gesehen. Und eins wusste sie ganz sicher: Es hätte nicht vor ihnen, sondern vor dem Fuchs flüchten müssen. Es war ein sandfarbenes Kaninchen.

Ryan

Nur ein leichtes Ziehen war nötig und die Glastür schwang mit einem sanften Klacken auf.

Alles hier war eine Ansammlung an Sonderbarkeiten: ein Hexenwagen. Tiere, die sich bei ihrem Näherkommen zwar zurückgezogen hatten, Richtung Unterholz, dort aber stehen geblieben waren und sie beäugten. Beutetier neben Raubtier. Dazu diese von Vogelstimmen durchzogene Friedlichkeit ringsherum, als wäre das alles selbstverständlich.

Die Situation war derart skurril, dass er sich nicht darüber wunderte, *dass* sich die Tür einfach aufziehen ließ, sondern dass sie dabei nicht *quietschte.*

»Und?« Flix, hinter ihm, klang bemüht abgebrüht. »Was ist drinnen? 'ne Leiche?«

Er wich zur Seite, damit Flix sich an ihm vorbei ins Wageninnere drängen konnte.

»Hallo?«, rief Olympe hinein, als sie hinter Flix über die Schwelle trat.

Noomi folgte ihr.

Er selbst blieb noch einen Moment auf der obersten Treppenstufe stehen und musterte die Tiere am Waldrand, die alles, was hier am Wagen geschah, aufmerksam zu verfolgen schienen. Schließlich drehte auch er sich um und trat ein.

Er stand in einem Raum, der die Form einer überdimensionierten Medikamentenkapsel hatte. Lang gestreckt war er, mit vielen Fenstern, und endete rechts und links in einer Rundung. Alles war aus hellem Holz und in Licht getränkt. In einem angebauten Erker mit einer weiteren Fensterfront zur Lichtung hin gab es ein Bett, eine zusammengeknüllte hellblaue Decke darauf.

Vor dem Bett stand ein Klapptischchen. Auf ihm und auch auf jedem freien Zentimeter drum herum türmten sich aufgefächerte naturwissenschaftliche Zeitschriften und Unmengen an Büchern. Manche lagen aufgeschlagen auf dem Bauch, in anderen klebten farbige Marker. Chaotisch, aber anders als die Unordnung, die bei seiner Mutter und ihm zu Hause herrschte. Dieses Chaos war gemütlich, fand er.

»Ist da jemand?«, probierte es Olympe noch einmal.

Noomi frotzelte trocken: »Als ob man hier jemanden übersehen könnte!«

»Stimmt.« Flix durchquerte bereits den Wagen, Olympe drehte sich einmal um die Achse und kniete sich dann vor die Bücherstapel.

Auch Ryan bewegte sich – genau einen Schritt nach links,

um einen Holzofen herum, und schon stand er mitten in einer Miniküche. Durch die angrenzende offene Tür konnte er das halbrunde Ende des Wagens sehen, in dem ein Badezimmer untergebracht war. Mit einer halbrunden, kieselgefliesten Duschkabine!

Dieser Ort war perfekt.

Klein genug, um sich nicht zu verlieren, groß genug, um es mit sich auszuhalten. Dazu der Geruch von Wald und Sommer, der von draußen hereinschwappte, und von geöltem Holz, den der Boden verströmte. Es war friedlich hier drin. Ein Zuhause.

Für einen überwältigenden Moment war seine Familie bei ihm, hier in diesem sonnigen, vom Wald umgebenen Raum. Wenige Sekunden fühlte er sich eingehüllt von einem idealen *Früher,* in dem Brianna noch nicht gestorben war, seine Eltern sich noch liebten und er noch nicht gemobbt wurde.

»Crazy Shit!« Olympes Stimme pendelte zwischen ehrfürchtig und ungläubig.

Sie stand in der anderen Rundung des Ovals und studierte die Wand, die von Fotografien, Prints, Texten, Zeichnungen, Post-its bedeckt war, so vollkommen, dass das Holz dahinter nicht mehr zu sehen war. Ryan arbeitete sich quer durch den Wagen zu Olympe vor. Die starrte sichtlich fasziniert auf das wilde Sammelsurium.

Die Kurvendiagramme, die sie so zu fesseln schienen, wirkten auf ihn wie etwas Medizinisches, die Aufzeichnung eines Herzschlags vielleicht. Daneben hingen Zeichnungen von Hirn und Rückenmark, in denen verschiedene Bereiche farbig markiert warten, und Fotos von Tieren. Dazwischen Statistiken und

Zahlenketten, manche von Hand aufs Papier geworfen, andere ausgedruckt. Ein großes Plakat zeigte das Universum. Eins den menschlichen Körper mit allen Nervenleitbahnen.

Diese Ecke des Wagens hatte nichts Friedliches. Sie wirkte wie eine der Wände aus seiner Lieblingsserie *Elementary*, wenn Sherlock versuchte, Zusammenhänge herzuleiten. Und genau wie in *Elementary* gab es einen Stuhl zum Denken – an der Wand gegenüber dem Moodboard.

Unter den beiden Fenstern an diesem Oval-Ende hingen Regale: Auf dem rechten stand das Plastikmodell eines Ohrs, wie er es aus der Schule kannte. Hammer, Amboss, Steigbügel. Auf dem linken: ein auseinandernehmbares Modell des Planetensystems aus Kupfer. Er trat näher heran, ließ den Zeigefinger über die metallenen Planeten gleiten. Merkur, Venus, Erde, Mars, Jupiter, Saturn, Uranus, Neptun, sogar Pluto. Er kannte sie alle – sein Vater hatte ihm die Reihenfolge beigebracht, früher. Er hatte ihm sogar ein ähnliches Modell geschenkt, kleiner und aus Plastik, nicht so edel wie dieses.

»Was soll der Scheiß hier eigentlich?«, brummte Flix, der inzwischen neben Olympe die Grafiken und Zeichnungen an der Wand betrachtete.

»Keine Ahnung. Aber wer immer hier lebt, ist ein Superbrain«, entgegnete Olympe.

Im selben Moment überkam ihn das vertraute Gefühl, beobachtet zu werden, aber diesmal war es nicht harmlos. Es war ein intensives … Lauern.

Verdammt, hier war jemand! Jemand, der nicht ihrer Gruppe angehörte.

Er spürte die fremde Anwesenheit so deutlich wie die Hitze, die von draußen hereindrängte. Nur … wo …? Hastig blickte er sich um. Im Wagen schien alles ruhig, vor den Fenstern alles friedlich. Ein unerklärliches Gefühl zog seinen Blick zur Decke.

Wieso zur Decke?

Ohne zu zögern, stürmte er aus dem Wagen, die Stufen hinunter auf die Lichtung, um das Dach zu inspizieren.

Ein Blick, tiefschwarz wie etwas aus Mitternacht, traf seinen. Er zuckte zurück und bei der Bewegung erhob sich der Raubvogel von der Regenrinne und flog in einem langen, lautlosen Bogen zum Wald. Ein Falke!

Er schaute ihm hinterher, bis die Schatten der hohen Bäume ihn geschluckt hatten.

Dieser Blick. Er war so klar gewesen, so direkt. *Zu* direkt. Mit dem Raubvogel war auch das Gefühl der fremden Anwesenheit verschwunden und er atmete durch.

Doch obwohl der kleine sonnenhelle Wagen der gemütlichste Ort war, den er seit Langem gesehen hatte, zitterten seine Finger, als er die Hand hob, um die Flügeltür erneut aufzuziehen.

Noomi

Sie lehnte mit dem Rücken am Waschbecken in dem winzigen Bad, betrachtete die Miniaturwelt um sich herum und kaute an ihrer Unterlippe. Konzentriert schaute sie in den Wohnbereich hinein, der trotz der geschmackvollen Einrichtung Leblosigkeit ausstrahlte. Verlassenheit. Dieselbe Verlassenheit, die er auch von außen zeigte. Sie hatte vom ersten Augenblick an gewusst, dass sie diesen Wagen kannte – aber es hatte eine Weile gedauert, bis ihr eingefallen war, woher: aus einem ihrer Träume.

Nur – wie konnte das sein? War es dieser Wald, der dafür sorgte, dass sie sich plötzlich an mehr Details erinnerte als im gesamten vergangenen Jahr? Waren es der würzige Geruch der Bäume, das Moos unter ihren Füßen, der Anblick der Flechten, die an den Baumstämmen emporwuchsen? Oder lag es am Knacken und Rascheln, das hier jede Sekunde durchzog, am Summen der Stechmücken, am Kreischen der Vögel, dass ihr Unterbewusstes neue Puzzleteile freigab? Ihre verschüttete Erinnerung reagierte offenbar auf diesen Wald – wie ein Magnet auf einen anderen reagierte.

Sie strich über das Fensterbrett des kleinen Badfensters, dann über die Wände, spürte die Wärme des Holzes unter ihren Fingerspitzen.

Dieser Ort gehörte zu einem Traum, den sie ganz am Anfang, kurz nach der Sache mit ihrem Verschwinden, regelmäßig geträumt hatte.

Sie war in einem Wald auf dieses Wagenhaus gestoßen, hatte über das edle Holz gestaunt. Wieder und wieder hatte sie davon geträumt. Wie hatte sie das vergessen können? Die kreisförmigen Fenster, die abgerundeten Formen, das bepflanzte Dach …

Das Dach! Sie kannte den Wagen von oben! Als hätte sie ihn von einem Flugzeug aus gesehen. Oder durch die Linse einer Drohne.

Wie war das möglich?

Sie löste die Zähne aus ihrer Lippe, als sie Blut spürte. Behutsam leckte sie es ab. Der Geschmack beruhigte sie. Dennoch rasten ihre Gedanken.

Sie wusste, dass das Hirn, während man schläft, eine zweite Realität erschafft. In dieser Traumrealität kam einem alles real vor. Woher sollte man eigentlich mit Sicherheit wissen, was die Wahrheit war? Einen wirren Moment lang hatte sie den Eindruck, als würden ihre Wach- und Traumrealität aufeinander zutreiben und hier, jetzt, ineinander übergehen.

Erneut versenkte sie die Zähne in der Lippe und biss zu. Der Schmerz schoss ihr bis in die Nasenwurzel. Gut! Sie war eindeutig wach.

Das ließ nur einen Schluss zu: Sie musste diesen Wagen tatsächlich schon einmal gesehen haben. Und zwar damals, an dem ausgestanzten Tag. Sonst hätte sie ja nicht von ihm träumen können.

Aber wieso von oben?

Sie warf einen Blick zu Flix und Olympe, die vor der mit Papieren gespickten Wand standen, dann zu Ryan, der an der Tür lehnte und hinausschaute. Er wirkte beunruhigt. Sie folgte seinem Blick zum Waldrand. Dort stand das Reh still wie eine Statue und erwiderte Ryans Blick. War es das, was ihn irritierte? Warum? Nichts an dem Reh strahlte Gefahr aus, im Gegenteil.

Sie atmete durch, stieß sich vom Waschbecken ab und ging in den Erker.

Ein Bett, darüber ein Regal voller Bücher.

Sie stellte sich auf die Zehenspitzen, zog den einen oder anderen Band halb heraus und warf einen Blick auf das Cover. Auf fast jedem prangte die Abbildung eines Gehirns. Die Titel waren sich ebenfalls recht ähnlich.

Vernetztes Denken.

Neurobiologie.

Das Gehirn als Subjekt – Grenzfragen.

Ein einziger Buchrücken zeigte keinen Titel. Es war auch kein richtiges Buch; eher ein dickes Heft. Ein Notizbuch? Noomi zog es hervor. Das Cover war blank, ohne Schriftzug und Illustration. Sie schlug es vorne auf.

2. Februar

Bisher ist es niemandem gelungen, Telepathie nachzuweisen. Hab eine Idee, brauche eine Testreihe.

Die Worte waren mit schwarzem Fineliner auf das Papier geworfen, die Handschrift eilig, wie gehetzt. Trotzdem konnte sie sie alles gut entziffern. Aber der Inhalt … Telepathie, ernsthaft?

5. Februar

Ausgangspunkt: Stanley Miller schoss in den 1950ern elektrische Blitze in ein Gemisch aus Methan, Ammoniak, Wasser, Wasserstoff. Ergebnis: Formung von Aminosäuren! → Bausteine für Proteine → Grundsätzlichste Bestandteile aller Zellen.
Kurz: elektrische Blitze + CH_4, NH_3, H_2O, H = Leben
Frankenstein-Experiment? Nein! Nachweis, wie wichtig Elektrizität für die Entwicklung von Leben ist.
Für Telepathie würde das bedeuten: Was, wenn man viel komplexer an das Thema heranginge? Wenn man die Erkenntnisse von Chemie, Physik, Neurobiologie und Psychologie verknüpfen würde?

Die Aufzeichnungen schienen nicht für Außenstehende gedacht. Was war das? Ein Tagebuch? Ein Arbeitsheft?

Vielleicht war derjenige, der hier wohnte, doch kein Superbrain, wie Olympe behauptete, sondern einfach … verrückt? Sie setzte sich auf das Bett und schlug die Seite um.

12. März

Muss an den Brain-to-Brain-Kommunikationsversuch an der Harvard Medical School denken. Fünf Jahre ist das her und

seitdem ... Nichts! Seit fünf Jahren nichts Neues! Denken die nicht weiter? Es ist doch logisch, so logisch!
Wo hängen sie?
Der Versuchsaufbau war stimmig:
Was passiert beim Denken eines bestimmten Worts im Hirn?
Diese Reaktion aufzeichnen und in einen Binärcode umwandeln.
Den Code via Computer in ein anderes Hirn übertragen.
Und es hat sogar funktioniert! Was beim Empfänger ankam, war exakt das Wort, das der Sender gedacht hat.
Die Presse hat das Experiment als »Telepathie-Nachweis« gefeiert.
Dabei ist es keiner!
Die Methode greift zu kurz! Sie machen lediglich eine Kopie des Wortes, das der Erste denkt, und platzieren sie ins Hirn des Zweiten. Copy & Paste. Interessant. Aber keine Telepathie.

Das Wort *Kopie* war mehrfach unterstrichen. Der Stift hatte dabei das Papier eingerissen – und genau das zeigte die Leidenschaft, die von diesen Einträgen ausging. Eine Leidenschaft, die Noomi aus dem Hier und Jetzt riss und in diese fast unverständlichen Notizen hineinschleuderte.

Echte Telepathie wäre, wenn der Empfänger kein totes Wort erhält, sondern zugleich die Empfindungen erlebt, die der Sender beim Denken des Wortes hatte, die Bilder sieht, die Gerüche und Geräusche wahrnimmt, die er damit verknüpft hat.
Echte Telepathie FÜHLT.
Harvard hat also ein Handy entdeckt und herausgefunden, dass man damit Nägel in die Wand schlagen kann. Fail!

Ihre Lippe schmerzte. So unzusammenhängend die Aufzeichnungen auch klangen, so absurd das Thema war … etwas daran überzeugte sie. Aber worauf wollte der Schreiber hinaus?

»Weiter«, drängte Olympe mit gepresster Stimme. Seit wann saß die denn neben ihr? Hätte sie die ganze Zeit mitgelesen? »Blätter um, verdammt!«

3. Mai
Fakt: Selbst winzige Bewegungen erzeugen Energie. Das Georgia Institute of Technology arbeitet an Garnen, die Strom erzeugen, während der Träger der Kleidung läuft.
Oder einfach nur atmet.

Dann kam eine Lücke und es folgte hingeschmiert:

Auch Gedanken erzeugen Energie.

Gedanken erzeugen Energie.

Die Atemlosigkeit, mit der die Aufzeichnungen gemacht waren, war ansteckend. Je verwischter die Schrift wurde, je hastiger die Worte geschrieben waren, desto schneller atmete sie und neben ihr auch Olympe. Der ganze Wagen schien zu atmen. Schneller und schneller.

16. Juni
Neurones wire together, if they fire together.
Neuronen, die gemeinsam feuern, verdrahten sich. Das bedeutet: Verbindungen zwischen Gehirnzellen, die gemeinsam erregt werden, bleiben bestehen. Selektionsregel, ganz einfach.

Ganz einfach? Klar. Sie verstand *nichts.* Und sie kannte niemanden, der dieses Gedankengewirr durchsteigen würde. Wobei … Sie wandte sich an Olympe. »Kapierst du das?«

»Vielleicht«, murmelte die. Ihre Augen hinter der Brille waren zusammengekniffen und in der Sonne, die durch die vielen Fenster fiel, leuchtete ihr Haar wie das des Fuchses draußen.

»Iiieeh!« Ein Schrei, Flix. Ein Poltern. Sie fuhr herum, genau wie Olympe. Flix stand mit dem Rücken zu ihnen in der Badezimmertür, eine Hand in den Türrahmen gekrallt. »Verdammt, ich hab mich zu Tode erschreckt«, japste er.

»Wieso?«, wollte Olympe wissen.

»Ich … ich wollt gerade meine Wasserflasche auffüllen, da springt so'n Fellding von außen gegen das Fenster!«

»Ein Fellding?«

»Na, ein Tier halt! Wie 'ne Ratte, nur größer. Scheiße! Wenn die Scheibe nicht dazwischen gewesen wäre, dann wär mir das direkt ins …«

»Sie beobachten uns.«

Ryan, der noch an der Flügeltür lehnte, sprach leise wie immer, aber er hatte sofort ihre uneingeschränkte Aufmerksamkeit.

»Sie? – Wen meinst du?« Noomi hasste es, wenn ihre Stimme so schrill klang. Statt zu antworten, wies Ryan nach draußen, wo immer noch das Reh am Waldrand stand, daneben der Fuchs. Beide starrten in ihre Richtung.

»Die Tiere«, murmelte Ryan. »Sie wittern uns. Sie … warten auf irgendwas.«

Mit seinen Worten schien etwas Gefährliches in den Wagen einzudringen. Es breitete sich aus, schleichend, wie eine giftige Substanz.

»Irgendwas stimmt mit denen nicht«, bestätigte Flix. »Schon wie das Vieh ans Glas gesprungen ist! Aus dem Nichts: Bämm! Es hat mir direkt in die Augen geguckt, als es an der Scheibe runtergerutscht ist. Echt, und die Krallen! Das wollte mir ins Gesi…«

»Bullshit!«, bügelte Olympe ihn ab. »Wir sind im Wald, da gibt's Tiere und die sind Menschen nicht gewöhnt, das ist alles. Wie im Zoo halt, nur … umgekehrt.«

Erleichtert spürte sie, wie bei Olympes rigorosen Worten die gruselige Stimmung verflog, und als sie das Wasser rauschen hörte, mit dem Flix die Flasche füllte, vertiefte sie sich erneut in das Büchlein.

Wieder eine Lücke, danach ein einziger Satz.

Was, wenn sich die Selektionsregel auf zwei Gehirne ausdehnen ließe?

Dann:

Hätten die Forscher in Harvard nicht aufgezeichnet, WAS beim Denken eines Worts geschieht, sondern WIE es geschieht und dann nicht die KOPIE DES GEDACHTEN, sondern den MECHANISMUS DES DENKENS von einem Hirn ins andere überspielt – dann, NUR DANN!, wäre Telepathie in ihrer höchstmöglichen Form nachgewiesen.

Bitte was? Telepathie nachweisen? Einen Denkmechanismus aus einem Gehirn in ein anderes überspielen? Wie sollte das denn gehen?

Olympe griff an ihr vorbei und schlug die Seite um.

25. Juni
Erste Versuchsreihe – Gedankengrafiken (Brain-to-Brain):
Hab mich heute an das Elektroenzephalografie-Gerät angeschlossen, konzentriert EIN Wort gedacht. Das Gerät zeichnet sämtliche Gehirnwellen auf, die im Moment des Denkens aktiviert werden.
Ein Wort = eine Grafik.
So weit alles wie in Harvard.

Sie hob den Kopf und ließ den Blick zu der Zettelwand schweifen, vor der Flix und zu ihrem Erstaunen nun auch Ryan standen. Offensichtlich hatte er sich endlich vom Anblick der Tiere losgerissen. Flix und er diskutierten leise, hin und wieder wies einer der beiden auf einen der Zettel. Ihre Konzentration hatte die Stimmen der Jungs zu einem weißen Rauschen im Hintergrund verwaschen. Jetzt hörte sie einzelne Worte: *Naturwissenschaftler. Physik. Nee, was Biologisches.*

Sie suchte erneut Olympes Blick, aber die starrte vor sich in die Luft, die Augen noch immer leicht zusammengekniffen. Noomi betrachtete die angepinnten Grafiken an der Wand bei den Jungs erneut: Sie zeigten Amplituden in unterschiedlich hohen Wellen.

»Ryan?«, rief sie in das Gemurmel der beiden. »Was steht auf den Blättern dort?«

Ryan deutete auf die Grafik ganz links. »EEG 12. April: *Blume.*« Sein Finger schwenkte zum nächsten Ausdruck: »EEG 12. April: *Tisch.*«

Beim Wort *Blume* schien Olympe aufzuwachen, beim Wort *Tisch* stieß sie Luft durch den Mund aus, es klang wie ein »Puh«.

»EEG – was bedeutet das?«, fragte Flix.

»Elektroenzephalografie«, erwiderte sie, ohne über das Wort zu stolpern. »Wer auch immer hier lebt, macht Experimente mit dem Gehirn. – Hört euch das an.«

Ryan wuselte zu ihnen herüber und ließ sich an ihrer anderen Seite aufs Bett sinken. Flix legte den Papierstapel weg, durch den er sich gerade gewühlt hatte, und lehnte sich gegen die Wand. Die Spannung im Raum stieg an.

Sie schluckte, dann las sie alles noch einmal laut vor. Die anderen lauschten, ohne Zwischenfragen, nicht mal Olympe hakte nach. Endlich folgte der Eintrag vom ersten Juli.

1. Juli
Hab gestern sämtliche Hirnwellengrafiken in Schallimpulse umgewandelt.
Schallimpulse, Harvard, keine Binärcodes!
Es ist ganz simpel: Wer so einen Schallimpuls wahrnimmt, wird in denselben Hirnbereichen aktiviert wie ich, als ich das Wort dachte. Er »liest« also nicht nur, was ich gedacht habe, sondern »denkt« es – und zwar exakt so wie ich.
Wenn ich recht hab, entsteht so im Hirn des anderen keine Kopie …

Das Wort *Kopie* war wieder wild unterstrichen.

… meines gedachten Worts, sondern es findet dort der komplette Vorgang meines Denkens statt.
Es formt sich nicht nur der Begriff selbst in seinem Kopf, sondern alles, was zum Denken dazugehört: Die Sinne werden aktiviert!

Wenn ich recht hab, sieht der Empfänger den Begriff dann vor sich, kann ihn riechen, fühlen und spürt die damit verbundenen Erinnerungen des Absenders ...
Ich bin sicher, dass ich recht hab. Morgen teste ich es an mir selbst.

2. Juli
Es funktioniert!
Hab wahllos einen der Schallimpulse auf mich einwirken lassen und SAH den Tisch vor mir, SPÜRTE seine Oberfläche, ERINNERTE mich daran, dass dieser Tisch bei meinen Großeltern gestanden hatte ... Heureka!!!

10. Juli
Ich bin so glücklich! Der erste Versuch war kein Zufall. Es funktioniert WIRKLICH. Jedes Mal!
Nächster Schritt: Ich muss es an einer anderen Person testen. Um sicherzugehen, muss es einen Absender und einen Empfänger geben, die nicht identisch sind. Hab heute Lara in meine Studien mit ein...

»Lara? Unsere Lara?«, fuhr Olympe dazwischen.

Noomi starrte ungläubig auf das Papier. Hatte sie sich verlesen? Nein, da stand: Lara.

»Lara«, wiederholte sie.

Olympe beugte sich ebenfalls über das Notizbuch. »Das kann kein Zufall sein! Ich meine, wie viele Laras gibt's in dieser verdammten Einöde wohl?«

»Lies weiter!«, trieb Flix sie an.

...bezogen und ... es hat funktioniert! Lara hat beim Begriff »Sonne« einen glühend roten Sonnenaufgang am Meer gesehen. Hat das Salz in der Luft gerochen. Möwenschreie gehört. Eine meiner Kindheitserinnerungen! Sie hat das Glück gespürt, das ich damals empfunden habe. Näher kann man einem Menschen nicht kommen. ICH HAB ES GESCHAFFT!

→ Telepathie ist möglich! Es ist möglich, Menschen nonverbal zu verstehen, RICHTIG zu verstehen, ihre Erfahrungen nachzuempfinden. Das könnte der Schlüssel zum Weltfrieden sein, keine Sprachbarrieren mehr, keine Missverständnisse, eine höhere, bessere Art der Kommunikation!

Sie bemerkte erst nach einer Weile, dass sie die Stimme erhoben hatte, dass sie immer lauter geworden war, fiebriger, als wären diese Aufzeichnungen infektiös, als spränge die Begeisterung auf sie über wie ein Virus ...

Sie atmete hörbar ein, zwang sich, die Stimme zu senken, und las weiter.

Lara ist überwältigt. Sagt, ich müsse damit an die Öffentlichkeit gehen ... Es ist zu früh. Ich will einen Schritt weiter, das Experiment auf ein höheres Level ziehen. Ich will, dass –

Sie brach ab. Für einen Moment herrschte atemlose Stille.

»Ja?«, fragte Olympe ungeduldig. Ihre Augen glänzten und Noomi wusste, dass das Virus dieser Aufzeichnungen auch sie ergriffen hatte. Dieses Buch, die Notizen – sie hatten etwas Drängendes. »Wie geht's weiter?«

»Gar nicht«, antwortete sie. »Ab hier sind die Seiten rausgerissen.«

Flix

Kurz vor der Dialogrunde hatte Lara ihn beiseitegenommen und ihm erzählt, wie Gunnar und Jorek getobt hatten, als sie in ein verwaistes Camp gekommen waren.

»Keine Ahnung, wo ihr wart – ich hab jedenfalls behauptet, dass ich euch freigegeben hab. Als Dankeschön für die Rettungsaktion nach dem Vorfall mit dem Vogel heute Morgen. Sie sind jetzt halt auf mich sauer, wobei – auch nicht so richtig, wegen …« Sie hob ihren bandagierten Arm und kurz erschien sie ihm fast sympathisch. Dann dachte er an Juliane und die Erpressung und das Gefühl verschwand.

Jetzt saßen sie im Kreis auf den Baumstümpfen und Jorek hatte mal wieder die *Regenguss*- und *Sonnenstrahl*-Selbstentblößungsrunde angestimmt. Ob die sich nicht wunderte, dass sie alle vier verkündeten, dass ihr Regenguss heute der Vorfall mit Lara und der Sonnenstrahl der freie Nachmittag gewesen war? Jedes Mal, wenn das Wort Regenguss fiel, wurde ihm bewusster, was für einen Durst er hatte. Und von Sonnenstrahl zu Sonnenstrahl fühlte er sich ausgetrockneter.

Er tastete nach den beiden Eineinhalb-Liter-Flaschen, die er sicherheitshalber neben seinem Baumstumpf platziert hatte. So etwas wie vorhin auf der Lichtung wollte er nicht noch mal erleben. Dieses Gefühl, als würden seine Organe zu Staub zerfallen …

Nur halb bekam er mit, dass Gunnar und Jorek die Geschichte von Laras Unfall noch einmal aufarbeiteten, wie Gunnar eine Träne wegblinzelte und über Gruppenzugehörigkeit, Teambildung und Verantwortungsbewusstsein redete und wie er sie lobte. Selbst Jorek lächelte.

Doch es dauerte nicht lange, dann war sie wieder die Alte und setzte zu einem Vortrag darüber an, dass sie sich bloß nichts einbilden sollten, dass so eine Eigenmächtigkeit nicht zur Gewohnheit werden dürfe, dass es eine einmalige Sache gewesen wäre, dass sie keinesfalls allein im Wald ausschwärmen dürften, dass sie schließlich nicht im Ferienlager wären, dass sie sich gefälligst an die Regeln zu halten hätten … Bla, bla, bla.

Blubbblubbblubb.

Wasser, schrie alles in ihm.

»Immerhin«, unterbrach Olympe Joreks Monolog, »haben wir dabei was gefunden!«

Er tauchte auf. Wieso sagte sie das? Sie hatten doch Stillschweigen über das Wagenhaus verabredet! Oder meinte sie …? Skeptisch musterte er Olympe. Was hatte sie vor? Während Jorek offensichtlich überlegte, wie sie mit der Unterbrechung umgehen sollte, schien Laras Aufmerksamkeit sofort geweckt.

»Ihr habt was gefunden?«, fragte sie. »Wo denn? Was denn?«

Olympe kramte in ihrer Bauchtasche, die sie jetzt wieder quer über der Brust trug.

Nachdenklich beobachtete er, wie sie ihre Fundstücke vor Gunnar und Jorek ausbreitete. Olympes Ringe, Noomis Lederbeutelchen, Gunnars Münzen, Laras Holzkernuhr und schließlich der kleine Zinnbär, den sich Jorek sofort wortlos herausgriff und in ihre Hosentasche schob. »Und natürlich Ryans Medaillon«, schloss Olympe und deutete über die Schulter mit dem Daumen auf Ryan.

Der kauerte zusammengekrümmt auf seinem Baumstumpf, die Füße eng an den Körper gezogen. Sein Kopf zuckte nervös von Jorek zu Olympe, zu Gunnar, zu Olympe. Er umklammerte seine Hände, als würde er sich zwingen, sich nicht zu kratzen.

Der Arme hatte sich den ganzen Tag gekratzt, regelrecht zwanghaft.

Flix tastete wieder nach der Wasserflasche, drehte sie auf und trank, trank, trank und begutachtete dabei Ryans pustelige Haut.

Als er sich zu rasieren begonnen hatte, war er in Ryans Alter gewesen und seine Haut hatte ähnlich ausgesehen. Er hatte sich rasiert, obwohl da noch nichts zu rasieren gewesen war, und er erinnerte sich noch gut an die Ungeduld, mit der er auf die ersten Barthaare gewartet hatte – vielleicht ging es Ryan genauso. Er würde ihm heute Abend die Vorzüge von Rasierschaum und Aftershave erläutern, von Mann zu Mann. Aber …

Warum starrte Noomi ihn so an?

Es dauerte, ehe er begriff, dass es um die Flasche ging, die *leere* Flasche, die noch immer an seinem Mund klebte. Wie peinlich! Immerhin schien außer ihr niemand bemerkt zu haben, dass er an einer leeren Flasche nuckelte. Er stellte sie ab und versuchte, sich zu konzentrieren. Auf Jorek und Gunnar, auf Lara und deren Reaktion.

»Verstehen Sie?«, sagte Olympe gerade zu Jorek.

Jorek hm-hmte, blieb aber skeptisch: »Und das wollt ihr da draußen gefunden haben?« Sie beäugte jeden Einzelnen von ihnen. »Im Wald?« Ihr Blick blieb an Noomi hängen.

»Ich schwöre!« Theatralisch hob Noomi die rechte Hand mit gestrecktem Daumen, Zeige- und Mittelfinger.

»Ich auch.« Olympe.

»*Grmptssssgrmp!*« Ryan.

Hä? Was?

»Es lag alles da«, schob Ryan hinterher und räusperte sich. »Als hätte es jemand dahin drapiert!«

Jorek legte den Kopf schief, dann fixierte sie ihn, Flix.

»Genauso war's«, murmelte er, hob abwehrend die Hände und griff nach der zweiten, der vollen Flasche.

»Und das heißt«, fasste Noomi zusammen, »dass jemand ins Camp eingebrochen ist und unsere Sachen gestohlen hat.«

Olympe rief »Jawohl!«, Ryan nickte auf die wackeldackelige Art, die er heute draufhatte, und Lara hatte die Finger zu einer Merkel-Raute gefaltet. Unauffällig schüttete er sich Wasser in den Nacken.

Es glitzerte. Überall glitzerte es. Die Sonne fing sich in aufspritzenden Tröpfchen, Prismen warfen Regenbögen, es war ein Stroboskop aus Licht. Um ihn herum stoben Bläschen und Schaum. Er flitzte zwischen ihnen hindurch, und je schneller er flitzte, desto mehr kitzelte es am Bauch. Er gluckste. Es war wie in einem Whirlpool, laut und gurgelig und so versprudelt, dass er kaum sehen konnte. Er tauchte fort von dem Lärm, tiefer, der Stille entgegen. Seine Beine waren verschmolzen, breit wie ein Kiel, er schlug damit nach rechts und links, tauchte tiefer, tiefer. Die Unruhe ließ nach, es wurde kühl und er spürte das Wasser, das seine Haut streichelte. Weich, so weich. Und … still.

Endlich war es still.

Es kostete ihn eine übermenschliche Anstrengung, sich aus seinem Traum zu lösen. Das Glücksgefühl umwaberte ihn weiter, und als er den Wecker abstellte, sah er vor seinem inneren Auge noch das Glitzern des Wassers.

Wasser.

Er schluckte trocken. Schon wieder so ein Durst. Und er konnte die Beine nicht bewegen. Warum? Er schlug die Augen auf und erneut hatte er das Gefühl, die Lider wollten auf den Augäpfeln kleben bleiben. Er rollte sich zur Seite und griff nach der Decke, die sich um seine Knöchel geschlungen hatte. Fluchend enthedderte er seine Füße, dann lag er noch einen Moment ruhig da.

Er fuhr sich mit der Hand über den Bauch, der höllisch juckte. Sanft begann er zu kratzen, dann immer fester. Aber je mehr er kratzte, desto stärker juckte es. Und nicht nur am Bauch, auch auf den Händen, an seinen Seiten. Sogar am Kopf. Was war das?

Natürlich! Er hatte sich freigestrampelt, als er im Traum geschwommen war, und ohne die Decke war er zur Blutspende für diese beschissenen Stechmücken geworden. Die Stille seines Traums verflog, das glitzernde Glücksgefühl auch. Er warf einen Blick zu Ryan hinüber.

»Bist du wach, Bro?«

Ein seltsames Geräusch rollte aus Ryans Bett.

»*Grrrtsssssgrrff.*«

Für einen Moment vergaß er das Jucken.

»Ryan? Alles klar?«

»*Grrrr…*«

Er setzte sich auf.

»He, bist du okay?«

»Ja«, murmelte Ryan. »Komm gleich«.

Uff. Er schob sich erleichtert aus dem Bett, streifte ein T-Shirt über und schlurfte aus der Hütte zu den Waschräumen, um den Juckreiz ausgiebig wegzuduschen.

X

NEIN!

Sie muss es gefunden haben.

Sie müssen es … Ich hätte besser …

Sie haben nicht mehr viel Zeit, sie zeigen bereits Symptome.

Wie konnte das passieren?!

9. KAPITEL

Wasser und Brot

Flix

Seit gestern Abend war Lara verschwunden. Also: Nicht verschwunden-verschwunden, aber sie war nach der Abendrunde aufgestanden und hatte sich in ihre Hütte verkrochen, bevor einer von ihnen Gelegenheit gehabt hatte, mit ihr zu sprechen.

Wieso stand ihr Name in diesem Notizbuch? Woher kannte sie jemanden, der Telepathie-Experimente machte? Lara wirkte bodenständig, pragmatisch … nicht so … na ja … nicht esoterisch.

Trotzdem deutete alles darauf hin, dass sie in etwas verstrickt war. Etwas Bizarres … etwas Gefährliches womöglich. War sie im Wald angegriffen worden, weil sie zu viel wusste? Über … diese Experimente?

Aber warum deckte sie den Angreifer?

Er drehte sich im Kreis. Und Lara, die Einzige, die seine Fragen hätte beantworten können, fehlte beim Frühstück.

»Geht ihr nicht gut«, brummte Gunnar, als Jorek nach ihr fragte. Seine Stirn lag in sorgenvollen Falten.

Flix wechselte schnelle Blicke mit den anderen, die sie mit deutlichen Fragezeichen erwiderten. Abwesend betrachtete er die Auswahl auf dem Frühstückstisch. Auf Wurst hatte er keinen Appetit. Also griff er, zum ersten Mal in seinem Leben, zu

Hummus. Strich es auf sein Brötchen, legte zwei Extrascheiben Tomate darauf und garnierte es mit Gurkenschnitzen. Er hatte höllischen Hunger. Musste am Stoffwechsel liegen oder an den Hormonen. Vielleicht am Alter. Juliane hatte ihn am Anfang immer damit aufgezogen, dass er noch mitten in der Pubertät sei. Pah, mit siebzehn! Er hatte sie dann geküsst, so erwachsen er konnte, bis sie sein Alter vergaß.

Juliane.

Er hasste es, nicht zu wissen, was los war. *Ich meld mich.* Drei Worte und sie machten ihn verrückt. Denn: Wie? Wie wollte sie sich melden? Sie war in Berlin, er saß hier im Wald, wo er nicht telefonieren durfte, keine Post empfangen, geschweige denn ins Internet konnte. Dank dieses verdammten Kontaktverbots hatte er keine Ahnung, wie die Dinge bei Juliane standen. Er war dem Warten ausgeliefert – ohne zu wissen, worauf. *Ich meld mich.* Es war, als hätte ihm jemand mitten im Lauf die Beine weggeschlagen.

Sein Seufzen unterbrach die Stille am Tisch, aber niemand nahm davon Notiz. Jeder schien mit seinen eigenen Gedanken beschäftigt – nicht mal Jorek nervte rum. Gunnar war stumm und wirkte bekümmert. Er saß vornübergebeugt und schmierte Brötchen – eindeutig für Lara. Mit Käse und Senf und Gurke, etwas anderes aß sie nie morgens.

Flix seufzte erneut. Einen Vater wie Gunnar, einen der sich sorgte … der nicht schrie und drohte und prügelte. Der Hohn an der Sache war, dass sein Vater immer behauptete, das Beste aus ihm rausholen zu wollen. Aber was er mit seiner Art in ihm weckte, war das Schlechteste: Aggressivität.

Das Beste in ihm konnte nur Juliane aus ihm holen – und zwar, ohne es zu fordern oder ihn verändern zu wollen wie sein

Vater. Es gelang ihr so leicht. Mit sanftem Spott, ihrem Sirupläs-cheln und dem Stolz auf ihn, den er in ihren Augen aufblitzen sah, wenn er etwas Intelligentes gesagt hatte. Sie glaubte an ihn. Mit Juliane war er besser geworden. Mehr er selbst.

»Eigentlich sind es anderthalb Jahre«, hatte sie gesagt, als er ganz am Anfang gefragt hatte, wie lange ihr Referendariat dauerte. »Ein halbes Jahr hab ich schon hinter mir, aber das war in Pankow. Bei euch bleibe ich also dieses Schuljahr. Danach werd ich woandershin versetzt ...«

Woandershin.

Damals war ihm das Wort wie eine weit entfernte, exotische Gegend vorgekommen. Aber in den letzten Wochen hatte das Woandershin sein Denken übernommen.

Weil Juliane sich verändert hatte.

Es war, als wäre sie vor seinen Augen verschwommen – langsam, aber merklich, seit etwa einem Monat. Sie war nicht kühl geworden, sondern ... weniger irgendwie. Ausgefranst. Und je mehr sie zerfaserte, desto klarer drängte sich das Woandershin in sein Denken.

Woandershin konnte überall sein, es war nicht mal sicher, ob sie in Berlin bleiben konnte. Jetzt war das Schuljahr vorbei. Sie musste in dieser Woche Bescheid bekommen. Würde sie bleiben?

Und was, wenn nicht? Wenn sie an eine andere Schule versetzt wurde?

»Das mit uns dauert, so lange es dauert, Flix«, hatte sie gesagt, als das Ende des Schuljahres näher rückte. Ihr Blick war schwer gewesen und ihre Stimme sanft. »Lass uns einfach das Jetzt leben.«

Aber er wollte mehr als ein Jetzt, er wollte auch ein Später.

Nervös kratzte er an den verdammten Mückenstichen. Die

Biester hatten ihn an den sensibelsten Stellen seines Körpers malträtiert – am Bauch, hinter den Ohren, an den Seiten. Wieso es allerdings auch in den Augenhöhlen juckte, war ihm völlig unverständlich.

Zur Ablenkung aß er noch ein Brötchen und noch eins, trank seinen Orangensaft aus, der ihm heute zu süß vorkam.

Hoffentlich fand er nach dem Arbeitseinsatz die Ruhe, Juliane zu schreiben. Einen richtigen Brief, auf Papier. Einen, den er Gunnar mitgeben würde, wenn der in die Stadt fuhr, damit er ihn in den Briefkasten steckte, und der einen Tag brauchte oder zwei, bis er ankam. Oder … er bat Olympe um die Smartwatch. Sonntags chillte Juliane meist im Garten im Liegestuhl. Sie würde sich freuen, mit ihm zu chatten. Es sei denn …

Der Gedanke fragte nicht, ob er erwünscht war, sondern kenterte ihn, kenterte seinen Körper und sein Denken. Wenn sie an eine andere Schule kam, das würde doch nichts ändern zwischen ihnen. Oder?

Es dauert, so lange es dauert.

Sein Herz begann zu hämmern, so schnell, dass er das Jucken vergaß.

»Seid ihr bereit?« Jorek unterbrach seine Gedanken.

»Bereit?« Er spürte, wie Noomi neben ihm erstarrte. Ihre Hand mit dem Käsebrötchen schwebte unmittelbar vor ihrem Mund. »Wofür?«

»Für die gute Nachricht des Tages natürlich.«

»Es gibt eine gute Nachricht?«, hakte Olympe nach.

»In der Tat.« Lag wirklich Schalk in Joreks Stimme? »Gunnar, Lara und ich haben gestern noch mal alles durchgesprochen, was ihr uns erzählt habt, und sind zu dem Schluss gekommen, eure Strafe aufzuheben.«

»Wirklich?« Noomi stieß Flix begeistert den Ellenbogen in die Rippen.

»Autsch«, entfuhr es ihm. Die Stelle juckte nicht nur, sie war auch megaempfindlich. Kam das echt von den Mücken?

Noomi stieß unbeeindruckt ein zweites Mal zu, diesmal sanfter. »Verstehste? Kein Holzsammeln. Wir haben frei-hei! *We're free to be whatever we, whatever we choose …*«

Noomi hatte etwas Magisches, wenn sie sang. Auf einen Schlag schienen alle am Tisch komplett anwesend. Selbst Ryan stierte sie mit aufgerissenen Augen an, während er an einem Brötchenrand herumknabberte.

»*We're free to say whatever we, whatever we like …*« Als Noomi klar wurde, dass sie die gesamte Aufmerksamkeit auf sich zog, verstummte sie. Schade, dachte er. Es war das einzige Mal an diesem Morgen, dass sein Gedankenkarussell gestoppt hatte.

Kurz blieb es still, dann brach Olympe den Zauber.

»Das heißt, Sie glauben uns, dass nicht wir die Sachen geklaut haben?«

»Na ja.« Jorek räusperte sich übertrieben. »Ich würde sagen, ihr könnt froh sein, in einem demokratischen Land zu leben.«

»Ähm … abgesehen davon, dass ich das Grundgesetz sehr schätze, was soll das denn bitte bedeuten?«, wunderte er sich.

»Ganz einfach: Es stand zwei zu eins für euch. Ich bin immer noch skeptisch, was eure ›Beweise‹ angeht. Ihr müsst zugeben, dass ihr die ganze Aktion genauso gut inszeniert haben könntet.«

»Inszeniert?« Olympe richtete sich auf, rückte die Brille zurecht. »Aus welchem Grund sollten wir überhaupt klauen? Sie vertrauen auf Ihr Misstrauen und das ist ein *Gefühl.*« Gänsefüßchen. »*Logisch* betrachtet, ergibt es überhaupt keinen Sinn, dass wir …« Sie zog scharf die Luft ein und brach unvermittelt ab.

Irritiert schaute er sie an. Ihre Augen blitzten über den Tisch hinweg zu Noomi, die versonnen und scheinbar ungerührt ihren Joghurtbecher auskratzte.

»Logik oder nicht – Lara und ich haben Jorek jedenfalls überstimmt.« Gunnar drapierte die Brötchenhälften für Lara auf einem Teller. Fehlt nur noch, dass er Herzchen aus den Radieschen schnitzt, ätzte eine neidische Stimme in seinem Kopf.

»Wir konnten keinen Grund finden, warum ihr klauen und die Sachen dann im Wald verstreuen solltet.«

»Was selbstverständlich immer noch nicht klärt, wer es gewesen ist!« So richtig überzeugt hatte die Demokratie Jorek wohl nicht.

»Ein Fremder«, schlug Noomi vor. »Wir haben vielleicht etwas ge …«

»Ein Fremder. Hier. Mitten im Wald! Ein Yeti oder was?« Joreks Stimme triefte vor Hohn.

»Lass gut sein, Sophia, das haben wir doch gestern bis zum Abwinken durchgekaut.« Etwas an Gunnars Tonfall legte in Flix den Schalter um. Sie logen! Beide! In Wirklichkeit waren sie noch immer davon überzeugt, dass sie vier hinter den Diebstählen steckten. Allerdings hatte Gunnar offensichtlich beschlossen, ihnen zu verzeihen, Lara hatte etwas gutzumachen bei ihnen und Jorek fügte sich notgedrungen der Mehrheit.

Oder – die Sache mit dem Sozialexperiment stimmte doch! Fassungslos folgte er dem Gespräch, unschlüssig, ob er seinen Verdacht aussprechen, explodieren oder die Klappe halten sollte. Er entschied sich für Letzteres. Vorerst.

»Aus Mangel an Beweisen«, nahm Gunnar den Faden wieder auf, »und weil ihr gestern Mittag Lara geholfen habt, heben wir also eure Strafe auf.«

»So sieht's aus«, bestätigte Jorek. »Sie haben mich überstimmt.«

»Nice«, murmelte Olympe.

»Allerdings …«, Jorek hob den Finger, »… haben wir eine Bedingung. Weil ihr gestern so schön mit dem Teambilden angefangen habt und auch aus Sicherheitsgründen, wollen wir, dass ihr heute zusammenbleibt. Unternehmt was Schönes, geht zum Quelltümpel oder lauft eine Runde, aber macht es gemeinsam.«

»Au ja, zum Quelltümpel!« Noomi klatschte begeistert in die Hände. Das war doch wohl hoffentlich ein Witz! »Was für eine tolle Idee, Jorek.«

»Zum Tümpel? Wieso das denn?« Ryan wirkte weit weniger begeistert als sie. Gott sei Dank – zu dem Sumpfloch konnte doch keiner ernsthaft wollen! »Der riecht eklig und ist so schlam… autsch.« Ryan zuckte zusammen, sah zu Noomi, die Augen aufgerissen. Nach einer halben Sekunde blinzelte er, räusperte sich und sagte: »Cool – Quelltümpel. Ja. Super Idee.«

»Ohne mich!«, bügelte Flix ab.

Er war noch genau einmal am Tümpel gewesen, seit er mit Jorek daran vorbeigelaufen war: zur Bestandsaufnahme mit Gunnar. Der Steg musste repariert werden, Überraschung! Sein erster Eindruck hatte sich bestätigt. Der Stinketümpel (in dem Jorek angeblich sogar schwimmen ging!) war ein Schlammloch voller Unken und Entengrütze, an dem es von Stechmücken wimmelte. Allein beim Gedanken an die Biester zuckte seine Hand zum Bauch.

Er verkniff sich das Kratzen, weil er die Blicke der anderen auf sich spürte. Meinten die das ernst? Die meinten das ernst!

»Echt jetzt?«, stöhnte er. »Ihr wollt wirklich im Moder planschen?« Draußen im Wald beim Tümpel hatte Olympes Smartwatch garantiert keinen Empfang. Die Bäume standen viel zu dicht. Hier war alles licht – er musste Juliane erreichen! »Aber wir … wir könnten doch stattdessen hier aufm Platz Volleyball spielen, ich hab in der Werkstatt ein Netz …«

Ein stechender Schmerz legte sein Redezentrum lahm. Der Tritt war aus Noomis Richtung gekommen, kein Zweifel. Auch nicht daran, dass sie bei Olympe und Ryan eben das Gleiche abgezogen haben musste. Er wollte sie gerade anfahren, als er ihren warnenden Blick auffing.

»Aaaah … zu *dem* Tümpel, meint ihr!«, sagte er. »Mit den Sumpfpflanzen? Ja klar! Der ist voll interessant, ein echtes Biotop. Da wollte ich schon lange mal hin …« Er kapierte nicht, warum Noomi den Scheiß hier forcierte, aber es schien ihr wirklich wichtig zu sein, das eklige Loch zu besuchen.

Jorek schnalzte mit der Zunge. Sie wirkte sichtlich stolz, dass ihr Vorschlag so viel Zuspruch bekommen hatte. »Schön, dass ihr was gefunden habt, was euch allen solchen Spaß macht. Der Quelltümpel ist ein richtiges Naturidyll. Da gibt es viel zu sehen und zu entdecken. So was habt ihr in Berlin natürlich nicht. Genießt es! Gunnar und ich sind heute mit Bürokram beschäftigt, wir sind also hier im Camp, falls was ist. Jetzt abräumen und dann raus mit euch!«

Flix schob den Stuhl zurück, klemmte seine Wasserflaschen unter den Arm und ging zum Kopfende der Tafel. Bevor sie aufbrachen, wollte er sich Lara noch einmal zur Brust nehmen. Er wusste auch schon, wie.

Höflich deutete er auf die von Gunnar geschmierten Brötchen. »Soll ich Lara die eben in die Hütte bringen? Dann könnt ihr gleich loslegen.«

Gunnar musterte ihn, erhob sich ebenfalls und drückte ihm

den Teller voller Vaterliebe in die Hand. »Das wär klasse. Und sag ihr, ich schau später noch mal nach ihr.«

Keine Antwort. Er klopfte erneut.

Zweimal, dreimal. Nichts.

Er drückte die Klinke herunter und schob die Tür auf.

Oha! Gunnar und Lara bewohnten offenbar die Luxussuite, während ihnen lediglich die Sparvariante zur Verfügung stand.

Hier gab es nicht nur ein Regal über jedem Bett, sondern zwei! Die Stumpenstühle hatten hellgrüne Sitzkissen und die Fenster Vorhänge in derselben Farbe. Darauf gedruckt – Überraschung – dunkelgrüne Tannen, die den Schriftzug *Feel Nature* einkesselten. Gleich neben der Tür hing ein Schuhregal und an den Wänden waren sogar Bilder. Es waren gerahmte Fotografien von – wer hätte das gedacht: Bäumen! Zu seinem eigenen Erstaunen hatten sich die Informationshappen zu heimischer Pflanzenkunde, die Gunnar ihnen scheinbar beiläufig bei der Arbeit gab, verfestigt. Er erkannte auf einem Bild eine Gruppe Hängebirken, auf einem anderen Kiefern, Eichen, Fichten und Ahornbäume.

Die Heimeligkeit, die hier, anders als in ihren Hütten herrschte, hätte er sich ja noch erklären können, im Gegensatz zu Lara und Gunnar waren sie schließlich zur Strafe hier, da gehörte eingeschränkter Komfort vermutlich dazu – was ihn allerdings vor Neid schlucken ließ, waren die Moskitonetze über jedem Bett. Das linke, ordentlich gemachte, war offensichtlich Gunnars, das rechte, zerwühlte, musste das von Lara sein.

In dem sie liegen sollte.

Eigentlich.

Aber es war leer. Sie musste schon länger fort sein, denn ihr Bett … roch kalt.

Halbherzig rief er dennoch ihren Namen, dann trat er ein paar Schritte in das wohltuende Halbdunkel des Raumes, stellte den Brötchenteller auf Laras Nachttisch ab und ging zur Toilettentür, aber er wusste bereits, dass sie nicht dadrinnen war, er spürte es durch die Tür hindurch. »Lara?«

Der kleine Raum war leer. Natürlich.

Er dachte an Gunnars sorgenvolles Gesicht und an Laras angstverzerrtes gestern im Wald. An die abgerissenen Notizen im Wagen, an die Andeutungen.

Eigentlich hätte er gehen müssen – sie war schließlich nicht da. Aber etwas hinderte ihn. Ein Gefühl von … Ehe er den Gedanken greifen konnte, begann seine Haut wieder zu jucken, und als er die Finger unter sein T-Shirt schob, spürte er, dass die Haut um die Mückenstiche heiß und stark angeschwollen war.

An seinem Brustbein ertastete er eine längliche Erhebung, auf der die Haut nicht nur gespannt war, sondern vor Trockenheit aufzuplatzen schien … Vielleicht waren das gar keine Stiche? Lag es womöglich am Wasser, an den Rohren? Relikte aus der Zeit, in der das Camp noch nicht biosuperhipster sein wollte, sondern ein FDGB-Heim war.

Er schüttete etwas Wasser aus der Flasche in die Hand, rieb die juckenden Stellen damit ein, kühlte dann seine Augen damit, hob das Gesicht und musterte den Raum erneut.

Spätestens seit dem Angriff im Wald war klar, dass Lara etwas zu verbergen hatte.

Flix befühlte das Moskitonetz (wie gerne er es abgeknüpft und mitgenommen hätte!), ließ dann die Hände über das Chaos auf Laras Regalbrettern gleiten, über die Magazine, ihre Klamotten.

Er fühlte sich nicht gut. Die Welt um ihn herum schien sich Minute für Minute zu verengen, die Geräusche zu versumpfen, als hätte ihm jemand Ohropax in die Gehörgänge gestopft.

Durst! Er hatte solchen Durst.

Im selben Moment hörte er Ryans Stimme von draußen. Unruhig warf er einen Blick über seine Schulter hinweg zur offen stehenden Tür. Niemand.

Und dann sah er es.

Es steckte in der Hintertasche von Laras Arbeitshose, die an dem Haken neben der Tür hing. Ihr Handy!

Kein Denken mehr, nur Handeln. Mit drei Schritten war er an der Hose, hatte das Handy rausgezogen. Keine Sperre. Keine Sperre! Wie viel Glück konnte ein einziger Mensch haben? Er tippte den Browser an, nur 3G, aber immerhin. Schneller, flehte er stumm, schneller! Und dann war er im Internet. Er. War. Im. Netz! Schnell, schnell. Social Media waren keine Option, aber E-Mail. Juliane liebte E-Mails. Seine Daumen tippten das Passwort, ohne dass er hinsah. Enter. Achtzehn neue Mails. Öffnen. Rasch!

Da! Juliane.

Er schnappte nach Luft.

Das konnte sie: ihm die Luft nehmen. Vor Glück. Und gerade: vor Angst. Reiß dich zusammen, verdammt, reiß dich zusammen.

Seine Hand zitterte, als er die E-Mail öffnete.

Zitterte stärker, als er sie las.

Flix, so gerne ich wollen würde … es geht nicht mehr. Ich werde versetzt und denke, wir sollten das als Zeichen nehmen. Danke für alles. Unsere Wege werden sich trennen, die Erinnerung bleibt.

Er griff sich an die Kehle.

Las die E-Mail noch einmal.

Noch einmal.

Er rieb über seinen Bauch, der aufblühende Juckreiz machte ihn wahnsinnig. Als er spürte, wie die Haut sich in Schuppen löste, erst kleine, dann größere, hörte er auf zu reiben.

Ausloggen, raus da, fort, *rewind*, zurück zum Anfang, alles ungeschehen machen, ungelesen machen. Irgendwie gelang es ihm, das Handy zurück in die Hosentasche zu stecken.

Luft.

Nein, Wasser! Er brauchte Wasser. Er trank, den Rücken an die Wand gepresst, direkt neben dem Handy, das die Botschaft enthielt, die alles änderte, allem den Sinn raubte, er trank die Flasche leer, doch der Durst blieb. Als er sie absetzte, sah er plötzlich überscharf, wie etwas unter Laras Bett hervorlugte. Er lief hinüber, ließ sich auf die Knie fallen und zog es hervor. Ein Briefumschlag. DIN-A5-groß.

Mehr Durst!

Keuchend hielt er sich an Laras Bett fest und öffnete den Umschlag.

Er erkannte die Schrift sofort.

Wasser.

Er musste endlich raus hier.

Wasser!

Noomi

Flix kam aus Laras und Gunnars Hütte geschossen, als wäre jemand hinter ihm her. Sie streckte die Hand aus, um ihn zu stoppen, aber er machte keine Anstalten, langsamer zu werden.

Stattdessen drückte er ihr im Vorbeirennen ein Bündel Zettel in die Hände. »Nimm!«, zischte er. »Ich muss …«, da stürzte er schon an ihr vorbei zum Haupthaus. »… ins Bad!«

Sie schüttelte den Kopf. Der Arme. Dieser Sonnenstich von gestern schien ihn ganz schön mitzunehmen.

»Noomi?« Olympe stand hinter ihr, ein Buch in der Hand und über der Schulter eins der Campduschtücher – hellgrün mit dunkelgrünen Tannen drauf. »Wollen wir los? Zu diesem verschlammten Tümpel? Aber erwarte nicht, dass ich da schwimmen geh, ich bin erst fünfzehn! Jung und vielversprechend. Ich werde nicht in einem Gülleloch voller Typhuserreger sterben!«

Noomi steckte das Zettelbündel in ihre Gesäßtasche und sah, wie Ryan die Tür zur Jungshütte zuzog, auch er hatte ein Duschtuch umgehängt. Als er zu ihnen trat, roch es, als würde ein Rosenbeet erblühen.

»Toller Duft.« Sie schnupperte.

Er nickte fröhlich. Ryan. Fröhlich, dachte sie. Ungewöhnlich. Und dieser Scheißtümpel … Dass die anderen es nicht längst begriffen hatten! Sie wollte nicht zum Tümpel, sie wollte zum Wagenhaus. Aber das hatte sie Jorek ja schlecht auf die Nase binden können.

Sie lungerten auf den Baumstümpfen herum und warteten. Für ein schlüssiges Alibi hatte sie sich ebenfalls ein Duschtuch gegriffen und demonstrativ ihren Badeanzug über den Arm geworfen. Falls Jorek sie beobachtete.

Wo blieb Flix? Sie hasste es zu warten – es war tote Zeit. Die Sonne brannte und sie blinzelte nach oben, lauschte in die blaue Sommerstille. Der wilde Geruch der Kiefern rief sie zum

Wagenhaus. Ungeduldig warf sie das Duschtuch auf den Rasen, wühlte ihr Sonnenspray aus dem Rucksack und begann, sich die Arme einzureiben. Zwischendrin schaute sie abwechselnd zum Haupthaus, in dem Flix verschwunden war, und zu Olympe hinüber.

Die kaute auf einem Grashalm und wühlte mit den nackten Zehen in der Walderde. Ryan verbrachte die tote Zeit damit, zwischen den Baumstümpfen hin und her zu huschen und Bucheckern auf einen Haufen zu sammeln. Beide wirkten, als wären sie sich selbst genug.

Erst beim dritten Mal fing Olympe ihren Blick auf und spuckte den Grashalm aus. »Wollen wir schon vorgehen?«, schlug sie vor. »Sonst fällt Jorek vielleicht doch noch was Fieses ein. Holzhacken oder so.«

»Na ja«, erwiderte Noomi. »Die Ansage war klar: zusammen oder gar nicht …«

»Was treibt der eigentlich dadrinnen?« Olympe vergrub ihre Zehen wieder in der Erde.

»Keine Ahnung. Vielleicht schmiert er sich noch ein Lunchpaket.«

»Oder füllt sich die tausendste Flasche Wasser«, mutmaßte Olympe.

Grinsend cremte sich Noomi Gesicht und Schultern ein und steckte das Spray zurück in den Rucksack. Als sie sich wieder auf den Baumstumpf fallen lassen wollte, spürte sie das Zettelbündel von Flix in ihrer Gesäßtasche. Vorsichtig zog sie es hervor. Die Handschrift erkannte sie sofort.

»Holla!« Aufgeregt fing sie an, das Bündel durchzublättern.

»Was?« Olympe hörte auf, mit den Zehen in der Erde zu wühlen, und rutschte einen Baumstumpf nach rechts, direkt neben sie.

»Ich glaube, Flix hat in Laras Hütte die fehlenden Seiten aus dem Notizbuch gefunden und äh … mitgehen lassen!«

Ryan stieß einen interessierten Laut aus, ließ seine angehäuften Bucheckern liegen und kam rüber. Er hockte sich vor ihnen auf den Boden und begann, an einer einzelnen Buchecker herumzupulen.

»Worauf wartest du noch?«, drängte Olympe. »Lies vor!«

»Sekunde …« Sie sortierte die Blätter. »Alles ist durcheinander. Und ich glaube, da fehlt was. Die Reihenfolge ist …«

Sie überflog die Eintragungen. Die Aufzeichnungen aus dem Notizbuch in der Hütte hatten am zehnten Juli geendet, sie blätterte und blätterte, um den Anschluss zu finden und dann … blieb sie plötzlich an einem Namen hängen.

»Hört euch das an!«

31. Juli
Ronja zeigt laut Lara Symptome einer Krankheit. Wahrscheinlich eine Sommergrippe.

»Moment! – Ronja?«, unterbrach Olympe.

»Genau das hab ich auch gerade gedacht!« Sie spürte, wie Aufregung in ihr hochkroch.

»Wer? Was?« Ryans Blick schnellte verständnislos von einer zur anderen.

»Komm schon, Ryan! Klingelt da nichts?« Olympe sprang vom Baumstumpf auf und tigerte vor ihnen auf und ab. »Ronja! Das ist doch echt ein ungewöhnlicher Name. Das muss das Mädchen aus der Gruppe vom letzten Sommer sein! Ronja Stutenfuß! Weißt du nicht mehr? Die, die verschwunden ist! – Kann ich?« Olympe nahm ihr die Zettel aus der Hand und las vor:

31. Juli
Ronja zeigt laut Lara Symptome einer Krankheit. Wahrscheinlich eine Sommergrippe.
Ist das Zufall? Dass sie ausgerechnet JETZT krank wird? Zwei Tage, nachdem sie das Gerät getestet haben? Zwei Tage nach dem Schallimpuls?

Zwei Tage nach dem Schallimpuls? Sie erstarrte. Zwei Tage zuvor war der neunundzwanzigste Juli gewesen. Mit einem Schlag war ihr Körper von einem Schweißfilm überzogen.

Am neunundzwanzigsten hatten sie im Ferienlager den Ausflug gemacht, zu den Schrammsteinen. Der neunundzwanzigste Juli – das war der ausgestanzte Tag! Der Tag, der ihr Leben verändert hatte. Sie zwang sich, sich auf Olympe zu konzentrieren, weil sie keinen Satz verpassen durfte.

Wenn es nur Ronja wär. Aber Mahmut geht es auch nicht gut.

Ihr fiel auf, dass Olympe immer schneller, lauter, gepresster las.

»Hey, komm runter«, bat sie und meinte auch sich selbst. »Du machst mich ganz wuschig. – Gib her.«

Olympe gehorchte und reichte ihr die Zettel.

»Was für Symptome meint sie?« Ryan hatte die Buchecker inzwischen aus der Schale gepult, hielt sie zwischen den Fingern und betrachtete sie. »Und was haben sie getestet?«

Sie zuckte mit den Achseln, und als Ryan an dem Nüsschen zu knabbern begann, las sie:

Und Vincent ... Kann das Zufall sein?
Bin alles noch mal durchgegangen. Die Berechnungen stimmen.

Die Frequenzen sind stabil und sicher. Es kann nicht daran liegen, dass sie an dem Gerät rumgespielt haben. Die eingestellte Stärke war harmlos!
Hab die Schallimpulse heute stundenlang an mir selbst getestet.
Alles war normal – ich empfange das Denken, die Farben, Erinnerungen und Gerüche. Keine Nebenwirkungen, keine Probleme.
Es kann nichts passiert sein. ... ich sollte schlafen.

Sie erlaubte sich eine kurze Denkpause. Olympe setzte sich wieder auf ihren Baumstumpf und wartete geduldig. Ryan hatte sich sein Bucheckernhäufchen herübergezogen und begonnen, die Nüsschen rund um sich herum zu vergraben. Noomi las weiter:

3. August
Worst case scenario!
Lara hat gebeichtet. Die Kids haben versehentlich die Frequenzstärke an dem Gerät erhöht.
Um das Zehnfache!!!
Es ist eine Katastrophe. KATASTROPHE!

Wie schon zuvor ein paar Mal war auch hier das letzte Wort mehrfach eingekreist, wieder und wieder. Leidenschaft, dachte sie. Wie sehr wünschte sie sich, dass sie ebenfalls für etwas auf der Welt so brennen würde, dass sie gar nicht anders könnte, als es zu umkringeln, bis das Papier riss. Aber wofür? Seit dem ausgestanzten Tag hatte nichts als der Wald ihre Gedanken besetzt; er und die Frage, was mit ihr geschehen war.

Lara findet, dass ich überreagiere. Wie kann sie?
Sie kennt doch die Berechnungen. Sie weiß, dass der »Denktransfer« nur bis zur vierfachen Frequenzstärke verlässlich funktioniert – ab der fünffachen beginnt die Instabilität. Das CHAOS!
Sie weiß das doch!
Hab ich ihr das Chaosprinzip nicht gut genug erklärt? Es ist wie bei einem Rauchfaden. Der steigt am Anfang glatt nach oben – ein absolut regelmäßiges Muster. Dann gibt es einen Punkt, an dem das Muster plötzlich gebrochen wird: Der Rauchfaden zittert, bildet Verwirbelungen und zerfasert in alle Richtungen.
Die Ergebnisse des Denktransfers sind nur bis zur vierfachen Frequenz »glatt« und »regelmäßig«. Ab der fünffachen wird das Muster gebrochen. Die Ergebnisse werden unvorhersehbar. Zehnfach? Unvorstellbar!
Was, wenn der Schallimpuls den Kids Schaden zugefügt hat? Wer soll sich um sie kümmern, jetzt, wo sie alle abgereist und wieder über ganz Berlin verstreut sind?
Lara muss mir helfen, ich muss ihr zeigen, dass …

Ungehalten raschelte sie mit den Blättern. »Der Anschlusszettel fehlt.«

Und das war ein Drama, denn obwohl sie keine Ahnung hatte, worum es eigentlich ging, wusste sie instinktiv, dass es etwas Großes war. »Versteht ihr, wovon der redet?«

Olympe hockte stocksteif auf ihrem Baumstumpf. »Ich bin nicht sicher …«

»Wie geht's weiter?«, drängte Ryan. Der Bucheckernhaufen war verschwunden. Hatte er sie alle vergraben? Jede einzelne?

Sie blätterte die Zettel erneut durch, konnte die Folgeseite aber nicht finden. »Okay«, beschloss sie schließlich, »das scheint etwas später geschrieben zu sein, gehört aber, glaub ich, irgendwie dazu.«

... gibt es diesen Punkt, an dem die chaotische Struktur nicht mehr zurück zur Ordnung findet. Von da an bleibt sie chaotisch. Immer.
Ergo: Ab der fünffachen Frequenzstärke, wenn die Ordnung zum Chaos wird, müsste das Chaos bestehen bleiben. Genau wie beim Rauchfaden. Der verwirbelt nicht zu einem Rauchnebel, um an einem späteren Punkt wieder einen glatten Faden zu formen. Das wäre unmöglich. Unnormal.
Bei meiner Erfindung – und das ist unglaublich – verhält sich das Chaos ... anders. Laut meiner Berechnungen kehrt das Chaos, in das der »Denktransfer« sich ab der fünffachen Frequenzstärke verwandelt, ab der zehnfachen Stärke in eine NEUE Ordnung zurück ...
Phänomenal! Das stellt die gesamte Chaosforschung auf den Kopf!
Und es kommt noch verrückter: Diese neue Ordnung entspricht NICHT dem regelmäßigen Muster vom Anfang. Es ist ein völlig anderes System. Eins, das ich noch nicht verstehe, aber unverkennbar: ein Ordnungsprinzip.
Der Rauchfaden würde also anfangs steil nach oben steigen (regelmäßiges Muster = berechenbare Ordnung), dann verwirbeln (= Übergangsmoment Ordnung → Chaos) und sich schließlich erneut zum Faden formen. Allerdings bewegt er sich dann nicht mehr steil nach oben, sondern irgendwie anders (= Übergangsmoment Chaos → unbekannte Ordnung).

»Wow, gut erklärt«, lobte Olympe. »Ist zwar verrückt, klingt aber echt logisch.«

Noomi zog die Nase kraus. »Weiß nicht, verstehst du das, Ryan?« Der neigte den Kopf von links nach rechts, was alles zwischen Bestätigung und Nackendehnungsübung sein konnte. »Okay«, sagte sie, mehr zu sich selbst. »Also kurz für Dummies. Normal wäre: Rauch steigt auf. Dann irgendeine Frequenz, Rauch verwirbelt. Das Unnormale: Eine höhere Frequenz bringt den Rauch wieder zum Zusammenzwirbeln. Richtig?« Prüfender Seitenblick zu Ryan, der mit schief gelegtem Kopf lauschte, und zu Olympe, die heftig nickend ihre Brille nach oben schob.

»Stark vereinfacht«, bestätigte sie. »Ist aber unmöglich, das geht gegen alle physikalischen Gesetze.«

Sie durchsuchte das Zettelbündel in ihrer Hand erneut. Passend zur Chaostheorie waren diese Notizen ein einziger Wirrwarr.

»Was heißt das jetzt?«, wollte Ryan wissen.

»Irgendwas haben die aus dem letzten Camp hochgedreht«, erklärte Olympe, »und dadurch …«

»Ha!«, unterbrach sie Olympe. »Hier kommt Lara wieder vor!«

Lara begreift das Ausmaß des Unfalls nicht. Wie auch? De facto wird ab der zehnfachen Stärke, die die Kids unwissentlich an sich getestet haben, der kritische Punkt der Instabilität überschritten und ein neues Ordnungssystem erreicht.
Die Berechnungen lassen keinen anderen Schluss zu. Aber das ist THEORIE. Ich hab nie eine erhöhte Frequenz an mir getestet. Weil ich weiß, wie gefährlich es ist.
Und diese Kids? Setzen meine Berechnungen PRAKTISCH um.

Versehentlich! Und reisen ab – offensichtlich krank oder zumindest angeschlagen (von was?).
Ich WEISS nicht, was mit einem Gehirn geschieht, dem man einen Schallimpuls zuführt, der sich am Punkt der Instabilität befindet (fünffache Stärke). Und was, wenn der Punkt der Neuordnung erreicht wird (zehnfache Stärke)?
Verdammt! Sie könnten in Gefahr sein, ohne es zu wissen. Ich muss sie kontaktieren, sie untersuchen. ICH MUSS!
Nur – wonach soll ich suchen? Worauf achten? Es gibt nur einen Weg: Ich muss zuerst herausfinden, was diese Neuordnung ist. Ich muss es an mir selbst

»Ja?« Ryan klang ungeduldig. »… *an mir selbst* …«, wiederholte er. »Und dann?« In seiner Stimme lag dasselbe Drängen, das auch sie selbst spürte, dieselbe Hast.

Sie drehte den Zettel um, wühlte dann wieder durch die anderen. »Keine Ahnung. – Ich … ich hab das hier.«

7. August
Es ist etwas Unfassbares geschehen.
Ich kann es nicht glauben, aber

»O Mensch, jetzt kommt nur so ’n heftiges Gekrakel, der muss voll aufgeregt gewesen sein, als der das geschrieben hat! Ich kann das nicht entziffern.« Entnervt kniff sie die Augen zusammen und suchte nach einem Absatz, in dem die Worte lesbar waren. »Wartet, hier unten geht es wieder.«

Ich habe die Frequenzstärke erhöht, erst die doppelte, dann die dreifache, gestern schließlich die vierfache. Es ist genau so, wie

ich schon mehrfach bewiesen habe: Bis hierher funktioniert meine Erfindung einwandfrei.
Heute: Selbstversuch Tag fünf. Fünffache Stärke, der kritische Punkt, an dem die Instabilität beginnt. Der Übergang ins Chaos. Ich hatte Angst, aber ... Etwas Überwältigendes ist passiert!

Während Noomi laut vorlas, spürte sie ihr Herz, hart und fordernd. Es schlug, um Aufmerksamkeit zu bekommen.

Neunundzwanzigster Juli, schlug es. Neunundzwanzigster Juli …

Alles war zu ungefähr demselben Zeitpunkt passiert. Das konnte kein Zufall sein! Die Aufzeichnungen hatten etwas mit ihr zu tun. Mit dem, was ihr in diesen Wäldern passiert war. Den Träumen, die sie seither hatte, den Aussetzern, den Flashbacks, die sie nicht einordnen konnte. Ihren Augen. Den glasharten Nägeln. Dem Chaos.

Wenn das ... keine Halluzination war, gibt es noch eine höhere Form von Telepathie, als ich vermutet hatte. Eine VIEL höhere. Unfassbar!
Das könnte unser Weltbild verschieben. MUSS es verschieben! So bedeutend wie Kopernikus' Entdeckung.
Die Durchbrechung einer Grenze, die seit Jahrtausenden als unum

»O nein, schon wieder! Warum fehlen hier dauernd Seiten, verdammt?« Sie blätterte hektisch durch den losen Stapel, wieso war der nicht geheftet, warum hatte Lara ihn nicht sortiert, weshalb gab es so viele Lücken?

»Weiter!«, forderte Olympe. Ihre Wangen waren gerötet, die

Lippen leicht geöffnet, der Blick auf die Tagebuchseiten geheftet.

»Ich würd ja, aber …« Sie überflog Blatt um Blatt, ihr Herz raste, ihr Magen flatterte. »Das Einzige, was ich noch finde, ist aus dem Mai. Danach gibt es nichts mehr, nur noch komische Fotos.«

»Egal. Lies!«

1. Mai

- Bordercollie Rico: konnte über 200 Gegenstände dem Namen zuordnen
- Graupapagei Alex: Wortschatz von 100 Begriffen, verstand sogar Abstraktionen; konnte Fragen logisch beantworten
- Schimpansin Warshoe: 250 Begriffe der Gebärdensprache
- 1970er: Entwicklung von »Yerkisch« (künstliche Sprache für »nicht menschliche Primaten«) → 256 abstrakte Symbole für Substantive und Verben, die sich zu Sätzen zusammenfügen lassen. Bonobo Kanzi lernte Yerkisch am Computer, konnte sich grammatikalisch korrekt in Yerkisch mit seinen Pflegern unterhalten.

»Hä?«, unterbrach Olympe sie. »Was soll das denn jetzt?«

Olympe wollte nach den Blättern greifen, aber Noomi beugte sich schützend darüber.

Seit Jahrzehnten: unzählige Versuche, mit Tieren sprachlich in Kontakt zu kommen, eine artübergreifende Kommunikationsform zu finden. Frage bei allen Versuchen: Ist diese Kommunikation ein Nachweis für tierisches Denken oder nur Konditionierung?
Was, wenn die gesamte Herangehensweise falsch war? Was, wenn es einen ganz anderen Weg der Kommunikation gäbe?

→ Habe vielleicht die Lösung. Wenn die Brain-to-Brain-Telepathie zwischen Menschen funktioniert, warum dann nicht auch zwischen Mensch und Tier?
Ich werde

Diesmal war es nicht das Ende der Seite, weshalb sie innehielt. Es war Jorek. Aus dem Augenwinkel registrierte sie, dass die Campleiterin aus dem Haupthaus trat und auf sie zulief. Jorek durfte diese Notizen auf keinen Fall in die Finger kriegen. So unaufgeregt wie möglich hob sie ihren Hintern leicht vom Baumstumpf und stopfte die Zettel in ihre Gesäßtasche.

Jorek nickte ihnen im Vorbeigehen zu. »Viel Spaß dann nachher beim Quelltümpel«, sagte sie und ging weiter, Richtung Werkstatt.

Als sie darin verschwunden war, platzte Noomi heraus: »Ich wusste es! Wir müssen zurück zum Wagenhaus. Wir müssen diesen Wissenschaftler, oder was auch immer der ist, sprechen! Das hier …« Ihre Stimme bebte, als sie sich auf die Hosentasche klopfte, »… hat mit mir zu tun. Mit meinem Verschwinden damals! – Wo bleibt Flix, verdammt?« Die Wahrheit lag da draußen, in dem Wagen mitten im Wald. Sie musste los!

Sie sammelte ungeduldig Handtuch und Badeanzug vom Rasen auf, warf sich beides über die Schulter und stürmte Richtung Haupthaus. In diesem Moment tauchte Flix in der Tür des Gruppenraums auf. Na endlich! Sie bremste abrupt und starrte die seltsame Gestalt an. Wie sie trug auch Flix sein Handtuch über der Schulter – mit einem Unterschied: Seins tropfte. Auch seine Haare tropften. Seine Shorts, sein Shirt, alles an ihm tropfte.

»Sorry, musste schnell unter die Dusche«, rief er ihnen zu.

Mit Klamotten?, dachte sie.

»Aber jetzt können wir los.« Flix klatschte in die Hände, während er zu ihnen herüberkam. Er sprach wie immer, aber etwas an ihm war … anders. Er grinste, breit sogar, zu breit, und seine Augen waren leer.

»Alles okay mit dir?«, fragte sie verwundert.

Jeder seiner Schritte machte ein saftiges Quatschen auf der Wiese. »Klar, alles bestens. Auf zum Schlammloch!«

Sie musterte ihn noch einen Moment befremdet, konnte aber den Finger nicht darauflegen, was ihr so falsch an Flix vorkam, und schüttelte den Gedanken schließlich ab. »Nix da!« Sie warf einen Blick zur Werkstatt, wo Jorek etwas hin und her zu räumen schien. Jedenfalls hörte es sich so an. Sie senkte die Stimme: »Das heißt: Ihr könnt gern zum Tümpel gehen, aber ohne mich. Ich geh in den Wald. Ich muss zum Wagen.«

»Du gehst nicht allein«, widersprach Olympe sofort. »Denk an Lara. Da draußen ist jemand und er ist gefährlich. Wir gehen zusammen.«

Ryan

»Ryan? Sag mal … Was ist mit deiner Haut los?«

Noomi hatte auf dem verwucherten Pfad zu ihm aufgeschlossen und lief jetzt neben ihm. Er drehte sich zu ihr, grinste sie an. Sie lächelte nicht zurück, sondern musterte ihn besorgt. Dabei gab es überhaupt keinen Grund zur Sorge! Es ging ihm so gut wie nie zuvor.

»Beim Frühstück sah das schon echt, na ja, heftig aus. Aber jetzt … Versteh mich nicht falsch, aber ich hab das Gefühl, das wird von Minute zu Minute schlimmer. Ist das eine Allergie? Juckt das?«

Er schüttelte den Kopf. Nein, es juckte nicht mehr. Seine Haut war zwar immer noch rot und heiß, doch als er die Wange betastet hatte, hatte er unter den Fingerspitzen winzige, weiche Härchen gespürt. Fein wie Flaum. Er hätte schreien können vor Glück. Ihm wuchs ein Bart!

Als er sein Gesicht im Spiegel betrachtete, waren die Härchen kaum sichtbar gewesen, aber von der Seite hatte er sie gesehen. Sie schimmerten rötlich. Im Sonnenlicht fast golden. Sie waren überall gewesen, am Kiefer, am Kinn und von da aus runter bis zum Hals und hoch bis an die Nasenflügel. Er hatte nicht gewusst, dass sie auch dort wachsen würden. Überrascht und stolz hatte er sich angeschaut. Aus Flix' Waschbeutel hatte er sich dessen Rasierzeug stibitzt und sich, so gut es ging, rasiert. Zum ersten Mal!

Er strich sich übers Kinn und spürte die Härchen bereits wiederkommen. Dass sie so schnell nachwuchsen, erstaunte ihn.

»Ryan? Geht's dir gut?«

Es war süß, wie Noomi die Nase krauszog. Er lachte laut auf.

Wann hatte er zum letzten Mal laut und spontan und echt gelacht? Es fühlte sich … befreiend an. Er kam sich leicht vor. Albern. Spaßeshalber dehnte er seinen Kiefer – an dem die Haare sprossen, Barthaare! – und schloss ihn wieder. Ein paar Mal ließ er seine Zähne aufeinanderklackern – *Klklklkl* machte das und es kam ihm wie das beste Geräusch der Welt vor. So befriedigend. So … echt. *Klklklkl.* Das Geräusch war witzig. Noomis Blick auch.

»Ryan … Du bist irgendwie …«

»Komm mit!«, rief er und lief voraus.

Er mochte den Wald.

Wie sehr er ihn mochte! Er war so hell und hoch, luftig und duftig. Glitzernd und zischelnd, voller Blätter und Nadeln, Beeren und Zapfen.

Er drehte sich, lachte, drehte sich schneller, lief weiter.

Wie konnte es sein, dass er sich in diesem Wunderwald vor Kurzem noch ängstlich gefühlt hatte, beobachtet, bedroht? Jetzt kam er sich darin sicher vor, wie eine Nuss in der Schale.

Paranoia, dachte er. Pa. Ra. No. Ia.

Klklklkl. Er kicherte. Die Furcht war von ihm abgefallen wie eine zu klein gewordene Haut. Nein! Wie eine zu schwer gewordene Haut. Er war befreit und feinknochig und leicht, so leicht, als könnte er schweben.

Hinauf, in die Bäume!

Während er lief, schaute er nach oben, in die Kronen, auf die schwankenden Blätter, hörte Noomi von irgendwoher rufen, dann verstummte sie. Was blieb, war das Rauschen. Der Glanz auf den Blättern. Die goldenen Lichtflecken, die über die Stämme huschten.

Und Sehnsucht, wild, kitzelnd.

Dieser Himmel … So schön, so blau, so frei. So nah. Was? Was?

Klklklklkl.

Er lief, schwebend, wich mit intuitiver Sicherheit Farnbüscheln und Sträuchern aus, er guckte gar nicht hin, brauchte die Orientierungsmünzen am Boden nicht. Er wusste den Weg auswendig.

Woher? Keine Ahnung. Egal.

Rrrsrrrsss. Klklklkl.

So gut wie jetzt hatte er sich schon seit Wochen nicht mehr

gefühlt. Seit Monaten. Seit Briannas Tod! Vielleicht noch nie. Er streckte den Wipfeln das Gesicht entgegen, es war … leicht.

Klklklkl. Grrrrrr.

Er lief, er sprang, er flog durch den Wald, ohne auf den Pfad zu achten. Ohne …

Er öffnete die Augen.

… ohne überhaupt hingesehen zu haben!

Olympe

»Du?«

Vor Schreck ließ sie die Türklinke des Wagenhauses los, stolperte rückwärts und stieß dabei gegen Noomi hinter ihr.

Direkt vor ihnen, mitten im Raum, stand Lara – mit einer schuldbewussten Miene, als hätten die sie bei etwas Verbotenem ertappt. Das weißblonde Haar trug sie zu einem unordentlichen Knoten gebunden, dazu dynamisch wirkende Sportleggins und ein verwaschenes, knitteriges T-Shirt mit fotorealistischem Bärenmotiv.

»Was machst du hier?«, fragte Olympe und die Härte in ihrer Stimme spiegelte haargenau, was sie fühlte: dass das Spiel vorbei war. Zeit für Antworten. Leider erreichte sie das Gegenteil – ein Vorhang aus Abwehr fiel vor Laras Gesicht.

Noomi drängte sich an ihr vorbei in den Wagen, steuerte auf Lara zu und legte ihr die Hand auf den Arm. »Geht's dir gut?«

Noomis Stimme war so sanft, wie ihre eigene hart gewesen war, und das schien die bessere Strategie zu sein. Laras leerer Blick füllte sich mit Leben.

»Die Frage ist wohl eher, was macht ihr hier?« Lara räusperte sich, ehe sie weitersprach. »Wir haben euch doch freigegeben. Solltet ihr nicht im Camp chillen?« Obwohl ihre Stimme stärker wurde, war sie weit von ihrer üblichen Patzigkeit entfernt.

Was für ein plumpes Ablenkungsmanöver! »Weich nicht aus«, warnte Olympe. »Was machst du hier?«

Laras Blick glitt erneut fort und sie verfluchte sich für die Schärfe in ihrer Stimme, aber sie konnte einfach nicht anders. Noomi verdrehte die Augen und übernahm.

»Hör zu, Lara.« Noomis Tonlage glich einer schnurrenden Katze. »Keiner will dir was Böses und wir fragen dich auch gar nicht, was du hier machst. Aber ich brauch deine Hilfe.«

In Olympe zuckte Widerspruch hoch. Natürlich mussten sie wissen, was Lara hier tat, und das war der perfekte Zeitpunkt, um es aus ihr rauszukriegen! Man musste jetzt ansetzen, hier, sofort! Sie wollte einhaken, fing sich aber einen derart vernichtenden Blick von Noomi ein, dass sie innehielt.

»Weißt du, Lara …« Während Noomi Lara ihre Geschichte zu erzählen begann, schob sie selbst ein paar Bücher auf dem Bett zur Seite und setzte sich. Ryan hockte sich in der Küchennische auf den Boden und Flix lehnte sich neben sie an die Wand. Lara blieb allein mitten im Raum stehen.

Sie hörte sich Noomis Worte diesmal mit noch größerer Wachsamkeit an, um Hinweise zu entdecken, die ihnen weiterhelfen könnten. Vor allem aber ließ sie Lara nicht aus den Augen.

»Was?«, fragte Lara zwischendurch überrascht. »Du warst verschwunden? Wohin? Und wie?«

Olympe spürte Flix' Körper neben sich, der eine merkwürdige Kühle abstrahlte. Als Noomi bei der Rettung mit dem Hubschrauber angekommen war, veränderte sich etwas in Laras Körperhaltung: Sie setzte sich aufrecht hin.

»Krass«, murmelte sie. »Das steht in deiner Akte! Die Polizei vermutet, dass du auf Drogen warst – Jorek meinte, wir sollten dich gut im Blick behalten. Aber ich wusste nicht, dass es *hier* … Vor einem Jahr, hast du gesagt?«

Noomi nickte, ohne sich in ihrem Redefluss bremsen zu lassen. »Sie waren tatsächlich überzeugt, dass ich Drogen genommen hab. Aber laut dem Bluttest war ich clean.«

Scheiße, dachte sie. So im Detail klang das alles noch heftiger. Der ultimative Kontrollverlust.

»Du hast also eine Amnesie?«, fragte Lara.

»Eine Teilamnesie. Alles, was vorher und hinterher passiert ist, weiß ich. Mir fehlt nur dieser eine Tag.«

»Seltsam …« Lara wirkte verwirrt. »Vor einem Jahr, wirklich? Hier?«

Lieber Himmel! Lara war doch intelligent. Dass sie jetzt so begriffsstutzig tat, brachte sie auf die Palme. Sie stieß sich von dem Schrank ab und trat einen Schritt auf Lara zu. »Hat sie doch schon gesagt! Und außerdem ist es doch scheißegal, wann das war!«

Wenn Noomi und sie wirklich das Guter-Bulle-böser-Bulle-Spiel spielen mussten, damit Lara endlich mit Fakten rausrückte – gerne. »Also: Hier läuft eine verdammte Scheiße und du steckst mittendrin.« Sie zählte an den Fingern ab: »Jemand beobachtet das Camp. Jemand klaut unsere Lieblingsdinge, um damit eine Spur zu legen, die uns direkt hierherführt. Jemand hat dich im Wald angegriffen. *Und* dich verletzt.« Sie warf die Hände in die Luft. »Verdammt, das war Körperverletzung! Und du deckst den Typen! Warum?«

Lara schwankte, wortwörtlich: Sie schwankte.

Der böse Bulle hat gewonnen, konstatierte sie befriedigt.

»Ihr glaubt, ich decke jemanden?« Lara sah von ihr zu Noomi, zu Flix, zu Ryan. Nach draußen.

Wollte sie abhauen? Sicherheitshalber schob sie sich zwischen die Tür und Lara. Die wich automatisch zurück. Noomi klopfte einladend neben sich auf die Matratze. Lara zögerte, dann folgte sie der Geste. Sie streifte die Schuhe ab, ließ sich neben Noomi auf das Bett plumpsen und zog die Füße auf die Matratze. Das Lächeln, das sie ihr dabei zuwarf, war zerbrechlich wie ein Kristallglas und die Art, wie sie jetzt dasaß, den Rücken an die Wand gelehnt, die Knie angezogen, wirkte, als hätte sie das schon tausendmal getan, als hätte sie schon tausendmal hier gesessen, genau so.

»Gut«, seufzte Lara, »was wollt ihr wissen?«

»Alles«, schnurrte Noomi.

Sonne drang durch die runden Fenster, floss über den Boden. Staubkörnchen drehten sich im Licht. Von draußen drangen die Geräusche des Sommers herein: das Zirpen der Grillen im hohen Gras, das Zwitschern der Vögel in den Bäumen. Alles unterbrochen von dem leisen Schaben, wenn Flix sich kratzte.

Im Wohnwagen knisterte die Luft.

Lara suchte nach Worten, suchte den Anfang, man sah es an der Art, wie sich ihr Blick veränderte, als würde sie in sich hineinschauen, wie sie die Arme fester um die Knie legte. Plötzlich tat sie ihr leid. Es war spürbar, dass sie etwas mit sich herumschleppte, zu groß und zu schwer, um es auszusprechen. Ein Gefühl, das sie selbst nur zu gut kannte.

Sie kannte es seit dem Unfall. Diesem Unfall, bei dem sie überlebt hatte und ihre Eltern gestorben waren. Sie war sechs gewesen. Die Erinnerungen daran hatten sich in ihr aufgetürmt: ein scharfkantiger Granitfels aus Schmerz. Sprechen konnte sie nicht darüber, denn dann hätte der Fels sich bewegt und ihr Inneres zerfetzt. Also hatte sie geschwiegen.

Aber Marie hatte nicht aufgegeben. Sie hatte ihr Fragen gestellt, so leise und sanft, dass sie wie Schmetterlinge auf dem Fels landeten. Sie hatte immer wieder gefragt, stets wie zum ersten Mal, und war nie enttäuscht, wenn sie keine Antwort erhielt. Doch eines Tages, das war Monate nach dem Unfall, war das Wunder passiert. Die Schmetterlinge hatten gesiegt: Olympe begann zu sprechen. Stockend zwar, mit großen Lücken, hier ein Wort, dort ein weiteres, aber: Sie redete endlich darüber. Auf schmetterlingssanfte Weise war es Marie gelungen, den Granitfels in ihr abzutragen. Stein für Stein.

»Okay.« Sie bemerkte erst beim Sprechen, dass ihre Stimme jetzt weich klang. »Vielleicht fangen wir damit an: Wer ist der Mann, der hier wohnt?«

Schmetterlinge auf den Fels setzen. Stein für Stein

»Die *Frau.*« Lara hob den Kopf. »Hier wohnt eine Frau.«

Olympe brauchte einen Moment, um zu realisieren, dass sie, ausgerechnet sie!, einem Vorurteil gefolgt war. Wissenschaftler, Entdecker, Erfinder: Männer. Wie dumm von ihr!

»Eine Frau also«, berichtigte sie. Nächster Stein. »Wer ist sie?«

»Sie heißt Anouk«, antwortete Lara.

Und dann reichte sie ihnen langsam und stockend Stein um Stein ihrer eigenen Schwere.

»Beim letzten Sommercamp waren Vati und ich drei Wochen eher angereist als die Gruppe, Anfang Juni nämlich. Anders als diesen Sommer war es im letzten Jahr saukalt und nass. Erinnert ihr euch?«

Die Frage war rhetorisch; Lara redete weiter, ohne überhaupt innezuhalten.

»Wir haben Unmengen an Holz gefällt, Vorräte für den Ofen im Haupthaus angelegt, aber auch die Dächer ausgebessert. Gleich am Anfang hatte ich einen blöden Streit mit Vati und bin weg, raus aus dem Camp, ein bisschen wandern, den Kopf freikriegen. Es hat geregnet, wie jeden Tag, alles war voll mit Nacktschnecken, aber es war mir egal. Ich bin immer der Nase nach gelaufen, richtig tief in den Wald rein.«

Noomi, neben Lara, hm-hmte auf eine Art, die Olympe von Marie kannte. Ein Hm-hm, das *Sprich weiter* hieß. *Ich bin bei dir.*

»Nach einer Ewigkeit hab ich durchs Regenrauschen etwas gehört. Ein Hämmern … Erst dachte ich, es wär ein Specht, aber es klang plumper. Ich bin … na ja … ich war neugierig und bin dem Geräusch nachgegangen. So hab ich die Lichtung gefunden.«

Klappe halten, ermahnte Olympe sich. Nicht nachfragen.

Die anderen schienen die Zerbrechlichkeit des Moments ebenfalls zu spüren und warteten wie sie.

»Als ich den Wagen gesehen hab, war ich geflasht. Anouk trug Gummistiefel und ein kurzes Kleid, was voll schräg aussah, und hat was festgehämmert. Als sie mich entdeckt hat, war sie das Gegenteil von erfreut, eher … angepisst. Wollte wissen, ob ich mich verlaufen hätte. Ich hab genickt und sie hat mir den Weg zurück erklärt. Alles im Regen, um uns herum hat es gerauscht und gegluckst, ich war tropfnass, aber sie hat mich nicht reingebeten, nicht an diesem ersten Tag.«

Lara brauchte keine Gegenfragen, keine Schmetterlinge mehr,

sie hatte bloß die Erlaubnis gebraucht. Jetzt zerkleinerte sie den Fels regelrecht dankbar und alles, was sie zeigen mussten, war Geduld.

»Zu der Zeit hat Anouk schon zwei Jahre hier gewohnt, ganz allein, mitten im Wald. Schräg, oder?«

»Alte Menschen machen komische Sachen.« Flix zuckte die Achseln.

»Anouk ist nicht alt! Sie ist mit siebenundzwanzig hier rausgezogen!«

»Okay«, murmelte Flix, »das ist in der Tat schräg.«

»Ich fand sie spannend. Ich war irgendwie ... ich weiß nicht ... wie angezündet. Neugier oder ...« Sie verschluckte den Rest und setzte neu an. »Am nächsten Tag bin ich wieder hin und hab sie vom Waldrand aus beobachtet. Das Licht im Wagen war an und sie hat am Computer gesessen und mich nicht bemerkt. Als ich das dritte Mal da war, gab's einen derart heftigen Wolkenbruch, dass ich aus meiner Deckung raus- und rübergerannt bin. Ich hab geklopft, sie hat mich reingelassen, nicht wirklich freiwillig, aber ich hätte ausgesehen wie eine ersoffene Katze, hat sie später gesagt. Sie hat Minztee gekocht und ich hatte halb durchgeweichte Bärentatzen im Rucksack ...«

»Bären... was?«, unterbrach Olympe.

»Plätzchen. Aus Mandelmehl und mit Schokolade. In Form einer Tatze. Lecker«, erklärte Noomi geistesabwesend.

»Ja, fand Anouk auch«, bestätigte Lara. »Und da ist das Eis gebrochen. Beim fünften oder sechsten Mal hat sie mir dann verraten, dass sie die Einsamkeit für ihre Forschung braucht. Sie war an etwas Besonderem dran, hatte eine Theorie. Eine Vision, meinte sie immer. Anouk war Gehirnforscherin.«

Gehirnforscherin. Olympe wechselte einen Blick mit Noomi. Zumindest damit hatten sie also richtiggelegen. Aber was für eine Vision? Geduld.

»Im Wald konnte sie sich konzentrieren. Keine Ablenkung, keine Verwandten, keine Freunde, vor allem aber keine Kollegen, die sich über ihre Vision lustig machen würden. Nur Stille. Versenkung.«

Je länger Lara sprach, je mehr Steine sie herausreichte, desto erleichterter wirkte sie. »Sie hat für ihre Forschung gebrannt, das war ansteckend … Es hat mich umgehauen. Ich konnte gar nicht anders, als …« Sie atmete durch. »… als mich zu verlieben.« Lara sah offen in die Runde. »Es hat gefunkt zwischen Anouk und mir, die Chemie hat total gestimmt.«

Ach? Sie fühlte sich schon wieder ertappt. Damit hatte sie nicht gerechnet. Warum eigentlich nicht?

Vom Küchentresen her drang ein komisches Geräusch, etwas zwischen Erstaunen und Enttäuschung. Flix. Sie unterdrückte ein Grinsen und warf Noomi einen Blick zu, aber die saß, offenbar unbeeindruckt von diesem Detail, im Schneidersitz neben Lara und hörte aufmerksam zu.

»Sie hat mir den Atem geraubt! Es hat sich völlig anders angefühlt als alles, was ich bis dahin …« Röte legte sich auf Laras Wangen und ein Anflug von Neid beschlich Olympe. Ihr hatte noch nie jemand wirklich den Atem geraubt. »Ich war verknallt. In alles. Ihre Art, zu denken, zu sprechen, sich zu bewegen. Ich war sogar in die weiße Strähne in ihrem schwarzen Haar verknallt, die nicht gefärbt war, sondern eine Pigmentstörung. Ihre *Schneesträhne* hat sie die genannt.«

»Eine Schneesträhne – wie schön«, sagte Noomi.

Wie bei Susan Sontag, dachte sie. Wenn diese Anouk annähernd so klug war wie die von ihr bewunderte Schriftstellerin, konnte sie Laras Faszination nachvollziehen.

»Ich war jede freie Minute hier. Es war der verregnetste Sommer meines Lebens und … der schönste. Anouk war mehr als eine Liebe. Sie war auch meine Freundin. Meine Mentorin. So was ist …« Sie verstummte und rieb sich die Schläfen.

So was ist ein Geschenk, vervollständigte Olympe im Kopf. Ihr Neid verstärkte sich. Sie konnte nicht wirklich mitreden, aber dank Laras Intensität mit*fühlen.* Den anderen schien es ähnlich zu gehen. Allein auf Flix' Gesicht lag tiefes Verständnis, gepaart mit etwas anderem, das sie nicht einordnen konnte. Sein Blick wirkte verloren, wie ein herrenloses Boot, dachte sie. Seine Lippen waren einen Tick zu fest aufeinandergepresst, als er immer mal wieder nickte – fand er sich in Laras Beschreibung wieder?

»Wo war ich?« Lara ließ von ihren Schläfen ab, ihre Stimme war rau.

»Mentorin.« Flix klang ebenfalls rau.

»Genau. Ich studiere ja Medizin. Und Anouks Forschungen, ihre Gedanken, ihre Vision …« Wieder das Wort! Olympe hing fasziniert an Laras Lippen. »… das alles war für mich fast genauso spannend wie Anouk selbst. Wir haben geredet. Stundenlang. Und sie hat mich ernst genommen, nach meiner Meinung gefragt, wir haben diskutiert, es war …« Sie suchte nach einem Wort. »… wie bei einem Seelenpartner: Mit ihr war alles besonders. Sie hatte …«

Jetzt hakte sie doch ein. »Warte mal. Wieso eigentlich *war* und *hatte*? Warum sprichst du die ganze Zeit in der Vergangenheitsform?«

Da begann Lara zu weinen.

Olympe schaute zum Küchentresen, aber Flix war nicht mehr da. Auch Ryan hockte nicht mehr auf dem Boden. Wo waren sie?

»Weil sie weg ist«, schluchzte Lara. »Verschwunden.«

»Wie – *verschwunden?*«, fragte sie überrascht. »Wann?«

Tränen liefen über Laras Gesicht; sie wischte sie nicht ab. »Seit fast einem Jahr.«

Olympe wechselte einen Blick mit Noomi.

Lara ließ die Tränen laufen und sprach einfach weiter. »Je länger wir uns kannten, desto mehr hat sie mir vertraut. Am Ende durfte ich ihr sogar bei ein paar ... Experimenten ... assistieren. Aber dann ...«

Etwas verdüsterte ihr Gesicht. Und dieses *Etwas* war es, worum es ging, wusste Olympe; dieses *Etwas* war der Knackpunkt.

»Was ist passiert?«, schaltete sich Noomi ein.

Wo waren die Jungs? Wieso hauten sie ausgerechnet jetzt ab, wo sie endlich zum Kern kamen? Sie hörte leises Geplätscher im Bad und schnaubte ungläubig. Sie würde Lara ganz sicher nicht auffordern zu warten, bis die Jungs zu Ende gepinkelt hatten. Aber die schien es ohnehin nicht zu interessieren, wer ihr zuhörte. Nur *dass* es jemand tat.

»Als alle abgereist waren, auch Jorek, sind Vati und ich noch drei Wochen im Camp geblieben. Haben aufgeräumt, die Holzvorräte aufgefüllt, das Camp winterfest gemacht. In der Zeit ist Anouk ... komisch geworden.«

»Komisch?«

»Sie war ... ich weiß nicht, wie ich's erklären kann ... sie war irgendwie schneller. Wie im Zeitraffer. Als hätte sie Denken durch Handeln ersetzt, nee, als hätte sie es umgedreht. Sie hat was gemacht und dann erst ...«

Olympe lauschte dem Wasserrauschen im Bad, starrte aus dem Fenster und suchte draußen nach Ryan, hörte Lara dabei weiter zu.

»Es ging ihr nicht gut. Sie … hat so eine Art Ausschlag bekommen. Und etwas war mit ihren … Füßen.«

»Mit den Füßen?« Noomi klang alarmiert. »Den Zehennägeln?«

Olympe horchte auf. Zehennägel? Bitte was? »Wovon redest du?«

Noomi ignorierte die Frage, ihr Blick blieb auf Lara geheftet, aber die zuckte ratlos mit den Schultern. »Sie hat auf meine Mailbox gesprochen, dass sie sich zu mies fühlt, um mich zu sehen, aber sie klang nicht mies. Überhaupt – ihre Stimme …« Sie fischte in ihrer Hosentasche nach einem Taschentuch und schnäuzte sich.

»Was war mit ihrer Stimme?« Noomis Tonfall war etliche Nuancen höher als normalerweise.

»Sie klang anders als sonst. Nuschelig. – Als würde sie den Mund nicht so richtig öffnen oder ihn nicht bewegen können, ich weiß nicht. Zahnschmerzen vielleicht? Ich bin noch dreimal hergekommen, aber sie hat nicht aufgemacht. Die Tür war abgeschlossen und die Vorhänge waren zugezogen, aber ich war mir sicher, dass sie da war. Kennt ihr das Gefühl, dass jemand direkt hinter der Tür steht und die Luft anhält?« Lara starrte auf die offen stehende Wagentür, schien alles wieder vor sich zu sehen. »Genauso war das nämlich.« Sie flüsterte plötzlich. »Ich hab vor der Tür gestanden, geklopft und gerufen und von hier drinnen kam kein Laut. Aber es war keine gute Stille. Mehr so … als würde jemand lauern.«

Lara schaute von der Tür weg und zu ihnen hin. Olympe spürte, wie ihre Kopfhaut kribbelte. Lara flüsterte weiter: »Ich bin abgefahren, ohne sie noch mal zu sehen. Und ich hatte kein gutes Gefühl. Überhaupt kein gutes Gefühl. Wieso … wieso tut jemand so was?«

»Vielleicht wollte sie Schluss machen?«, tippte sie. »Und das war der bequemste Weg? *Ghosting* eben …«

»Niemals!« Kein Flüstern mehr. Für einen Moment blitzte die wilde, harte Lara auf, die sie kannte. »Sie war nicht der Typ für Spielchen.«

»Okay«, besänftigte Noomi. »Du hast gesagt, sie hätte eine Art Ausschlag bekommen. Was, wenn das einfach ekelhaft aussah oder … hm … wenn sie Angst hatte, es könnte ansteckend sein?« Noomi untermalte ihre Gedanken mit ausladenden Gesten, wie immer, und sie musste ein Lachen unterdrücken, als Noomis Hände einen Pickel in der Größe von Eiern andeuteten.

»Selbst wenn! – Von mir aus hätte sie aussehen können wie Frankensteins Monster und mich anstecken können mit was auch immer! Was kann schlimmer sein, als dich nicht von dem Menschen verabschieden zu können, den du … liebst?«

Wieder der Unfall. Ihre Eltern. Der tockende Zeigefinger des Todes. Sie drängte die Erinnerung fort.

»Und sie hat es nie erklärt?«, wollte Noomi wissen.

Lara schüttelte den Kopf. »Ich hab sie jeden Tag angerufen, aber sie ist nicht rangegangen. Auf meine Textnachrichten hat sie anfangs noch reagiert, aber nie was erklärt. Ihre Antworten sind immer seltener geworden, kürzer. Schließlich kam gar nichts mehr.« Sie legte die Stirn auf die Knie, umklammerte ihre Beine fester.

»Irgendwann hab ich's nicht mehr ausgehalten«, murmelte Lara. »Hab mir ein Auto geliehen und bin hergefahren. Die

Tür stand halb offen und ich hab gedacht, sie wär kurz weg. Aber eigentlich hab ich's sofort gewusst. Auf dem Boden lag reingewehtes Laub, die Holzdielen im Eingangsbereich hatten Wasserflecken. Über der ganzen Lichtung schwebte eine Aura von Verlassenheit, das Gras stand kniehoch, ungefähr wie jetzt. Er war kalt hier drinnen und die Lebensmittel im Kühlschrank waren vergammelt. Alles wirkte vereinsamt – obwohl Anouks Sachen noch da waren, ihre Klamotten, die Unterlagen, alles! Ich hab aufgeräumt und drei Tage auf sie gewartet, aber sie ist nicht wieder aufgetaucht.«

»Die Tür war auf?«, vergewisserte Olympe sich. »Ist jemand eingebrochen?«

»Nein«, erwiderte Lara, ohne den Kopf zu heben. »Es war eher, als wär sie gegangen und hätte vergessen, die Tür zu schließen.«

»Seltsam«, wunderte sich Noomi.

Als wäre dieses Wort ein Knopf, den sie gedrückt hatte, brach Lara erneut in Tränen aus. Noomi legte ihr beruhigend die Hand auf den Kopf.

Warum überraschte es sie, dass Lara so heftig weinen konnte? Niemand hatte nur eine Seite. Lara war eben nicht nur arrogant. Noomi war nicht nur Drama, Flix nicht nur sexy und Ryan nicht nur unsichtbar. Und sie selbst?

Sie selbst war nicht nur logisch.

Sie war es zu fünfundneunzig Prozent. Aber es gab einen unlogischen Rest in ihr, denn der Tod hob jede Gleichung auf.

Der Unfall ihrer Eltern war die Unbekannte in ihrem Leben, die nicht aufzulösen war. Egal, von welcher Seite sie das Problem angegangen war – der Tod sprengte die Gleichung. Er war nicht mit Vernunft zu fassen.

War Anouks Verschwinden Laras Unbekannte?

»Hast du jemandem erzählt, was passiert ist?«, fragte sie in Laras Weinen hinein. »Dass sie krank war, dass sie verschwunden ist?«

Lara zog den Kopf unter Noomis Hand hervor und richtete sich auf. Wischte sich über die Augen. »Nein. Das geht nicht.«

Bitte? Das war unlogisch! »Wieso nicht? Was, wenn ihr etwas passiert ist?«

Lara sah ihr in die Augen, klar, ehrlich und ... hilflos.

»Ich ... Ihr könnt euch das vielleicht nicht vorstellen, aber ihre Forschungen waren bahnbrechend. Eine disruptive Innovation.«

»Eine ... was?« Noomis Hände fegten durch die Luft, als versuchte sie, den Satz zu zerhacken. Irgendwas zwischen Improvisationstheater und Klischee-Italienerin, dachte sie und stellte erstaunt fest, dass sie Noomis komische Gesten vermissen würde, wenn das hier vorbei war.

Wobei ... genau genommen, nicht nur ihre Gesten, sondern vor allem Noomi selbst. Und die Jungs auch. Interessant. Diese seltsame Geschichte hier schweißte sie zusammen. Offenbar auch ... emotional? Marie könnte das sicher erklären.

»Disrup... was?«, versuchte es Noomi noch einmal.

»Disruptive Technologien machen alle Technologien, die es zurzeit auf einem Gebiet gibt, überflüssig«, erklärte Olympe ihr und hörte, dass ihre Stimme immer noch weicher wirkte als sonst, nicht mehr so ungeduldig.

»Genau«, bestätigte Lara. »Was Anouk geleistet hat, war keine Nischenerfindung. Das war global! Etwas, was die Welt verändern würde. Deshalb musste sie es geheimhalten. Sie hatte unheimliche Angst, ausspioniert zu werden oder dass jemand ihre Arbeit zerstören oder stehlen könnte. Ihre Erfindung in den falschen Händen – der Gedanke versetzte sie regelrecht in Panik. *Es gibt nichts, was nur gut ist,* hat sie immer gesagt. *Selbst Liebe nicht. Alles, sogar die beste Erfindung, kann immer auch eine Waffe sein.*«

Eine Waffe …

Olympes Hals wurde eng. Wenn das Ganze dermaßen wichtig und scheißgefährlich war, warum druckste Lara dann so rum? Warum kam sie nicht endlich auf den Punkt?

»Anouk hat gesagt, ihre Erfindung würde eine wissenschaftliche Revolution auslösen. Klingt vielleicht irre, aber ich glaub, dass sie recht hatte. Sie hat mich angefleht, niemandem davon zu erzählen. Nicht einmal, dass sie hier draußen lebte. Von wegen unsichtbar bleiben und so. Sie hat mich *schwören* lassen, dass ich schweigen würde, verdammt!« Mit dem Ärmel ihres Shirts wischte sie die Tränen weg.

»Das heißt«, überging Olympe das Unwohlsein, das sich in ihr ausbreitete, »du weißt grob über das Bescheid, was sie tut oder … getan hat?«

Lara nickte.

»Und das wäre?«

»Ich hab's doch gerade gesagt: Ich darf nicht darüber reden!«

»Nicht dein Ernst!« Mit einem großen Schritt war sie am Bett. »Was muss noch passieren, damit du es darfst?«, fauchte sie. »Vielleicht ist sie längst tot!« Laras Sommerbräune wich einem durchscheinenden Grau.

Noomi warf ihr den überdramatischen Blick eines Stummfilmstars zu, den sie mit *Bleib einfach ruhig!* übersetzte. Sie gehorchte und Noomi übernahm. »Sagst du uns wenigstens, wer dich im Wald angegriffen hat?«

»Ein Falke …«

»Ein Falke, na logisch!« Olympe beschloss, Noomis Stummfilmmimik zu ignorieren. Ihre Stimme troff vor Hohn. »Du verarschst uns immer noch!«

»Aber Ryan … der hat ihn doch auch gesehen!«

»Er hat ihn wegfliegen sehen«, berichtigte sie. »Mehr nicht.«

»Ich … Schluss jetzt!« Lara schob sich auf die Füße und baute sich direkt vor Olympe auf. »Was glaubst du, wer du …«

Sie standen sich gegenüber und durch ihren Zorn hindurch konnte sie Laras spüren. Noomi grätschte wieder dazwischen – diesmal mit einer ganz banalen Frage. »Sagt mal, was macht Flix eigentlich so lange im Bad?« Sie drängte sich zwischen ihnen hindurch, Richtung Badezimmer. Lara folgte ihr.

Der Luftballon ihrer eigenen Wut sauste durch die Luft und zischte sich leer.

»Flix?« Noomi klopfte, öffnete die Tür, steckte den Kopf ins Bad, und als sie ihn wieder herauszog, sah sie verwirrt aus. »Er duscht.«

»Er *duscht?*«, echote Lara.

Eine Sekunde herrschte Stille, dann begannen beide zeitgleich zu lachen. Sie merkte, dass sie ebenfalls lächelte. Das musste man sich auf der Zunge zergehen lassen: Im Wald lief ein Krimineller rum, den Lara »Falke« nannte, eine womöglich durchgeknallte Wissenschaftlerin war verschwunden, genau wie zwei Jugendliche aus der ersten Straftätergruppe, und Flix …? Duschte. Es war … nun ja … es war zum Schreien. Die Beklemmung löste sich, sie lachten, bis sie sich die Tränen aus den Augen wischten.

»Gut, Flix duscht also, schon wieder«, japste Noomi. »Und wo steckt Ryan?«

Sie fanden ihn am Waldrand. Er hockte in der prallen Sonne, den Hintern auf den Fersen, die Arme seitlich abgestützt, und starrte auf den Boden. Als sie näher kamen, hörte sie ihn murmeln. Wobei … Es klang eher, als schlügen seine Zähne aufeinander. Sie waren keine zwei Meter mehr entfernt, da stoben drei rote Schatten von ihm weg und flitzten dicht hintereinander eine Linde hinauf. Eichhörnchen!

»Haben die dir etwa aus der Hand gefressen?«, fragte sie Ryans Rücken.

»*Klklklkl*«, machte er, ohne sich umzudrehen. »*Grrrrrrr.*«

»Ähm … Ryan?«

»Das hat er vorhin auch schon die ganze Zeit gemacht«, flüsterte Noomi neben ihr.

Trotz der Hitze war das Frösteln wieder da, das Prickeln auf der Kopfhaut und das Gefühl, dass …

»*Klklklkl.*«

»Was hat der denn?« Lara klang alarmiert.

Sacht tippte Olympe Ryan auf die Schulter. Der sprang auf, drehte sich im Sprung, fuhr sich mit der Hand durchs Gesicht und strahlte sie an. Alles zugleich. Dann wandte er sich noch einmal der Linde zu.

»*Grrrrrrrlklklkl*«, knetterte er. Und dann, wieder zu ihnen gewandt: »Hab nur Tschüs gesagt.«

»Du hast Tschüs gesagt«, wiederholte sie stumpf. »Zu den Eichhörnchen. Is' klar.« Bei Ryan war offenkundig eine Sicherung durchgeknallt.

X

Ihr habt euch gefunden.
Fügt die Hinweise zusammen!
Löst die Aufgabe.
Holt die Waffe.
Und dann – geht endlich auf die Jagd!

10. KAPITEL

Dinge ändern sich

Olympe

Als der Wecker klingelte, hatte sie das Gefühl, diesen Morgen zum hundertsten Mal zu erleben. Die täglich gleiche Weck- und Frühstücksroutine ließ die Zeit verschwimmen. Wie lange waren sie jetzt hier? Sie rechnete und kam auf gerade mal knapp über eine Woche. Konnte das sein? Konnte man innerhalb weniger Tage eine so eingefahrene Routine entwickeln? Konnte in derart kurzer Zeit so viel passieren?

Sie ließ das vergangene Wochenende mit all seinem Irrsinn noch einmal Revue passieren, dann schlug sie endlich die Augen auf. Fühlte die Wärme, die sich bereits in der Hütte zu sammeln begann, roch den Tannennadel-Ahorn-Fichte-Duft und dachte, dass sie eigentlich großes Glück hatten.

Anders als Leute, die in echten Gefängnissen hockten, waren sie frei, konnten sich bewegen, an die frische Luft gehen. Den Himmel sehen. Abgesehen davon, fand Olympe ohnehin immer noch, dass sie kein Gefängnis verdient hatte, sondern einen Orden.

Aber damit stand sie wohl allein da.

»He, Schlafmütze, willst du nicht langsam mal aufstehen?« Noomi stand, die Plastiktüte mit ihren Waschsachen in der Hand, an der Tür; die andere drehte sie ausufernd in der Luft, als wollte sie Hühner hochscheuchen. Wieder einmal war die Geste zu groß für das, was Noomi sagen wollte.

Wie schon am Tag zuvor bemerkte sie, dass sich zaghafte Wärme in ihr ausbreitete. Sie mochte Noomi. Anders als ihre Cousins, anders ihre Tante Marie und ihren Onkel Stefan. Die mochte sie *selbstverständlich,* weil sie ihre Familie waren. Noomi aber, das merkte sie jetzt, Noomi mochte sie, weil sie sich dafür entschieden hatte.

»Komm ja schon«, knurrte sie, um ihr Lächeln zu verbergen. Sie schwang die Füße aus dem Bett und schob sie in die zimtfarbenen Schlappen.

Im Gruppenraum wartete das übliche Frühstück. Ryan saß bereits am Tisch. Flix stand noch an der Kücheninsel; Lara, Gunnar und Jorek beugten sich auf dem mickrigen Sofa über irgendwelche Pläne.

Beim Gedanken an eine weitere Woche voller Bohren, Sägen, Schleifen, Entasten, Heben und Halten entfuhr ihr ein Stöhnen. So krassen Muskelkater wie letzte Woche hatte sie noch nie gehabt. Sie griff nach einem Apfelschnitz und ließ sich Ryan gegenüber auf einen Stuhl fallen. Der grinste sie an und knabberte an einem trockenen Brötchen.

Er wirkte verändert. An der Art, wie er sie anstrahlte, lag es nicht, das Lächeln schien ihm seit gestern ins Gesicht gemeißelt. Es stand ihm, es machte ihn ... sichtbarer. Was sie jedoch irritierte, waren seine Klamotten. Ryan trug allen Ernstes einen Rollkragenpullover und dazu, wenn sie das Knie, das über die Tischkante aufragte, richtig interpretierte, lange Jeans! »Du weißt schon, dass wir Sommer haben, oder?«, witzelte sie. Bereits jetzt lag diese trockene Hitze über dem Camp, die beim Gehen staubte und knackte. Ryan grinste ungerührt und zog die Ärmel ein Stückchen weiter über seine Handgelenke.

Apropos trockene Hitze: Als sie sich zu Flix umdrehte, hing der am Wasserhahn über dem Waschbecken und trank. Er hatte ebenfalls einen Langarmsweater über langen Cargopants an.

»Falls Jorek nicht Winter befohlen hat«, lästerte sie, weil sie mal gelesen hatte, dass die das bei der Bundeswehr taten: Wetter befehlen, »dann würd ich an eurer Stelle lieber was Leichtes anziehen. Wär vielleicht auch ganz gut für deine Haut, Ryan: mal ein bisschen Luft ranlassen. – Und für dich …« Sie nickte Flix' gebeugtem Rücken zu. »… hätte es den praktischen Nebeneffekt, dass du nicht so schwitzt und ergo nicht den ganzen Tümpel leer saufen musst.«

Er trank ungerührt weiter aus dem Hahn und zeigte keinerlei Anzeichen, dass er sie gehört hatte.

Sie zog den Apfelschnitzteller zu sich heran und aß einen Schnitz nach dem anderen auf. Zwei Bisse pro Schnitz. Erst als Noomi sich neben Ryan auf den Stuhl fallen ließ und auffallend hüstelte, hörte sie auf damit. »Sorry.« Sie schob ihr den Teller zu.

Noomi biss in eine Apfelspalte, riss dann mit einem der stumpfen Messer ein Brötchen auf, musterte den Tisch und stutzte. »Gibt's keine Wurst?«

»Doch.« Ryan knabberte fröhlich weiter. »Im Kühlschrank.«

Langsam wurde er Olympe verdächtig. Der Grinse-Ryan auf der anderen Seite des Tischs hatte so gut wie gar nichts mit dem Jungen gemein, den sie am Anfang des Camps kennengelernt hatte. Er sprach zwar immer noch wenig, aber irgendwie wirkte er … aufgedreht. War er einfach »aufgetaut«, wie Marie es nennen würde? Oder nahm er normalerweise Medikamente, die er zu Hause vergessen hatte, und jetzt ließ die dämpfende Wirkung der Chemie in seinem Kopf nach? Ob Ryan psychisch krank war? Sie strich sich Hummus auf ein Brötchen und musterte ihn unauffällig. Er wirkte gesünder als am Anfang, befreiter – wie ein Zimmer, das lange verschlossen gewesen war und in dem jemand endlich ein Fenster geöffnet hatte.

»Aber warum liegt die Wurst im Kühlschrank?«, jammerte Noomi. »Wieso stehen hier nur Marmeladen und diese ganzen Olympe-Aufstriche? Nicht mal Käse?«

»Igitt«, kam es vom Wasserhahn. Sieh an! Flix machte offensichtlich gerade eine Trinkpause. »Wurst. Käse. Ich kotz gleich.« Er ließ sich Wasser über die Hände laufen und verrieb es auf seiner Stirn und in seinem Nacken, betupfte seine Lider.

Noomi starrte ihn ungläubig an. »Was ist los? Ihr seid doch die Jungs-in-der-Wachstumsphase-brauchen-Fleisch-Fraktion.«

»Auch Jungs in der Wachstumsphase sind in der Lage, sich zu ändern«, erwiderte Flix.

»Oh?«

»Ja, stell dir vor! Außerdem mag ich Olympes Bananenmus. – Mit Curry. Wild.«

Sie schaute amüsiert auf, direkt in Flix' Augen. Woher kam dieser Hauch von Traurigkeit darin, die Verlorenheit? Oder bildete sie sich den ein? Sie musste ihn sich einbilden, denn jetzt zwinkerte er ihr bedeutungsvoll zu und sie spürte einen kleinen Freudenfunken in ihrem Bauch.

»Wenn man mal begriffen hat, wie lecker veganes Essen ist, braucht man kein Fleisch mehr«, triumphierte sie.

»Nee, is' klar«, schnaubte Noomi. Während Ryan weiter an seinem trockenen Brötchen knabberte, verbreiterte sich sein Lächeln bis an die Grenzen dessen, was möglich war.

Er beobachtete, wie Noomi vom Kühlschrank zurückkam und ihre Beute auf dem Tisch ausbreitete. Salami, Mettwurst, Lyoner, Bierwurst. Schinken. Die Farbe stach in seine Augen, rot, viel zu rot. Er bemerkte die Fettstückchen, die Struktur der Muskeln im Schinken. Muskelfasern.

Noomi mag Fleisch, dachte er. Was mag ich?

Nüsse, dachte er. Walnüsse, Haselnüsse, Bucheckern. Die Zähne in das frische, ölige Nussfleisch zu versenken – dieses Gefühl, dachte er, genau das mag ich.

Was noch?

Vögel. Aber nur die kleinen. Bäume. Tannen am liebsten. Blätter mag ich auch. Das grüne Rauschen, die Luft. Draußen. Ich mag *draußen.* Er spähte sehnsüchtig aus dem Fenster.

Hier drinnen war es heiß. Er wischte sich den Schweiß von der Stirn. Hörte sein Herz hämmern. *Pabumm, pabumm, pabumm.*

Es fühlte sich an wie die Panikattacken, die er früher gehabt hatte, kurz nach Briannas Tod. Hatte er Panik? Warum?

Sein Atem ging schneller. Sein Herz hielt mit.

Papabumm, papabumm, papabumm.

Noomi kaute ihr Schinkenbrötchen und riss Veganerwitze in Olympes Richtung.

Es war zu warm hier, zu eng.

Er stand so ruckartig auf, dass sein Stuhl nach hinten polterte. Jäh ballte sich die Aufmerksamkeit um ihn.

»Sorry«, murmelte er, »muss raus, muss nur mal eben …«

Die anderen verwischten in seinem Blickfeld, dann war da Luft. Endlich. Bäume. Sie winkten ihm zu, mit jedem Blatt, mit jeder Nadel. Es roch köstlich. Er stellte sich das Gefühl vor, eine Tannennadel zu zerbeißen. Den grünen Saft auf der Zunge.

Die Panik wich.

Zum Waldrand huschte er, aus dem Blickfeld der anderen. Zu den Bäumen, hinüber und hinauf in die Luft.

Sein Herz schlug Freude, schlug Freiheit.

Pabumm, pabumm, pabumm.

Er träumte, es konnte nicht anders sein. Wie sonst hätte er sich im Himmel wiegen können? Rinde unter den Fingern. Wie gut sich das anfühlte … Rinde.

Tief unten Lara, Noomi, Gunnar. Er träumte.

»Ryan«, donnerte Gunnar. »Um Gottes willen!«

»Das ist verdammt weit oben …«, stammelte Noomi aus der Tiefe. »Was, wenn er …«

Er träumte, er *musste* träumen, der Himmel in seinem Kopf, die Rinde zwischen den Zähnen und Glück.

Glück.

Glück.

Noomi

Die Minuten dazwischen.

Diese Minuten zwischen dem entsetzlichen Moment, als sie Ryan entdeckten, und dem jetzigen, als er wieder vor ihnen stand.

Dieser Zwischenbereich. Sie erinnerte sich.

An die kleine Silhouette, knapp unter der schwankenden Baumkrone, Ryans Konturen, die sich gegen das Blau des Himmels abgehoben hatten. Wie sie, genau wie die anderen, panisch den Kopf in den Nacken gelegt hatte.

Doch als die Sonne über ihr Gesicht gestrichen war, gelb und dick und weich, war die Panik auf einmal gewichen. *Ryan ist sicher da oben.* Das hatte sie gedacht. Diesen kleinen, vollkommen unverständlichen Satz. *Er ist sicher.*

Hinter ihren geschlossenen Lidern waren Bilder aufgeblüht. Bilder von Wolken, von Baumgrün, von Höhe. Allerdings war die Perspektive eine andere. Sie hatte genau gewusst, was Ryan von der Krone aus sah.

Woher wusste sie das? Woher?

»Was machst du denn, Junge?« So ernst hatte Gunnar in der ganzen vergangenen Woche noch nicht geklungen. Nicht mal wegen Lara gestern. Ernst und fassungslos zugleich. »Das kannst du nicht machen! Damit riskierst du deine gesamte Maßnahme hier.« Er zauste durch seinen Bart. »Ich muss mit Jorek darüber reden. Noch so ein Ding und wir müssen dich zurückschicken. Und dann … du weißt schon.«

Jugendknast, dachte sie erschrocken. Niemand von ihnen wollte dort landen, egal, wie viel Mist sie in der Vergangenheit gemacht hatten. Wobei … Für sie selbst wäre die Aussicht auf den Jugendknast gar nicht das Schlimmste. Nicht mal, dass sie dann nie herausfinden würde, was an dem ausgestanzten Tag mit ihr passiert war. Es gab etwas, was noch schlimmer war: nicht mehr im Wald zu sein.

Die Erkenntnis kam aus dem Nichts: Sie würde den Wald vermissen.

Der Geruch nach Holz, die wuchernden Pflanzen, all die vegetative Hemmungslosigkeit ringsumher – all das würde ihr fehlen. Die Arbeit im Wald. Ihre Hände fühlten sich sicher hier, wussten, was sie zu tun hatten. Anders als in der Schule hatte sie hier das erste Mal das Gefühl, am richtigen Ort zu sein.

Im Gegensatz zu ihr schienen Ryan die Konsequenzen, mit denen Gunnar drohte, nicht zu erschrecken. Er lächelte die Standpauke weg und wirkte gleichermaßen sanft wie selbstbewusst – eine seltsame Mischung.

Sie merkte, dass Gunnar abwägte, ob er Ryans Lächeln als Affront, Naivität oder Beschwichtigungsverhalten einordnen sollte. Und weil Gunnar eben Gunnar war, entschied er sich offenbar für Letzteres. Er pfiff durch die Zähne. »Ab zu den Hütten, es gibt viel zu tun. Ryan, du kannst sofort mitkommen. Lara, sagst du Jorek Bescheid, dass wir gleich anfangen? Noomi, hol Flix und Olympe.«

Sie nickte und registrierte, wie Ryan hinter Gunnar herhüpfte, als wäre nicht das Geringste passiert, als wäre er nicht wie ein Affe den Stamm hoch.

In ihr zog Sehnsucht. Seit sie hier war, verspann sich der unsichtbare Faden, der sie mit diesem Ort verknüpfte, zu einem festen Band. Ihr Leben vor dem Ferienlager hatte sich fast ausschließlich in der Stadt abgespielt, in den Berliner Parks und gezähmter Großstadtnatur. Im Ferienlager vergangenes Jahr war sie das erste Mal mit einem echten Wald in Berührung gekommen. Hatte andere Vögel gehört als Stadttauben, Spatzen und Amseln, hatte die dichten Schatten der Bäume wahrgenommen und diesen Geruch – überwältigend! Der Wald, das war … Fülle. Auf jedem Zentimeter atmete, bewegte sich, *lebte* etwas.

Sie stellte sich auf die Zehenspitzen, um einen Blick auf die Schrammsteine zu erhaschen, doch die Bäume um das Camp waren zu hoch. Trotz allem, was dort geschehen war, hatte sie sich in die Natur verliebt.

Vielleicht lag es auch am Licht? Seit Tagen war das Licht so saftig und weich wie Aprikosenfleisch. Als würde es tropfen. Oder war es die frische Luft, Sauerstoffüberdosierung?

Möglicherweise einfach die merkwürdige Mischung aus Zwang, Sommer und Natur. Dieses Fangen-wir-uns-gegenseitig-auf-Geschmuse auf der einen und die harte körperliche Arbeit auf der anderen Seite, dass sie manchmal tatsächlich kurz vergaß, warum sie hier war.

Aber gerade, weil Ryan ein bisschen freidrehte, musste sie aufpassen. Sie selbst durfte auf keinen Fall riskieren, zurückgeschickt zu werden.

Nicht jetzt, da das erste Mal seit einem Jahr eine Tür in ihrem Kopf aufging und sie ins Dunkel eintrat. Jenes Dunkel, in dem das Geheimnis des neunundzwanzigsten Julis vor einem Jahr vergraben lag.

Sie durfte sich nicht ablenken lassen, musste die Kontrolle behalten. Sie drehte ihre Haare zu einem neuen, festeren Knoten und ging zurück zum Haupthaus.

Offensichtlich war Olympe für Ryan eingesprungen – jedenfalls schmierte sie gerade die letzten Brötchen für die Mittagspause. Wieder alle vegan. Na toll.

Früher hatte Noomi Fleisch nicht besonders gemocht, aber seit etwa einem Jahr war das anders. Ihre Mutter behauptete, es sei eine Folge des Eisenmangels wegen ihrer Menstruation. Vielleicht … Als sie jedenfalls die mit Hummus, Bananenmus und anderen Musen bestrichenen Brötchen sah, zauberte ihr Geist ihr ein dickes Steak vors Auge. »Kannst du mir mal die Gewürzgurken aus dem Kühlschrank geben?«, bat Olympe.

»Klar!«

Sie öffnete den Kühlschrank und suchte das Glas, als ihr Blick an einer mit Frischhaltefolie abgedeckten Schüssel hängen blieb. Oh. Geschnittene Leber. Also würde es heute Abend Lebergeschnetzeltes geben – jedenfalls für die, die Fleisch aßen.

Die Folie stand von der Schüssel ab. Sie streckte die Hand aus, um sie ordentlich festzudrücken.

»Hey! Die Gurken? Pennst du oder was?«

Noomi schlug die Augen auf und starrte stumpf in den Kühlschrank. Sie kaute genüsslich. Sie kaute? Was … was war passiert? Hatte sie etwa … Sie hatte doch wohl nicht …?

Rasch fummelte sie die Folie zurück auf die Schüssel, wischte sich die Finger an ihrem Shirt ab, und während sie nach dem Gurkenglas griff, ließ sie die saftig-glibberige und unfassbar köstliche Masse die Kehle hinuntergleiten.

»Alles okay?«, fragte Olympe, als sie das letzte Gürkchen auf das mit Paprika-Linsen-Paste bestrichene Brötchen drapierte.

»Mit Ryan stimmt was nicht.« Noomi checkte ihre Finger. War noch Blut dran? Hatte sie welches auf den Lippen? Unauffällig wischte sie darüber.

»Mit Flix auch nicht«, erwiderte Olympe und deckte den Brötchenteller mit einem frischen Küchenhandtuch ab.

»Flix. Mein Stichwort. Ich soll den nämlich holen. Und dich auch. Sagt Gunnar.« Sie griff in das Gurkenglas und schob sich eine Gewürzgurke in den Mund, um den Geschmack loszuwerden, diesen Geschmack, der sie gierig machte.

Was war das eben bitte schön gewesen? Eisenmangel hin oder her: rohe Leber, verdammt. Rohe! Noomi konzentrierte sich auf das Knacken der Gurke in ihrem Mund. Sie kaute und versuchte, die Erinnerung an den blutigen Schlabber wegzudrängen.

»Weißt du, wo Flix ist?«, fragte sie so unschuldig wie möglich.

»Waschraum.« Olympe klang leicht genervt. »Wo auch sonst?«

Kauend machte sich Noomi auf den Weg zu den Waschräumen.

Sie hörte die Dusche schon vom Gang aus laufen. Die Tür zum Waschraum stand offen. Trotzdem wartete sie davor. Ein bisschen Privatsphäre musste sein und er würde ja wohl nicht ewig duschen.

Offensichtlich doch. Nach fünf Minuten wurde sie unruhig und klopfte gegen die offene Tür.

»Flix?«

Wasserrauschen.

»Ähm, Flix, Gunnar sagt, dass –«

Keine Antwort, stattdessen ein merkwürdiges Geräusch zwischen dem Geplätscher. Ein quietschendes Rutschen. Als zöge jemand einen Sack aus Gummi über die Fliesen. Was war das?

Beunruhigt steckte sie den Kopf in den Waschraum. Das Geräusch brach ab. »Flix!«

Er antwortete nicht, aber er konnte sie unmöglich nicht gehört haben. Die Luft war so mit Wasser gesättigt, dass ihr das Atmen schwerfiel. Hatte Flix vielleicht vergessen, die Dusche auszumachen, und war längst draußen?

Sie zögerte. Dieser Waschraum war Jungsrevier und damit, laut Jorek, Sperrgebiet für die Mädchen. Würde sie einen Strafpunkt kassieren, wenn sie ihn betrat?

Scheiß auf die Strafpunkte! Entschieden trat sie über die

Schwelle und machte ein paar Schritte. Dampfige Nässe hüllte sie ein.

Es widerstrebte ihr weiterzugehen – nicht weil sie Angst hatte, Flix nackt zu sehen, auch nicht wegen Jorek und dem Sperrgebiet. Sie dachte an seine leeren Augen am gestrigen Nachmittag, als sie zum Tümpel, na ja, zur Hütte wollten, und hatte plötzlich ein ganz, ganz sonderbares Gefühl …

Sie versuchte, der wassersatten Luft ein bisschen Sauerstoff abzupressen, und linste Richtung Duschkabinen. Ein Vorhang war zugezogen. Gerade wollte sie sich auf den Boden knien, um unter dem Vorhang nach seinen Füßen Ausschau zu halten, als sie dasselbe Geräusch hörte wie eben an der Tür.

Dieses gummiartige Rutschen, dann ein Schlag, als würde ein nasses Handtuch auf einem Körper landen, wieder und wieder. Was zum …?

»Flix!«, brüllte sie über die Geräusche hinweg. »Bist du da?«

»Ja!«, japste Flix. »Aber ich brauch noch ein paar Minuten.«

Vor Erleichterung wurde ihr schwindelig, sie stützte sich an der Wand ab. Was zum Teufel hatte sie denn erwartet? *Natürlich* war er dadrin!

»Gunnar wartet auf uns. Schwing dich gefälligst raus«, rief sie betont lässig. Aber sie musste zugeben, dass sie nicht für Flix auf lässig machte, sondern für sich selbst – um das seltsame Gefühl wegzureden, dass Flix nicht wie sonst klang, sondern irgendwie … anders.

»Geht nicht.« Flix schien wieder einmal jemanden nachzuahmen, aber sie hatte keine Ahnung, wen.

»Wie: Geht nicht?«

»Ich fühl mich nicht gut.«

Seine Stimme … Was war das mit seiner Stimme? Als würde er

ein Glas vor den Mund halten, erstickt und gleichzeitig hallig. Was machte er da?

»Ich … dusche nur zu Ende und geh dann ins Bett. Sagst du …« Erstickt und hallig. »… Jorek und Gunnar Bescheid?«

»Brauchst du Hilfe?«

Hinter dem Vorhang tauchte ein Schatten auf, Flix' Umriss, aber ein komischer Umriss – als würde er sich in eine absolut unmögliche Richtung verrenken. Ihr Hals wurde eng.

»Flix?«

Sie schob sich auf den Duschvorhang zu, streckte die Hand danach aus … Da blitzten in ihrem Kopf Bilder auf, Geräusche, sogar Gerüche nahm sie wahr. Waren das … Erinnerungsfetzen? Ein Huschen, hackende Bewegungen, die scharfe Spur von Angst in der Luft. Das Zucken von Muskeln, ein schneidend schrilles Kreischen in ihren Ohren, das Erschlaffen von Bewegung und dann: Blut. So viel Blut! Danach: strahlende Dunkelheit.

Ihre Fingerkuppen berührten den Vorhang. Gleich –

»Nein!«, schrie Flix.

Sie riss die Hand fort. Ihr Herz hämmerte.

»Bist du wirklich okay?«

»Alles gut, ehrlich.« Er klang jetzt ruhiger. Immer noch dumpf, aber ruhiger. »Mach dir kein Sorgen. Ich bin … Ich brauch nur eine Runde Schlaf, glaub ich.«

Der Rauputz der Mauer, an der sie sich abstützte, an ihren Handflächen, sie spürte jedes Körnchen. Es war der einzige greifbare Halt in diesem Duschraum.

»Lass mich allein, Noomi … bitte …«

Erstickte, hallige Stimme in einem Glas.

Verrenkter Schatten hinter dem Vorhang.

Extrem verrenkter Schatten.

Sie bewegte sich rückwärts Richtung Tür, raus aus der Sichtweite des Vorhangs. »Sag Bescheid, wenn du was brauchst«, presste sie hervor.

»Mach ich«, blubberte Flix. »Danke!«

Noomi verließ das Bad, so schnell, als wäre jemand hinter ihr her.

Es ist nichts passiert, beschwichtigte sie sich. Überhaupt nichts. Auf dem Gang zwang sie sich, langsamer zu gehen. Warum hatte sie solche Angst um Flix gehabt?

Oder hatte sie Angst *vor* ihm gehabt?

Flix

Er schloss die Augen, um nicht zu sehen, was nicht sein konnte.

Wie würde Juliane reagieren, wenn sie ihn jetzt sehen würde? Stopp! Nicht an Juliane denken und nicht an ihre E-Mail!

Es geht nicht mehr.

Nicht an ihre Hände auf seiner Haut, vor allem: nicht an seine Haut denken. Seine Haut … was war verdammt noch mal mit seiner Haut passiert?

Er stellte die Dusche ab, kam mit geschlossenen Augen heraus, tastete nach dem Stapelstuhl, auf dem er sein Shirt abgelegt hatte. Langärmelig trotz der Hitze, langärmelig, damit die anderen nichts merkten. Und damit er selbst es nicht mehr sehen musste. Die lange Hose, die alles verdeckte. Er schwankte, als er die Sneakers anzog … öffnete kurz die Augen. Die Füße. Seine Füße!

Nicht daran denken, Augen schließen, Sneakers an, verstecken. Das alles – verstecken!

Noomi würde ihn krankmelden, die anderen würden an den Hütten arbeiten, es würde nicht auffallen, wenn er sich davonstahl. Er musste zum Quelltümpel.

Unbedingt.

Flix holte tief Luft und dachte an das sämige grünbraune Wasser, das Rettung versprach, roch den schlammigen Grund, den Wald, das Wasser. Alles würde gut werden, wenn er nur den Tümpel erreichte.

Er öffnete die Augen, sah in den Spiegel und leerte die Flasche. Dann machte er kleine, humpelnde Schritte zur Tür.

Seine Füße … seine Füße …!

Der Tümpel war seine Hoffnung.

X

Planänderung.

Hoffnung gibt es nur, wenn die Wahrheit ans Licht kommt.

11. KAPITEL
Grüne Luft

Flix

Der See war von Trauerweiden gesäumt, die sich tief über das Wasser neigten und das Ufer mit zitternden, lichtdurchlässigen Schatten bedeckten.

Komm zu uns …

Er nahm ein unergründliches Verlangen wahr, so intensiv, wie er es noch nie gefühlt hatte. Nicht einmal nach Juliane. *Es geht nicht mehr.* Ohne zu wissen, was es war, spürte er, dass hier die Lösung lag. Direkt vor ihm. Unter dieser in der Sonne funkelnden, bebenden Wasserhaut, die von einzelnen Blättern betupft war: die Lösung für alles.

Mit ungelenken Bewegungen streifte er Schuhe und Socken ab, schlüpfte aus Hose und Langarmshirt, humpelte zum Ufer hinunter. Er hasste seine Füße, hasste es zu laufen, jeder Schritt tat weh.

Wir sind hier, komm …

Ihre Stimmen. Es schien, als hätte jede Zelle seines Körpers sie lange vor ihm gehört, hätte gespürt, dass er hierherkommen musste, um zu begreifen. Hierher, wo Blütenpollen golden im Licht tanzten und Libellen mit schillernden Flügeln reglos in der Luft standen. Wo langbeinige Insekten über das Wasser liefen und alles schwankte.

Komm …

Sie riefen ihn. Er ließ den Blick über den Tümpel gleiten. Die Mitte badete in Sonnenlicht und das Wasser glitzerte dort wie Millionen Glassplitter. Jeder einzelne blinzelte, lachte, schimmerte ihn an.

Hier … hier sind wir, komm, komm, komm zu uns …

Der Wind, so weich. Der Duft der Algen stieg ihm in den Kopf. Grün und dunkel, moschusartig. Er kostete. Kostete diesen Moment aus.

Das hier … war perfekt.

Der Anblick der Wasserlinsen, die sich träge auf dem Wasser wiegten, war so überwältigend, so … köstlich, dass er es nicht mehr aushielt.

Er ging einen Schritt. Seine nackten Füße versanken einige Zentimeter im Schlamm und er spürte im selben Moment, wie der Schmerz ihn verließ.

Komm zu uns …

Ja, dachte er. Ja, ich bin gleich da.

Er schritt tiefer hinein, spürte sie um seine Waden gleiten, schlank und glatt, schillernd und schuppig, er spürte sie an seinen Schenkeln, dann am Bauch. Tränen liefen ihm über die Wangen. Freude explodierte in seinem Herzen, golden und heiß, wie Magma.

Komm zu uns … komm …

Schritt für Schritt folgte er ihrem Ruf in diese fremde, vertraute, wunderschöne Welt. Seine Welt.

Sie umglitten seine Brust.

Ja, ich spüre euch. Ich … sehe euch.

Hier sind wir

Hier bin ich.

Er tauchte unter.
Und nicht mehr auf.

Noomi

Es war nicht das erste Mal, dass sie einen Schwingschleifer in der Hand hielt, und wieder musste sie an ihren Vater denken. Es hätte ihm gefallen, sie so zu sehen, schnell, effektiv, sorgfältig. Wenn sie körperlich arbeitete, war sie ganz bei sich. Das Holz unter ihren Händen, die Waldluft, die Sägespäne, selbst ihr Muskelkater sorgten dafür, dass sie sich lebendiger fühlte als je zuvor. Ich bin keine Drinnen-Person, dachte sie unvermittelt und diese Erkenntnis beflügelte sie.

Sie spürte, wie die nervöse Energie, die sonst ihren Körper durchströmte und ihre Hände flattern ließ, abebbte. Stattdessen übertrug sich die Vibration des Schwingschleifers auf sie und floss durch die Arme in ihren Körper. So etwas nicht nur sechs Wochen lang, sondern immer machen, dachte sie verträumt. In einem Wald arbeiten. Das wär's!

Ihre Eltern wollten, dass sie nach dem Abi studieren ging. Sie selbst wusste nicht mal, ob sie überhaupt Abitur machen wollte. Eine Zeit lang hatte sie darüber nachgedacht, irgendeine Kauffrau zu werden – Reisekauffrau, Bankkauffrau, Bürokauffrau –, aber um ehrlich zu sein: Wenn sie sich ihr Leben in drei, fünf oder zehn Jahren vorstellte, sah sie sich nicht in einem Büro.

Sie wollte nicht an einem Schreibtisch sitzen und still sein, so wie in der Schule. Dazu liebte sie es viel zu sehr, Geräusche zu machen, herumzulaufen und zuzupacken und zu sehen, wie etwas unter den eigenen Händen eine andere Form annahm. Als sie zu summen begann, setzte sich die Vibration auch in ihrer Stimme fort. Sie schliff in gleichmäßigen Bewegungen den alten Lack von den Wänden und freute sich über das wunderschöne Holz, das sie freilegte. Ja, sie war optimistisch!

Obwohl alles, was sie bisher aufgedeckt hatten, sie in Angst und Schrecken hätte versetzen müssen, empfand sie diese Freude, eine tiefe Ruhe und die Gewissheit, dass sie das Geheimnis lüften würde.

Plötzlich stotterte die Maschine in ihrer Hand, dann erstarb die Vibration. Sie starrte auf das Gerät und wandte sich um. An der Kabeltrommel stand Lara und wedelte mit dem Stecker durch die Luft. Noomi stellte den Schwingschleifer auf den Boden und zog sich den Gehörschutz vom Kopf.

»Mittagspause«, erklärte Lara. »Lass was vom Holz übrig.«

»Endlich!« Olympe ließ ihr Werkzeug fallen und marschierte aus der Hütte.

Schade.

Ryan brummelte etwas, dann zischte er an Lara und Olympe vorbei nach draußen. Sie folgte ihnen. Auf der Veranda der Hütte, an der sie arbeiteten, standen ein paar Flaschen Wasser. Jede von ihnen schnappte sich eine, dann rutschten sie nebeneinander an der schattigen Hüttenwand auf den Holzboden und sahen Ryan nach, der Richtung Haupthaus davonsauste.

Ein Tagpfauenauge flatterte ganz dicht an ihrem Kopf vorbei. Wunderschöne tomatenrote Flügel durchschlugen die Luft, kleine Alarmzeichen. Paralysiert verfolgte sie ihre Spur. Staunte die Maserung auf ihnen an, vier Stück, die wie echte Augen wirkte, von einem blauen Lidstrich betont. Die sie anblinzelten, lockten, an ihr zupften, und aufs Neue sammelte sich eine Energie in ihrem Körper, aber anders als an der Maschine, zog zu ihren Halssehnen hoch wie pure Elektrizität und dann – schneller, als sie denken konnte – zuckte ihr Kopf wie ein abgeschossener Pfeil nach vorn und wieder zurück: Das Insekt war nicht mehr in der Luft.

Noomis Zähne mahlten. Sie schluckte.

Etwas rutschte trocken ihre Kehle hinunter.

Nein! *Nein!* Nicht schon wieder. Nicht schon wieder!

Hatte sie wirklich gerade diesen wunderschönen Falter geschnappt und … zermalmt?

Seitenblick zu Olympe und Lara, die zu ihrer Erleichterung tief in Gedanken versunken schienen. Sie hatten nichts gesehen. Gott sei Dank.

Seit dem Tag vor einem Jahr, an dem sie verschwunden war, tat sie zu viele Dinge, die sie nicht verstand.

»Du, Lara?« Sie musste endlich an das Gespräch von gestern anknüpfen. »Ich brauch wirklich deine Hilfe.« Sie suchte Laras Blick, aber die hypnotisierte ihre Hände. Also schaute sie zu der Hütte hinüber, in der sie heute eigentlich gemeinsam mit Flix hätte arbeiten sollen, und sprach in die Luft. »Ich muss rausfinden, was passiert ist, letztes Jahr.« Ein weiterer Falter flatterte vorbei, sie geriet kurz ins Stocken, setzte erneut an.

»Wenn ich die Wahrheit wüsste, könnte ich lernen, damit umzugehen. Denn egal, wie krass sie auch wäre: Wenigstens hätte ich eine. Im Moment hab ich nichts. Nur tausend Vermutungen. Und eine ist grauenvoller als die andere.«

Lara bearbeitete ihre Nagelhaut, rang sich sichtbar eine Reaktion ab. »Klingt schrecklich. Aber wie soll ich dir helfen?«

Also die harte Tour, dachte Noomi. Sie musste den Druck erhöhen. Sie stieß Olympe in die Seite. Die verstand und legte auf ihre schroffe und direkte Art sofort los: »Sie muss wissen, was derjenige, der sie entführt hat, mit ihr angestellt hat. Das ist doch klar, oder?«

Dann wieder Noomi selbst, sanfter. »Wie konnte er mich auf diesen Felsvorsprung ablegen? Mit einem Ballon oder was? Wie kam das Blut an meine Hände? Und an die Füße?«

Den Druck auf Lara zu erhöhen, bedeutete leider auch, den Druck auf sich selbst zu erhöhen. Sie musste sich zwingen weiterzureden.

»Tierblut! Und wieso seh ich keine Entführung, keinen Kampf, wenn ich davon träume? Sondern Bäume. Von oben. Wieso seh ich kein Gesicht? Müsste ich mich nicht an das Gesicht des Typen erinnern? Das kann doch nicht völlig weg sein, oder? Das muss doch irgendwo hier drin sein!« Sie klopfte sich mit der flachen Hand gegen die Stirn, mehrmals.

»Ich dreh durch, Lara, echt. Was ist mit mir angestellt worden? Ich bin in diesen Träumen sogar … glücklich. Glücklich!« Sie spie das Wort aus, weil das vielleicht das Heftigste an der Sache war. Dieses vollkommen unverständliche Gefühl.

Sie biss sich auf die Unterlippe und drehte ihre Flasche auf. Lara war noch immer mit ihren Fingernägeln beschäftigt. Komm schon, beschwor sie die innerlich, du weißt was!

Während sie trank, dachte sie an Flix, an die Tierspuren vor dem Fenster, die Fährte aus Münzen. Hinweise, die allesamt hier zusammenliefen und ein Geheimnis umkreisten. Sie wartete darauf, endlich wieder dieselbe Zuversicht zu spüren wie vorhin beim Schleifen.

Olympe bedeutete ihr, endlich weiterzureden.

»Die Lücke in meinem Kopf ist riesig. Jeder stopft was rein, jeder hat eine Theorie, aber die Wahrheit … die find ich nicht. Dabei hab ich wie blöd recherchiert. Und bin sogar freiwillig hergekommen …«

»Freiwillig?« Lara redete! Endlich. »Das klingt, als hättest du dich absichtlich strafbar gemacht.«

»Hat sie ja auch«, knurrte Olympe.

»Wie bitte?« Lara sah sie endlich an. Baff. »Du hast was?«

Frag nicht, hilf mir einfach, flehte sie stumm und fuhr fort: »Und wir haben auch schon eine Spur! Erst haben wir rausgefunden, dass Ronja und Mahmut wie vom Erdboden verschluckt sind und jetzt auch noch Anouk! Irgendwas geht in diesem Wald vor – und es ist nichts Gutes!«

»Warte«, stammelte Lara. »Ronja und Mahmut sind … verschwunden?«

»Wir haben nicht rausfinden können, was mit den beiden anderen passiert ist«, schaltete Olympe sich ein. »Vincent und Elena? Die Namen waren einfach zu normal. Aber Ronja Stutenfuß haben wir im Netz identifiziert.«

»Im … Internet …? Woher habt ihr …?«

Olympe wischte den Einwurf beiseite. »Wir sind auf der Facebookseite ihrer Eltern gelandet. Da stand, dass sie vermisst wird. Über die Kommentare bin ich auf das Instaprofil von Mahmut gestoßen, der stand auch auf der Namensliste, die Noomi aus Joreks Büro –«

Noomi stieß ein Zischen aus, das Olympe sofort verstummen ließ. Hatte Lara Olympes Versprecher mitgekriegt? Offenbar nicht. Lara war zu vereinnahmt und wiederholte nur: »Ronja wird vermisst?! Und Mahmut … auch?«

Erleichtert bestätigte sie schnell: »Ja. Sein Insta ist tot. Von einem Tag auf den anderen. Und die Kommentare, Lara … Seine Freunde denken, er wär abgehauen.«

»Verdammte Scheiße.« Lara zerrte an ihrer Nagelhaut. Ehe Blut fließen würde, legte sie ihre Hand auf Laras.

»Im Ernst, hier im Wald geht was Unheimliches vor. Drei Menschen, die vor einem Jahr in diesem Camp waren, sind verschwunden. Mit mir vier. Vielleicht sogar noch mehr, ihr solltet das checken, ihr habt die Kontaktdaten. Offensichtlich war ich die Einzige, die gefunden worden ist. Wer weiß, was mit den anderen …«

»Halt«, unterbrach Lara. »Du sagst: hier im Wald. Aber ich hab sie abfahren sehen. Alle. Zurück nach Berlin. Wenn sie verschwunden sind, dann jedenfalls nicht hier!«

In diesem Moment kam Ryan mit einem Teller voller Brötchenhälften in der einen und mit Obst in der anderen Hand zurück. Er stellte alles vor ihnen ab, nahm sich eine Birne, kletterte auf die Verandabrüstung ihnen gegenüber und begann, eine Furche in das Fruchtfleisch zu knabbern.

Sie nickte ihm zu. Olympe nahm das Gespräch wieder auf. »Bist du sicher? Könnten sie nicht zurückgekommen sein?«

»Das Camp war danach offiziell geschlossen.« Laras Stimme wurde fester, sie nahm sich ein Brötchen. »Nur Vati und ich waren noch da, um aufzuräumen und dichtzumachen. Uns wär aufgefallen, wenn da jemand zurückgekommen wär. Garantiert: Die waren alle in Berlin.«

Noomi griff ebenfalls nach einem Brötchen, Hummus-Gurke, und begann, lustlos darauf herumzukauen. Lara verschwieg etwas.

Olympe sprach aus, was sie dachte: »Mensch, wir sind nicht blöd, Lara. Du weißt was. Jetzt red endlich!«

Einen Augenblick lang sprach niemand. Selbst die Baumwipfel schwiegen. Die entfernten Gipfel der Schrammsteine blickten stumm zu ihnen herüber. Sie waren so nah dran.

Als eine matte Fliege die Stille durchflog, seufzte Lara. »Anouk hat ein Gerät erfunden«, gestand sie leise. »Mit dem haben wir experimentiert.«

Yes!, jubelte sie innerlich. »Was für ein Gerät?«

Und Olympe, zeitgleich: »Experimentiert?«

»Psst!« Ryans Kopf zuckte Richtung Haupthaus. »Jorek hat das Fenster offen.«

Alle sahen zum Haupthaus hinüber, zu Joreks Fenster, das tatsächlich angelehnt war.

»Es ging um … Telepathie«, flüsterte Lara.

Erzähl uns was Neues, dachte sie, schwieg aber beharrlich.

»Es gab diesen … Vorfall«, fuhr Lara fort.

»Vorfall?«, platzte Olympe dazwischen.

»Ja, ich … Es war mein Fehler, ich hab nicht aufgepasst, ich hab sie nicht beschützt.«

»Wen, *sie?*« Sie warf Olympe einen warnenden Blick zu. Klappe, hieß der. Lara begann wieder, die Haut am Nagelbett abzupulen, und diesmal hielt Noomi sich zurück. Wenn Lara den Schmerz brauchte, um weiterzuerzählen – bitte.

»Die Jugendlichen aus dem Camp im letzten Sommer. Mahmut, Ronja, Vincent, Elena. Sie waren neugierig geworden, weil ich sie oft alleine gelassen hab während der Arbeit.«

»So wie du Flix allein gelassen hast? Er hat für zwei geschuftet!«

»Ich weiß …« Lara nickte unglücklich. »Das war nicht fair, aber … ich konnte nicht anders. Ich musste zu Anouk …«

»Schon okay«, log Noomi. »Du hast die Gruppe also allein gelassen, um mit Anouk zu experimentieren. Und sie haben dich nicht verraten?«

»Wir hatten einen Deal: Wenn sie mich in Ruhe lassen, bring ich ihnen zum Dank was mit. Schokolade stand besonders hoch im Kurs.«

»Du hast sie für ihr Schweigen bezahlt!«

»Irgendwie schon. Ich hab sie immer mal wieder ihre Handys benutzen lassen.«

Aha! Das erklärte, wie Mahmut Fotos auf Insta hatte posten können. Sie ahnte, dass sie sich wenigstens *einer* Wahrheit näherten.

»Leider waren sie irre neugierig. Als sie freihatten, sind sie mir hinterhergeschlichen. Anouk war nach Dresden gefahren, um ein paar spezielle Materialien zu besorgen. Ich hab im Wagenhaus auf sie gewartet und gerade Daten in den Computer übertragen. Das Gerät, Anouk nennt es Telepathor, lag noch auf der Veranda, weil wir kurz vorher Tests gemacht hatten.«

Ihr Blick glitt fort, wahrscheinlich zum Wagenhaus, an den Arbeitstisch, vor den Laptop.

»Ich hätte es reinholen müssen, alles wegräumen, aber ich war so neugierig auf die Ergebnisse und hab einfach nicht dran gedacht! – Da draußen war ja normalerweise auch niemand. Wie hätte ich ahnen können … Dann hab ich sie gehört.« Sie schloss die Augen, als ob sie nicht hinsehen wollte, öffnete sie aber sofort wieder. »Flüstern. Lachen, Murmeln. Ich war so vertieft, ich hab's erst nicht kapiert. Als ich rausgerannt bin, haben sie schon am Telepathor rumgefummelt …«

»Die aus der ersten Gruppe?« Ryan hüpfte vom Geländer herunter, krallte sich ein Stück Apfel, kletterte wieder rauf, knabberte, den Blick auf Lara gerichtet.

Die nickte. Ihre Pupillen waren riesig und Noomi musste an Drogen denken. Drogen … oder Fieber … oder: Angst.

»Sie haben den Kopfhörer rumgereicht und an dem Gerät rumgespielt!«, platzte Lara heraus.

Über das Geländer hinweg nahm Noomi eine Bewegung am Haupthaus wahr. Gunnar! War die Mittagspause schon rum? Bleib weg, betete sie. Komm nicht rüber. Nicht jetzt! Lass sie erst zu Ende erzählen. »Ich bin ausgerastet, hab ihnen die Kopfhörer runtergerissen und den Telepathor abgenommen. Herrgott. Es ist nichts passiert. Sie hatten das Teil einfach zu kurz auf. Ich hab sie zusammengestaucht und zurück ins Camp geschickt.«

»Zusammengestaucht«, echote sie. Lara schien sie nicht zu hören, sie sprudelte die Geschichte heraus, als hätte sie nur darauf gewartet, sie endlich loszuwerden. Schuld, erkannte sie, Schuld war Laras Geheimnis.

»Sie hatten keinen Schimmer, was das war! Also haben sie einfach dran rumgespielt, als wär das ein Scheiß-MP3-Player oder so. Unsere ganzen Einstellungen waren verändert, die Frequenzstärke war bis zum Anschlag hochgedreht!« Sie stieß die Luft durch die Nase. Dann flossen die Worte weiter aus ihr heraus: »Als ich den Telepathor mit dem Laptop verbunden hab, hab ich im Verlauf gesehen, dass er doch Schallwellen ausgesendet hat. Anouk ist explodiert, als ich es ihr gebeichtet hab. Obwohl nichts passiert war, außer dass das Teil ein paar Minuten lang in den falschen Händen lag … Es hat Tage gedauert, bis sie sich wieder eingekriegt hat. Aber dann …«

»Ja?«, drängte sie.

»… dann sind die Kids krank geworden …«

»Sie sind krank geworden?«, flüsterte Ryan. »Wie krank?«

»Sommergrippe, eigentlich harmlos, aber sie haben sich gegenseitig angesteckt und plötzlich waren wir hier die totale Krankenstation. Anouk hat da irgendwelche Zusammenhänge konstruiert, aber im Ernst: Es war ein saukalter, ewig nasser Sommer. Keine Heizung in den Hütten. Der … Vorfall hatte damit nichts zu tun!«

Noomi fing eine von Laras gestikulierenden Händen aus der Luft und hielt sie fest. Ihre Augen suchten kurz das Haupthaus, kein Gunnar. »Du hast gesagt, du hättest sie nicht beschützt«, fragte sie so ruhig wie möglich. »Beschützt wovor?«

»Davor, zu viel zu wissen. Über dieses ganze Projekt. Ich meine, das hat politische Brisanz! Vielleicht hat …« Lara sah erschrocken von einer zur anderen. Verstummte dann.

»Verstehe.« Olympe trommelte einen unruhigen Rhythmus auf das Holz der Veranda.

Ich nicht!, dachte Noomi. »Was …?«

»Denk logisch.« Trommel, trommel. »Personen sind verschwunden. – Das ist ein Fakt. Fakt eins, um genau zu sein. Im Wald wurde eine Fährte gelegt, die uns zum Wagen geführt hat. Fakt zwei. Wenn wir beide Fakten miteinander verknüpfen, dann komme ich – ganz egal, was du über diesen Falken behauptest – zu Fakt drei: Es muss in dem ganzen Konstrukt noch jemanden geben. Jemanden, der diese Leute hat verschwinden lassen. Warum? Weil sie zu viel wussten. Weil sie eine Gefahr darstellten. – Hm …« Das Trommeln verebbte. »Wer könnte sich für diesen Telepathor interessieren und wollen, dass nichts davon an die Öffentlichkeit dringt? Lara?«

Lara schluchzte auf. »Ich hab keine Ahnung! Sie hat hier total versteckt gelebt.« Sie zog die Beine an, presste die Stirn gegen ihre Knie.

»Alles in Ordnung bei euch?«, tönte Gunnars Bass zu ihnen herüber.

Ohne den Kopf hochzunehmen, hob Lara den Arm und winkte über das Geländer. »Alles gut, wir arbeiten gleich weiter, wir essen nur ’n Happen!« Es gelang ihr, ihre Stimme normal klingen zu lassen.

»Macht ruhig noch ein paar Minuten Pause!«, rief er zurück. »Wir kommen ja gut voran.«

Olympe flüsterte: »Im Ernst, Lara. Wer hat dich angegriffen? Der Typ hat vielleicht deine Freundin auf dem Gewissen. Und die zwei aus der anderen Gruppe auch! Mach endlich den Mund auf.«

Erneut stöhnte Lara, diesmal hörbar genervt.

»Ein Scheißvogel!«, presste sie hervor. »Kein Mensch, wie oft soll ich das denn noch sagen?«

»Du bleibst also bei deiner Geschichte?« Noomi konnte nicht anders: Sie war enttäuscht. Enttäuscht und langsam resigniert.

Lara sprang auf und blitzte in die Runde. »Natürlich bleib ich dabei! Weil es die Wahrheit ist! Ein Vogel hat sich im Wald auf mich gestürzt. Und nicht zum ersten Mal. Du hast es gesehen, Ryan!«

Ryan machte ein zustimmendes Geräusch.

»Und wisst ihr noch, morgens, hier am Feuerplatz?«, fuhr Lara fort. »Das habt ihr doch gesehen, wie dieser Falke auf mich los ist. Das war bereits das zweite Mal. Das erste Mal ist es vor eurer Ankunft passiert. Da hat das Biest mich auf dem Weg zu Anouks Wagen attackiert.«

Wie um das Thema endgültig zu beenden, klatschte Lara in die Hände. »Genug jetzt! Zurück an die Arbeit.«

»Warte mal, Lara, das ist alles …«, versuchte sie es noch einmal.

»Wenn ihr mir nicht glaubt, glaubt ihr mir halt nicht«, bügelte Lara sie ab. »Mir reicht's langsam. Ihr seid nicht hier, um zu faulenzen, und ich nicht, damit wir beste Freundinnen werden! Macht euch nützlich!« Sie verschwand in der Hütte, steckte den Stecker wieder in die Kabeltrommel und fluchte, als der Schwingschleifer unvermittelt zu brummen begann.

»Die und ihre Vogelstory«, schimpfte Olympe.

Noomi verdrehte zustimmend die Augen und folgte Lara in die Hütte, um sich wieder mit dem Holz zu beschäftigen. Lara hatte sich einen Mundschutz aufgesetzt und arbeitete mit dem Rücken zu ihnen.

»Verdammt noch mal, Lara, hör endlich auf, uns auszuweichen«, knurrte Olympe Laras Rücken an.

Keine Reaktion. War ja klar.

Doch dann drehte Lara sich um und zog den Mundschutz ab. »Und wenn ihr noch tausendmal fragt«, presste sie hervor. »Es war ein Vogel. Ein Scheißvogel!« Sie kniete sich hin, streckte das rechte Bein aus und krempelte ihre dünne Hose hoch.

Was sollte das? Sie ging zu Lara und auch Ryan glitt nun in die Hütte. Alle drei scharten sich um Laras Bein. Auf der Haut des braun gebrannten Unterschenkels zeichneten sich frische blasse Narben ab. Manche Stellen schienen oberflächlicher, auf anderen, tieferen, hatte sich der Schorf noch nicht gelöst.

Olympe

Die Narben …

Der Schatten einer Erkenntnis huschte durch ihren Kopf, aber ehe sie danach greifen konnte, entglitt er ihr.

Komm zurück, wollte sie rufen, aber Gedanken gehorchten nicht auf Zuruf. Man musste sie locken, zurückkehren zum Anfangspunkt, und dann, vielleicht, lugten sie wieder um die Ecke.

Zurück also. Wo war sie gewesen?

Die Narben. Nein.

Irgendwas mit Noomi.

Zurück …

Der letzte Gedanke war: Wir gehen zu emotional an das Problem ran. Logik, hatte sie sich stumm ermahnt, Logik!

Dann war die Erkenntnis aufgeblitzt, etwas mit Noomi!

Sie musterte Noomi, aber … nichts passierte. Die Erkenntnis war futsch. Mist!

Sie schaute noch einmal auf Laras Bein, die Narben. Dann wieder zu Noomi, hin und her, so wie man, wenn man vergessen hatte, was man gerade aus der Küche holen wollte, den ganzen Weg noch mal lief, bis es einem wieder einfiel.

Noch mal Noomi: Die war zurückgezuckt, als sie die frischen Narben auf Laras Bein gesehen hatte. Ihre Gesichtshaut hatte die Farbe ihres T-Shirts angenommen, das mehlweiß war. *When we all fall asleep, where do we go?* stand darauf.

Ihr Blick blieb an dem Songtext hängen. Wanderte zu Laras Bein. Zurück zu dem Satz auf Noomis Shirt.

Da!

Das war es!

»Buchstaben!«, rief sie. »Das auf deinem Bein sind Buchstaben!«

»Was?« Erschrocken wollte Lara ihr Bein zurückziehen, aber Olympe hielt ihren Knöchel fest.

»Schau hin.« Sie fuhr vorsichtig die Narben mit dem Finger nach. »Das hier sieht aus wie ein A und das wie ein M.«

Noomi schnappte nach Luft. Ryan machte ein Ryan-Geräusch, dann räusperte er sich. »Könnte auch … Zufall sein, oder?«

Olympe spürte die Aufregung, die sie immer überkam, wenn sie dabei war, einen Code zu knacken. Es fühlte sich an wie Gänsehaut von innen.

»Darf ich?«

Bevor Lara antworten konnte, pulte sie schon die Binde ab, mit der Flix Laras Arm verbunden hatte. Und als sie die Kompresse abnahm, sahen sie es alle: die frischen Verletzungen, die tiefen Schnitte bildeten Buchstaben.

»Krass. Du hast recht.« Ryan deutete auf die obere Wunde. »Das hier ist ein S … vielleicht. – Das ein R.« Er machte sein komisches Klickgeräusch mit den Zähnen. »Aber nur, wenn man so schräg von der Seite guckt.«

Endlich schien auch Lara aus ihrer Starre zu erwachen. Sie hob ihren Arm erstaunt vor die Augen und drehte ihn hin und her.

»Und du erwartest wirklich, dass wir dir abnehmen, dass das ein Falke war?«, ätzte sie.

»Wenn es doch so war!«, verteidigte sich Lara. »Er hat die Krallen immer wieder von einer anderen Seite in mein Bein geschlagen, weil ich nach ihm getreten hab.«

»Immer noch …!« Sie konnte nicht ändern, dass ihre Stimme bitter klang. »Du lügst immer noch?« Sie hasste Lügen – und Lara log. Warum? Wen schützte sie?

Lara rollte ihr Hosenbein wieder runter, ohne einen von ihnen anzusehen. Sie klang müde: »Es war so, wie ich es gesagt hab. Jetzt lasst uns endlich weiterarbeiten.«

Wie bitte? Einfach weitermachen, als wäre nichts gewesen? Als hätten sie nicht gerade einen verdammten *Code* auf ihren Gliedmaßen entdeckt?

»Jetzt sag nicht, dass du das nicht siehst! Das auf deinen Armen *heißt* irgendwas!«

Lara fuhr herum. »Es reicht, Olympe! Das sind nur Wunden! Du hast durch den ganzen Computerkram offenbar den Bezug zur Realität verloren.« Ihre Stimme war so scharf, dass man sich daran hätte schneiden können. »Und jetzt an die Arbeit, verdammt! Oder jeder von euch kassiert einen Strafpunkt.« Sie griff nach ihrem Mundschutz.

Im ersten Moment schien Laras Rechnung aufzugehen – Ryan verschwand wortlos nach draußen, um die abgegrasten Teller wegzubringen. Als jedoch auch Noomi resigniert die Ohrenschützer über ihr Haar schieben und nach der Schleifmaschine greifen wollte, hinderte Olympe sie mit einer hastigen, abwehrenden Handbewegung daran.

Noomi zog fragend die Augenbrauen hoch.

»Zu laut«, flüsterte sie. Sie war nicht bereit, Lara vom Haken zu lassen, Arbeit hin oder her. Wenn Lara sich hinter dem schützenden Lärm von Noomis Schwingschleifer verstecken wollte, weil man da keine Fragen stellen konnte – pah! Sie konnten auch geräuscharme Arbeiten machen.

Noomi schien sie zu verstehen, denn sie legte sofort die Schleifmaschine weg, streifte stattdessen ebenfalls eine Atemschutzmaske über und griff nach einem Döschen mit Kunstharz, um wie Lara morsche Stellen in den Wänden auszubessern. Olympe tat es ihr gleich.

Es war still in der Hütte. Bis auf ihr Atmen und das leise Reiben, mit dem sie das Harz auftrugen. »Du, Lara …« Ihre Stimme klang dumpf unter der Maske.

Lara stellte ihr eigenes Döschen Kunstharz weg und griff nach dem Beitel, um vermoderte Stellen aus dem Holz zu hebeln, was eindeutig mehr Geräusche machte. Netter Versuch, dachte sie und sprach einfach lauter: »Weißt du eigentlich, dass Noomi das Wagenhaus wiedererkannt hat?«

»Wie … wiedererkannt?« Der Beitel in Laras Hand schwebte bewegungslos in der Luft.

»Ja«, bestätigte Noomi, ebenfalls gedämpft durch die Schutzmaske. »Dabei war ich noch nie vorher da.«

Lara stach mit dem Beitel in Noomis Richtung, doch es war eine ratlose Bewegung, keine aggressive. »Aber – woher kennst du den Wagen dann?«

»Ich hab davon geträumt. Vom Wald, von der Lichtung, vom Wagenhaus. Allerdings hab ich im Traum alles von *oben gesehen.*«

Die Gänsehaut in Olympes Kopf kehrte zurück, die Codespürnase war wieder erwacht. Die Lösung …

»Von oben?«, echote Lara. Und dann hastig: »Kannst du mir die Höhe mal … ähm … beschreiben?«

»Na ja …« Noomi hörte auf damit, Kunstharz in die Löcher zu spachteln, die Lara vor der Pause ausgeschliffen hatte. »Ich weiß, das klingt bestimmt komisch, aber ich kann sie riechen, die Höhe.«

Riechen? Was sollte das jetzt? Immer wenn Aufklärung in Sicht kam, bogen die beiden in eine völlig krude Richtung ab. Weg vom logischen Denken. Konsterniert starrte sie Noomi an, die ihre Schutzmaske herunterzog, ohne den Blick von Lara zu wenden.

»Sie riecht ein bisschen nach Metall.«

»Bitte … was?«, stieß Olympe hervor. Wäre sie ein Emoji, sie wäre der Affe mit den vors Gesicht geschlagenen Händen. »Sag mal, dreht ihr jetzt beide durch?«

Wie als Antwort ertönte vom Türrahmen ein Geräusch. Ryan war zurück. »Klklkl.« Versuchte er, witzig zu sein?

Noomi reagierte nicht, Lara auch nicht. Die beiden stierten sich in die Augen. Blau und Orange.

»Kannst du Wolken schmecken?«, fragte Lara leise.

Noomi antwortete, ohne zu zögern: »Ja. – Sie erinnern mich an eine ... Shisha. Kirsch.«

Olympe spürte, wie ihr Mund aufklappte.

»Und die Luft ... Hat die eine Farbe?« Lara war ganz offensichtlich auf der Fährte von etwas, was für Olympe ein totales Rätsel war.

»Transparentes Grün.« Noomis Blick verschleierte, soweit sie das aus ihrer Position heraus erkennen konnte. Verträumt fuhr sie fort: »Sie schmeckt auch grünlich. Irgendwas zwischen ...« Sie machte schmatzende Bewegungen, als wollte sie sich den Geschmack wieder auf die Zunge holen. Olympe starrte Noomi mit offenem Mund an. »... Minze, Lavendel und ...«

»... Chili«, half Lara.

»Genau!« Der Schleier über Noomis Augen lüftete sich. »Chili. – Woher weißt du das?«

So einen Blickkontakt wie zwischen den beiden gab's sonst nur im Kino. Irrsinn.

Hilfe suchend schaute sie sich zum Türrahmen um, aber Ryan war verschwunden. Sie beugte sich ein wenig zurück und erspähte ihn draußen, auf dem Geländer, den Blick auf den Vorplatz gerichtet. Sein Kiefer bewegte sich – als würde er mit den Zähnen mahlen. Sie stöhnte.

»Okay!« Die Entschlossenheit in Laras Stimme zog ihre Aufmerksamkeit sofort zurück. »Ich glaube, ich weiß jetzt, was am neunundzwanzigsten Juli mit dir passiert ist.«

Noomi schüttelte sich, als hätte sie eine Art Trance erlebt. »Wie? Du … du weißt es? Jetzt plötzlich?«, stammelte sie.

Olympe fühlte nichts als Befriedigung, dass Lara endlich mit ihrem Wissen rausrückte. Genau wie Noomi betrachtete sie Lara, die wiederum die Holzbohlen des Hüttenbodens betrachtete. Endlich schien sie eine Entscheidung zu treffen. Gegen ihr Versprechen an Anouk, für … die Wahrheit?

Olympe zwang sich zu warten. Geduld. Leider war das nicht gerade ihre Stärke. Sie stellte ihr Kunstharzdöschen auf den Boden und legte den Spatel darauf. Als sie die Maske herunterzog, atmete sie einen Schwall chemischer Luft ein, so scharf, dass ihre Kehle brannte. Hatte diese Giftluft eine Farbe? Wonach schmeckte sie? Herrje, die beiden brachten sie völlig durcheinander!

»Okay«, wiederholte Lara schließlich in derselben Festigkeit. »Anouk hat mit ihren Forschungen herauszufinden versucht, ob Menschen, die unterschiedliche Sprachen sprechen, verschieden sozialisiert sind und andere Wertesysteme haben, sich dennoch miteinander verständigen könnten – ohne Sprachbarriere, direkt von Gehirn zu Gehirn.«

Sie spitzte die Ohren. Gehirn zu Gehirn klang besser als dieser Wie-schmeckt-die-Luft-Unsinn. Es klang nach Logik.

»Dieses Gerät, das sie erfunden hat, der Telepathor, der kann Hirnregionen von Sender und Empfänger quasi synchronisieren. Das war's, womit sie experimentiert hat. Zusammen mit mir. – Und es funktioniert! Wirklich. Wenn ich auf der Empfängerseite war, konnte ich nicht nur Anouks Gedanken denken, sondern auch fühlen, was sie gefühlt hat! Und umgekehrt genauso. Es ist vielleicht nicht so richtig wie miteinander sprechen, es ist eher …« Endlich löste sie den Blick vom Holz und blickte verträumt in die Runde. »... die Idealform von Verständnis füreinander.«

Was Lara beschrieb, klang genauso absurd wie einleuchtend. Pure Empathie – plus die Denkstrukturen dahinter. Wenn sie nicht nur rumspinnt und wenn das wirklich funktioniert, dann ... Olympes Hirn ratterte. Sie warf einen Seitenblick auf Noomi. Auf deren Stirn stand eine steile Falte. Sie hatte ihr Harzdöschen ebenfalls auf den Boden gestellt, ihre Körperhaltung drückte höchste Aufmerksamkeit aus. Und Ryan? Der hockte noch immer auf dem Geländer, ihnen den Rücken zugewandt. Komisch eigentlich, dass Lara ihn nicht zum Arbeiten reinpfiff.

Sie beendete das Schweigen. »Also – wenn das echt stimmt ... Dann könnte diese Methode die ganze Welt verändern.«

Ihr fiel auf, wie die Muskeln an Laras Armen – dem linken, braun gebrannten, und dem rechten, verwundeten – zu zittern begannen. »Genau«, stieß Lara hervor. »Keine Kriege mehr, weil man die streitenden Parteien mit dem Telepathor verbinden könnte. Plötzlich wär der Feind nicht mehr der Feind, sondern man selbst. Weil man ja die Gedanken und Gefühle des anderen durchleben würde – die gesamte Wahrnehmung würde sich ändern! Dann ist vielleicht nicht mehr die andere Partei das Problem, sondern der Krieg an sich.«

»Ginge das auch bei Diktatoren? Also jemandem, der gar nicht in der Lage ist, an etwas anderes zu denken als an sich selbst?«, wollte Noomi wissen.

»Ja! Gerade für solche Leute wär das perfekt! Die würden ja nicht nur die Denkstruktur bekommen, sondern alles automatisch auch *fühlen.* Verstehst du?«

Der Gedanke war verrückt, aber irgendwas daran schien möglich. »Nobelpreisverdächtig«, murmelte sie.

»Ja, oder?« Lara klang begeistert. »Allerdings weiß es noch keiner, außer mir … und euch jetzt.« Kurz stockte sie. »Nachdem das bewiesen war, wollte Anouk nämlich erst noch einen Schritt weitergehen. Der Nachweis der Telepathie zwischen zwei Menschen war nie ihr eigentliches Ziel.«

»War es nicht?«, fragte Olympe verdutzt. Die Bundesbank zu hacken, war sicherlich ein hochgestecktes Ziel gewesen, doch außer der technischen und der Denkleistung, die dahinterstand, alles andere als bewundernswert. Aber hier hatte jemand weltverändernde Ideen – und selbst das reichte nicht?

»Nein – sie hatte etwas vor, was sie *visionär* nannte.«

Visionär. Da war es wieder. Dieses Wort, das sie fiebrig machte.

»Etwas, was als unmöglich gilt.«

»Noch unmöglicher, als Gedanken zu fühlen?«, nuschelte Ryan von draußen, vom Geländer her. Lara sprach weiter, aufgeregt, als hätte sie ihn nicht gehört.

»Sie wollte mit dem Telepathor die Grenze zwischen Mensch und Tier überwinden.«

Laras Augen wurden feucht, doch bevor sie in Erinnerungen versank, warf Olympe die nächstliegende Frage ein: »Dann stimmt das alles etwa, was in den Aufzeichnungen steht?«

»Den Aufzeichnungen? – Ihr habt sie gelesen? Aber … wie könnt ihr! Das durftet ihr nicht!« Laras Stimme schraubte sich hoch wie ein Feueralarm.

Noomi, der gute Bulle, übernahm mit sanfter Stimme: »Reg dich nicht auf. Ja, wir haben sie gelesen. Aber nichts begriffen. Sie wollte also, dass wir Tiere verstehen?«

Laras Panik fand keinen Halt an Noomis Sanftheit und rutschte ab. »Mehr als das«, murmelte sie. »Anouk wollte beweisen, dass die Grenze zwischen Mensch und Tier in Wirklichkeit nicht existiert. ›Die haben die Menschen nur gezogen, um sich als überlegene Spezies zu zementieren‹, sagte sie immer. Allein, dass wir zwei Bezeichnungen benutzen – Mensch und Tier –, zeigt ja, dass wir von einem System ausgehen, in dem …«

»… auf einer Seite der Mensch steht und auf der anderen das Tier«, beendete sie Laras Satz. Das hier war ihr Gebiet. Das war etwas, womit sie sich lange beschäftigt hatte, einer der Gründe, warum sie vegan lebte und für Tierrechte eintrat. »Und das, obwohl Menschen biologisch gesehen auch Tiere sind.«

»Exakt!« Lara stieß zustimmend den Beitel in die Luft. »Die Grenze ist künstlich erzeugt. Und wir halten sie hoch, wo es nur geht. Durch Sprache zum Beispiel. Beim Mensch sagen wir *Stillen,* beim Tier *Säugen.* Verschiedene Worte für ein und dasselbe! Der Mensch *gebärt,* das Tier *wirft …*«

»… Menschen *essen,* Tiere *fressen*«, ergänzte sie.

Lara hob anerkennend ihren Daumen. »Manche Wissenschaftler sind davon überzeugt, dass Tiere ihre eigenen Sprachsysteme entwickelt haben, die wir Menschen nur nicht korrekt entschlüsseln können; andere behaupten allerdings, dass Tiersprachen gar keine echten Sprachen wären, sondern nur eine Ansammlung von Geräuschen. Sie streiten, was Sprache ist, weil: Wenn Tiere eine hätten, müssten wir sie anders einstufen, oder?«

»Logisch: Was sprechen kann, isst man zum Beispiel nicht«, schaltete sich Noomi ein.

»Korrekt!«, fuhr Lara fort. »Anouk dachte, dass Kommunikation zwischen Mensch und Tier gar nicht an Sprache gebunden sein müsste. Tiere fühlen und erleben ja, genau wie wir. Kurz und gut: Mit dem Telepathor konnte Anouk nachweisen, dass die Grenze zwischen Mensch und Tier künstlich ist.« Sie hielt inne und rang um Luft.

Olympe stutzte. »Moment mal. Sie konnte es *nachweisen*? – Das heißt: Sie hat das Ding auch für Tiere benutzt?«

Lara nickte.

Sie nickte! Das konnte nicht sein. Das Kunstharzzeug musste Laras Verstand vernebelt haben. Noomis offenbar auch, denn deren Blick war leer. Vorsichtshalber beugte sich Olympe zu den beiden offenen Döschen und drückte die Deckel darauf.

»Und das *glaubst* du, Lara?«

»Nein.« Lara schaute hoch und baute eine Blickverbindung mit ihr auf, ähnlich stark und ausschließlich wie zuvor mit Noomi. »Ich glaub das nicht nur. Ich weiß es. Weil ich es erlebt habe.«

»Wie jetzt?«

»Ich hab schon mit den Hirnstrukturen einer Haselmaus und mit denen eines Milans gefühlt.«

Bitte was? Ehe sie ihren Zweifeln Luft machen konnte, spürte sie etwas, was sie noch nie gespürt hatte, nicht einmal, als sie die Bundesbank gehackt hatte: die Dimension von etwas, das größer war als alles, was sie denken konnte.

»Doch.« Ein kleines Wort, vier Buchstaben, und es änderte alles. Die ganze Welt! »Ich schwör es euch.« Sie nickte zur Tür. »Lasst uns draußen weitermachen, das Zeug stinkt echt extrem. Ohne Atemmasken sollten wir nicht hier drin sein.« Sie griff nach dem Schmirgelpapier und marschierte, den Beitel noch immer in der Hand, voraus.

Ungläubig griff sie sich ebenfalls ein Stück Schmirgelpapier, drückte Noomi eine Fugenbürste in die Hand und folgte Lara nach draußen.

Ryan drehte sich auf dem Geländer zu ihnen um. Lara hielt

ihm ein Stück Schmirgelpapier hin und wies auf das Holz, auf dem er saß.

Sofort sprang er ab und begann, an einer ergrauten Stelle in der Verandabrüstung herumzuschmirgeln. Kurz darauf taten das auch Lara und sie selbst und Noomi bürstete die Risse im Holz aus.

In Olympes Kopf türmten sich Fragen. Es kostete sie irrsinnig viel Mühe, nicht mit jeder einzelnen herauszuplatzen. Aber sie wusste, wenn sie Lara jetzt drängte, würde die sofort dichtmachen.

Eine Weile war nichts zu hören als das Schleifen und Bürsten und das mittagsmüde Gezwitscher eines Vogels, dann hielt sie es nicht mehr aus. Sie hörte auf zu schleifen. »Was soll denn das heißen: Du hast mit den Hirnstrukturen einer Maus gedacht?«

Lara schmirgelte heftiger. »Anouk hat die Muster, in denen eine Haselmaus und ein Milan denken, aufgezeichnet und auf mein Hirn überspielt.«

»Nicht wahr!«, rief Noomi.

»Doch! Und es war … phänomenal!«

»Weißt du deshalb, wie Luft schmeckt?« Sie hörte das Kratzen in ihrer Stimme, aber sie war sich nicht sicher, ob es von dem Chemiegestank drinnen kam oder von ihrer Faszination. Es klang alles logisch und war trotzdem vollkommen absurd.

»Es ist der Hammer!« Ein indirektes Ja. Und die Erklärung gleich hinterher. »Viele Tiere benutzen zusätzlich zu den Gehirnbereichen, die wir Menschen nutzen, noch andere. Sie verknüpfen Areale, die wir nur getrennt anwenden. – Man denkt, fühlt und erlebt dadurch … anders. Synästhetisch. Es ist«, wiederholte sie, »Hammer.«

»Aber wieso weiß Noomi das?«, warf Ryan plötzlich ein, ohne mit Schmirgeln aufzuhören.

»Bitte?« Lara sah ihn fragend an.

»Was Ryan meint …«, präzisierte Noomi, »… ist, warum *ich* weiß, wie Luft schmeckt.«

Lara hielt inne und legte Noomi eine Hand auf den Arm. »Weil du hier warst, als die Sache mit den vier Jugendlichen und dem Telepathor passiert ist! Der hat eine Schallwelle rausgepulst. Das war mein Fehler. Offenbar hast du die abgekriegt.«

»Wart mal, welche Schallwellen?«

»Na, von dem Impuls, von dem ich vorhin erzählt hab. – Die vier hatten an dem Gerät alle möglichen Tierdenkstrukturen abgerufen – und die Frequenzstärke auf max gedreht. Auf das Zehnfache. Sie hatten den Kopfhörer aufgesetzt, nacheinander, bis ich es mitgekriegt und ihnen den vom Kopf gerissen hab. Ich hab das Gerät samt Kopfhörer auf den Tisch gepfeffert. Aber … ich hatte vergessen, es auszuschalten.«

Lara knibbelte mit den Fingern an den Krusten auf ihrem Arm herum, als sie weiterbeichtete.

»Anouk hat mir erst ein paar Tage später erklärt, dass der Telepathor durch den Kopfhörer trotzdem einen Schallimpuls sendet. Nur ist der halt schwächer, weil er nicht direkt in den Gehörgang geht. Versteht ihr?«

Alle drei schüttelten synchron die Köpfe.

»Okay.« Lara seufzte. »Stellt euch den Telepathor vor wie ein Handy. Ihr macht Musik an, stöpselt einen Kopfhörer an, setzt ihn auf. Was passiert? Die Musik läuft vom Kopfhörer direkt in die Ohren. Nichts dringt nach außen. So weit klar?«

Jetzt nickten sie alle synchron.

»Gut. Was aber geschieht, wenn man den Kopfhörer auf den Tisch legt, während die Musik läuft?«

Nun fiel der Groschen. »Sie dringt hörbar nach draußen«, sagte sie.

»Genau!« Lara ließ von den Krusten ab und schnappte sich wieder den Beitel. »Nur dass wir es in unserem Fall nicht mit Musik, sondern mit einem Schallimpuls zu tun hatten.«

»... der dann aus dem Kopfhörer nach außen gedrungen ist«, kombinierte Olympe. »Schallwellen sind schnell und reichen sehr weit.«

»Ja«, übernahm Lara dankbar. »Und dann ist er offenbar durch den Wald gesaust – in zehnfacher Frequenz. *Zehnfach!* Ich bin so scheiße wütend auf mich.«

Zu recht! Den vieren aus dem letzten Camp konnte man jedenfalls keinen Vorwurf machen – denn, ganz ehrlich: Wenn sie für etwas Verständnis hatte, dann dafür, dass man herumliegende Technik ausprobieren wollte. Als Teenager wollte man Möglichkeiten austarieren, Grenzen austesten, all das Zeug eben ... Darum ging's doch, oder? Wenn man in der Jugend die Regeln nicht dehnte – im Erwachsenenalter tat man es garantiert nicht mehr.

Wobei sie sich vielleicht nicht unbedingt als Expertin aufspielen sollte, schließlich hatte ihre eigene Neugier dafür gesorgt, dass sie beim digitalen Detox in einem Wald voller Felsen im Nirgendwo gelandet war.

Aber trotz der Konsequenzen, die ihre Hackeraktion gehabt hatte – sie konnte die anderen total verstehen. Erst recht, wenn Laras Blick nach dem Experiment so intensiv gewesen war wie vorhin – sie hatte ja regelrecht geglüht von innen.

»Und Noomi war …«, begann Ryan. Er strich sich nervös übers Gesicht.

»Noomi war in Reichweite«, bestätigte Lara. Und dann, an Noomi gerichtet: »Deine Gruppe und du – ihr wart auf dem Wanderweg zu den Schrammsteinen, ja?«

Noomi nickte.

»Bist du zurückgefallen? Oder vorgegangen?«

»Die anderen waren ein gutes Stück weiter vorne, ich bin hinterhergehumpelt. Ich hatte diese blöden neuen Schuhe an und fürchterliche Blasen an den Füßen. Und dann – Filmriss.«

»Okay.« Lara begann, mit dem Beitel auf das Geländer zu trommeln, bis Ryan »Ksss« machte. Das Trommeln verstummte, Lara räusperte sich. »Das erklärt, warum den anderen nichts passiert ist. Sie müssen schon außerhalb der Reichweite des Schalls gewesen sein, aber du … du musst den abgeschwächten Impuls aufgefangen haben … fünffach bestimmt noch, vielleicht ein bisschen höher, und dein Hirn hat ihn umgewandelt.«

Ihr Hirn ratterte schon wieder. »Welches Tier war eingestellt?«

»Eine Eule.«

»Heißt das«, stammelte Noomi, »ich hab wie eine Eule wahrgenommen …?«

»Ja. Für eine Weile warst du wohl im Modus einer Eule.«

»Träum ich deshalb vom Fliegen? Und erinnere mich daran, wie Farben schmecken und Formen riechen?«

Lara bejahte erneut. »Synästhetische Erinnerungen. Wie gesagt: Bei Tieren sind andere Hirnregionen verknüpft als bei uns …«

Bevor es wieder um den Geschmack der Luft gehen würde, fuhr Olympe nun doch dazwischen, denn etwas fehlte an dieser Geschichte. Etwas Entscheidendes.

»Schön und gut. Wenn dieser Telepathor einen wie ein Tier *wahrnehmen* lässt, würde das tatsächlich Noomis Träume und Erinnerungen erklären. Aber …« Sie wies mit der flachen ausgestreckten Hand auf Noomis Augen. »Warum hat sie *das*?«

»Und wieso war sie verschwunden?«, fragte Ryan. »Und ist auf einer Felsspitze aufgewacht?«

»Wie kam das Blut an ihre Finger und Füße?«, fügte sie hinzu.

»… und diese seltsamen Objekte«, flüsterte Noomi. »Gewölle aus Fell. Mit … mit Knochen drin.«

Lara musste sich unter ihrem Fragenbombardement fühlen wie ein Stamm unter einem Spechtschnabel. Ryan deutete auf Noomi. Seine Augen waren groß, als er flüsterte: »Was ist mit ihr passiert, als sie die Schallwellen abbekommen hat?«

»Eigentlich gar nichts«, verteidigte sich Lara. »Nur ihr Denken hat sich in dem Moment verändert. Das ist alles!«

»Wie bitte? Du siehst doch, dass es nicht alles ist«, fuhr Olympe dazwischen.

»Alles andere hat damit nichts zu tun! Der Telepathor wirkt aufs Hirn ein. Er verändert weder eine Augenfarbe, noch teleportiert er jemanden auf eine Felsspitze!«

In diesem Moment schoss ein Schatten aus dem Wald über die *Cabin in the Woods* hinweg und geradewegs an ihnen vorbei in die Hütte hinein. Sie spürte einen scharfen Lufthauch.

Lara riss panisch die Hände über den Kopf und flüchtete schreiend zur entgegengesetzten Ecke der Veranda. Olympe hingegen schob, genau wie Ryan und Noomi, den Kopf um die Ecke und lugte ins Innere der Hütte. Auf dem Handgriff der Kabeltrommel thronte ein Raubvogel. Braunes Gefieder, dunklere Flecken. Er saß ganz ruhig und blickte ihr geradewegs in die Augen.

Ohne Ankündigung sprang Ryan plötzlich auf total verdrehte Weise in die Höhe. Er gab ein ohrenbetäubendes Fiepen von sich und fiel um. Mitten im Eingang zur Hütte knallte er auf den Boden, genau wie neulich im Gruppenraum. Diesmal war er allerdings nicht still, sondern japste und fiepte, bis er schließlich versteinert und wie paralysiert auf den Raubvogel starrte.

Bevor sie reagieren konnte, war Noomi bereits über ihm, die Beine rechts und links von Ryans Körper, und hielt ihn mit den Füßen umklammert, als wollte sie ihn beschützen.

Alles an ihr wirkte ... bedrohlich.

Mit ausgebreiteten Armen stand Noomi da, hielt den Kopf unnatürlich weit nach vorn gebeugt und dann ... bewegte sie ihn ruckartig vor und zurück und gab dabei ein entsetzliches Geräusch von sich. Ein Geräusch, wie Olympe es noch nie in ihrem Leben gehört hatte und das augenblicklich ihre Kopfhaut zum Prickeln brachte. Als würden sich dort alle Poren gleichzeitig öffnen und vor Schreck nach Luft schnappen.

Tief aus Noomis Kehle kam ein schmerzhaft schrilles, ein rhythmisches, aber ganz und gar unnormales Kreischen.

Ein Blick über die Schulter sagte Olympe, dass Lara unbrauchbar war. Sie hockte an das Geländer gepresst in der Verandaecke, die Arme schützend über den Kopf erhoben, und wiegte sich wimmernd vor und zurück.

Olympes Herz raste, aber sie versuchte, die Kontrolle zu behalten. Logik, ermahnte sie sich, Logik.

»Sagt mal, geht's noch?«, brüllte sie. »Jetzt kommt mal alle runter, verdammt! Das ist doch nur ein Vogel ...«

Der Bann brach.

Ohne den Vogel aus den Augen zu lassen, steckte Noomi die Hände in die Taschen ihrer Shorts und gab Ryan frei. Der rollte zur Seite, rappelte sich auf, wischte sich verwirrt übers Gesicht und lehnte sich an den Türpfosten. Auch er fixierte den Raubvogel. Lara, hinter ihr, hörte zumindest mit dem Gewimmer auf. Vielleicht hatte sie echt ein Vogeltrauma.

Noomis Blick kreuzte ihren und – Himmel, was war das? Automatisch wich sie einen Schritt zurück. Noomis Pupillen inmitten des Orange waren zwei Striche, lang und spitz, als würden sie ihre Augen spalten. Ihre Stimme allerdings war wie immer. »Was?«, fragte sie sanft. »Warum guckst du so?«

»Warum ich …?« Ihr Gehirn fühlte sich an, als hätte jemand es in einen Mixer gesteckt und den Knopf gedrückt. »Was war das denn bitte für 'ne Nummer? Habt ihr das verabredet? Das war *creepy* …«

Als würde er zustimmen, gab der Vogel im Innern der Hütte einen leisen, kehligen Laut von sich.

»Es ist ein Falke.« Lara, von hinten, aus der Ecke, in der sie Schutz suchte. »Genau so einer hat mich angegriffen!«

Ja, das hatte sie sich auch schon zusammengereimt, dass Lara deshalb dermaßen abging. Aber was war bitte mit Noomi und Ryan los? Hatte Lara nicht mitgekriegt, dass die sich eben wie zwei Zombies auf Crack benommen hatten?

»Du musst keine Angst haben«, beruhigte Noomi Lara aus dem Inneren der Hütte. »Er ist anscheinend … zahm.«

Wieso taten alle, als hätten die letzten Sekunden nicht stattgefunden?

»Habt ihr das gesehen? Das ist ja eigenartig …« Lara drängte sich von hinten gegen sie und schlüpfte an ihr vorbei in die Hütte.

Lara! Ging! Freiwillig! Rein!

Auf den Vogel zu!

Und als wäre heute Tag des Irrsinns, flog der nicht weg. Auch nicht, als Lara behutsam vor ihm in die Hocke ging.

»Diese Feder da!« Lara deutete auf den linken Flügel. Aus dem dunklen, gepunkteten Gefieder des Tieres stach tatsächlich eine einzelne Feder deutlich heraus.

»Weiß«, wisperte Lara. »Weiß wie eine Schneesträhne.«

Ryan

Kurz herrschte Ruhe. Alle schienen den Falken zu hypnotisieren, aber dann brach Olympe den Frieden.

»Was war das gerade, Ryan? Echt jetzt? Was war das?«

Wieder und wieder fragte sie es, kam ihm zu nah. Was sollte er antworten? Was meinte sie überhaupt? Vielleicht war das ja das Problem der Menschen: sich so wichtig zu nehmen.

Als Brianna gestorben war, hatte er nicht verstanden, warum die Welt nicht aufhörte, sich zu drehen, warum der Mond weiter schien, das Wasser weiter floss. Als wäre nichts geschehen. Als wäre nicht auf einmal ein Wesen weniger da. Das wunderbarste Wesen der Welt. Und doch schien es die Welt, den Mond, das Wasser nicht zu kümmern.

Und jetzt? Jetzt spürte er zum ersten Mal seit Langem wieder ein Pulsieren in sich, an dieser Stelle in seinem Brustkorb, wo alles tot und stumm gewesen war. Eine Wachheit und Bedeutsamkeit, die ihm zuzuwispern schienen: Lebe.

Olympe gab auf und wandte sich wieder den anderen zu. Namen fielen: Anouk, Ronja, Mahmut.

War das wichtig? Er entwischte auf die Veranda, hüpfte die Treppenstufen hinunter zur Wiese, um ein paar Grashalme zu pflücken, kletterte dann zurück auf sein Geländer. Wahrscheinlich, überlegte er, ist das einfach das Wichtigste: Essen.

Anouk? Ronja? Mahmut?

Menschen kamen, Menschen gingen. Wie alles.

Wie auch er selbst.

Er zog die Nase kraus, an deren Flügeln rote Härchen sprossen, lang und fein und fühlig. Zitternd fingen sie die Schwingungen in der Luft ein.

Es war nicht wichtig, groß zu sein. Oder stark. Oder schön. Es war wichtig, da zu sein. Nicht in einer Vergangenheit, die es nicht mehr gab, und nicht in der Erwartung einer Zukunft, die vielleicht nie eintraf. Nein, im Hier und Jetzt.

Er biss in die Halme und alles wurde klein und leise, als der Grassaft seinen Mund füllte.

X

Wie langsam die Menschen sind.
Kommt schon!
Kombiniert!

12. KAPITEL

Menschlichkeit

Ryan

»Scheiße, ich lass mich von euch nicht verarschen!«

Gebrüll zischte wie ein Stein aus einem Katapult auf ihn zu. Jorek eilte in großen Schritten über die Wiese, an den Baumstümpfen vorbei, zu ihnen.

Er fegte herum, Blick zur Hüttentür, Körper zur Hüttentür, weg, nur weg von ihr, mit einer instinktiven Bewegung, fließend, fliegend.

Der Falke, schnell wie er selbst, schoss aus dem Fenster ins Freie, während er selbst den umgekehrten Fluchtweg wählte und *in* die Hütte huschte. Von drinnen sah er, wie der Vogel sich emporschwang, und sein Herz flog mit, hoch und höher, fing das Sonnenlicht, diese Pracht! Seine Kehle reagierte automatisch, er gab einen Laut von sich, der den ganzen Himmel erfasste, diese Weite voller Baumkronen, das darübergespannte blaue Glück … *Krrrrzzzzzz.*

»Zum Teufel, Ryan!«

Was?

»Ryyyyy-aaaaaaa-nnnnn!« Gunnars Stimme, die tiefer klang als sonst, riss seinen Blick aus dem Himmel, zurück, nach drinnen, in den dunklen Raum, die Enge. Er blinzelte. Gunnar, direkt vor ihm. Falsch rum. Lara. Olympe. Noomi. Jorek. So viele.

Und alle falsch rum! Sie starrten ihn an, fünf offene Münder. Auch die Münder waren falsch rum.

»Was. Soll. Das?« Jorek war riesig. Automatisch zog er sich tiefer in sich zurück.

Klklkl.

»Machst du jetzt einen auf Spiderman?« Olympe. Zu laut.

Seine Schultern zogen sich zum Schutz neben seine Ohren. Sanken erst wieder, als sich Noomi näherte, obwohl auch sie riesengroß und falsch rum war. Ihre Hand auf seinem Arm, ihr Tonfall ruhig und sanft. »Was machst du denn? Alles okay?«

Er ließ sich in ihre Stimme fallen und glitt langsam von dem Holzbalken herab, an dem er hing.

Joreks Augen blitzten. Sie brüllte jetzt leiser, dafür direkt in sein Gesicht. »Solche Spielchen können wir nicht gebrauchen!«

Erneut spannte sich sein Körper, wollte er davonzischen, nein, nicht er – seine Muskeln wollten es, seine Nerven … Noomi hielt seine Hand umschlossen, ihre Ruhe floss in ihn über.

»Sie erschrecken ihn«, warnte sie. »Er mag keine lauten Stimmen.«

»Das interessiert mich nicht!« Spucketröpfchen stoben in seine Richtung. Jorek legte wieder ein paar Dezibel zu. »Weil *ich* es nämlich nicht mag, wenn einer von euch verschwindet! Wo ist Flix, verdammt noch mal?«

»Der … hat sich krank gefühlt heute Morgen«, stotterte Noomi. »Er wollte sich ausruhen. Ich hatte Ihnen doch gesagt …«

»Warum ist er dann nicht in seiner Hütte? Nicht im Haupthaus, nicht in der Werkstatt und in keiner der anderen Hütten! Wo ist er?« Jorek kam ihm vor, als würde sie gleich explodieren.

»Mich brauchen Sie nicht angucken, ich hab ihn seit dem Frühstück nicht mehr gesehen«, raunzte Olympe.

»Er war … ganz seltsam heute Morgen …« Wo war Noomis Ruhe geblieben?

»Wie, seltsam?«, bohrte Jorek, noch immer zu laut.

»Flix war …« Als Noomi Flix' Namen aussprach, nahm er plötzlich einen Geruch wahr, der ihrem Körper entströmte. Angst, scharf wie Schweiß.

Angst?

»Er kam mir krank vor.«

Ihre Angst kam in Wellen, wurde größer.

Angst heißt Gefahr!

Seine Muskeln reagierten noch vor seinem Kopf, raus hier!

An allen vorbei. Ins Freie. Er hielt erst inne, als er draußen stand. Streckte das Gesicht Richtung Himmel. Atmete. Die Weite, den Wald. Den Zwiebelgeruch schlummernder Schneeglöckchen in der Erde. Dann … drehte er sich zu den anderen um.

»Ich glaub, ich weiß, wo Flix ist.« Zumindest hatte er einen Instinkt.

Er lief voraus.

»Ryan! – Jetzt warte, verdammt noch mal!« Joreks Wortgeschosse schlugen hinter ihm ein. *Weit* hinter ihm.

Warum waren die so lahm? Oder andersrum: Warum war er so viel schneller als Jorek, Noomi, Olympe? Als Gunnar, Lara, jeder? Flink.

Er lächelte, als das Wort durch sein Hirn klackerte. Flinkflinkflink.

»Alter, ich krieg noch einen Herzinfarkt wegen dir. Hast du

Harry Potters Tarnumhang geklaut oder was?«, keuchte Olympe, als er hinter ihr auftauchte, obwohl sie die Letzte war. »Kannst du mal aufhören, ständig aus dem Nichts zu erscheinen?«

Sie hatte recht. Eben war er hinter ihr, jetzt neben ihr, zuvor war er woanders gewesen, wo, hatte er vergessen, aber er hatte Borke unter den Fingern gehabt, Borke an seinem Gesicht, unter den Füßen. Und er hatte ihre Stimmen gehört, wie sie über Flix redeten.

»Sein ganzes Bettzeug war klatschnass – die Matratze, alles hat getropft.« Jorek.

»Er war ein bisschen schräg drauf in den letzten Tagen. Hat eine Wasserflasche nach der anderen gekippt.« Olympe.

»Vielleicht hat er sich einen Infekt eingefangen?« Lara.

»Er ist verschwunden, nicht krank!« Jorek.

Krank. Das Wort vibrierte durch die Härchen in seinen Gehörgängen, prickelte wie Brausebläschen.

Noomis Stimme hatte er als einzige nicht wahrgenommen. Dafür immer wieder ihren Geruch. Angst. Er witschte zu ihr hin.

»Noomi!«

Sie schrak auf und schaute ihm geradewegs ins Gesicht. Ihre Augen weiteten sich und ein Schwall Angst waberte zu ihm.

Angst heißt Gefahr!

Woher kam die Gefahr?

»Was ist mit dir? Du bist so … so …« Noomis Stimme war furchtgetränkt.

Wo war die Gefahr? Er sah sich um, überall, dann wieder zu ihr.

»Keine Sorge«, wisperte er. »Flix geht's gut.«

Sie blieb stumm und er stob fort, war wieder ganz vorne. Joreks Stimme in seinem Rücken. Auch sie hatte Angst, er konnte es riechen. »Wo führst du uns eigentlich hin?«

»Zum Tümpel natürlich.« Natürlich? Woher nahm er die Gewissheit, dass Flix dort war? Und im selben Moment, als er sich das fragte, begriff er.

Alles begriff er.

Er erstarrte und ließ sich von Jorek und Gunnar überholen. Als Lara neben ihm war, zischte er: »Wart mal, mir ist was Wichtiges eingefallen.«

Zu seinem Erstaunen gehorchte sie und folgte ihm in den Schutz der Bäume, bis die kurzatmige Olympe und die nach Angst riechende Noomi sie ebenfalls eingeholt hatten. Es dauerte Jahrmillionen. Sie waren so langsam! Langsam und laut und plump und laut und plump und laut und plump und laut …

Als sie endlich auf gleicher Höhe waren, sagte er: »Ich muss …«

Er setzte neu an, etwas war mit seiner Zunge, seinem Gaumen. In seinem Kopf tobte der Geistesblitz von eben. »Ich muss dich was fragen, Lara.«

»Was denn?«

»Wegen Fli*klkl* …« Er räusperte sich. »Wegen Flix. Und wegen mir.«

Komm zu uns.

Er spitzte die Ohren. »Habt ihr das gehört?«

»Was?« Lara klang verwirrt.

»Die Stimmen.«

Noomis Hand auf seinem Rücken. »Hörst du Stimmen?«

»Wenn ihr mich fragt«, murmelte Olympe, »habt ihr beide heute nicht alle Paddel im Wasser.«

Noomi legte die Hände um sein Gesicht. Eine rechts, eine

links. Ihre Angst strömte in ihn. »Was … ist mit deiner Nase passiert? Sind das Haa…?«

Komm! Hier oben.

Er entwand sich, legte den Kopf in den Nacken, spähte in die Höhe, zu den im Licht schwankenden Ästen, die ihn lockten, spürte das Kitzeln des Mooses an seinen Knöcheln, die Sonnenflecken, die auf seinem Gesicht tänzelten, auf seinen haarigen Fingern.

Seinen haarigen …? Oh …!

Eilig zerrte Ryan die Ärmel seines Rollkragenpullovers bis über die Fingerspitzen.

»Jetzt mach schon«, unterbrach Lara seine Gedanken. »Was wolltest du mich fragen?«

Komm schon!

Ruhe bewahren. Er hatte die Lösung im Kopf, er musste sie nur in Worte …

Komm, komm, komm endlich!

Die Stimmen zupften an ihm, drangen von seinen Ohren direkt ins Herz, wollten ihn hochziehen. Hörten die anderen das wirklich nicht? Dann, endlich, verdichtete sich all das Merkwürdige um ihn her zu einer Frage. Eine Frage an Lara. »Wie sieht dieser Telepathor aus?«

»Der Telepathor? Was hat der mit Flix zu tun?«

Er wollte antworten, aber die Stimmen lenkten ihn ab.

Wir sehen dich. Wir sehen dich!

Sie kamen aus den Bäumen. Von allen Seiten. Da bemerkte er die Bewegungen. Das Huschen. Rotbraune Flecken. Wie konnten die anderen das nicht sehen? Nicht hören? Nicht riechen?

Klklklkl.

Lara hob die Hände. »Okay, okay! Der Telepathor … Du hattest ihn schon in der Hand. Flix und du, ihr habt ihn aus meinem Rucksack geklaut. Weißt du noch?«

Der Rucksack! Die Sofaritze. Der kleine silberne Kasten. Das Schlangenkopfhörerdings. Das war der Telepathor? Und ob er es noch wusste. Er erinnerte sich an das Rauschen in seinem Kopf, das Rauschen des Regens an Briannas Beerdigung. Das Rauschen aus den silbernen Ohrstöpseln, das ihn in Trance versetzt hatte. Zum ersten Mal hatte er das Gefühl, sich von diesem Rauschen, dieser Brianna-Erinnerung befreien zu müssen. Um er selbst zu sein.

Er spürte, dass er gerade auf einen wichtigen Gedanken gestoßen war. Nein, er wollte sich nicht von Brianna befreien, sondern von der Erinnerung daran, dass sie für immer weg war. Denn das war sie nicht. Liebe, das hatte er durch ihren Tod erfahren, ist nicht eindimensional. Sie verschwindet nicht, wenn der Mensch, den man liebt, stirbt. Sie bleibt. Und Liebe bedeutete viel mehr, als Brianna nur zu vermissen und sie zurückhaben zu wollen; es bedeutete, sich mit ihren Augen zu sehen.

Das erste Mal tat er das. Das erste Mal sah er sich, wie Brianna ihn wohl gesehen hätte. Sie hätte einen Bruder gewollt, der nicht einsam war, der Freunde hatte wie Noomi und das Leben zuließ, keinen, der sich davor versteckte.

Das … war es!

Ein warmes Gefühl breitete sich in ihm aus. Man konnte weiterlieben, ohne schlechtes Gewissen. Auf eine Weise, die nicht ausschließlich mit dem Verlust verknüpft war. Die *gut* war.

»Nicht klickern, Ryan, bitte!« Jetzt war es Noomi, die sich die Hände auf die Ohren presste. »Ich dreh sonst echt durch.«

Angst. Panik. Grauen. Die Geruchswellen strömten auf ihn ein.

»Aber was hat der Telepathor …« Er konnte dabei zusehen, wie Lara dachte. Träge sah es aus, Menschen dachten träge.

Es ist blau hier oben, die Baumluft süß. Komm zu uns!

»Hör verdammt noch mal auf mit diesen Geräuschen!« Noomis Stimme wurde schrill. »Was ist denn bloß los mit dir?«

»Wir haben ihn benutzt«, gestand er leise.

Dann nahm er sein Basecap ab.

Noomi

»Lara! Wo bleibst du denn mit den anderen?«

Jorek und Gunnar waren schon so weit voraus, dass ihre Stimmen nur dumpf zwischen den Bäumen durchdrangen.

Lara schwieg, den Blick fest auf Ryan gerichtet, und auch Olympe hatte offenbar die Sprache verloren. Beide starrten ihn an wie jemanden, der sich nachts mit einem Messer in der Hand ans Bett geschlichen hatte.

Das war der Moment, an dem Noomis Angst den Punkt des Erträglichen überschritt und von ihr abfiel.

»Wir kommen gleich!«, rief sie an Laras Stelle durch die Bäume zurück, die Stimme ruhig. Dann wandte sie sich an Ryan: »Es wird alles gut«, versprach sie. »Hab keine Angst.«

Klklkl.

Als sie das Gekecker hörte, sackte Lara zu Boden.

Ryan zerknautschte das Cap, das in seinen dicht behaarten Händen wie ein Fremdkörper wirkte. Seine buschigen Augenbrauen zogen sich zusammen und er ließ sich ebenfalls in die Hocke sinken, als wollte er sich kleiner machen, um damit auch Laras Angst zu verkleinern.

Ihr fiel auf, dass seine Klamotten schlackerten. War er geschrumpft? Ryans Blick begegnete ihrem – und weil sie spürte, dass er ein Zeichen erwartete, nickte sie einfach, ohne zu wissen, wozu sie ihre Zustimmung gab.

Er streifte Pullover und T-Shirt gleichzeitig über den Kopf.

Lara keuchte, Olympe zog scharf die Luft ein. In ihr selbst: Ruhe. Prüfend schaute sie Ryan an und für einen kurzen Moment stand die Zeit still.

Dann, sehr langsam, trat sie einen Schritt zur Seite und betrachtete Ryan. Ihr Blick glitt von seinem Kinn, über den Hals, in den Nacken, zum Rücken. Sie hatte sich getäuscht. Das war kein normaler Bartwuchs. Es war etwas anderes.

Sie hatte von Kindern gehört, die am ganzen Körper behaart waren, dicht und dunkel, ein Gendefekt. Allerdings hatten diese Kinder es von Geburt an, während Ryan an ihrem ersten Tag im Camp ganz normal ausgesehen hatte. Was sie hier sah, war innerhalb von zwei, höchstens drei Tagen passiert.

Dichtes rötliches Haar zog sich über die Arme und vom Rücken aus den Nacken hoch, wo es sich mit seinem wirbeligen Kopfhaar verband. Von dort aus wuchs es die Ohrmuscheln empor … Kein Wunder, dass er die ganze Zeit das Basecap aufhatte, sogar beim Essen. Und dass er lange Kleidung trug.

Sie ignorierte Lara, die zusammengekrümmt auf dem Boden hockte, und Olympe, deren Gesicht die Farbe von Puderzucker angenommen hatte. Behutsam griff sie nach Ryans Arm und zog ihn auf die Füße. Sie legte eine Hand um seine Wange, den Daumen unter das Kinn, drehte sein Gesicht zu sich hin. Sein Rosenduft war verändert, durchwoben von einem weiteren Geruch, etwas … Rauem. Sie schnupperte. Was war das?

Ryan ließ alles widerstandslos mit sich geschehen und dann,

unerwartet, lächelte er. Sie blickte ihm in die Augen, lächelte zurück und hatte einen erschütternden Moment lang das Gefühl, in einen Spiegel zu sehen.

Schlagartig begriff sie, dass zwischen dem, was sie immer für real gehalten hatte, und dem, was real *war*, ein Abgrund lag.

Ein Abgrund, unfassbar tief und weit, von chilischarfer Höhenluft durchzogen und umsäumt von wispernden Tannen. Ein Abgrund, zerschnitten von Raubvogelschreien und umgeben von Felsspitzen, die unzugänglich waren für alles, nur nicht für … für …

Ryans Brauen entspannten sich, seine Ohren spielten. Er klackerte und surrte wieder und sie blinzelte und kam zurück ins Hier und Jetzt. Sie verlor, was sie eben gedacht hatte, spürte aber den Nachhall von etwas Großem in sich.

Erneut lenkte sie die Aufmerksamkeit auf seine Haut, diese Haare überall. Es ist monströs, dachte sie. Aber es fühlt sich nicht so an. Ryans Lächeln machte alles Monströse liebenswert.

Ihr Daumen strich über den feinen roten Flaum, der sein Gesicht bedeckte. Über seine Stirn und die Nase, die doch eben noch haarfrei gewesen war, oder? Jetzt waren da plötzlich kleine fühlerartige Haare, die aus seinen Nasenwänden hervorbrachen und in der Luft zitterten. Wann waren die gewachsen? Wirklich in den letzten zwei Minuten? Als sie ihre Blicke miteinander verbunden hatten?

»Juckt das?«, fragte sie sanft.

Er kicherte leise, jedenfalls nahm sie an, dass das Geräusch ein Kichern war, als sie erneut über den Flaum strich, der sich so weich anfühlte. Weich und … wild.

»Klklkl.« Und, dann lang gezogen und genussvoll: *»Srrrrrrsssr.«*

Die Situation war so verzaubert, dass sie zusammenzuckte, als sie das Japsen hinter sich hörte, mit dem Olympe und Lara auf die Klick- und Surr-Geräusche reagierten. Wovor hatten sie Angst? Vor Ryan? Wieder suchte sie seinen Blick, spürte erneut den Abgrund, die windzerzausten Tannen, die scharfe Luft, die Sehnsucht.

Und dann veränderte sich etwas.

Das Grün seiner Augen wurde dunkler, sekündlich, aber die Farbe trübte seinen Blick nicht, legte sich nicht wie ein Tuch auf seine Iris, überspülte sie nicht, sondern unterspülte sie. Es war, als käme sie von innen, aus seinem Kopf: ein tiefes, strahlendes, ein wunderschönes … Schwarz.

Langsam ließ sie sein Gesicht los, überwältigt von dem, was zwischen ihnen geschah, und da, endlich!, ganz von selbst schloss sich die Lücke zwischen dem, was sie immer für real gehalten hatte, und dem, was real *war.*

Sie begriff, dass Ryan und sie selbst sich auf eine Weise ähnlich waren, die sie von allen anderen Menschen unterschied. Ihre Blicke, orange und schwarz, die sich verbunden hatten, waren die Brücke über dem Abgrund.

Sie beide waren etwas Wesentliches.

»Was passiert hier, Ryan?«, flüsterte sie. Während er vor ihren Augen schrumpfte, Millimeter um Millimeter, sein Haar sich verdichtete, sein Gesicht schmaler wurde, die Hände sich verkrümmten, die Finger, die Nägel. »Was passiert mit uns?«

»Der … Telepathor …« Er schien die Worte mit viel Mühe zu formen.

»Der Telepathor?«, wiederholte sie.

Seine Bestätigung war ein Zucken – fort von ihr. Er fixierte die Kronen. Als wäre da etwas. Oder … jemand. Dann kehrte sein

Blick zurück, flirrte über sie hinweg, und er versuchte erneut zu sprechen, aber was er hervorbrachte, waren *Klklkl-* und *Rzzzzz-*Laute. Das Zucken war in allen Muskeln, als wollte er zugleich in verschiedene Richtungen laufen, als bewegte er sich in Stroboskoplicht.

»Bitte«, flehte sie. »Bitte. Was ist mit dem Telepathor?«

Mit den verkrümmten Händen wischte er synchron von den Wangen bis zur Nase, flink, und rang sich Worte ab. »Er … funktioniert … anders*ssssssssss*.«

»Wie, anders?« Das kam von Lara. Sie hatte fast vergessen, dass die noch am Boden kauerte, dass Ryan und sie nicht alleine waren. Lara richtete sich auf, stellte sich neben Ryan, war so viel größer als er. »Was hat der verdammte Telepathor *damit* zu tun?« Das Wort *damit* umfasste Ryans gesamte Monstrosität, jede Silbe roch nach Furcht. Noomi wunderte sich nicht, dass sie Worte riechen konnte.

»Der Telepathor … Fli*klklkl* …« Ryan blieb erneut in dem Laut stecken und gab auf. Sie streichelte sein Ohr, das lang und spitz war, weich und fellig, die feinen Härchen, die aus dem Innern herauswuchsen. Und während er immer kleiner wurde, millimeterweise zwar nur, aber spürbar, schien Laras Gehirn zu rattern und dann, plötzlich, rastete offenkundig ein Zahnrad ein.

»Die Frequenzstärke«, stammelte sie. »Mein Gott, dass ich nicht eher … Du und Flix … ihr müsst die Frequenzstärke am Telepathor verändert haben! Ich … ich muss …«

»Pssst!«, unterbrach Olympe, heiser vor Erregung. »Bewegt euch nicht.« Sie wies auf den Pfad vor ihnen. »Sie beobachten uns.«

Noomi sah in die Richtung, in die Olympe deutete. In einem

Halbkreis aufgereiht, standen dort ein Reh, ein Marder, ein Fuchs, ein Kaninchen.

Einen halben Meter vor ihnen, als hätte er sich schützend vor sie gestellt: der Falke.

Der Falke mit der schneeweißen Feder.

X

Gut kombiniert.

Denkt weiter!

»Was … was soll das?« Lara.

Ich wünschte, sie hätte keine Angst vor mir. Ich wünschte, ich hätte ihr nicht antun müssen, was ich ihr angetan habe …

Wie sie mich ansieht. Ich schaue zurück. Kurz ist da Nähe.

»Der Blick«, murmelt sie. »Dieser Blick …«

Die Zeit drängt. Ich muss ihr helfen, sonst wird sie es wohl nie verstehen.

Ich trete einen Schritt auf sie zu. Noch einen. Noch ei…

»Nein! Hau ab!«

Sie kreischt. Die Nähe verschwindet.

»Scheucht ihn weg! Er will mich wieder angreifen …«

Wie ich wünschte, ich hätte sie nicht verletzen müssen. Ihr Weinen, ihre Angst … ich hasse, was ich getan habe.

Bitte, sieh mich an.

Sieh mich.

Als sie auf mich zustürzt, um sich zu rächen, hebe ich vom Boden ab, drehe eine Runde über ihren Köpfen und lande auf einer Fichte ganz in ihrer Nähe. Lara stoppt mitten in der Bewegung. Starrt zu mir herauf, mit zusammengebissenen Zähnen.

»Wart mal …« Die Curryfarbene reibt an ihrer Nase, sieht von den Anderen, die noch immer dastehen, fort und zu mir herauf. Sie ist klug. Klug genug?

Die Anderen sind genauso angespannt wie ich. Fuchs hat sich über Kaninchen gestellt, um ihn zu beschützen. Marder lehnt sich gegen Reh.

Sie alle sind zu mir gekommen. Ich weiß nicht, wie sie es geschafft haben – von Berlin bis hierher. Sie waren allein, ohne Hilfe. Wie haben sie den Weg gefunden? Sie müssen dem Raunen der Felsen, dem Flüstern der Bäume gefolgt sein. Aber die Landschaften sind zerschnitten von Städten, von Straßen und Brücken; der Schutz der Wälder ist zerstört. Es hätte alles passieren können, alles.

Sie sind zu mir gekommen, auf die Lichtung, zum Wagen. Hier haben sie wieder zueinandergefunden. Nie werde ich den Moment vergessen, an dem sie sich erkannt haben. Seitdem sind sie unzertrennlich. Sie wissen, dass sie allein nicht überleben können, dass sie sich brauchen. Sie passen aufeinander auf.

Und ich … ich wache über sie alle.

Sie hatten mich gesucht. Instinktiv haben sie gewusst, dass ich ihnen helfen kann. Dass hier der Ursprung liegt.

Aber sie kamen zu spät. Meine eigene Transformation war bereits abgeschlossen. Ich konnte mich ihnen nur anschließen.

»Ich mein, ganz ehrlich«, sagt das Currymädchen. »Füchse fressen Kaninchen. Rehe fürchten Füchse. Kaninchen werden von Mardern getötet. Füchse jagen Marder und so weiter. Ich hab's euch schon beim Wagenhaus gesagt: Die verhalten sich völlig unnormal.«

»Wie Freunde.« Der Junge, der uns ähnelt, spricht schon sehr undeutlich.

»Das …« Lara. »Das …« Sie stottert. Sie sucht. Nach Worten. Nach der Wahrheit. Und sie sucht nach Anouk. Aber es ist, als würde sie blind durch einen Raum voller Fallgruben irren. »Das versteh ich nicht …«

Das Mädchen mit den langen Locken stiert mich an. In ihrem Blick sehe ich, wie eine Ahnung sich formt. »Lara … die Buchstaben … deine Wunden. Vielleicht wollte der Vogel uns etwas mitteilen?«

Endlich. *Endlich!*

»Mitteilen? – Aber … Das würde ja bedeuten …« Ja, denk es! Du musst es denken! »Dann wär er kein …« Sprich es aus! Wehr dich nicht gegen die Erkenntnis. »… kein normales Tier.«

Ja!

»A, M, S und R.« Wieder die Curryfarbene. »Eine Abkürzung?«

»Ein Wort wahrscheinlich«, murmelt die Langhaarige, die uns ähnelt. »Rams … Rasm …«

Das Currymädchen: »Sarm … Arms …«

»M-a-r-s! Es heißt Mars!« Lara.

Ja! Ja, Liebste, ja!

»Verdammt«, ruft Lara. »Jetzt versteh ich! Wieso bin ich da nicht eher …? – Wir müssen zu Anouks Wagen!«

Endlich. Sie haben die Waffe gefunden. Ich habe so lange gewartet.

Ich schüttle die Flügel, breite sie aus und hebe ab.

Die Weite, die Bäume, der Chili- und Lavendelgeschmack der Luft. Mein Blick durchsticht das transparente Grün des Himmels, mein Ohr ist das feine Zirpen der Sonnenstrahlen längst gewöhnt. Ich ziehe einen langen Bogen über den Tümpel, dann sehe ich Laras Vater und Sophia. Sie laufen um den See, rufen nach dem Jungen.

Aber selbst, wenn er sie hören würde – dort unten, wo er ist –, selbst wenn er heraufkäme, würden sie ihn erkennen?

Ich segle über das Wasser, stoße meinen Ruf in die Tiefen.

Er antwortet nicht.

Laras Vater und Sophia haben den Tümpel umrundet. Sophia hält ein Handy in der Hand. Ich fliege eine scharfe Wendung, ziehe über die Baumwipfel Richtung Osten, wo die Luft pfeffriger wird, wo mein Wagen steht, wo auf der Lichtung die Sonnenstrahlen lauter zirpen als sonst.

Lara hat es endlich herausgefunden.

Es ist die Frequenzstärke.

Als die Kids letztes Jahr den Telepathor fanden, hatte ich vorher mit Lara experimentiert. Die Frequenzstärke stand auf einfach. Beim Herumspielen müssen Ronja, Mahmud, Elena und Vincent abwechselnd den Kopfhörer aufgesetzt und an den Knöpfen herumgedrückt haben. Höher, höher, höher. Zweifache, fünffache, achtfache, schließlich zehnfache Stärke. Das Maximum. Dabei haben sie die Tierdenkstrukturen angewählt, eine nach der anderen, Fuchs, Marder, Hase, Reh. Und dann …

Ich hatte fast ein Jahr lang Zeit, mir herzuleiten, wie alles abgelaufen ist. Heute weiß ich es.

Die Sonnenstrahlen zirpen stärker, der scharfe Geschmack der Luft weitet mein Herz. Ich kann nicht anders: Ich stoße einen Schrei aus.

Ohne diese Freiheit zu sein? Die Vorstellung schmerzt.

Unter mir schlagen sie sich durch den Wald, ungeschickt, unsicher. Sie riechen nichts, sehen nichts, schmecken nichts. Ihre Sinne sind taub. Sie hören die Stimmen der anderen nicht. Hören den Wald nicht denken.

Nur der Junge, der wie wir ist, ist geschmeidig, Teil des Ganzen. Der Prozess ist fast beendet, er bleibt zurück – sie bemerken es nicht.

Das ist gefährlich, er muss bei ihnen bleiben, ich sollte ihn warnen! Ich falle in den Sturzflug. Da! Er hebt den Kopf, entdeckt mich, sieht mich. Nein, o nein! Er erkennt mich nicht. Noch nicht.

Er sieht nur den Raubvogel.

Wo ist er hin?

Ich kann ihn nicht mehr …

Er ist … fort!

Die Wege durch die Luft sind leicht, Entfernungen sind schnell zu überwinden. Ich bin zur Sicherheit noch mal zum Tümpel geflogen, wo sie immer noch nach dem Jungen rufen, dem Wasserjungen. Laras Vater schaut auf die Uhr, auf das Wasser, in den Wald. Sophia läuft mit erhobenem Handy am Ufer auf und ab; hat sie keinen Empfang? Gut. Gut! Dann haben sie die Polizei noch nicht informiert.

Schnell! Ich muss zurück zum Wagen.

Sind sie gemeinsam klug genug, um zu begreifen, was sie dort tun müssen? Waren meine Botschaften deutlich? Sie haben die Waffe fast schon in der Hand!

Ich hatte Zeit. Zeit zu verstehen.

Sobald Lara begriffen hatte, was die Kids vorm Wagen taten,

ist sie rausgestürzt und hat ihnen den Telepathor weggenommen, ihn auf den Tisch geknallt. Leider hat sie erst gemerkt, dass er angeschaltet war, nachdem sie die Kids ins Camp zurückgescheucht hatte. Immerhin waren die Kopfhörer noch eingestöpselt, nicht auszudenken, was passiert wär, wenn er unmittelbar gepulst hätte! Es war reines Glück, dass sie nicht selbst ins Wirkungsfeld der Wellen geraten ist damals, aber gut: Sie verlaufen strahlenförmig und verbreitern sich zunehmend. So muss der Schallimpuls das Mädchen mit dem langen Haar erwischt haben, das irgendwo, Kilometer weiter, im Wald unterwegs war. Dieses Mädchen, das uns jetzt ähnlich ist.

Sie muss ein bisschen mehr als die fünffache Stärke abbekommen haben. Fünffach. Der Moment, an dem die Ordnung ins Chaos übergeht. Der Moment, von dem an nichts mehr vorhersagbar ist. Wo alles passieren kann.

Ich weiß, was »alles« bedeutet, weil ich diese fünffache Stärke an mir getestet habe. Gleich nachdem die Kids abgereist waren. Für das Experiment hatte ich die Dachsdenkstruktur gewählt. Alles schien wie immer: Ich dachte und fühlte wie das Tier. Der Wind wurde gelb und ich konnte unfassbar gut riechen. Die Insekten in der Luft machten mich verrückt vor Appetit, ich spürte das Leben in ihnen auf meiner Zunge pulsieren. Ich hörte die Regenwürmer in der Erde vibrieren, sie klangen süß und weich wie Himbeeren.

Währenddessen hatte ich das Gefühl, alles wäre wie sonst auch. Mein Menschendenken verlief parallel zu meinem Dachsdenken und ich hab geschlussfolgert, dass die Stärke und der Übergang ins Chaos keine Rolle für die Wirkung des Telepathors spielten.

Als die Wirkung nachließ, war allerdings etwas anders als

sonst. Ich befand mich nicht auf der Veranda, wo ich – wie jedes Mal – das Experiment durchgeführt hatte.

Ich befand mich … woanders.

Ich lag in einer Grube. In meinem Innern tobte noch die köstliche Lust, mit der man einen Wurm am Gaumen zerdrückt. Wo war ich?

Meine Hände schmerzten. Ich hob sie ans Gesicht: Erdverkrustet, die Finger gekrümmt, als wären sie eben in einer Bewegung unterbrochen worden, die Nägel abgebrochen und zerrissen. Ich sah auf die Uhr. Ein ganzer Tag war vergangen!

Ich stand auf und stolperte orientierungslos durchs Gehölz, bis ich auf eine Gruppe Hängebirken traf, die mir bekannt vorkam. Sie lag etliche Kilometer von meinem Wagen entfernt! Mein Hirn war leer und wirr.

Als ich am Wagen ankam, stürzte ich ins Bad, zum Spiegel.

Mein Anblick …! Das Haar verdreckt, das Gesicht voller Flecken und an meiner Nase und den Lippen klebten Reste von Insekten und noch etwas anderes. Etwas Weiches, Dunkles, über das ich nicht nachdenken wollte.

Ich duschte lange, und während ich unter dem heißen Strahl stand und Erde, Pflanzenteile, Insektenreste und dieses Weiche, Blutige im Ausguss verschwanden, versuchte ich zu verstehen.

Und dann erkannte ich die Wahrheit.

Lara eilt voraus, sie wirkt entschlossen, ihr Gang ist schnell. Dennoch schaut sie sich dauernd um. So wie auch die anderen beiden. Fürchten sie sich vor etwas?

Nein, sie haben bemerkt, dass der Junge, der bereits wie wir ist, fehlt.

Das Chaos. Die Unvorhersehbarkeit. Der Moment, an dem die Ordnung sich auflöst. Die fünffache Frequenzstärke.

Die Denkstrukturen des Tiers, die mit der fünffachen Stärke in einem menschlichen Gehirn ankommen, führen zu einer unvorhersehbaren Reaktion. Die Hirnareale des Menschen werden nicht nur dazu angeregt, wie das Tier zu denken und zu empfinden, sondern stimulieren ihrerseits den Körper, sich diesem tierischen Denken und Fühlen anzupassen.

Anders gesagt: Die fünffache Stärke führt dazu, dass man das Tier nicht nur versteht. Sondern es *wird.*

Die Anderen treten auf die Lichtung. Fuchs hebt den Kopf, sieht zu mir. Reh wittert Richtung Wagen.

Die Mädchen sind darin verschwunden. Ich kreise über der Lichtung.

Die fünffache Frequenzstärke ist anders als jede andere. Sie erzeugt eine Transformation. Es ist eine sofortige körperliche Veränderung, die aber nur kurz anhält. Bei mir war es nur ein knapper Tag.

Diese Erkenntnis war weltverändernd. Sie barg alles und ich hätte aufhören sollen. Aufhören müssen. Aber ich konnte nicht. Es ist zu köstlich, wie sie fühlen, sie denken zu hören.

Nein – genau wie sie zu denken. Zu begreifen, dass wir alle eins sind.

Es ist eine Sucht.

Ich habe die Frequenzstärke erhöht, Zähler um Zähler. Bis zur zehnfachen. Und das ist der Übergang. Ab der zehnten Frequenzstärke gibt es kein Zurück mehr.

Man verändert sich nur sehr, sehr langsam. Die Transformation dauert – anders als bei der fünffachen Stärke – Tage. Doch dafür ist sie permanent.

Man bleibt.

Und dann?

Hilft nur Akzeptanz. Danach: Aufgeben oder Kämpfen. Ich habe mich fürs Kämpfen entschieden. Es hat viel Kraft gekostet, mich an die parallelen Strömungen in meinem Gehirn zu gewöhnen. Meinen Menschenverstand wach zu halten.

Ich lasse mich fallen, der Wind trägt und langsam segle ich hinab, zu meiner blütenstaubüberflirrten Lichtung, zum Wagen. Die Tür steht offen.

Sie sind da.

Haben sie verstanden?

Olympe

»Der Mars!« Lara stürzte auf das Regal zu, auf dem das Sonnensystem stand. Sie griff nach dem kupfernen Marsmodell, nahm es herunter, schüttelte es. Im Innern klapperte etwas. Sie hielt einen Moment inne, drehte sich um, machte drei Schritte zur Küche. Den Mars hielt sie fest umklammert. Mit der freien Hand öffnete sie eine Schublade und durchwühlte den Besteckkasten.

»Was tust du?«, fragte Olympe, als Lara begann, die Mittelnaht des kleinen Planetenmodells mit dem Messer zu bearbeiten.

»Ich mach ihn auf«, murmelte Lara und stocherte weiter. Ihr

Gesicht war umrahmt von Haarsträhnen, die sich aus ihrem Zopf gelöst hatten, ihre Augen glühten – alles an ihr wirkte … irre.

»Und warum?«, wollte Noomi wissen.

»Weil das ein Versteck ist. Ich wette, dadrinnen ist der zweite Telepathor.«

Hatte sie sich gerade verhört? »Der *zweite*?«

Lara schaute kurz von dem Planeten auf, ihr direkt in die Augen. »Ja. Der zweite, Olympe. Weil Verständnis keine Einbahnstraße ist, hat Anouk immer gesagt. Und dass wir uns nicht darauf ausruhen dürfen, einen Weg gefunden zu haben, Tiere zu verstehen. Das wäre einseitig, hierarchisch. Anouk hat nicht an Hierarchien geglaubt. Für sie war ganz klar, dass der Kreis sich erst schließt, wenn die Tiere auch *uns* verstehen.« Lara nahm die Arbeit wieder auf, schob das Messer jetzt vorsichtiger in den Spalt des Mars und machte kleine, leichte Drehbewegungen. »Wahres Verständnis«, fügte sie leise hinzu, »muss gegenseitig sein.«

»Hat Anouk gesagt?«, vergewisserte sich Noomi.

»Ja.«

Diese Anouk klang nach einer Frau, die sie gerne kennenlernen würde. Nachdenklich schaute sie durch den Türrahmen hinaus auf die Lichtung. Auf die Tiere, die aus dem Wald traten und sich dem Wagen näherten. Ein Reh, ein Fuchs, ein Marder, ein Kaninchen. Die Teilnehmer des ersten Camps. Über ihnen kreiste der Falke. Anouk.

Noomi stieß unvermittelt einen kleinen Schrei aus, als hätte sie etwas begriffen, etwas Existenzielles, dann stürzte sie an ihr vorbei nach draußen.

»Was?«, stammelte Olympe, hörte Noomi draußen aber nur

noch »Ryan!« rufen. Noomi rief es in alle Richtungen und rannte in den Wald. »Wo bist du? Ryan, hörst du mich? Komm zurück!«

»Noomi!« Zu spät. Sie war mit wehendem Haar zwischen den Bäumen verschwunden.

Auf einmal war da Furcht. Sie breitete sich in Olympes Inneren aus, vergrößerte sich mit jeder Sekunde, die verstrich, ohne dass Noomi wieder auftauchte. Jetzt war sie die Letzte ihrer Gruppe, die noch hier war. Sie presste eine Faust zwischen die Brüste.

Nein, das war keine Furcht, es war das Gefühl des Verlusts. Ein Verlust, der nichts mit Noomi zu tun hatte, die ganz bestimmt gleich zurückkommen würde, mit Ryan im Schlepptau. Dieser Schmerz, stark und dröhnend, war älter und stammte von einem anderen Verlust ab, der schon seit fast zehn Jahren alles überschattete.

Es knackte. Sie fuhr herum.

Lara hatte den Mars aufgebrochen, die eine Hälfte lag auf dem Tisch, die andere hielt sie triumphierend in den Händen. Mit spitzen Fingern zog sie ein grünes Gerät in der Größe eines MP3-Players, wie Marie ihn benutzte, hervor und legte es vorsichtig auf den Tisch. Dann setzte sie ihren Rucksack ab und förderte ein gleiches Gerät zutage, allerdings in Silber.

»Offenbar ist die Frequenzstärke an der finalen körperlichen Umwandlung schuld. Die fünffache führt zu einer Chaosstruktur.«

Der Falke draußen stieß einen Schrei aus. Es klang wie eine Antwort. Lara blickte wachsam zum offenen Fenster, auf den kreisenden Vogel, drehte dabei das silberne Gerät in den Händen. »Es scheint, als ob diese Chaosstruktur das Gehirn dazu stimuliert, die Tierstruktur, die zu dem eingespeisten Denken gehört, auch körperlich nachzubilden.«

»Klingt … ziemlich absurd.«

Lara nickte bestätigend. Sie war wieder ganz die Alte, aber in sympathisch. »Chaotisch eben. – Aber es scheint zu funktionieren.« Dann rannte sie unvermittelt zum Fenster, steckte den Kopf hinaus und rief in den Himmel: »Ist es so? Hab ich recht, Anouk?«

Wieder kreischte der Falke.

Obwohl alles logisch hergeleitet und theoretisch nachvollziehbar schien, verspürte Olympe einen tief sitzenden Unglauben. Ein kreischender Vogel, der ganz offensichtlich mit Lara sprach, war *nicht* logisch. Aber so begannen große Erfindungen vielleicht immer. Mit diesem Unglauben.

Das Unmögliche konnte möglich werden. Zum Beispiel ihr Hack. Keiner hatte daran geglaubt, aber sie hatte es geschafft.

So gesehen, steckte vielleicht auch in ihrer Aktion etwas Großes. Sie war ebenso auf dem Unglauben gesurft und hatte das Unmögliche vollbracht. Da stürmte Lara an ihr vorbei, ließ sich auf den Schreibtischstuhl plumpsen und startete den Computer.

»Heißt das …« Teilchen reihte sich an Teilchen in ihrem Kopf, bis endlich ein Bild entstand. »Heißt das, Noomi hat nicht nur wie eine Eule gedacht und gefühlt, sondern sie *war* eine?«

Der Computer piepte in Laras bestätigendes Grunzen hinein. »Bei ihr ist es glimpflich abgelaufen«, erklärte sie, ohne den Blick vom Bildschirm zu wenden. »Sie kann eigentlich nicht mehr als die fünffache Stärke abgekriegt haben. Die Chaosstruktur hat den Ausgangszustand wiederhergestellt. Noomi konnte also wieder sie selbst werden. Innerhalb eines Tages.«

»Das bedeutet …« Die Gedanken fegten in Überschallgeschwindigkeit durch ihr Hirn. »Sie war ein Raubvogel. Die sind nachtaktiv. Sie hat also gewartet, bis es dunkel wurde? Hat irgendwo ... gehockt und gelauert und dann ... *gejagt*? Deshalb das Blut an ihren Nägeln! Sie hat Tiere gejagt. Und sie ... gefressen!« Der Gedanke war zu aufregend, um sich zu ekeln. »Und sie ist geflogen, natürlich! Irgendwann muss sie auf diesem Felsvorsprung gelandet sein. Und diese Bälle ... die *Gewölle* ... Sie hat ...« Hier geriet sie ins Stottern.

»Sie hat unverdauliche Reste wieder ausgewürgt«, bestätigte Lara das, was sie selbst nicht auszusprechen wagte.

Sie erinnerte sich an den strengen Geruch der Gewöllebällchen. Fröstelte. Riss sich zusammen. »Und dann ist sie wieder ein Mensch geworden?«

»Korrekt.«

»Das heißt«, schlussfolgerte sie, »dass es gar keine Entführung gab. Keinen Fremden. Niemanden also, der ihr das angetan hat.« Und dann beendete sie den ungeheuerlichen Gedanken: »Sie war das alles selbst.«

»Jap. Und sie hatte wahnsinniges Glück!« Lara deutete über die Schulter in Richtung der Tiere. »Im Gegensatz zu denen. Die sind in der Transformation hängen geblieben. Weil sie den Kopfhörer aufhatten und die maximale Stärke abbekommen haben ...« Sie tippte auf den silbernen Telepathor, den sie immer noch in ihrer Handfläche barg. »Zehnfach.«

Vor sich hin murmelnd schob Lara ein schmales Kabel in das grüne Gerät, ein anderes in das silberne. Bis auf die Farbe waren die beiden identisch. Lara tippte, murmelte, tippte.

Olympe suchte derweil nach den letzten Puzzleteilen, ihr Hirn raste, flutete ihren Körper mit Hormonen, mit Stress, Neugier, Angst. Gehirne können so viel, dachte sie. Warum nicht auch das? Und: Was weiß ich schon?

Wenig.

Nichts.

Nicht zu wissen, was vor sich ging, nicht mal zu wissen, was Lara gerade tat, machte sie schummerig. Sie schob sich ein Stück näher und lugte ihr über die Schulter. »Was tust du?«

»Ich checke, welche Feineinstellungen der Mensch-Tier-Telepathor zuletzt angezeigt hat«, erklärte Lara. »Und ich synchronisiere die beiden, damit der Tier-Mensch-Telepathor exakt dieselben Signale speichert – das ist unser Gegenmittel. Wenn sie dieselben Signale mit dem anderen Gerät empfangen, müsste das den gleichen Prozess auslösen, nur andersrum.«

Schweigend schauten beide auf den Bildschirm, im Rücken die geöffnete Tür, durch die Sommerhitze hereinschwappte. Hin und wieder drehte Olympe sich um und jedes Mal, wirklich jedes Mal, begegnete sie den Blicken der Tiere, die vor dem Wagen ausharrten.

»Glaubst du, sie wissen, was mit ihnen passiert ist?«, fragte sie leise, um Lara nicht allzu sehr abzulenken.

»Garantiert.« Lara tippte weiter, angestrengt, erregt, konzentriert. »Sonst hätte Anouk uns keine Hinweise geben können. Sie weiß also genau, wer sie ist. Die Mensch-Tier-Strukturen scheinen parallel zu laufen, nachdem die Chaosstruktur sich geglättet hat.«

Moment mal. Das hieße doch … »Sag mal, dieser Marder, der da bei ihnen ist …« Sie dachte an Autokabel, an spitze Zähne und scharfe Krallen. »… kann der klettern?«

»Sogar die Wände hoch«, murmelte Lara im Tippen.

Die Wände hoch. Und er war klein genug, durch die Fenster in die Hütten zu kommen. Ihre Erinnerung zog einen Vorhang auf, hinter dem Kratzer zu sehen waren. Kratzer im Holz der

Regale. Kratzer an den Fensterrahmen, Spuren hinter den Hütten … Die Teile setzten sich von selbst zusammen.

»Der Marder war's!«

»Was?«

Der Marder war in die Hütten geklettert und hatte die Regale leer geräumt. Ihren Schmuck, Ryans Medaillon, Noomis Beutelchen, Flix' Glücksbringer.

»Er hat uns beklaut, nachdem die Tiere uns ausspioniert haben«, platzte sie heraus. »Ryan hatte recht! Jemand hat uns beobachtet. Er dachte, es wäre ein Mensch. Er wusste nicht, dass es *Tiere* waren!« Sie schaute über die Schulter nach draußen. »Der Fuchs ist zu klein, aber das Reh ist groß genug … Es muss nachts an die Hütten gekommen sein, beschützt vom Fuchs. Es hat durchs Fenster hineingesehen, uns ausgespäht. – Können Rehe im Dunkeln sehen?«

»Hm, kann schon sein …«

Die Tiere waren näher an den Wagen herangekommen. Wenige Meter entfernt, hatten sie sich aufgereiht und schauten zu ihnen herein. Olympe schluckte.

»Dann hat der Marder Stück für Stück unsere wertvollsten Sachen geklaut, bei uns, bei den Jungs, bei euch auch … Und dann müssen sie damit die Spur gelegt haben. Krass!«

»Sag ich doch.« Lara klang nicht im Mindesten beeindruckt. »Sie wissen alles. Das heißt, sie sind beides. Sie selbst und das Tier. Oder genauer: sie selbst *als* ein Tier.«

Lara griff eine Tastenkombi, noch eine, dann warf sie den grünen Telepathor aus. »Drück die Daumen, dass das hier klappt!« Sie schnappte das Gerät, sprang hoch und spurtete zur Tür, bremste dann aber abrupt ab und ging mit ruhigen Schritten nach draußen zu den Tieren, die sie zu erwarten schienen.

Sie folgte Lara nicht. Das Puzzle war nicht vollständig. Etwas passte nicht. Und dieses Etwas verbarg sich hinter dem halb geöffneten Vorhang ihrer Erinnerung.

Konzentrier dich, Olympe, befahl sie sich. Konzentrier dich, verdammt!

Sie trat ein Stück vom Schreibtisch weg und schaute aus dem Fenster. Am Waldrand erschien Noomi, näherte sich langsam dem Wagen. Endlich, sie war zurück! Aber sie wirkte verändert. Sie hatte ihre Haare zusammengesteckt, doch das war es nicht. Es war etwas an ihrer Kontur … Sie kniff die Augen zusammen, dann verstand sie es: Auf Noomis Schulter saß ein Eichhörnchen.

Die Synapsen in ihrem Hirn liefen heiß, wollten etwas verbinden, nur wussten sie offensichtlich nicht, was. Warum war sie so nervös?

Sie hatten etwas übersehen.

Es hatte mit dem Wagen zu tun, irgendwas hier drin, eine Information, die zwar in ihr Hirn gedrungen war, aber unbemerkt das Bewusstsein passiert hatte und ins Unterbewusste gesunken sein musste. Ein Detail.

Sie musterte die Spüle, die Schränke, das Bett, die Regalreihen. Dann drehte sie sich wieder zum Fenster. Blickte hinaus. Auf Lara, die sich dem Reh näherte, das stillhielt, als sie die Kopfhörer anpasste und den Telepathor einstellte. Das Reh hatte ihr den Kopf zugewandt und wirkte … erwartungsvoll.

Olympe spürte ihr Herz schlagen.

Etwas zischelte. Sie fuhr herum.

Nichts. Nur der Arbeitstisch, der Computer, die Wand voller Schemata und Fotos. Woher war das Geräusch gekommen?

Vorm Fenster beugte sich Lara bereits zu dem Fuchs hinab,

der sich ebenfalls nicht bewegte, als sie ihm die Kopfhörer anpasste. Im selben Moment, als Lara wieder den Telepathor regulierte, ertönte erneut der Zischlaut.

Das Gefühl von Gefahr verstärkte sich. Der Laut! Es hatte mit dem Laut zu tun.

Wieder sah sie aus dem Fenster. Der Marder war an der Reihe. Erneut betätigte Lara den Telepathor, wieder zischte es.

Es zischte *im Wagen!*

Ganz dicht.

Neben ihr. Hinter ihr.

Hinter ihr?! Der Arbeitstisch. Der Computer.

Sie betrachtete den Computermonitor. Tabellen, Kurven.

Davor der silberne Telepathor am Kabel, ein Lämpchen an dem Gerät leuchtete. Sie trat näher und nahm den Temperaturunterschied in der Luft wahr.

Ihr Puls ging schneller. Ihr Hirn arbeitete im selben Tempo.

Schneller, schneller.

Sie streckte die Hand aus, hielt sie über den Telepathor, riss sie zurück. Die Luft über dem Gerät schien zu brutzeln. Warum war das Ding so heiß?

Auf dem Monitor poppten neue Fenster auf, leuchteten Amplituden, farbige Linien, Zahlen. Alles pulsierte, langsam, stetig, es wirkte organisch, wie Herzschläge.

Ein Blick nach draußen, wo Lara sich zu dem Kaninchen hinabbeugte. Wieder zischte es. Lauter.

Das Geräusch kam aus dem Telepathor!

Die Luft begann zu knistern. Der Monitor flimmerte.

Denk nach, Olympe, denk logisch!

Okay: Die beiden Telepathoren waren synchronisiert, hatte Lara gesagt. Hieß das, dass der grüne mit dem silbernen verbunden war? Also: in diesem Moment? Es sah nicht so aus. Da war kein Kabel, das sie verband. Aber vielleicht … Bluetooth? WLAN? Sie checkte den Rechner. Nichts. Weder das eine noch das andere. Und das war auch richtig so. Die beiden *sollten* überhaupt nicht miteinander verbunden sein, denn das erzeugte garantiert Interferenzen.

Dennoch. Es musste eine Verbindung geben, warum sonst sollte der silberne zischen? Warum sollte der Bildschirm flackern?

Die Erkenntnis traf sie mit solcher Wucht, dass sie sich am Schreibtisch abstützen musste. Die Verbindung war *da.* Nicht durch Kabel, nicht durch Bluetooth oder WLAN. Nein – durch Gehirnwellen! Die beiden Telepathoren waren über die Gehirnwellen miteinander verbunden!

Und Lara hatte keine Ahnung.

Die Luft wurde zu heiß zum Atmen. Ein chemisch-giftiger Geruch breitet sich aus. Sie wich einen Schritt zurück.

Was passierte hier gerade? Logik!

Interferenzen.

Logisch war, dass der grüne den silbernen überlastete, der wiederum den Computer störte, an den er angeschlossen war.

Logisch wäre, den Stecker zu ziehen. Aber dann gefährdete sie womöglich alles, was Lara tat. Jeder Atemzug tat weh, das Denken auch. Erneut sah sie nach draußen, beobachtete, wie Lara dem Tier auf Noomis Schulter die Kopfhörer anpasste. Noomi redete die ganze Zeit beruhigend auf das Eichhörnchen ein.

Das Eichhörnchen, das keins war.

Sondern Ryan.

Es zischte. Ein feiner Rauchfaden stieg aus dem silbernen Telepathor auf. Der Computer begann zu sirren, ein feiner, schrecklicher Laut, der wie ein Zahnarztbohrer ihre Nerven traf. Auch aus seinem Gehäuse drang beißender Rauch.

Mit wenigen Schritten war sie bei der Tür, raus, raus!, und nahm einen tiefen Atemzug. Dann raste sie brüllend auf Lara zu, die gerade dem Falken die Kopfhörer anpasste. »Hör auf, Lara! Sofort! Die Geräte stören sich. Dreh nicht an dem …«

Zu spät. Lara hatte den Telepathor bereits bedient, der Vogel hatte den Schallimpuls empfangen, Olympe las es in seinen Augen, an der Art, wie er bei ihren Worten den Kopf zum Wagen wandte. Er schwang sich augenblicklich hoch und flog mit hektischen Flügelschlägen hinüber.

Das Zischen war nun auch hier draußen zu hören und sie rannte vom Wagen fort, hin zu Lara, Noomi und den Tieren. Hinter sich das Knistern. Elektrizität, ehe sie Funken schlug, ehe sie …

Ein Knall, berstendes Glas.

Der über dem Wagen kreisende Falke schrie und Lara erwiderte den Schrei. Noomi schlug die Hände vors Gesicht und Olympe wusste, dass gerade etwas Endgültiges passiert war. Etwas Unumkehrbares.

»Der Computer«, keuchte Lara, den Blick abwechselnd auf den Wagen gerichtet und auf den Falken, der schrie und schrie und immer niedriger flog, bis er schließlich schwankend und mit seltsamen Bewegungen vor dem Wagen das letzte Stück herabfiel und liegen blieb.

»Anouk!« Lara stürzte über die Wiese zu dem Falken, warf sich über ihn, ebenfalls schreiend.

»Ach du Scheiße. Was war das denn?« Noomis Stimme drang verschleiert zu ihr, aber sie konnte den Blick nicht vom Wagen wenden, von Lara, die über Anouk zusammengesunken war. Im

Augenwinkel nahm sie wahr, wie Noomi das Eichhörnchen, das keines war, auf dem Boden absetzte, das dort sofort eine seltsame Haltung annahm: sich auf den Rücken drehte, die Arme, Beine, Pfoten vor der Brust gekreuzt, wie ein schlafender Mensch. Aber es schlief nicht. Seine Augen waren wach und ruhig. Noomi hockte sich zu ihm und streichelte mit dem Finger über sein Köpfchen.

Erst jetzt fiel ihr auf, dass die anderen Tiere ebenfalls verrenkt dalagen. Wie tot. Aber ihre Brustkörbe hoben und senkten sich, ruhig und gleichmäßig. Unter ihrer Haut, tief in ihrem Innern, in den funkenden Bahnen ihrer Gehirne, das spürte sie, geschah etwas.

Vollkommen überfordert, nahm sie wahr, wie Lara sich über die Wiese hinweg zu ihnen schleppte. Im Arm hielt sie den Falken, hinter ihr breitete sich Rauch aus. Er drang aus den geborstenen Wagenfenstern, zog über die Lichtung und sackte zwischen die Bäume, wie ein Nebel, ein dichter dunkler Nebel.

»Was ist passiert?«, fragte Noomi.

»Der silberne Telepathor …« Lara war atemlos. »Ich hätte ihn ausschalten müssen. Er ist … er muss auf den grünen reagiert haben … Ich versteh gar nichts mehr.«

»Gehirnwellen«, teilte sie ihre zu spät gewonnene Erkenntnis.

»Was? – Nein. Oh … nein! « Lara streichelte das Gefieder des Falken, der auf ihrem Arm lag. »Anouks Daten …«, flüsterte sie schließlich. »Ihre Erfindung – *alles* war in diesem Computer.« Tränen rannen über ihre Wangen. »Alles!«

Olympe taxierte den Wagen. Der Computer, sie musste den Computer holen! Sie sprintete los, rannte drei Schritte, doch dann knallte und knisterte es und Flammen leckten über das edle Holz. Sie bremste abrupt. »Scheiße. O Scheiße, die Daten …«

»Wen interessieren die verdammten Daten?«, schaltete sich Noomi ein. Die Flammen schlugen höher. »Wir müssen die Feuerwehr rufen!«

»Die Feuerwehr? Aber wie …?«

Natürlich! Die Smartwatch! Mit zitternden Fingern tippte sie auf dem Display herum. Komm schon, flehte sie, hab Empfang, bitte, bitte hab Empfang!

»Alles ist zerstört«, schluchzte Lara neben ihr.

Während die Uhr die Verbindung herstellte, widersprach Noomi: »Wie kannst du das sagen? Du hast Anouk gerettet. Das ist das Wichtigste.«

»Gerettet?«, hauchte Lara – exakt in dem Moment, in dem jemand den Hörer abnahm.

Die Uhr dicht an den Mund gepresst, gab sie der Feuerwehr die Fakten durch, beendete das Gespräch und stellte, wie die Frau am anderen Ende ihr aufgetragen hatte, den Ortungsdienst der Uhr an. Sie würden zu spät kommen, um irgendetwas zu retten, aber sie würden sie finden. Über das GPS-Signal … und über den unübersehbaren Rauch.

»Gerettet?«, wiederholte Lara, jetzt mit festerer Stimme. »Hast du gehört, wie sie geschrien hat? Was, wenn sie gar nicht ›gerettet‹ werden wollte? Was, wenn Anouk glücklich gewesen ist? – Glücklich, so wie sie war.«

Olympe schaute auf den schwer atmenden Vogel. Ja, dachte sie, was dann? Sie wagte nicht, den Gedanken in ihr Puzzle zu pressen, musste das erst durchdenken, es analysieren … Später. Für diesen Moment glaubte sie an das, was ihr logisch erschien.

»Wenn sie nicht gerettet werden wollte, warum hätte sie dir dann all die Hinweise gegeben?«

Lara schniefte.

»Sieh doch!« Sie wies auf Anouk und dann auf die anderen Tiere, eins nach dem anderen. »Sie verändern sich schon. Sie werden wieder menschlich. Du hast sie gerettet! Alle.«

»Nein«, widersprach Noomi unvermittelt. »Nicht alle.«

Flix

Die anderen waren unruhig, selbst im Schlaf. Auch er war aufgestört. Den ganzen Tag über war die Aufregung zwischen ihnen hin und her gespritzt, hatte ihre Muskeln durchzittert, und selbst jetzt, während die Nacht den Grund färbte und die Stille träge ihre leuchtenden Falten schlug, spürte er sie noch: die Nervosität.

Jemand war in ihr Reich gekommen.

War eingedrungen und hatte das Wasser durchwühlt, spitze Stäbe hineingestochen, harte Laute ausgestoßen, denen sie hastig ausgewichen waren. Sie hatten sich alle nach unten gedrückt, möglichst weit in den Schutz der Mitte des Sees, mit den Bäuchen auf den Schlamm.

Jetzt war es still. Die Schreiausstoßer waren weg. Die Nervosität war geblieben.

Der Teppich aus Wasserlinsen war zerstört – er konnte von unten nach oben schauen, bis in den Himmel.

Die anderen schliefen, sanft und silbern. Gleich würde auch er zu ihnen hinüberziehen. Nur noch ein bisschen schauen. In den Himmel. Eine klare Nacht. Wie sie floss. Um ihn herumströmte.

Kleine Wirbel bildete. Ein paar dunstige Wolken schimmerten im Mondlicht.

Schlaf. Schlaf doch auch.

Sie murmelten ihm Bläschen hin. Die berühren ihn, kitzelten seine glitzernde Haut, wiegten ihn.

Nur noch ein bisschen …

Der Mond.

Das bleiche Auge der Nacht. Er schaute. Und dann … langsam … begann er, ihn zu verstehen. Hörte, wie er wisperte. Sang. Und die fliegenden Geschöpfe zu sich rief.

Der Mond.

Er hatte ihn schon immer geliebt. Aber hatte er ihn je auf diese Art gesehen? So leuchtend, fließend.

Warum schlafen die anderen und ich nicht?

Das bleiche Auge.

Gestern Nacht war er hinaufgeschossen wie die anderen, hatte die Muskeln gestreckt und einen hohen hellen Bogen durch die Luft gemacht.

Schlaf. Schlaf.

Ja, ich komme. Ich gleite gleich zwischen euch.

Als er durchs Mondlicht gesprungen war und wieder abtauchte, war Erleichterung durch seinen Körper geperlt. Er war eins mit sich. Eins mit den anderen. War sicher. Er war durch den Algenwald geschossen, hatte Bläschen ausgestoßen, sich an den anderen gerieben und seine Schuppen klingen lassen. Hatte nach einer Wasserlinse geschnappt und dem Perlen in sich nachgelauscht. Er hatte etwas Wesentliches begriffen.

Flix schlängelte sich durch die Algen zu den anderen, schmiegte sich an sie, Flosse an Flosse.

Und während er sich mit weit geöffneten Augen langsam vom

Schlaf überfluten ließ, wusste er: Das dort oben war vertraut, aber nicht wichtig.

Ihm nicht wichtig.

Es geht nicht mehr.

Er hatte eine Entscheidung getroffen.

Das Dort-Oben hatte er in einer dunklen Falte seines Denkens abgelegt. Den Schmerz, das Sehnen, die Einsamkeit – das alles lag weit unter den Glutwogen der Stille. Das Dort-Oben war nur eine vieler Möglichkeiten, ein Ort, der etwas Rätselhaftes im Innern zum Klingen brachte. Über den man staunte und den man sogar zu kennen glaubte.

Weil man ihn irgendwann und irgendwo schon einmal geträumt hatte.

13. KAPITEL

Möglichkeiten

Noomi

Bleibt's bei morgen?
Nach der Schule am Hauptbahnhof?

Olympe

Worauf du wetten kannst!

Ryan

Klklklkl.

Noomi

Ryan? 😱

Ryan

Scherz, sorry. Beste Zeit meines Lebens.

Olympe

Wow, Ry, drei Monate und du
machst Witze wie ein Großer.

Haste mittlerweile auch einen Bart?

Ryan

Nicht witzig.
Und Lara und Anouk holen uns ab?

Noomi

Ja, in Bad Schandau.
Fresspaket steht bereit.
Mit Bärentatzen!

Olympe

😋
Marie hat vegane Muffins gebacken.
Und ich hab grad das Hummus fertig.

Ryan

🙌 Ich bring Pide mit.
Und das Geburtstagsgeschenk für Flix.
Eh ihr fragt: Nein, ich hab keine Lust,
die Maden selbst zu essen.
Keine »bleibenden Schäden« also.
Aber vielleicht hat Noomi Appetit?

Noomi

Komm schon, so schlimm
bin ich jetzt auch nicht. 😝

Olympe

Zumindest, wenn man kein Schmetterling ist …

Noomi

🙈

…

Ich bin voll aufgeregt wegen Flix.
Muss so viel an ihn denken.

Olympe

Ich auch.

Noomi

Wisst ihr noch?
Der Tag, ehe wir weg sind.
Wie wir alle unsere Finger in den Tümpel gesteckt haben
und er hochgeschwommen kam.
Er hat jeden von uns angestupst.

Ryan

Gänsehautmoment.
Es war, als ob er sich erinnert. 🥺

Olympe

Tut er doch auch.

Anouk sagt, dass er das menschliche Bewusstsein behält.

Noomi

Behalten KANN, sagt sie.
Wenn er WILL.

Ryan

Denkt ihr, er will?

Olympe

Werden wir sehen.
Spätestens, wenn Anouk den neuen Telepathor endlich fertig hat.

Noomi

Dann stell ich mich als Testobjekt zur Verfügung.
Vielleicht werden meine Augen wieder normal. 😱

Olympe

Deine Augen sind toll, Noomi.
Nix falsch dran.
Und wo wir schon dabei sind:
Wenn er nicht will, kann ich's auch verstehen.
Beim letzten Mal wirkte er … glücklich irgendwie.

Ryan

Versteh ich sooo gut. 🐿

Noomi

Frag mich mal. 🦉
Ich träum immer noch vom Fliegen ... ☺️

Ryan

Der Geschmack von Tannennadeln. 😍

Noomi

Seufz.

Olympe

Ihr idealisiert das dermaßen! 🙄?
Und außerdem ... Flix fehlt mir.

Noomi

Weil du verliebt bist.

Olympe

Bin ich nicht.

Noomi

In einen Fisch. 🤣

Olympe

Haha.

Ryan

😂

Muss los, meine Mutter ruft.
Es gibt Essen.

Olympe

Deine Mutter hat gekocht? 😱

Noomi

Wahnsinn!
Das heißt, es geht ihr endlich besser?

Ryan

Sie gibt sich Mühe. 😀
Bis morgen, ich freu mich auf euch.

Olympe

CU 😉?

Noomi

Guten Appetit!

Olympe

...
Ich bin nicht verliebt!

Noomi

😄 😬 ?

Olympe

Du bist doof. 😝

Noomi

Wie läufts beim Securitycheck?

Olympe

Geht so. Alle gucken mich an,
als wär ich voll der Superfreak.
Richtig ernst nehmen die ihre »externe Beraterin« nicht.
🤔

Noomi

Na, weil du erst 16 bist ...

Olympe

Wahrscheinlich. Abgesehen davon ist es nice.
Sie bauen Cyberfestungen und ich such Eingänge.
(Meistens find ich einen.) 💪

Noomi

Ist doch toll! Du bist wichtig!
Die Greta Thunberg der
Cybersicherheit.
#stolzaufdich

Olympe

Danke.
Und du wirst garantiert die beste Försterin der Welt.

Noomi

Yes!
In drei Wochen geht mein
Schülerpraktikum los.
Vielleicht bewerb ich mich auch
beim Supertalent.
Der singende Waldschrat!

Olympe

Mega. 👍
Wobei ... der Name ... 🤨
Marketingstrategie-Brainstorming
morgen im Zug?

Noomi

TOP!

Olympe

Na, dann …
Nacht, Eule. 🦉

Noomi

Nacht, Nerd! 👾

Ella Blix

Der Schein

Alina ist neu auf dem Internat Hoge Zand auf der kleinen Ostseeinsel Griffiun. Eines Nachts sieht Alina aus einem der Turmzimmer ein dunkles Schiff am Horizont, das seltsame Blitze über das angrenzende Naturschutzgebiet schießt. Auf der Suche nach Antworten trifft sie in den Dünen auf Tinka, der sie sich sofort auf unheimliche Weise verbunden fühlt. Das Mädchen mit der seltsamen Ausrüstung weiß viel mehr, als sie wissen dürfte und verschwindet immer wieder spurlos. Als Alina mit Hilfe der Lonelies, ihrer neuen Freundes-Clique, versucht, den Rätseln der kleinen Insel auf die Spur zu kommen, macht sie eine Entdeckung, die alles in Frage stellt, was sie jemals für wahr gehalten hat ...

Jana Hoch

Royal Horses

Kronenherz

Greta will nur noch weg: weg von ihrer Schule und weg von ihren Freunden, die sie so unendlich enttäuscht haben. Da kommt ihr der Ferienjob auf dem Gestüt der Royals gerade recht. Mit Pferden hat Greta zwar gar nichts am Hut – und mit Prinzen und Prinzessinnen noch viel weniger –, aber das Schloss der Königsfamilie lässt ihr Herz trotzdem höher schlagen. Doch kaum angekommen, macht Edward, der Pferdetrainer, ihr das Leben schwer. Nicht nur, dass er sie von Mariscal fernhalten will, dem silbriggrauen Hengst, der Greta auf seltsame Art zu verstehen scheint ... auch Edward hat ein Geheimnis, das erst Gretas Leben und dann ihre Gefühle gehörig durcheinanderbringt.

Arena

Auch als E-Book und als Hörbuch bei Saga Egmont erhältlich

360 Seiten • Gebunden
ISBN 978-3-401-60520-3
www.arena-verlag.de